The Tree of Ryder.

suhrkamp taschenbuch 1638

Versteckt unter fünfzig harmlosen Kapitelüberschriften erzählt, nein erschauert dieser – großzügig autobiographische – Roman vor der zuchtlosen Prächtigkeit des Lebens: erzählt von der Lust jenes Wendell Ryder, sich ein Geschlecht seines Namens zu zeugen. Er verläßt das puritanische England zusammen mit seiner Frau Amelia, geht nach Amerika aufs Land, seine Mutter folgt, eine Zweitfrau erscheint bald danach, zahlreiche Kinder kommen zur Welt, andere Frauen im Umkreis werden geschwängert, bis Ryder schließlich die Sehnsucht nach dem Tode wie natürlich überkommt.

Ryder, Djuna Barnes' erster Roman, erschien 1928 in New York und wurde rasch zu einem Skandal. Die *Saturday Review* nannte es »das erstaunlichste je von einer Frau geschriebene Buch«.

Djuna Barnes (1892–1982), die seit ihrem Tod begeistert wieder entdeckte amerikanische Dichterin und Journalistin, wurde in den USA und Europa vor allem mit ihrem Roman *Nachtgewächs* (BS 293) bekannt. *Antiphon* liegt als BS 241 vor.

Djuna Barnes
Ryder

Aus dem Amerikanischen von
Henriette Beese
Mit elf Zeichnungen
der Autorin

Suhrkamp

Ryder erschien unter diesem Titel zuerst 1928
bei Horace Liveright, New York.
Die vorliegende Übertragung folgt der erweiterten
Neuauflage von 1979, erschienen bei
St. Martin's, New York.
*** im Text markieren von der Zensur der Erstausgabe
getilgte Passagen.

Für T. W.

suhrkamp taschenbuch 1638
Erste Auflage 1989

Druck: Ebner Ulm
Printed in Germany
Umschlag nach Entwürfen von
Willy Fleckhaus und Rolf Staudt

1 2 3 4 5 6 – 94 93 92 91 90 89

Ryder

KAPITEL EINS

Weltlicher Jesus

IN DER ART EINER EINLEITUNG

Folg du nicht denen Schwärmern, die hinausblicken über dich und die Deinen und über Kommen und Gehen von dir und den Deinen und gar über das Ende hievon – dein Leben und die Leben, so du zeugest, und die Leben, so daraus entspringen werden, eine Welt ohne Ende –, denn solche bedürfen nicht deiner, noch sehen sie dich, noch kennen sie dein Klagen, derart verderbt sind sie mit deiner Verdammung und der Verdammung deiner Nachkommen und der mannigfachen Verdammung der Massen, so aus deinem Geschlecht hinfort gezeugt werden, bis an die Zahl der Fische in dünnen Wassern und bis an die Zahl der Fische in großen Wassern. Gleicherweise sind sie zerstreut mit deiner Erlösung und der Erlösung deines Geschlechts. Folge du also jenen geringeren Menschen mit dem großen Geschick für alle unvollkommenen und ungewissen Dinge, denn solche werden dich nicht verweisen, nicht deinen leiblichen Körper und nicht deine zeitliche Pein, dein Weinen nicht und nicht dein Lachen und Klagen. Kein Umgang mit der Letzten Station des Leidens, vielmehr mit kleinen Tröstungen, wie Äpfeln in der Hand, und kleinen durststillenden Bechern, und mit Wörtern, so nicht hierhin noch dorthin gehen, sondern Verkehr haben mit dem äußeren Ohr, und Geschwätz an den Toren deiner unzulänglichen Pein.

So du in die Knie gehest, überschätze du nicht ihre Beugung. Nicht ist es an dir, zu wissen, wie wenig du habest, noch ist es von großem Verdruß für dich, daß du nicht wissest die Breite und die Länge deines Glaubens; ob es zum Himmel einen großen oder einen kleinen Weg geht, geht doch auch ein neuer Baum nur einen kleinen Weg zum Himmel.

Greife du nicht hinter die Bilder. Denn solche Abgötter und

solche Paramentenstickerei und solche rieselnden Kerzen, mit ihrem siebenfachen Brennen und ihrem siebenmal siebenfachen Tropfen, und der Altar und die Kanzel und das Kirchenschiff und das Gestühl sind für dich nicht im Geiste, sondern für dich allein in ihrer äußeren Erscheinung, noch ist das Getier für dich, mit Augen hinten und Augen vorn, noch für dich das Blut des Heiligen Herzens, mit seinem Feuer und seinem Eis. Noch sollst du Geschwätz halten mit den Märtyrern und Heiligen und Cherubim, noch mit ihren Lilien und ihren Lämmern und ihren Prüfungen. Denn für einige ist das Bild und für andere das Ding, und wiederum für andere ist jenes Ding, das seiner selbst unwissend ist, und für nur einen ist der Sinn von Jenem hinter Jenem.

Treib du nicht Handel in fremder Redeweis. Laß du deine Lippen kein Gebet sprechen, so nicht auf den Lippen deiner Gemeinde wäre, denn ist's auch nicht allen Menschen gegeben, auf gleiche Weis zu beten noch auf gleiche Weis zu fluchen, noch auf gleiche Weis zu leiden, so ist's dir doch nicht gewiesen, den Unterschied in solchen Sachen zu wissen. Dahero also, so du die Gnade Gottes erbittest, so bitt um sie, wie dein Nachbar um sie zu bitten scheint. Und so du barmherzig bist, sei du barmherzig wie deine Schwester und dein Bruder.

Denke du aber nicht, so dein Schnürleib knirscht und deine Schuhriemen sich lösen und deine Hände ausgehen in Gram, daß sie wären wie der Mann, so neben dir weinet und seinen Atem nicht ändert noch seine Leibbinde lockert, denn einigen ist's gegeben, ihre Haut zu verlassen, und anderen, darinnen zu siechen, und es ist nicht an dir, dich über solche Sachen zu verwundern.

So dein Herz sich weitet, wenn du von den Wundertaten vernimmst und von den auferstandenen Toten und von denen Verdammten, die waren und nicht sind und dennoch sind, so dein Herz sich zusammenkrampft in Richtung und Weg nach Heiligen Orten, die da gefunden wurden und wieder für immer verloren, dann denke du nicht, das wäre auch nur ein

Zehent von jenem Weiten und Krampfen in den Eingeweiden Dessen, so ihnen Geburt gab und Tod gab im selbigen Traum. Weißtu doch nichts von den mächtigen Regen des Himmels, die da aus Ihm herniederkommen und zu Ihm zurückkehren, alsodaß gar du einbeschlossen sein könntest und dennoch zu nichts gemacht, warstu doch bloß eines auf dem Wege.

Gehestu aufs Feld und merkestu das Auge deiner Ziege, dann denke du nicht, du wissest, warum es wie flüssige Sanftmut im Kopfe liegt, oder warum dein Vieh mit fremdem Blick unter den Augenlidern hervorblickt, noch warum der Habicht in seinen Federn fliegt und die Fische ein hartes Lächeln in ihren Mäulern haben und allezeit vorwärts schwimmen. Solche auch sind auf dem Wege, aber jegliches Ding ist nicht gleich zu Seinen Füßen.

Denke du nicht, so du in der Dämmerung aufstehst und zwischen dem Grünen gehest und den bunten Früchten und dem harten Holz, um dir und deinem Geschlecht einen Schutz zu machen gegen die Zeit des Schnees, du könntest die Feige beraten oder den Weizen verhören oder mit dem Baum verhandeln; denn du bindest sie und schlägst sie gegen den Richtspruch. Kannstu denn wissen, wie der Richtspruch gelautet hätte, wenn der Roggen Gerste getragen und die Gerste Feigen gebracht hätte? Bistu nicht Teil und Anteil deiner Weiden? Danke du deinen Melonen für das, was du bist, und tadle du deine Feigen für deine Fehler, und lies du deine Unterschiede ein, und leg du deine Trauer an wie einer, so ein wenig von der Erde aufgelesen ward, und wie einer, so ein wenig auf die Erde zugeht, und von der Erde gerichtet.

Denn dein Leben ist ein Gehen und ein Kommen und ein Kommen und ein Gehen, als welches deine Ernte besser weiß als dein Geschlecht.

Und wenn du zuzeiten keinerwege um deine Religion bekümmert bist und nicht von der Heiligen Geburt gerühret, noch zerknirscht unter dem Stern, noch verstummt im Staub, so von Gott herniedergehet, dann geh du zu dir selbst und ermuntere dich gegen den Tag, da du deiner vergangenen

Tage bedürfen wirst als Zeichen und Würze, denn Thymian bist du dem Herrn oder Unkraut oder süßer Weihrauch oder Unrat; das aber, was du bist, mußt du am Ende erbringen als Zeichen gegen deinen Leib.
Geh du nun und hebe deine Schreie von mir hinweg, denn ich habe einige Weile mit dir verbracht und deinen Wegen und den Wegen deiner Wege und den Dingen, so du an den Plätzen der Seele aufhängst. Und rede du nicht von Mir, weißtu doch nicht, wovon du redest, und weißt nicht, was du gegeben oder genommen hast, du weißt nicht, wo du zuerst dich zerfasert hast und wo ich dich mit meiner Nadel aufgefangen habe. Nein wahrlich, das Ausmaß deiner Wunde weißtu nicht, noch die Beschwernis, die ich damit habe; weder weißtu, wie nahe deine Seele mir kommt, noch wie weit ich mich hinausbeuge, sie einzufangen bei der Hand.
Weißtu denn, ob du mich betrübet hast, oder wie du mir zur Last worden bist um deinetwillen? Oder ob du mich irgendeiner Weis erfreuet hast oder nicht? Du weißt nicht, wo die Wegstation lieget, da ich gehe, um dich zu treffen. Ob ich einen langen Weg gereiset bin oder ob deine Seele eine Blase war, die da aufsteiget, und mein Kommen ein langes Weilen.
Diese Dinge sind gleich dem Rücken deines Hauptes für dich. Du hast sie nicht gesehen.

KAPITEL ZWEI

Jene selbander – Sophias Eltern!

Der tapfere tollkühne Jonathan Buxton Ryder, am offenen Fenster auf seinem Stuhl sitzend (wie er seit dreißig Jahren bald recht, bald schlecht gesessen hatte, sein Kopf als Silhouette vor einem Hintergrund aus Spitzenvorhang mit einem Motiv von Gerstenhalmen und Roggengarben), erleichterte sich voller Stolz aus seinen Falltürhosen, während er das Laubgrün der ahorngesäumten Straße gewahrte, hatte er dieses doch in seiner Jugend gepflanzt (gibt es einen Mann in Connecticut, der nicht dasselbe für sich in Anspruch nehmen würde?), und dachte an sein damals junges Weib, das nun mit dem Vierzehnten in einem Himmelbett lag.

Damals war sie eine seltene Schönheit gewesen – Cynthia – mit gescheiteltem, fest geflochtenem Haar, wie sie die lange väterliche Treppe herabkam, von ihren Schwestern gefolgt, und mit dünner Quaker-Stimme »Ich klage über Hoffnungsgräbern und verfloßnen Freuden« sang (sie, die damals erst sechzehn war!), ungetrübt von Passionen, eine Passionsblume im Haar, knirschend in Fischbein und viel Satin, Ausschau haltend, was er, Jonathan, Buchhändler, wohl tun würde, und als sie sah, was er tun würde, dies akzeptierend. Den Tag, als er, mit Chapeauclaque und Schwalbenschwanz, mit eckigem Kinn im wallenden Vollbart, sie, ganz zitternd, zum Altar führte, um mit ihr zu tun, was er als Puritaner für angemessen hielt; und derweil dröhnte prächtig die Orgel, der Raum voll unschuldiger Frauen, alle niedergeschlagenen Auges und Mütter von zwanzig, die sagten: »Sieh da, sieh da, sieh da! Schaut euch die Braut an, nun für ewig eine Ryder! Und ist sie nicht herzig in ihrer einfachen Spitze? Mit dem rosigen Hauch von Mädchenschaft, gerade in jenes Begreifen hinüberspielend, so selig und doch so schmerzhaft, Räuber am zarten Zustand, in dem sie sich jetzt befindet – jene Haaresbreite zwischen ›Was ist es?‹ und ›Ist es wirklich dies?‹«

Ach ja, sie war damals wirklich ein liebliches Geschöpf, groß und stark und anmutig, mit bestrickendem Gebaren – und die wartende Kutsche, die gen Himmel duftenden Blumen und der weiße Satinschuh, der ihr munter (von einem Wüstling, es sei dennoch vermerkt, hätte die Festgesellschaft es nur gewußt) in den Schoß geworfen wurde, als sie in munterem Trab die Hauptstraße entlangfuhr, um die Angelegenheit in einem wohlausgestatteten gepolsterten Himmelbett zu beenden, am Kopfende ein Kissen mit Eckquasten aus babyblauen Bändern, für sie allein, was das ganze Ding zu einem höchst verblüffenden Gegenstand der Vorsorge machte.

Dann die Stunde, als er, Jonathan, sie zum Ausziehen allein ließ, wie es sich für eine Jungfrau gehört, auf den Flur hinaustrat und voll Stolz die zwölf oval gerahmten Stiche seiner Vorfahren, die bis zu eben dieser Tür hingen, betrachtete, als wolle er sagen: »An mir wird es nicht fehlen!«, und sie, aller Wahrscheinlichkeit nach, mit zunehmendem Zittern und süßem Schrecken sich ihrer Wäsche bemächtigte, bis sie, in Nachthaube und gekraustem, vierfach mit Falbeln und Riegeln sowie einer eckigen Passe versehenem Nachtgewand, sich für das Unaussprechliche im Manne niederlegte. Wie er eine volle halbe Stunde später einen Blick hineinwarf und sie in tiefem Schlafe fand, rosige Wange auf eingesetztem Ärmel, und wie er, mit großer Zerknirschung und nicht kleiner Zurückhaltung, sich selbst seiner geblümten Weste entledigte, ein Auge offen und ihrwärts, und wie er, viel später, wirklich mutig wurde und wirklich mit dem Arm ihre Seite berührte und sie zärtlich fragte, wie sie jetzt, als verheiratete Frau, den Schlaf fände. Sie erwachte mit einem Schrei und sagte »Oh!« – und hier ziehen wir den Vorhang zu, bis sie wieder »Oh!« sagte, auf ähnliche Art, ganz zur rechten Zeit, nahe an neun Monate, als das eine »Oh!« Mutter des anderen geworden war.

Bei ihrem Vierzehnten nun wurde sie vom Wahnsinn beschlichen, ist doch das Austragen von vierzehn keine Kleinigkeit,

und sie rief ihre Tochter Sophia (die älteste in dieser langen Reihe) an ihr Lager und sagte:
»Sophia, wie viele Kinder habe ich?« Und Sophia sprach: »Dreizehn, und mich.«
Cynthia sagte, vielleicht, weil sie ein bißchen abirrte, und gewiß, weil sie es für ein weises Geschenk an ein Kind hielt: »Dein Vater ist ein haariger Atheist, aber trotzdem ein Büßer; wie alle Naturliebhaber, besonders solche. Denk dran.«
Sie tastete in ihren Leintüchern herum. Das Zimmer war dunkel, nur das Himmelbett trat hervor (mit Vögeln in stürmischem Flug bedruckt), eine schreckliche Leidensmitte ohne Gliedmaßen.
Sophia flog vorwärts, blieb stehen. »Mutter!«
Ihre Mutter betrachtete sie, bemerkte ihren schwellenden Busen, legte die Hand darauf. »Du hast ein Kind. Eine Brust soll für meinen Sohn sein, und eine Brust soll für deinen Sohn sein.«
(Die Wahrheit gebietet mir zu sagen, daß Sophia tatsächlich einen Sohn hatte, aber es war ein Dreitage-Bankert, empfangen von John Peel, dem Hauslehrer, bevor er die Angelegenheit in Ordnung brachte.)

Sophia nahm das Neugeborene mit all seinen langen Kleidern auf und legte es an die Schwesterbrust, denn sie gedachte ihrer Mutter, als sie anfing, womit jene fertig war.

KAPITEL DREI

Sophia und die fünf feinen Nachttöpfe

Jawohl, Sophia Grieve Ryder stammte aus einer großen und humorvollen Zucht. »Groß« soll standhaft bedeuten, standhaft im Leben und standhaft im Tod – die frühen Puritaner. Die Art von Männern, welche die Hosen anhatten, auf Einflüsterung ihres unbezähmbaren Willens zur Aufschneiderei. Die Art von Frauen, die kein Widerwort gegen einen einzigen Stich in jenem gesamten großartigen Gewebe, dem Wäscheschrank, vorbrachten. Frauen, die durch tiefe Atmung bei unvermeidlichen Geburten die Schnürbrust lockerten; Frauen, die durch heftiges Stöhnen über notwendige Todesfälle das Halstuch dehnten, Frauen, die durch ein Seufzen bis an die Wurzel der Dinge in Liebesszenen jeden Zoll, jede Krause, jede Falte, jedes Band und jede Schleife erweiterten, welche zur Verzierung jener scharfsinnig errichteten Verzweigung, des Gartenkleides, dienten, und die, wenn sie den Geist aufgaben, die Seelenbarke entschlossen in den Hafen ohne Wiederkehr hineinstießen.

»Humorvoll« soll die Fähigkeit bezeichnen, die unvermeidliche, stets wiederkehrende Dürftigkeit des Lebens zu überrunden, das Lächerliche geradewegs in die Arme des Erhabenen zu treiben. Sophia, robust von Geburt an, gärte am mütterlichen Busen und gedieh prächtig. Früh bemerkte sie, welche ungetröstete Wut ihrer gichtigen jüngferlichen Tante jenes Zittern eingebracht hatte, sie wußte es auf eine Stunde, wann es das Herz ihres Vaters (das an einem längeren Spannseil schaukelte, als es der Belustigung der Herzen von Gentlemen dienen sollte) nach rechts gelüstete, was bedeutete, daß heute Abigail dran war, und wann nach links, was es als friedlich zu Hause bleibend ankündigte. Sophia hatte das Zeug zu einer großen Reformerin oder zu einer lärmenden Verwalterin. In jenem Haus der dünnen Wände und des tönenden Lebens hatte sie auf beiden Seiten gebrütet, und bemerkte im

Hervortreten befriedigt den Augenblick, als des Vaters frische Zuneigung zu dem Neugeborenen ihn morgens um vier in flatterndem Nachthemd zum »Sprudelbecken« (oder Nachtgeschirr) trieb, denn, wie sie später an ihren Freund Tollop von der *Gazette* schrieb: »Es gefiel mir, an meinem Vater Bestürzung und ihre Begleiterscheinung zu sehen.«
Im späteren Leben erwies sich das als Schritt auf dem Wege zur Beherrschung ihres Metiers. Als Sophia erwachsen wurde und ihren eigenen Haushalt gründete (wie die humorvolle Zucht es schon vor ihr getan hatte), zollte sie dieser Erinnerung mit etwas zugleich Gerundetem und hervorragend Verstaubarem Tribut: sie bestellte nämlich fünf feine Nachttöpfe und ließ sie anfertigen, mit leuchtender Glasur und je einer Verszeile auf der Oberfläche des Bauches (direkt unter dem Rand, in verschnörkelten Goldbuchstaben, verziert mit Sinnbildchen aus Bogen und Amoretten), die folgendes Axiom ergaben:

»Notdurft ist groß,
Erquickung zerrann;
Tu was du willst:
's ist nicht mehr als ich kann.«

Und schlug auf diese Weise zwei Fliegen mit einer Klappe (denn woraus sonst besteht der Humor?), indem sie nicht nur die Grundlage der Erleichterung, sondern auch der Beobachtung schuf, denn zwischen dem Augenblick, da ein Liebhaber mit der ausdrücklichen Absicht, wie er sagte, »sich die Hände zu waschen«, hinausging, und seiner Rückkehr, erfuhr sie etwas über seine Beobachtungsgabe, über seinen poetischen Geschmack sowie über seine Empfänglichkeit für zündende Scherze, denn die Haltung beim Eintritt war, sofern die Person nicht bar jeglicher Beobachtungsfähigkeit war, sehenswert und gab gewiß mehr als die Hälfte der Verkleidung seines Wesens preis.
Das fünfte dieser Becken war zu ihrem eigenen Gebrauch bestimmt, es gehörte ihren Blicken und keinen anderen (und

zeigte, wie man augenblicklich bemerken wird, daß Sophia neben allem anderen auch eine gute Christin war), doch eines Nachts im ersten Jahr ihrer zweiten Ehe – denn Gatten genießen nach ungeschriebenem Gesetz dies Privileg – kam Alex plötzlich, und vermutlich in keiner edlen Absicht, zu ihr herein, scheuchte sie in ein verfrühtes Aufstehen und flatternden Aufruhr und sah, worauf sie sinnend gesessen hatte, das einzige Wort »Amen«, und als er in herzliches Gelächter ausbrach (denn obwohl noch Ausländer, hatte er sich prächtig entwickelt), antwortete sie etwas mürrisch: »ER merket jeglichen Sperlings Sturz.«

Da nichts ewig ist als Zerstörung, und da Schrecken oft von einer Hand verbreitet wird, die noch einen Augenblick zuvor fest geschlossen war, verschwanden diese munteren Gefäße eins nach dem anderen. So daß, was 1877 fünf lebhafte Gesellen gewesen, zehn Jahre später nur noch drei waren, die, der Reihe nach aufgestellt, lauteten:

»Notdurft ist groß«,
»Tu was du willst«,
»Amen«.

Und dann kam eines Tages Julie und beichtete: »O weh, o weh! ›Tu was du willst‹ ist hin.« Nun standen »Notdurft ist groß« und »Amen« allein da, als Bruder und Schwester, weitere zehn Monate lang, als, weil Kate (von der alsbald mehr) zu schwer war, »keine Notdurft« mehr vorhanden und man nur noch auf einem »Amen« niedersinken konnte. Sophia betrachtete diese Katastrophe mit gelinder Furcht. »Wenn der hin ist, was sollen wir dann machen? Amen ist das Ende aller guten Dinge, und ich habe noch nie gehört, daß irgend etwas hinterherkommt«, sagte sie: »Das ist bestimmt ein Omen.«

Im Jahre 1900 hatte jene große Linie von Humoristen in Sophia Ryders Salon ihren Gipfelpunkt gefunden. Daß dieser Salon, ein Wanderding, sich stets in Sophias Schlafzimmer bildete, wirft keinerlei Schatten auf die wahre Vortrefflichkeit der Zusammenkünfte oder der diskutierten Themen, wenn-

gleich sie zweifellos durch die Kenntnis gewürzt wurden, daß unter den seidenen Decken Leintücher lagen. Trägt nicht auch ein Bischof unter der Robe ein Hemd?
Sophia strebte danach, zu erhalten, was sie wollte, ohne die Blicke, das Benehmen oder die Haltung jener, die ihr dazu verhalfen, irgendwie zu verändern oder auch nur den Verdruß zu erdulden, zu Hause oder auf der Straße von ihren Gattinnen anders angeredet zu werden als »Sophia, Sie Seele von Mensch«, »Meine Allerliebste« oder »Meine Wundervollste«, denn sie fesselte Frauen, wo immer sie ihr auf den Pfaden des Lebens begegnen mochten, durch die einfache Magie des Wortes »Mutter«. Wenn sie im Gespräch mit diesem oder jenem großen Mann bemerkte, daß dessen Gemahlin ihre Begeisterung auch nur mit einer abgezirkelten Geste anlockte, näherte sie sich ihr in ihrer fließenden Seide von Liberty augenblicklich, den turbanumwundenen Kopf leicht zurückgelegt, und sagte in ehrlichem und meisterhaftem Tonfall: »Nennen Sie mich Mutter!«
Welche Frau konnte ihr widerstehen? Je älter sie waren, um so beruhigter, je jünger, um so begieriger. Es war ein bezauberndes und legitimes Verfahren, das Verfahren eines Weibes, das wußte, daß eine Mutter verdammt, aber nie ganz ausgestoßen werden kann.
Die sich bei ihr versammelten, fanden eine höchst bizarre Umgebung vor, denn, obgleich Puritanerin, war Sophia keineswegs mit den Blumen ihres eigenen Landstrichs zufrieden. Bevor sie vierzig war, hatte sie reichlich im Ausland gepflückt. Wo sie gereist war, hatte sie beobachtet. Sie trug englische Seide, französische Schlüpfer, deutsche Corsagen und schwedische Pantoffeln – ein Kuckuck, der auf einem Nest fremder Eier sitzt.
Ihre Wände waren mit mannigfachen und mannigfaltigen Zeichnungen, Lithographien und Radierungen bedeckt. Da lächelten die Frauen, die sie bewunderte: George Eliot, Brontë, Elizabeth Stanton, Ouida, Katharina die Große, Beatrice Cenci, Lotta Crabtree, und die große Hure des Geistes,

die Kupplerin der Toten, die Puffmutter des Bordells der Schatten, die Wundertäterin – »Caddy-Catch-Can«.
Da waren die Männer, die sie aus diesem oder jenem Grunde bewunderte – Proudy, der Eisenbahnmagnat (der sie auf jeder Linie westlich des Hudson befördert hatte), Burgoyne, Pepys, Savonarola, der massive Kopf eines Samoa-Häuptlings, der ihr zehn Heidenzähne überreicht hatte, und neben ihm eine Bleistiftzeichnung des Göttlichen Dante, ganz zu schweigen von jenen späteren Berühmtheiten, die sich aufgrund der Schönheit ihrer Prosa an ihren Wänden vorfanden, Stedman, Browning, Wilde und Thompson.
Da waren Drucke von allem, was sie verabscheute, die Folterbank, die Füllung des Bauches, als Äußerste Pein bekannt, der elektrische Stuhl, die Frau-die-vor-Schrecken-starb, die Frau-die-es-nicht-länger-ertragen-konnte, der Mann-mit-dem-Messer-im-Herz, der Mann-der-den-Brief-zurückließ, der Fuchs, der rannte, und der Hase, der gejagt wurde. Doch selbst diese waren zum Wechsel verdammt, denn, langsam eindringend, immer tiefer die Wand sich hinunterziehend, gleich der verschlingenden und unbarmherzigen Woge, kamen Photographien des hübschen Schweden, der später ihr Vertrauen gewinnen sollte.
Aus diesem Zuwachs an Alex entnahm ihr Hof den Zustand ihres Herzens, und als das letzte Bild im Raum von einem weiteren des Banditen mit dem gewichsten Schnurrbart und dem leidenschaftlich-feuchten Blick überklebt war, ließ man sie für eine kurze Saison allein, damit sie ihr Haus in Ordnung bringen könne.
Tatsächlich verrieten Sophias Wände gleich den beredten Ringen einer Eiche ihre Zustände, wie jedermann hätte entdecken können, so man einen Feuereimer Wasser verwendet hätte, denn sie entfernte nie, sie überlagerte.
Mit vierzig waren diese Bilder einen Zoll tief, mit sechzig gute zwei Zoll von der Wand entfernt; die Originale waren, wie sie selbst, keineswegs ausgelöscht, aber sehr versunken. »Dies ist das Geheimnis eines amüsanten Weibes«, sagte sie zu ihrem

Sohn Wendell, der schließlich ihr einziger Höfling werden sollte, das letzte offene Ohr für ihren verblassenden Witz. Denn Armut bekleckerte schließlich ihren Salon, knabberte an der Grandezza und ließ, wie ein Raubvogel über dem einsamen Glanz hockend, Unrat auf ihre Glückseligkeit tropfen, ihre Erinnerungen und ihren Lebensgeist, in unerbittlicher Wandlung.

Selbst Alex war fort; er, der so lange das Zepter geschwungen hatte, verebbte langsam, und an seiner Stelle erhob sich die letzte Flut, die Zeitungsausschnitte. Denn zum Schluß war dies ihr Hof – falscher Prophet, falscher General, das unzeitig geraubte Mädchen, eine geschickt getötete Frau, ein Kapitän, der behauptete, den Nordpol entdeckt zu haben, irgendein Jack, der auf eine Kirchturmspitze gestiegen war; alle in einem Konglomerat des Nebeneinander, und unter ihnen allen, in verlorener Unvermeidlichkeit lächelnd, Beatrice Cenci, Shakespeare und der Göttliche Dante.

Das Ende dieses Weibes war so erstaunlich wie ihr Anfang. Üppig blühend in ihrer blendenden Umgebung, von raschem, geistvollem Witz, rosafarben von Obszönitäten, setzte sie gegen Ende ihre kleinen Füße, einst der Stolz nicht nur ihrer selbst, in den abgenutzten Pantöffelchen auf eine Binsenmatte, legte die starken, geschickten Hände (Trophäen ihrer früheren Manöver) in den Schoß, die Seide, aus der einst Amelias Hochzeitskleid gemacht worden war, den Hals von den barbarischen Gaben ihrer Enkel umrahmt, mit Schnüren befestigte Talmisteine, geschnitzte Knochenstücke aus Wendells müßig spielenden Fingern. Das kräftige graue Haar über den Rücken hängend, so saß sie an einem Tisch, von ihrem Sohn aus Packkörben hergestellt, mit Taubenlöchern tatsächlich für die Vögel – die freilich längst fortgeflogen waren –, tauchte einen Federhalter aus einem Stück Schindel und einer Hühnerfeder in Tinte aus Ruß und schrieb mit eleganter Schrift jene vornehm formulierten, jene überlegen konzipierten Bettelbriefe, die ihre Familie seit zehn Jahren vor dem Ruin bewahrt hatten.

Sie schwächte ihre Kraft niemals durch den Mangel an Verschwiegenheit, wie er zu manchen Zeiten wegen der Schwäche irgendeines Priesters eine Religion zu unterminieren drohte, der den Glauben zwischen Substanz und Repräsentanz schwanken ließ; sie hielt ihren Geheimfrieden nicht weniger tapfer als irgendein Papst. Auch nicht annähernd der Schatten eines unfein erworbenen Groschens ließ die Familie erraten, bis lange nach ihrem Tod, daß sie eine Bettlerin von äußerst hartnäckiger Verwegenheit gewesen war, daß sie gelogen und geweint und die reizende alte Dame gespielt hatte, zum anteiligen Verderben jedes reichen Mannes im Lande sowie eines Präsidenten der Staaten.
Wenn jemand sie, nicht sehr kluger Weise, zu diesem Thema befragte, lächelte sie und sagte: »Ich schreibe«, und sie schrieb. In die aberhundert Bettelbriefe ging die ganze Sophia Grieve Ryder ein, ihre List, ihr Humor, ihre Verstellung, ihre Demut, und stets waren sie, mit unbeirrbarer Treue zu ihrer ursprünglichen Entdeckung des Weges zum menschlichen Herzen, mit »Mutter« unterzeichnet.
Im Dämmer mancher Wintermorgen kleidete sie sich beim Licht einer Kerosinlampe an, vor dem erlöschenden Feuer, und machte sich für die Wallfahrt in die Stadt zurecht, in der gewöhnlich das Endergebnis diskreter Briefe bestand. Sie ging, um ihre Gewinne einzuheimsen. In tadelloses Leinen gekleidet, eingehüllt in ihren Arme-Leute-Mantel, jenen fadenscheinigen, grüngrauen Mantel von vor dreißig Sommern, jenes Kleidungsstück, das sie vernünftigerweise dem »Mutter«-Anspruch beifügte, das lauter noch als Worte von ihrer Bedürftigkeit sprach, dies also über den gebeugten Schultern, und ein uralter, verschossener Hut, immer wieder von neuem mit rosa Bändern und schwarzer Spitze aufgeputzt, tief gegürtet mit von Julie aufgereihten Glasperlen, so ging sie aus und umklammerte einen schweren Beutel und einen leicht ausgebesserten Regenschirm. Sophia mit siebzig!
Manchmal kam ihr Sohn, aus Unkenntnis, ohne zu wissen, wie sein Klopfen sie auf ihrem ganz eigenen Weg zum Ziel

festnageln würde, an ihre Tür, und sie, aufgeschreckt, sagte: »Beschäftigt«, ohne aufzustehen und zu öffnen, die Feder hastig vom Blatt erhoben; dann neigte sie sich wieder vor, um zu formulieren: »Mein Lieber, sehr Lieber, lassen Sie mich jetzt nicht im Stich, meines Sohnes Blicke schreien Rache über mich für das, was er leidet, habe ich ihn doch in einer Form von zu großem Maßstab der Genialität geprägt« ... usw. usw., obwohl sie, als sie sein Klopfen hörte, das sie so erschreckte, wußte, daß er fett und vierzig war und in Gesundheit genoß.

Julie brachte sie ihre größte Liebe entgegen; sie tat wie ein wahrer Galan alle Erfahrenheit von sich, hielt sie auf den Knien und log ihr dieses und jenes vor, in der Weisheit ruhend, daß Realismus keine Nahrung für Kinder ist. Sie erzählte von ihrer Jugend und wie es mit ihr als Mädchen gewesen und nicht gewesen war, denn wäre Julie erst ein Weib, würde das Porträt genügend wirklich in den wahren Farben bestehen, die sie ihm gegeben hatte, denn Sophia wußte und ertrug dies Wissen tapferen Herzens, daß eines Tages, da sie nur noch Staub wäre, die Wahrheit an Julie herantreten würde, und sie sagte sich: »Was ich ihr lügenhafterweise erzähle, wird auch bestehen, und die Wahrheit um so hübscher«, und so geschah es.

Denn Sophia hielt es für eine irrtümliche Vorstellung, daß eine aufgedeckte Lüge bei der Aufdeckung ihren Zweck auslöscht. »Mag sie die Wahrheit denn wissen«, sagte sie sich, »das Ding, als das ich erschien, wird das Konto ausgleichen.« Und es glich es tatsächlich aus, denn im späteren Leben hielt Julie die Lügen ihrer Großmutter für die besten einer weiten Seele.

Sophia war von Geburt sinnlich, witzig, freundlich, beharrlich. Auf diese Machart hatte sie sich in ihrem Mut zum Verzicht auf sich selbst verlassen, auf daß sie für den selbst auferlegten Kampf imstande sei – eine leidenschaftliche und prekäre Familienliebe. Eine Familie in Bedürftigkeit hatte sie in diese Verlegenheit gebracht, und eine Familie in Bedürftigkeit

mußte es bleiben, um bei Fuß gehalten zu werden; und dank dieser blinden Hingabe hatte sie ihren Mund verschlossen und ihr Herz abgehärtet und wimmerte, wo sie es nicht hörten: »Erbarmen Sie sich der Armen«, und »Gott segne Sie, mein guter Herr!« Bettlerin vor den Toren, um zu Hause Königin zu sein.
Und Gehorsam heischte sie; sie liebte, aber sie wünschte Gehorsam. Sie war das Gesetz. Sie gab sich hin, um verschlungen zu werden, im Verschlingen aber mußte man ihr Beifall spenden und sagen: »Dies ist Sophias Leib, und sie ist größer als wir!« Tatsächlich verschlang man sie und sagte: »Dies ist Sophias Leib, und sie ist größer als wir«; alle außer Julie, die sie am meisten liebte. Julie war es, die diese Königin tödlich verletzte, darum daß sie sie am meisten geliebt hatte. Als Sophia ihr Herz als Nahrung darbot, spie sie es seinerzeit aus und sagte: »Ich schmecke eine Lüge!« Und Sophia hörte dies, und weinte in großer Pein, aber Julie ging hinweg.

KAPITEL VIER

Wendell wird geboren

Wendell Ryder, der zweite Sohn von Sophia Grieve Ryder (sie hatte ihm keines Vaters Namen gegeben, sondern beließ es bei ihrem eigenen, aus zwei Gründen: der eine war in ein Rasiermesser eingraviert, und der andere: sie mochte John Peel allmählich nicht mehr leiden), wurde im Winter 1865 geboren, als Sophia fünf Jahre Ehefrau war.

In der Wiege sah er ziemlich genauso aus wie später im Grab, Habichtnase, lange Lippe, die an der Brustwarze allzu zielsicher wirkte, und ein mädchenhafter Körper.

Wendells Erinnerungen beginnen schon mit den Geschehnissen seines zweiten Lebensjahres. Er erinnert sich, daß er mit Streichhölzern spielte, daß er infolge dieser Angewohnheit die Scheune in Brand setzte, die ihrerseits ihre Glut dem Haus übermittelte und nichts stehenließ als ein Abflußrohr, einen Tisch mit Marmorplatte sowie jene ihrer Besitztümer, die Sophia aus dem Fenster werfen konnte, darunter eine eiserne Brennschere mit Elfenbeingriffen, ein Sèvres-Krug, der sofort in tausend Stücke sprang, ein blaues Hauskleid und ein Reifrock.

Wendell erinnert sich, daß er als Fünfjähiger unter ein winziges Kräuselunterröckchen schaute und dort zwei kleine Beine fand, die keineswegs so simpel wie seine eigenen waren; daß er John genannt wurde und daß er später rundheraus einen unväterlich zugeteilten Namen forderte und eine Geschichte Englands ausgehändigt bekam, um sich einen auszusuchen. Er suchte sich Rufus aus und blieb drei Sommer lang dabei, dann entwickelte er eine kolossale Leidenschaft für Schwarzer Gilbert. So viele und so vielfältig waren die Benennungen, daß eine große Zahl seinem Gedächtnis gänzlich entfallen war, als er schließlich fünfzehn wurde. Nichtsdestoweniger erinnert er sich deutlich, daß man ihn, als er als Mann in die Welt auszog, zwischen dem Augenblick seiner Erprobung

und seinem vollständigen Erwachsenwerden, Wolfgang nannte, aber daß er log, um die Dame nicht zu verwirren, die ihn auf den Gipfel brachte, denn sie verabscheute germanische Namen und sagte, es wäre bloß Wendell andersherum, an welchem Namen er mehr oder weniger seine ganze Laufbahn hindurch festhielt.
Er erinnert sich lebhaft an die drei Wochen, die er als Drogerie-Kommis bei Burroughs & Welcome verbrachte, für die großzügige Summe von zehn Shilling und drei Pence pro Woche; wie er sich nach einer extra großen, mit dicken, brillantenförmigen Talgbrocken durchsetzten Englischen Pastete sehnte und sie sich keinesfalls besorgen konnte; wo, auf den Block genau, sein Mund wäßrig wurde, wenn er sich an die Glasscheibe eines bestimmten Bierhauses drängte, dessen Fenster gekochtes Hammelfleisch und Teller mit Kutteln und Zunge vorzeigten; und wie der Mund ihm eines Samstags nicht vergeblich wäßrig wurde, denn er war hineingegangen, hatte sich auf einen der Hocker gesetzt und einen halben Liter und eine Scheibe Rindfleisch dazu bestellt, und angesichts dieses Kostenaufwands schnellblütiger geworden, fielen ihm schlagartig die Schwierigkeiten auf, die den Erwerb eines Lebensunterhalts begleiten.
Am Ende jener drei Wochen war sein Schatten übermäßig mager. Als es Samstag ward, wurde er rausgeschmissen. (Weil, wie die anderen Kommis meinten, er einer abstillenden Dame in Chiswick Blausäure statt Wismut ausgehändigt hatte.) Nie wieder, ach – nie, nie wieder als selbstversorgende Einheit kämpfen! An dies Gelöbnis hielt er sich lebenslänglich mit einer Ausdauer und einer Inbrunst, die einer besseren Sache würdig gewesen wären, wahrhaftig, dreißig Shilling und neun Pence genau, das war alles, was ihm jemals für geleistete Dienste ausgezahlt wurde.
Er erinnert sich, daß die zweite Heirat seiner Mutter, mit Alex Alexson, der Grund für diese Bemühung um Unabhängigkeit war, da eine einzige Begegnung beide mit dauerhaftem und gegenseitigem Ekel erfüllt hatte. Sophia war eine liebevolle

und hingebende Ehefrau; dieserhalb hatte sie es unternommen, den einen aus dem Weg des anderen zu entfernen, mit dem bereits vermerkten Erfolg.

Er erinnert sich an die Soiréen seiner Mutter (sie war gerade von einer Tour mit Elizabeth Stanton durch die Staaten zurückgekehrt). Wie sollte er sie auch vergessen? Hatte ihn dabei nicht einmal keine Geringere als Lady Mary Glynn »Prophet in der Wüste« genannt, und hatte nicht der Erzbischof Benson geruht, mit ihm, unseren Heiland betreffend, Gespräch zu pflegen, am selben Abend, derweil er mit der gewichsten Schuhspitze auf den Teppich klopfte? Hatte nicht Oscar Wilde selbst, mit damals unbestreitbar seiner Rechten, seine, Wendells, rotbraune Stirnlocke hochgestrichen und gemurmelt: »Wunderschön, wunderschön!« Das hatte er wirklich. Und hatte nicht überdies Lady Bridesleep, sanft seufzend, ihn unter dem Kinn gekrault?

Häufiger aber pflegte er, wie ein einsamer Reiher auf der obersten Stufe der vornehmen Marmortreppe stehend, zu lauschen und das Benehmen der »Menagerie« zu beobachten. Auf dieser Treppe hörte er eines Abends Alex Mary Anderson zuflüstern: »Nenn mich Blubber«, und dann für einen Augenblick die Stimme seiner Mutter, wie sie Willie Wilde aufzog, weil er »ein Schokoladenplätzchen genau in der Mitte meiner Knabenkrautvase hinterlassen hat, denn ...«, fügte sie entzückt hinzu, »ist Ihnen denn nicht klar, mein Lieber, daß ich das Herz eines Jagdhundes habe und alles, was an mich kommt, Alex apportiere?« Und Willies inbrünstiges »Schwein meiner Träume!«, was zweifellos als eine Art Kompliment gemeint war, drückte er doch seine weniger Wildeschen Finger in ihre Handfläche.

Er erinnert sich, daß er dann fortging, in das obere Musikzimmer, und dort, die kurzen Beine auf den Pedalen, das Haar zurückgeworfen, mit seinen langen Lippen für sich und die Portion London, die er durch den Fensterflügel sehen konnte, ein Fetzchen aus der »Bettleroper« summte und gerade in dem Augenblick aufhörte, als Oscar sagte, was er

schon oft gesagt hatte: »Ach, Sophia, bien chaussée, bien gantée!«
Er erinnert sich, daß er gerade mitten in den Schwierigkeiten des Trauermarsches war, als ein Wandergaukler, einer von den Bettlern, die ihren Lebensunterhalt erwerben, indem sie London auf etwa sechs Fuß hohen Stelzen durchstreifen, zum Fenster hereinschaute, lächelte, sich verbeugte und flüsterte: »Regen in Sicht, mein Junge.«
Er erinnert sich recht deutlich an seine Antwort: »Diesbezüglich werden wir gute Tage sehen und schlechte, denn dies ist Menschenlos, Mann, dir aber, der du Gottes Wetter um gute sechs Fuß überragst, was kann es dir ausmachen?«
»Alles auf der Welt macht es aus«, sagte der Stelzenmann, »denn um so näher bin ich dem Zorn Gottes, und was näher zur Hand ist, wird nie ausgelassen.«
»Eitelkeit ist überall, und der Weltlauf und sein Weib mit dir, hoch oder tief.«
»Der Weltlauf und sein Weib«, antwortete der Stelzenmann, während er die Ellbogen auf das Fensterbrett stützte, »laufen mir zwischen den Beinen hindurch, aber Messalina hätte dasselbe behaupten können, und wenn ihre Kost und die meine nicht mehr als eine Zwiebel ist, so ist eine Zwiebel immer noch bloß eine Zwiebel, egal, wo du sie ißt, hier oben oder da unten.« Er fuhr fort: »Du möchtest bemerkt haben, mein guter Junge, wann immer eine Armee in die Schlacht zieht oder ein großer Mann stirbt, wann immer Natur sich irgendwo unbeherrschbar offenbart, als Mut, Mineral oder sonstwas – zu dieser Offenbarung wird immer ein Bogen errichtet, auf der Straße, die in die Stadt hineinführt oder aus ihr heraus, jawohl, bekräftigen wir's, da ist keinerlei Tat, so sie eines Menschen eigene Einschätzung vom Menschen übertrifft, daß nicht ein Bogen über sie wüchse als ihr natürliches Erbe, und ich glaube, Messalina war ein kluges Mensch, als sie sich selbst errichtet hat (mag es auch ein äußerst flacher Bogen gewesen sein) als Wunder für den aufrecht stehenden Menschen. In gleicher Weise errichte ich, der arme Tom, mich

selbst für mich selbst, ist es doch nicht wahrscheinlich, daß ich anders als durch meine eigenen Heldentaten jene Turmspitze des Ruhms erreichen werde.«

»Das ist wahr«, sagte Wendell.

Sprach der Stelzenmeister: »Alles ist wahr, was geehrt wird.«

Wendell hörte zu spielen auf. »Ich ließ dich abstürzen die Bögen der Jahre«, murmelte er.

»Na siehst du«, sprach der Stelzenmeister, verließ ihn, der am Fenster lehnte, und ergriff kräftig die Schäfte seines Berufs, »der Bogen ist es, der für die Heldentaten des Menschen steht.«

KAPITEL FÜNF

Notzucht und Verdruß!

Schließt die Fenster, verriegelt die Türen!
Pfui! Huren!

Holla! Frühling ist's wieder! Notzucht ist's wieder, und der Hahn hat noch nicht gekräht! Pfui, o weh! 's ist Notzucht, o ja, Notzucht ist's, und 's Heufuder stehengelassen! Ach, tandaradei, tandaradei, hat Tittencote wieder ein Mädchen geboren, nicht länger wie's sein sollt, sondern für immer und immer auf morgen und noch einen Tag!

Blut und Tod! Stimmt's nicht, meine Herrn? Genotzüchtigt, und der Rahm in der Kammer noch nicht abgesetzt! Genotzüchtigt, und die Wettergabel noch nicht zweimal mit ihrem Hahn gedreht! Genotzüchtigt, und noch kein Stern an seiner Stelle aufgesteckt! Können die Hund' ihre Spur verfolgen bis zur ursprünglich rechten Billigkeit, das Gesetz sie wieder rahmen in Mädchenschaft, der selten-erlaßne-besondre-päpstliche Dispens ihr wiedergeben die Jungfernschaft? Können Konklaven und Heerscharen, Pöbel und Janhagel sie zurücksteinigen in jenen süßen, verlorenen Zustand? Nein, noch auch kann eine einzige Nonne, niedergehend vor der niedergehenden Kerze, sie wieder reinbeten.

Ein Mädchen ist dahin! Ein Mädchen ist verloren! Ein einfaches Mägdlein vom Land, gestern noch schwang sich's übers Weidengatter, mit keinerlei Erkenntnis, und ist doch jetzt, heute, nicht besser als die Mutter und die Mutter der Mutter zuvor! Beschmutzt! Beraubt! Berührt! Zerschlagen! Zerknittert! Geplündert! Geschändet! Nicht reiner als Fische im Wasser, nicht süßer als Vögel im Flug, nicht besser als wilde Tiere auf Erden!

Höret! Schreit die Antilope in den Wäldern der Nacht euch so zwickend ins Herzblut, gute Ehemänner? Hast den Panther heulen hören, oder Wolf oder Wild, oder Fuchs, oder Eule, von solch Entjungferung? Kommt irgendein kriechend oder lauernd Fleisch zur Wehklag', mit geballter Klaue, um den Verlust von Häutchen oder Haut? Klagen mit grimmig zerrissener Wange, ist das die Erkenntnis der Jahreszeit? Hat eine junge Hinde irgend gegen den Wind zu früh geworfen und solchen Unterschied verloren? O nein, und versteht mich recht, dies ist ein ander Ding! Ein Mädchen ist in Gram gefallen, wieder im Frühling. Gehet denn aus, blast laut das Horn, und nennt den Spaten einen Spaten. Die Zeit ist reif dafür, wenn unreifes Weib der Reifung anheimfällt! Setzt den schwarzen Handschuh neben den weißen Handschuh, wer will sagen, ob nicht unser Richter den einen oder den andern trägt, ist's erst von jetzt neun Monde? O daß doch ein Abweg von dieser grauen Frist wär! Kämen sieben, kämen elf, wär sie dann noch die Buhlerin? Verdammt ist sie, zum Zählen bestellt, ihre Tage sind beziffert und ihre Nächte berechnet. Sie soll ihren Fuß nicht außerhalb setzen. Ein Weib im Bett allein, und das in Merry England, im Monat Mai! Schlumpe von Tittencote! Im strohgedeckten Tittencote, mit säuberlichem Fußblock unter dem Marktkreuz!

Ach! Ach je! Mir wird weh! Notzucht schlich umher und fand eine, empfänglich für Veränderung ... so war's schon immer! Hat den Fuß aus dem leichten Schuh gezogen! Herrjesses, welch wollustwachsames Wecken für eine Dirn! Kehr denn um, o Zeit, in deinem Flug! Sitzt Notzucht heiß im Weizen? Springt sie aus dem Roggen? Gesetzlose fleischliche Erkenntnis eines Weibes (bevor es ermahnt werden konnte) wurde errungen, der Bursch, im vollen gesetzlichen Sinne (ist er doch erst vierzehn) unfähig, trotz alldem, zu Genugtuung und Reue.

Mädchen, hast Unzucht getrieben und gebuhlt vor deiner Zeit? Wie ward's dir vorbedeutet? Bist früh aufgewacht von der Glocke des Irren und seinem Ruf: »Die Uhr schlägt acht, alle ehrbar'n Leute zum Bach!«? Oder hat dein Rücken schon von der Wiege an nach dem weichen Gras gesucht und dein

Hals nach dem warmen Arm? Wer hat dich gelehrt, du Luder, ungezügelt herumzutollen und dich hinzulegen zum Ungemach? Welch Ding von deines Vaters Tisch hat dir den Bauch nach oben gekehrt? Welch Wort in deiner Mutter Mund hat deine Ohren nach draußen gerichtet? Dirne! Schlampe! Strunze! Wer gab dir das Seil um den Hals? Bestohlen bist du des Schlummers, und deine Familie hingemäht vorm Schwert des Grams. Dein Bruder weint in sein Mundtuch und dein Vater in seinen Bart! Nicht länger ist das jahrhundertealte Pro-ocreis-Reginae der Stolz deiner Mutter, denn die jährliche Pracht, die man der Königin zahlt, um sie in Beinschienen zu erhalten, läßt Tittencote nimmermehr nach Tittencote schmecken, und du bist zur Hölle geschlittert!
So werden große Dinge durch kleine zu Staub. Das schöne Rom sieht Männer kommen und die Via Appia zuknöpfen, und ein Esel brüllt über Babylon. Starke Völker erheben sich und blühen unter dem Hü eines Herrschers und verfallen unter dem Hott des nächsten. Und hier, inmitten vorzüglicher kleiner Dinge, einer Grafschaft, derentwegen kein Blut vergossen wurde, außer einmal bei einem Ausrutscher der Geschichte, hat ein Mädchen gar die Giebel und Dachsparren ihres Hauses vor deren Ohren gebracht, als ihrer einen nächtlichen Träne viele morgendliche herabfolgten.
Und doch: ist's nicht des Weibes schnellster Weg, sich der Legende anzubieten? Denn jetzt sagen manche, sie hätte schwarze Melancholie geworfen, sie liefe in der Nacht umher von Hecke zu Hecke und hätte einen Blick, als ob der Eine, der sie in großen Gram gebracht hat, schon tausend Jahre tot wäre, solch tiefen Kummer gibt sie von sich, wo sie geht oder steht; ihre Seele springt von Laune zu Laune, ein Hund wittert etwas Unbekanntes, und am Gürtel hängt strenges Schweigen.
Aber schließlich, was läßt sich mit beßrer Absicht sagen, als daß sie genotzüchtigt worden, o ja, schrecklich genotzüchtigt! Oh, tierische Lockung! Die ganze Welt kennt keine so wahnsinnige, so ausgelassene, so giftige, so balsamische

Übersättigung mit Unglück! Läßt nicht solcher Schauder die Farbe jener Betten rissig werden, die Geschichte machten? Horcht auf die Erde, meine Gevatterinnen! Hört ihr nicht den Klang, obwohl ihr einen Schmutz berührt, der tausend Meilen weit von zu Hause ist? Hierher, gute Frauen! Die Nüstern gegen den Wind! Ist nicht ein Gestank von dieser Sache in jedem Lüftchen, wehe es von Ost, West, Nord oder Süd? Auf die Fährte, prügelnde, trampelnde, hadernde Menge! Das Häschen läuft, und ihr seid dicht hinter ihm! Es huscht über die Allmende, und ihr findet die Witterung nicht! Flog es nach links oder rechts? Wer ist der unfehlbarste Spürhund unter euch? Die Dame oder ihre Schlampe? 's ist eins wie das andre, Fleisch von Geflügel oder Wild, wollt ihr euch etwa die Beute entgehn lassen? Hebt eure hundert Füße und setzt eure hundert, habt ihr denn nicht, mit Winken und Rufen, euren zahlenmäßigen Haß doppelt, um sie zum Fang und zum Exempel zu machen? Nun also! Am Graben dorten fällt sie und wendet, wie ein Reh, das Gesicht, um Gnade weinend. Jetzt gebt's ihr!

»Und wie war's, mein hübsches Liebchen? – Gib ihr eins auf die Ohren, der dreckigen Buhlerin! – und ging's über den Zauntritt, oder war's auf dieser Seite vom Zaun oder auf der andern? Wie hat er's angestellt? Hat er dich angelogen, du stinkender Stint? Hat er gesagt, du hast süße Rippchen und Winteraugen? Und du, wie hast du dich da benommen? Bist du leichtlich bespritzt worden, oder nur zögernd in den Schmutz geraten? Mit einem Blick zurück oder mit einem Sprung auf den Köder? Im Sprung war's, ich wette, und ich werd meiner Nachbarin hier mein zweitbestes Nudelholz geben, wenn ich nicht recht hab! Oder bist du, du kleines Gemüse, gelegen in Ohnmacht, wo ein Mann herein kann, der Bettler, und alles finden, was er will, bloß nirgends dich selbst! 's ist verdammt schad, daß die Lebensgeister von einem Weib wie Spreu verstreut sein können, bloß ihre Keuschheit ist sicher genug an einem Platz, um sie in Verdammnis zu bringen! Also fort mit dir! Was wird deine Mutter dazu

sagen? Und was willst du von jetzt an für das Überleben tun?
Weniger bist du als einen Heller wert und leicht in einem einzigen Bierhaus vertan. Oder hast du schon eine Weltanschauung für deine Tat zur Hand, wie manch ein Kuppler, im Augenblick, da er die Stufen zum schlechten Ruf hinaufsteigt, so daß auf dem Marktplatz sich dann welche für klüger halten, weil sie ihre Waren feilbieten, dank seinem nichtigen und leeren Geschwätz, und an erhabenen Plätzen zügellos werden. Diese wenigen und solchen erschüttern die Urform der Wahrheit selbst und leiden tausend Lügen, die auf uns herabfließen wie ein Sternregen, wohl bunt sind und auch glänzen, doch keines Menschen Wahrheit. Oh, pfui über dich! Was hast du getan als ein Kerlchen zum Prahler gemacht und zur Last in allen Straßen, die als Sackgasse enden! Und soll das Kind, Mädchen oder Junge, Jahre später kurz bei der Pumpe stehen und irgend seiner abwegigen Zeugung widersprechen? Solche aber vergiften die Brunnen, gegen solche sträubt sich jeder Zoll Schamhaar, und sie zertrümmern sogar die Glokken, mit denen wir die Zeit verkünden!
Die Natter im Gras, der Steinbock im Fels, der Fisch im Nassen, der Vogel in der Luft, sie wissen etwas davon, aber schreiben sie Bücher oder reden am Bettrand oder flüstern auf Galerien oder machen Gesetze? Und solche noch, Mädchen, werden dich verurteilen, vielleicht sogar noch strenger als wir.
Im oblongen Auge des Rehs, wird da deine Beschaffenheit nicht langgezogen? Durch die Eule, wird da nicht eine gräßliche Rundung erworben? Im stumpfen Auge des Fisches wirst du nur etwas ermattet sein, aber im buckligen Auge des Rinds magst du wohl so hoch und verworfen reiten wie Jesabel. Und wie steht es mit den massenhaften Insekten, und mit den unendlich vielen Schlußfolgerungen des Äthers? Und zur Myriadenpupille der Fliege, die kann doch schlechterdings deine Not nur vervielfachen? Und bedenk noch die anderen, von ungesunder Beschaffenheit, mit Flecken auf der Iris, oder

an Gelbsucht oder an blutigem Ausgang leidend: werden sie dir nicht ihre Krankheit anrechnen und sagen, Tod hause auf deiner Wange, Fäulnis habe dein Fleisch befallen? Und wie stünd es mit deinen eigenen Augen, so du nicht nur das Leder deiner Schuhe sähest, sondern die Sohlen? Mußt du nicht mithin, solang du auf der Welt weilst, unerläßlich das Auge der Welt bedenken, und aus wie vielen Facetten dein Verbrechen besteht, je nach dem Ding, an dem es vorübergeht?
Sind nicht alle Vermeidungsphilosophien für dich niedergeschrieben worden? Die Mathematik, nimm sie, wo du nur willst, beweist sie nicht, daß es immer eine Abweichung gibt, die eine wunderbar andere Summe erbringt, so du dir gewünscht hast? Hat die Wissenschaft nicht bewiesen, daß keine Schnürnadel das Band aufnimmt, es sei denn willentlich, und der Faden erobert die Nadel nicht, und die Nadel hat keine Neigung für den Faden?
Haben nicht die Logiker, von Seneca bis Plato, klargestellt, daß kein Vorsatz in ein Hirn kommen kann, so Verstand zu seiner Vermeidung da ist? Sollte nicht ein Rat von Weibern, wie wir, dir in einer einzigen Sitzung klarmachen können, daß, wenn du nur über ein Vokabular der Bewegung verfügtest, der Fall immer noch ein Rätsel wäre und keine Gewißheit?
Müssen wir unsere Mädchen in die Schule schicken, damit sie lernen, wie man »Nein« sagt, im passenden Ton, sowohl zu einer Haferschleim- als auch zu einer Liebesmahlzeit?
Es gibt ein »Nein« mit eingewickeltem »Ja«, und es gibt ein »Nein« mit hinreichend eingewebtem »Nein«, und wir sind kläglich übel daran, daß unsere Mädchen nichts darüber gelernt haben. Lern jetzt, und es ist zu spät, lern gestern, und morgen wär' die Sonne anders aufgegangen. So wird die Spule dick von verknotetem Garn, und wenn es ans Nähen geht, was für ein Kleid soll daraus gestichelt werden, das nicht an öffentlichen Plätzen reißen und das Bein der Schande aussetzen würde? Es liegt in der mißlichen Natur des menschlichen Gemüts (wie es nun einmal heutzutage ist), daß es nicht (wie

die Alten) deine Tat größer zu machen braucht, aufdaß sie höchst stinkend, riesig und fürchterlich werde!
Oder faß es so:
Hast du nicht das genommen, was bessere Frauen zurückgewiesen haben, und hast solcherart höchst ungebührlich gehandelt? Ist es recht, nach den Süßigkeiten zu greifen, die hundert Gäste, bei derselben Versammlung, unberührt gelassen haben, und solcherart gierig ihren Geschmack zu porträtieren? Du hast nur ein einziges Leben, doch in einer einzigen Nacht hast du die Leibesbeschaffenheit Aller Nächte geändert und somit die Gemeinschaft bestohlen, die dich als echte Münze ehrte, nur um zu entdecken, daß du eine Fälschung bist, und hast damit eine bekannte Summe in eine Summe verwandelt, die des Nachzählens bedarf. Hast du nicht mithin die gesamte Gesellschaft gefoppt, und werden wir nicht um deswillen ebensoviel gerechten Abscheu für dich empfinden wie für den Fälscher? Falsches Metall verwendest du in deiner Münze, so falsches Metall, daß wir fürderhin auf unser Wechselgeld achten müssen, ob nicht Blei darunter ist oder solche Legierung, die uns den Beutel traurig leeren würde. Du hast das Gebäude unsres Rates verderbt, mit diesem einen kurzen Akt! Die Gesellschaft zu einer unbekannten Größe gemacht, und solches zu ertragen sind wir nicht gebaut, deswegen wird dieser gewisse Mann all seine Tage rasen, und niemand soll Handel mit dir haben, ohne dich zuerst umzukehren, zu schauen, wo der Stempel den Verrat einprägt!
Oder faß es so:
Du hast Zeit gestohlen, Zeit, wie sie sich über Tittencote lagert. Zeit, die von guten Ehefrauen, nähend und waschend, backend und betend, gestärkt war. Gefestigt von wohlverrichteten Haushaltspflichten, innerhalb der engen Vorzüglichkeit des Ehestandes, im Schritt der Monogamie, gewappnet durch Mäßigung, dauerhaft geworden durch Geduld. Die Zeit hast du gebeugt mit dem Zahn der Lust, den Saum der Ehrbarkeit zerrissen, und möge der Wind sich erheben und der Orkan folgen!

Oder so:
Der Mensch ist zum Sterben geboren, und wir haben, mit Standhaftigkeit, die fernsten Außenposten des Todes zu einem gesetzmäßigen Ziel gemacht, du aber hast in diesem buhlerischen Akt die Marke vorgeschoben; und dein Kind wird am Tag, da es zum ersten Mal atmet, der Welt den fernsten Punkt zur Schau stellen, der in diesem Elend je erreicht wurde. Und zur Stunde, da das Kind seinen ersten Schrei schreit, wird Tittencote einen derart entfernten Punkt des Kummers erreicht haben, daß es nicht dazu bereitet ist. Als wäre der Tod nicht schrecklich genug, ist dieser, auf den alle Augen sich richten müssen, ein gespaltener und ein Bastard-Tod und muß, wie ein falsches Denkmal, eher jenes zerstören als würdigen, zu dessen Gedenken es errichtet ist.
Ahnst du, was dies unweigerlich zur Verderbnis der ganzen Körperschaft wirken muß? Es ist schlimm genug, daß der Mensch unablässig die Schritte auf sein Ende zu richten hat, das Maß seiner ersten Stunde zu nehmen, indem er sie zusammenfaltet, bis sie die letzte berührt, wie ein Leinwandhändler, damit ihm nicht zuviel von seiner Elle genommen und geraubt werde, indem sie unvermerkt auf ihre Sahlleiste zukriecht, damit die Sahlleiste nicht vor ihm auftauche, wenn er nackend ist, damit sein ganzes Leben nicht zu nichts schrumpfe, unter der Erschütterung dieses, seines letzten Augenblicks.
Um wie vieles elender nun ist jener Mensch, der, mit welcher Standhaftigkeit auch immer, das Schauspiel eines Außenpostens betrachtet, welcher eine ungewisse Standarte flattern läßt?
Oder so:
Wessen Kind erntest du? Wessen Erstgeborener entspringt aus deinem Schoß? Wäre er nicht deines Nächsten Sohn, hättest du dich fest an die Gesetze deines Landes gehalten? Ist er nicht ohne Erzeuger gemacht durch vorzeitiges Zeugen? Heißt das nicht, das rechte Verhältnis der Generationen rückwärts zu verkehren? Reitet er nicht seiner Mutter voran, auf

der Suche nach seiner Mutter? In welchem Volk kommt der Sohn zuerst und die Mutter danach? Welcher Baum sprießt vor dem Garten und sagt: »Garten, Garten, hier ist der Baum!« Welcher Säugling gebiert seine Eltern, welches Kind kriecht aus der Wiege, aufdaß seine Mutter fände, ihr Haupt hinzulegen?

Wer setzt den Krummstab mit der Krücke nach unten? Wer säugt den Wind für die Mutter? Wer kämmt den Wind für die Eltern?

Wer setzt das Kind rückwärts auf das Tier der Zeit? Wer macht aus seinem Sohn nicht ein Geschlecht, sondern ein Grab, nicht Fortpflanzung, sondern Tote, nein, vermacht ihm weder Leben noch Tod, nicht Vergangenheit noch Zukunft? Er muß nach vorwärts suchen und nach rückwärts klagen. Umhergewirbelt wird er in Ungewißheit, und sein Geschlecht wird ihn für ein Geburtsrecht erben, und sein Vater und seine Mutter werden sagen: »Wir ähneln hiernach jenem, was vorher war und nicht ist.«

Oder besser:

Mutlose Molke bist du und solltest gezüchtigt werden! Geschunden! Gegeißelt! In den Stock geworfen! Niedergeschrien! Ausgebrüllt und rasch fertiggemacht, aufdaß du hinausgehst aus unserem Land und über die Grenze und in irgendein Nachbargebiet, dort zu liegen, bis irgendein grindiger, räudiger Topfscherben dich als Eintopf schmort oder dich zwischen heißes Eisen und heißes Eisen legt und dich solcherart verdörrt, um sich eine Kappe für die Stiefelhacke aus dir zu machen. So durchgeschüttelt, so beutelgeschnitten, daß dir alle Ungewißheit ausgetrieben ist, so setz dich wieder als gültige Münze ein. So lieg herum, so kratz, schäl, kneif, zerr, bis daß du wieder ehrliches Fleisch werdest. Solcherart, um zum wahren Gehäuse und Kern der Wahrheit zu kommen, durch guten Weibes Beweis – wenngleich dieser die Fakultät durch keinen Philosophen oder Schriftgelehrten Beglaubigung erteilt hat, durch all die alterslosen Zeitalter herab – aus einem Punkt überhaupt keinen Punkt zu machen, um

den zu feilschen wäre, aufdaß keinerlei Spitzfindigkeit auf die verschwendet werde, aufdaß keine Kerze auf Dachböden oder in Höhlen bis auf den Dochtrest herabgebrannt werden von Graubart oder Glatzkopf, wirf Lose für dich zwischen uns, zu bestimmen, welcher von uns du anheimfallen sollst; dann magst du jener Barmherzigkeit vertrauen, die menschliches Verstehen überschreitet – Gott sei davor, daß wir sie hienieden hätten – und so mit dir machen, was wir wollen, nachdem du gestohlen hast, was du wolltest!
Und ich verlang für mich selbst keinen besseren Anteil, als daß du mir anheimfällst, denn dann würden alle Augen den Knochen der Wahrheit, das Mark der Gerechtigkeit schauen! Denn alle Zerstörung in dir hätt ich zerstört, bevor es das nächste Mal Mitternacht schlägt!
Oder so:
Frühling ist's wieder, ach mein Kleines, das Wasser schmilzt, die Erde reißt auf, die Blätter sprießen, das Herz singt tandaradei, tandaradei! Mädchenwetter ist's, und Burschenglück!

KAPITEL SECHS

Bildnis von Amelias Anfängen

In der kleinen britischen Landgemeinde Tittencote (im vorigen Kapitel beschrieben) lag im Jahre 1869 John Johannes de Grier im Sterben. Eine lange Reitpeitsche, sein letzter Begleiter bei den Werken dieser Welt, lag längelang neben seinem Bett. Sie lag dort seit vierundzwanzig Stunden, denn am Tag, bevor er zum Sterben kam, hatte er seine Lieblingstochter Amelia, damals sieben Jahre alt, im Hof herumgejagt, weil sie, armes Unwissendes, den Wäschekorb in den Hühnerstall geworfen und damit Federn aller Größen in die Luft gewirbelt hatte.

John Johannes war französischer Abstammung; zur Zeit der Hugenotten setzte sein Blut, soweit es sich in seinen Vätern befand, nach England über. Von Geschäft war John Johannes Baumeister, im Herzen Kunsttischler.

Er fettete seine Reitstiefel jeden Morgen mit ff-prima gelbem Unschlitt ein, striegelte seine Pferde und nahm, im Flug über jede Hecke setzend, den Weg zur Kirche, das behexte Schwänzchen eines Kaninchens jagend. Seine Frau sagte, er käme nie zu Gott wie andere Menschen, sondern am dicken Ende eines Hasen hängend. Sei dem wie ihm wolle, er mochte die Felder lieber als das Paternoster, seine Möbel lieber als seine Frau (was schließlich nicht so schlimm ist, wie es klingt, denn Möbel können höchst stolz und schön sein und gelegentlich von einem beseligenden Fluß der Glieder, dem Weibe nicht gewährt), Amelia aber am liebsten. Diese Neigung war nicht auf gewöhnliche Weise entstanden, mußte er sie doch gegen elf weitere abwägen.

Amelia de Grier war dunkel und dünn; sie befestigte sich mit jener einzigen Geste in ihren Kleidern, mit der man einen Sonnenschirm zusammenklappt. Mit sieben hatte sie, den Naturgesetzen entsprechend, keine Brüste; mit siebzehn stand es nicht besser mit ihr; zwei kleine Wärzchen beherrschten einsam das Territorium. Sie war ein braves Mädchen, sie fürchtete die Iren, wie man es sie gelehrt hatte, zumal wenn diese einen rotbraunen Schopf zur Schau trugen; sie hatte wenig oder nichts gelesen, sie wunderte sich über die Mengen Rum, die ihre Verwandten immer herunterkippten; und sie besaß eine ausgeprägte Vorliebe für den Wurm im Stammbaum. Wenn sie im Wald herumstreunte, hob sie mit großem Vergnügen Blätter hoch, um nach Moos und Käfern zu schauen. Sie war »der Tod der Kochkunst«, wie ihr lieber Wendell später sagte, als er Grund hatte, es zu wissen, und sie haßte das Haus und jegliche Arbeit darin.

Ihre Mutter, ein Gegenstand an Schönheit mit ihrer langsamen Umfänglichkeit und dem festen Kopf – wie ein Totenkopf, über den keine Verwesung gekommen ist –, saß lange da, die Hände über der seidenen Garnison gefaltet, welche die Truppen der de Griers beherbergt hatte. Sie sprach selten; wenn es dann aber geschah, sprach sie warnend:

»Du hast eine Tante, sie heißt Nelly, sie ist wie eine Puppe an heiligem Ort, denn«, sagte sie, »sie ist tief gesunken durch Leiden und Ehre und Schande, und wurde wieder emporgehoben; und dies ist ein Geheimnis«, fuhr sie fort, aus dem Fenster und von ihrer Tochter wegblickend, »und du darfst es niemals erzählen. Nun ja, der Herzog von C- schwängerte sie, und natürlich, wie es die Gepflogenheit großer Herren ist, kam er im Verlauf seiner Gebete (letzthin etwas vernachlässigt) zu der Schlußfolgerung, diese Tat könnte nicht gut mit ihnen zusammenpassen, und so verheiratete er die süße Nell mit einem hübschen Burschen, einem aus der Königlichen Garde, volle sechs Fuß groß mit Federbusch, und einen Eimer Blut in jeder Ader.

Sie und ihr Wachmann, getreulichst wachend, ritten denn gemeinsam unter den Bäumen aus, unter den geneigten Weiden, sie vorausreitend, in einem grünen Habit aus Reliefsamt und mit lieblichem Himmelblau an der Rückenpasse sowie einem Knabenhut schräg auf dem Kopf. Ein schöner Tag, die Sonne scheint, sie wärmt die Handrücken, die Schulter und die Außenseite des Beins. Die Blumen im Gebüsch sehen so kräftig, so rot, so passend aus, als wären sie in die Hecken eingestickt. Der Himmel ist leergefegt, und ein einziger Honigfalke, er kreiselt und kreiselt am Himmel, als wären alle Teile des Tages gleich. Die Maulwürfe auf dem Feld kamen hervor, um zu sehen, was denn so die Stille der Erde stören konnte, und die Maulwürfe der Erde verspürten einen Schattenriß gegen das Tageslicht, rührend und schrecklich, denn sie ritt hoch aufgerichtet. Ihr gerundeter Busen, steif von Fischbein und fünfzig geschnitzten Knöpfen gehalten, gehörte schon zweifellos keinem Manne, aber brustabwärts nahm sich gar eine Rundung ihre Freiheit unter dem Samt. Und weil der Gardist sie liebte, war es mehr, als er ertragen konnte, und mit langen, gleichmäßigen Schlägen peitschte er sie, während sie ritt, mit der Reitgerte, und kein einziges Mal wandte sie den Kopf um, denn wie könnte ein Mensch aus einem anderen den Hund herauspeitschen? Das war deine Tante, und du darfst nicht von ihr sprechen.«

Amelia sagte: »Warum?«

»Weil es eine Schande ist«, antwortete ihre Mutter und blickte durch das Fenster auf die liebliche englische Landschaft.

Sogleich, auf dem Weg zur Zimmertür, trat sie zu nahe an Amelia heran, wie man im Dunkeln einem Gegenstand zu nahe kommt; dies war ihre Art von Heimlichkeit: »Laß nie einen Mann dich berühren, zeig nie irgend etwas, behalt deine Beine in deinem eigenen Leben, und wenn du zu einem Weib heranwächst, verbirg das als ein Geheimnis sogar vor dir selbst.« Sie schauderte. »Hab nie, nie, nie Kinder. Und Gott verzeih mir.«

»Verzeih ...?«

»Daß ich dich sterblich gemacht hab. Wenn du lebst, wirst du eine Närrin sein. Eine Frau muß stark sein, um zu sterben, bevor sie eine Närrin gewesen ist. Keine hat Einbildungskraft; ich hatte sie nicht, und du wirst sie nicht haben.« Sie ging ohne Tränen aus dem Zimmer und steckte die Hände dunkel in die Falten des Rockes, der sich die weitest mögliche Freiheit im Raum nahm.

Im Jahre 1886 war Amelia de Grier vierundzwanzig und zum ersten Mal in London. Sie wandte den Kopf von einer Seite auf die andere, wie es typisch für sie war, und betrachtete die St.-Paul's-Kathedrale, die Themse und den Tower. Ihr Bruder war mit ihr hergekommen, sowie ihre älteste Schwester Ann, denn ihre Mutter war gestorben und hatte ihnen das de-Grier-Vermögen zu gleichen Teilen hinterlassen. Sie waren jetzt insgesamt elf, denn Brüderlein Joseph war kurz nach einem sonntäglichen Mittagessen ausgefallen, zu dem eine leicht angegangene Schweinshaxe gehörte, und er nebst Schweinefleisch ging auf schnellstmöglichem Wege zu Gott ein. Amelia und Ann richteten sich eine sehr ordentliche Wohnung ein, in Shepherd's Bush, mit einer Mauer drumherum, und mit Stachelbeersträuchern.

Jetzt gab Amelia ihrer Natur, welche sentimental und schmachtend, freien Lauf und begann, Geigen- und Gesangsunterricht am Konservatorium zu nehmen. Hatte sie sich denn nicht zum Zwecke einer Karriere photographieren lassen? Eng anliegender Samt, vorn von oben bis unten geknöpft, das liebliche Haar bis zur Taille hängend, eine Woge von mindestens einer Spanne, ein Mantel aus indischer Seide, hübsch neben ihr über die Sitzbank driftend, mit einem gewaltigen Fuchskragen im Rücken, der sich gerade eben über der Schulter zeigte – die Kunst des Photographen –, vom Ausdruck ihrer braunen Augen ganz zu schweigen: hingerissen von allen Noten, die inzwischen im Bauch der Zeit verschwunden sind. Die kleine Hand lag mit der Handfläche nach oben auf der Bauschung ihres Schoßes, mit den exakten Intervallen der Finger, die sie als mächtige Arbeiterin an der Toccata erwiesen, und schwielig an den Fingerspitzen, um ihrer Prahlerei Gewicht zu geben: »Ich habe meine ganze Familie auf die G-Saite gespannt, und schaut, was daraus geworden ist!« Denn wenn sie keine Virtuosin wurde, so lag das nicht an einem Fehler in ihrer Strategie. Was ihren Bruder betrifft, der mit ihr nach London gekommen war, so hatte er sie in die Kathedrale gebracht, und dort, als sie den Mann beobachtete, der an den Blasebälgen arbeitete, aufdaß der Orgelmeister die Augen schließen und dennoch einen gewaltigen Choral dröhnen könne, nun, da wollte sie sich nicht zufriedengeben, bis sie den Organisten selbst in Aktion besichtigt hätte, und das tat sie, woraufhin er Gott gegenüber für diesmal äußerst gleichgültig wurde und sich von den Winden der Liebe hätte anwerben lassen, welches sehend ihr Bruder, der junge John, meinte, sie in ungewöhnlich guten Händen hinterlassen zu haben, und er schlüpfte zu seinen Pferden und seinen Hunden und seiner schmachtenden Dame hohen Ranges zurück, deren Hundewärter er war, und setzte seine Feder wahrhaftig erst ganze sechs Monate später ameliawärts aufs Papier, als er ihrer dringend bedurfte, denn die Lustseuche war unter einem hübschen, gekräuselten, apfelgrünen Frauenhemd hervorgetreten, das ihn zum Nachtquartier beanspruchte.

Amelia erklärte Sophia das später zutreffend (denn sie gewahrte die Existenz dieser Dame auf der anderen Seite ihrer Mauer, als deren Sohn Wendell daraufsaß, in grünem Köper, seines Sitzes sicher und mit weißen Ratten baumelnd, denn es sei gesagt, daß Amelia sich an jenem Nachmittag seiner bemächtigte und ihn zappelnd in den Innenhof schickte) als »Unschuld eines Burschen, als welcher noch nie im Leben die Blicke auf ein Weib geworfen hatte, es sei denn, um festzustellen, daß sie im Unterbalken ein bißchen kräftig wären, und schau, was daraus geworden ist«, was eine Lieblingsbemerkung von ihr war, wie wir bereits sagten.

Sophias Erwiderung war charakteristisch für das warme Herz dieser Dame, sie sagte: »Nenn mich Mutter«, und von diesem Tage an hegte Amelia sie innig am Busen, als wahre Blüte des Weibstums, und so geschah es, daß Amelia, ihr Erbe übergebend, welches ihr die Verfügung über einige anmutige Noten und einige Geigentechnik hatte vermitteln sollen, die mit ei-

nem lockeren Handgelenk begann und mit einem Tremolo und öffentlichem Auftritt hatte enden sollen, so geschah es, daß Amelia in Sophia Ryders Hände (sehr gegen den Willen ihrer Schwester, denn Bruder John bedurfte unablässig der Bandagen) dies kleine Vermögen legte und hinfort zur Genossin jenes Hauses wurde, auf Sophias Knien saß und mit hingerissener Aufmerksamkeit allem lauschte, was sie sagen mochte. Und wie schnell es Sophia gelungen war, sie zur Tochter zu machen, und alles, was offenbar dazugehörte, wurde in späteren Jahren überliefert, denn man konnte auf eine Achtelnote genau sagen, wann Amelia das Konservatorium verlassen hatte (gerade knapp nach acht Monaten). Sie konnte auf der Geige Schumanns »Frühlingslied« spielen, aber nicht die großen Rhapsodien, sie konnte »Butterblume« singen, aber nicht den »König in Thule«. Ihre kleinen Errungenschaften waren also in ihrer Unreife zeitlich ebenso genau bestimmbar wie bei einem Kind von ebensoviel Monaten, und es war kläglich anzuschauen, wie sie sich im späteren Leben vom Klavier abwandte, mit jenem verstörten Blick in den Augen, der vom Erfrieren einer Knospe spricht.
Auf jenem Knie aber erfuhr sie viel Unerwartetes. Sie erfuhr, daß Sophia dem König von Schweden begegnet war und von ihm einen Ring mit einem Blutjaspis, in Gestalt eines Herzens, erhalten hatte; sie erfuhr, daß Sophia in zweiter Ehe mit einem Renegaten verheiratet war, einem stämmigen Schweden (ein Priester hatte ihn »erwachsen« gemacht) mit schwarzem Schnauzbart (er war es gewesen, der freundlich auf Amelia geblickt hatte, wenn sie auf dem Schulweg vorbeigekommen war). Sie erfuhr, daß Aaron, der jüngste von Sophias drei Söhnen, im sechsten Monat seines Lebens gestorben war; der andere, Gaybert, Chirurg war, und Wendell sich gerade von einer allzu fleischlosen Gemüsediät erholte und damit in ihrer Vorstellung als Künstler ausgewiesen war. Sie erfuhr, daß große Staatsmänner, große Gelehrte (die für diesen Augenblick auf ihren herrscherlichen Puls verzichtet haben mußten) und so viele Generale, wie man auf einem Dutzend Streitrös-

sern unterbringen kann, ihr Feuerwerk auf sie abgeschossen hatten; sie erfuhr, daß sich Sophia so gewandt wie ein Schimmer von Stahl unter den Präraphaeliten bewegte, und sie erfuhr, daß in einem schwedischen Koffer mit sieben Schlössern und drei Eisenbändern manch ein Billet von Berühmtheiten lag, das großes Heulen und Weheklagen unter jenen Frauen hervorgerufen hätte, welche Ehefrauen waren.
Amelia entdeckte, daß Sophia unter ihrem zunehmenden Fleisch Erinnerungen an das bewahrte, was dies Fleisch nun verdeckte, süße Brüste, von der Zeit verborgen, nachlässig eingesunkene Schultern, Beine, die unter ehrlosen Pfunden immer noch in alter Weise schritten, und ein Fuß, der immer noch klein spielte.
Sophia sagte: »Du hast sehr wenig gelesen.«
»Sehr wenig«, sagte Amelia.
»Daher«, sagte Sophia, »weißt du nicht, was alles in einem Fuß liegt. Rennend und huschend, liegend und stehend ist der Fuß oft übersehen worden. Große Füße und kleine Füße haben eine große Rolle in der Geschichte der Menschheit gespielt. Auf Zehenspitzen gingen die Drei Greise. Wären sie heute zum Begriff geworden, wenn sie fest aufgetreten wären und nicht die Hacken ihrer Sohlen geschont hätten?
Rasch wirbelte Salome auf den Zehen. Wäre Jochanaan am Mangel seines Kopfes gestorben, wenn sie im Boden verwurzelt geblieben wäre? Tönt die Vergangenheit nicht wider von Füßen, die ins Verhängnis eilen? Wäre Napoleon groß gewesen, so er in sein Schicksal gewatschelt oder herumgetrippelt wäre? Und wenn ein Weib sich einen großen Namen erwirbt, so wegen des Klangs ihrer Schritte oder wegen ihrer eingeborenen Fähigkeit, die Füße vom Boden fernzuhalten? Wie oft verdankt ein armer Mann seinen Aufstieg dem großen Fuß, mit dem er eine verschlossene Tür eintritt, und wie viele Frauen verdanken ihren Aufstieg der Tatsache, daß ihre Sohlen frei von Staub sind?
Ich bin in kleinen Schuhen manchen Geschicken entgegengegangen«, fügte sie hinzu, »aber keinem so beunruhigenden

wie jener Gelegenheit, als ich zu einer Lateinstunde ging und als Mutter zurückkehrte.«

»Und wie kam das?« fragte Amelia.

»Solchermaßen«, antwortete sie, denn sie war ein tapferes Weib, in sauberen wie in schmutzigen Schuhen. »Als mir die Laune kam, ein transitives Verb zu entdecken: ›ich liege – er liegt – sie liegen –‹ solchermaßen«, sagte sie und lachte herzlich, »wurde mein erster empfangen, und jetzt weißt du alles.«

Auf diese Weise, einen Satz bildend, hielt sie sie höchst grausam von der Beethovengeschichte fern, von der ein andermal ...

KAPITEL SIEBEN

Sophia erzählt Wendell, wie er empfangen wurde

Dies ist der Traum, welchen Sophia Grieve Ryder ihrem Sohn Wendell erzählte, als er das Alter der Urteilsfähigkeit erreicht hatte.

»Du weißt gut genug, wie vollständig ich deinen Vater haßte. Wäre es unter diesen Umständen vorstellbar, daß ich, von einigermaßen feurigem Wesen, ihm den Zugang zu jenem Ort eröffnen sollte, der sich von Herzen über sein erstes Eindringen beklagte? Dein Bruder, das ist die volle Wahrheit, beweist diese nachträgliche Abneigung. Laß uns darüber nicht weiter reden. Aber hat man je eine Katze (und diese Brut mag ich lieber als die Hunde) zu ihrem Erbrochenen zurückgebracht, so sie irgendwie ein Tier von Temperament war? Ich glaube nicht. Als ich mich also schlafen gelegt hatte, mein Gemüt für das nächtliche Zusammensein mit dem einen oder anderen wohlgesitteten Traum sammelnd, hatte ich kaum die Augen geschlossen, als ich, siehe! mich im Tempel der Musik befand und jemanden auf mich zukommen sah, in langem Gewand, die Hände auf dem Rücken. Sein Kopf war mit dünnem grauem Haar bedeckt, und ich wußte, daß es Beethoven war, denn sein Abbild befand sich an jedem Pfeiler des Tempels. Der herzhafte Teil nun besteht darin (maßen der Eigenschaft von Träumen, wie sie nun einmal sind, aus irgendeiner fabelhaften Quelle aufzukochen und in sie zurückzukehren), daß er auf mich zukam, von meiner menschlichen Seite her mit mir verschmolz und aus meinem Allerwertesten hervortrat, ohne auch nur ›mit Ihrer Erlaubnis‹ oder ›wenn Sie gestatten, gnädige Frau‹ zu sagen oder eine Bemerkung über das Wetter zu machen, und neun Monate später, nach dem christlichen Kalender, wurde ich von dir entbunden.«

»Beim Kettenhemd Gottes!« rief Wendell, »soll ich glauben, daß du einem Phantom beigewohnt und einen Sohn geboren hast?«

»Nichts anderes«, sagte seine Mutter, »obwohl es genaugenommen kein Beilager war, sondern eine Einflößung, denn ich sage dir, er hat überhaupt keine Zeit mit mir verbracht, mich nicht gefragt, wie es mir geht, noch sich nach meiner Gesundheit erkundigt, sondern ging durch mich hindurch, mit den Stiefeln und allem, ohne die Hände auseinanderzunehmen, und soviel ich weiß«, setzte sie hinzu, »schritt er weiter in die Region des Zwischenreichs, ohne sich umzudrehen. Aber daß ich dich neun Monate später bekam, ist kein Mythos.«
»Ich werde dies«, sprach der Sohn, »in mein Rasiermesser eingravieren.«

KAPITEL ACHT

Pro und Contra oder Die Schwestern Louise

Anfang 1887 saßen zwei pianistische junge Damen (Schwestern) mit Hakennasen und Fingern, die sich nichts Geringerem als der Oktave hingaben, an ihrem Duo, in einem Raum mit Doppelfenstern, mit zwei Bahnen ausgiebiger Spitze behängt, die Rücken einer zierlichen Sammlung von Fielding und Smollett, Daudet und Mallarmé hinter sich, zwei schwere Marmorbüsten von Chopin auf den beiden Ecken des Klaviers vor sich, im Spielen erörterten sie den Nutzen von Widerwärtigkeiten.

»Ich glaube«, sagte Louise, einen Triller ausführend, worauf im Baß ein Lauf der schwesterlichen Finger folgte, »daß nie zuvor der Mensch sich so vollends seiner Teile erfreut, ihnen so vertraut und sie so beherrscht hat, daß –« an dieser Stelle legte sie mit ihrer Schwester gemeinsam ein Diminuendo ein – »andere ihnen in gleichem Maße vertrauen können.«

»So hübsch gesagt, so einfach und doch so direkt, Schwester«, erwiderte ihre Gefährtin, »daß in meinem Wesen nichts sich fände, deinem – nennen wir es: deinem Opus zu widersprechen, gäbe es da nicht in meinem Gemüt einen flottierenden Zweifel hinsichtlich der schließlichen Relevanz, ich möchte sagen, Genugtuung des Menschen gegenüber der Masse, wenn –« schloß sie, indem sie bei einem schwierigen Takt ihr Äußerstes gab, »die Masse weiblich und der Mensch Wendell ist. Kannst du«, fügte sie hinzu, die Finger ihrer Schwester bis in den höchsten Sopran hinauf verfolgend, »dir vorstellen, daß die Natur in einem einzigen Menschen unaufhörlich wäre?«

Ihre Schwester blätterte die Seite um, während ihre Hand auf einem Moll-Akkord innehielt. »Kaum unaufhörlich«, räumte sie ein, »aber vielleicht wiederholterweise befriedigend.«

»Er behauptet«, sagte ihre Schwester, das nunmehr beendete Duo auf einem Brahms-Stapel ablegend, »daß kein Weib, wie

ALL BECAUSE OF WENDELL!

kapriziös auch immer, wie sehr der Spekulation und dem Experiment, der Koketterie und der Wollust ergeben, ohne seine besondere Art des heimlichen Einverständnisses glücklich sein könne.«

»Er malt ein rosiges Bild«, entgegnete ihre Gefährtin, »von der Polygamie für –« und sie betonte: »den *Mann* –«

»Laß hören, wie das geht«, sprach ihre Schwester und nahm eine feine Nadelarbeit auf, Dornbusch und Moses, nebst einer Hagar, die symbolisch weiße, dreifache Seidentränen in der Wüste weinte.

»Geht es nicht ungefähr so?« begann ihre Schwester und schloß die Augen zu einem verlängerten *piano*: »Es gab Tessie, vierzig Jahre, inzwischen ganz rein und mager und stolz; und neben ihr gab es eine Mazie, ein Mädchen von zwanzig, einmal Kindermädchen, einmal Mutter, einmal in Trauer, einmal glücklich, einmal unglücklich, und nie verheiratet. Es gab die Katze Bell und die Puppe Bebe und die launenhafte Hester und die Bauerntochter Caddie.«

»Das klingt«, murmelte ihre Schwester, die gerade einen leuchtend roten Nabel an genau die richtige Stelle stickte, »wie eine Lästerschule –«

»Verschwiegen, meine Liebe, durch Dunkel. Was –« stellte ihre Gefährtin aus dem Mutterleib richtig, »konnte anständiger sein? Indessen«, setzte sie aufopfernd hinzu, »laß uns fortfahren. Schau die Bäume, dick verwurzelt, lieblich belaubt, manche im Schatten, manche aufleuchtend, und hier schau den welligen Boden, aufberstend von Erbsenkeimen, Bohnenkeimen und Zichorie, Melonenpflanzen und Kürbispflanzen und schwedischen Rüben; hier lugen die Augen der Kartoffeln hervor und dort die eingehäufelten Feuer manch eines Dunghaufens, ein vollkommen ausgelegter Teppich der Fruchtbarkeit, meine Liebe. Schau nach oben, so weit das Auge reicht, nach dem wilden Habicht und der Taube, dem Sperling und dem Rotkehlchen und nach ihr, der eilenden Leichenbahre der Lüfte, der Krähe, und zwischen Himmel und Erde diese sechs, nähend, waschend, anschwellend –«

»Und«, gipfelte ihre Schwester, »liebend?«
»Darf ich monologisieren?« versuchte ihre Gefährtin.
»Stürz dich hinein, meine Liebe«, erhielt sie zur Antwort.
»Lachend, ich würd' sagen kreischend, stürzten die sechs aus
dem Haus heraus, mit geschickten Fingern in Rippen und
Arschbacken kneifend und stoßend, nach den eigentümlichen
Weideplätzen und schwachen Punkten ihrer Gefährtinnen
haschend. Ausschwärmend flogen sie durch die Haine und
Gehölze hin, und ihre heiteren Scherze scheuchten die Tau-
ben hoch in die Luft, in einem Aufruhr kühner Flügel. Keu-
chend warfen sie sich, je zu dritt, neben den murmelnden
Quellen auf den üppigen Rasen, die Haare zerzaust und die
Kleider verrutscht, heiß und mit hüpfenden Herzen und Bek-
ken, und fielen übereinander her, lachend und erschöpft.
Doch warte! Gab es da nicht einen groben Schnitzer in der
Zeit der Restauration? Hat Antonius nicht etwas an Kleopa-
tra übersehen? Gibt es nicht ein Judasfenster in jeder Bretter-
wand, eine lose Planke in jeder Liaison?
So stieg nun im Hirn einer jeden, jeweils ihrem Vorstellungs-
vermögen gemäß, die Gestalt von Wendell auf, mit unglaub-
lich großen Flügeln sich von der Erde abhebend, Kornfelder
und Berge übersteigend und sich in die Wolken aufschwin-
gend, wie ein gewaltiges und geliebtes Insekt, die starken
Hände nach oben gerichtet und die gewölbten Füße nach un-
ten, und die donnernden männlichen Teile hingen wie ein
schrecklicher Amboß, auf dem man Auferstehung und Tod
hämmert.
Dann wandten sie sich langsam, wie Katzen sich bewegen,
mit Muskeln in den Armen und Sehnen in den Beinen, die
Stärke einer jeden listig registriert, einander zu, mit vorge-
schobenem Kinn. Zerrend, beißend, reißend, kratzend,
schreiend, heulend rollten sie Hals über Kopf, in Blut und
Tränen. Über den Rasen, durch die Petersilie, durch die Ro-
sen und die Nelken, durch die Gerste und die Brombeeren,
und hinab, hinab in die bodenlose Tiefe des Tals, jetzt sie zu-
oberst, dann sie, dann sie zuunterst, und dann sie, und

schließlich in die Schlucht, wo zwischen hohen schlanken Gräsern der Unrat blüht.«

»Kommen sie wieder?« fragte ihre Schwester verzagt.

»Speit die Hölle ihre Verdammten aus? Das tut sie.«

»Das frage ich mich«, sagte sie, und dann: »Sollen wir es ausprobieren, den Schleier zerreißen und eine Wiederkehr erlangen?«

»Meine Liebe«, erhielt sie zur Antwort, »schür das Feuer für den Tee, und denk dran, daß die Hölle nicht für Damen da ist.«

»Ich verstehe«, erwiderte ihre Schwester.

»Und nicht ...«, sagte ihre Gefährtin.

»Meine Liebe, ich male es mir bis ins *feinste* Detail aus ...«

»In diesem Falle«, stimmte ihre Schwester zu, »laß es uns nicht verderben.«

KAPITEL NEUN

Zähren, müßige Zähren!

Worin Amelia sich darauf vorbereitet, London und ihre Schwester zu verlassen, in Richtung Wendell und Amerika.

»Ach, mein Gott«, seufzte Amelias Schwester Ann, »unser armer Bruder Edmund hat die Lustseuche, mein Jack hat sich zum Schurken entwickelt, und du reisest nach Amerika ab, in dies ausländische Land! Was wird aus uns allen werden! Ich habe nie begriffen, was du an diesen Ryders für einen Narren gefressen hast. Sophia ist nicht besser als nötig, Wendell ist keiner, für den man den Rock lupfen müßte, es ist nur ein Glück, daß Alex allmählich verfällt.«

»Ich werde dir jede Woche schreiben«, sagte Amelia, die vor dem neuen Überseekoffer kniete, »und ich werde dir alles über die Indianer erzählen und lauter solche Sachen, die mir wahrscheinlich zustoßen, und ich werde dir einige ihrer Federn zum Schreiben schicken, wenn sie kein Mythos sind, obwohl ich der Ansicht bin«, fügte sie hinzu, während sie das letzte Wäschestück aus einem Dutzend zusammenfaltete, »daß sie wie alle Heiden sind – mehr Fleisch als Flaum.«

»Oh, mein Gott!« sagte ihre Schwester noch einmal, »was wird aus uns allen in dreißig Jahren werden? Du wirst so schwarz wie eine Äthiopierin, ich so bleich wie eine jede alte Jungfer, mein Jack ist im Gefängnis, bestimmt, und der arme Edmund ziemlich sicher schwachsinnig, denn die Lustseuche steigt nach oben, sagt man, wenn sie nicht unter Kontrolle gehalten wird, und was könnte bei Edmund, außen oder innen, verhindern, daß ihm alles augenblicklich geradewegs zu Kopfe steigt?«

»Ich bin ein böses Mädchen, daß ich dich verlasse, und das ist die Wahrheit!« sagte Amelia, und wischte eine Träne weg,

»doch Liebe gibt es nur einmal und Heirat kaum je, und die Zeit verfließt. Was soll ich denn machen?«

»Was alle Weiber mindestens einmal im Leben machen«, sagte ihre Schwester und wandte den Kopf ab, »was sich auf keine Weise ändern läßt.«

»Du erschreckst mich wirklich!« sagte Amelia, legte die Arme auf den Koffer, senkte ihren Kopf in die Arme und brach in Tränen aus.

»Ich bin ein böses Mädchen, und das ist die Wahrheit!« rief Ann und flog herbei, um sich neben sie zu knien. »Aber, aber, mein armes Liebes, nichts ist sicher als der Tod und der Zahltag, und es regnet nie, sondern gießt, und es wäre besser, niemals geboren zu sein, aber trotz alledem wirst du glücklich sein, und ein rollender Stein setzt kein Moos an, und welche vor dem Frühstück singt, weint vor der Nacht; also trockne deine Tränen, mein Liebling. Oh, mein Gott«, fügte sie, selber in ungezügeltem Schmerz, hinzu, »was wird aus uns allen werden? Ja, wie kannst du wissen, daß Wendell dir nicht auf der stürmischen See abhanden kommt, denn an Bord kann man sich überhaupt keiner Sache sicher sein, es stampft und schlingert dermaßen, daß alles die meiste Zeit auf dem Kopf steht, und was für Möglichkeiten hat eine Frau, ihre Besitztümer zusammenzuhalten, wenn sich alles andere an der falschen Stelle befindet? Ich wünschte, du würdest auf dieser Seite des Ozeans heiraten, dann würde ich mich sicherer fühlen; aber eine amerikanische Hochzeit willst du haben, und was kann ich da machen?«

»Oh, meine Liebe, oh, meine Liebe!« rief Amelia, »sag nicht solche Sachen. Ich habe noch nie im Leben ein Schiff von innen gesehen, aber bestimmt gibt es einen Kapitän und Offiziere, die aufpassen, was die See auch immer planen mag, daß es einen Platz für jedes Ding gibt und jedes Ding an seinem Platz bleibt.«

»Ach, mein Gott!« sagte ihre Schwester und trocknete ihre Tränen mit einem selbstgesäumten Batisttaschentuch, »ein Platz für jedes Ding und jedes Ding an seinem Platz! Das ist es, was das Leben aller Frauen ruiniert hat, seit die erste aus einem Mann entstand und seine Rippe in ihrer Seite steckte! Ein Platz für jedes Ding an Land ist ganz etwas anderes als jedes Ding an seinem Platz auf See! Ich habe selbst noch nie ein Schiff von innen gesehen, aber ich kann wohl sagen, bei all dem Herumkreiseln in den Kabinen und im Kielraum, wenn ich du wäre, würde ich die Leinen fest in der Hand halten, denn wenn du erst einmal verheiratet bist, mag das Schiff schlingern und rollen, oder meinetwegen auch untergehen, aber was immer dir passiert, es passiert dir dem Gesetz entsprechend. Es gibt nur einen Weg für eine Frau, recht vom Gesetz umgeben zu sein, wenn sie den Weg nicht weiß, nämlich, daß alle Wege mit ihm verknüpft sind. Heirat, meine Liebe, ist die bessere Seite der Herzhaftigkeit.«

»Mein Wendell«, sagte Amelia, nun aus der Furcht zurückkehrend, worin nämlich Mut besteht, »ist ein anständiger Mann, und er wird darauf achten, daß keine Schande über mich kommt, denn er liebt mich von Herzen, so sagt er, was also habe ich zu befürchten?«

»Ich selbst«, erwiderte ihre Schwester, nun aus dem Mitleid zurückkehrend, worin Stolz besteht, »habe gehört, daß junge Männer für einen, der brav in Grenzen zu bleiben gewillt ist, sonderbare Gefühle äußern. Habe ich nicht mit diesen meinen Ohren ihn sagen hören, wieder und wieder, daß *eine* Frau niemals genug ist für einen Mann?«

»Dies«, sagte Amelia, »ist eine Theorie, die er für die Menschheit im allgemeinen richtig findet, aber gewiß nicht für einzelne Personen.«

»Wo einem Mann die Menschheit im allgemeinen in den Kopf kommt«, entgegnete ihre Schwester leidenschaftlich, »da wirst du am Ende viele einzelne Personen finden. Ja, selbst ein Mann, der die Monogamie wie seinen Augapfel liebt und dessen Geschmack in jeder Hinsicht nur zu der einen Frau und zwar seiner Gattin neigt, hat öfter, als du zählen kannst, ausgerufen: ›Was ist das für ein Bett? Ich dacht', es wär' mein eigenes!‹, denn«, setzte sie hinzu, »sie können sich offenbar alle bis auf die Griffe und die Politur genau an jedes andere Stück des Familienmobiliars erinnern, nur nicht an das Bett. Wie dem auch sein mag, sie halten es offenbar für äußerst vertraut, wo immer sie ihm begegnen, und stürzen sich darauf mit einem ›Ach, mein lieber-kleiner-wohlbekannter-sehr-geliebter-vertrauter Ruheplatz, wie kommst du hierher?‹ Als ob«, schnaubte sie, »alle Betten denen in der Bibel glichen und von selber wanderten und sich wahrscheinlich in Woking vorfinden, wenn man erst am selben Morgen in Putney von ihnen aufgestanden ist!«

»Was sagst du da!« rief Amelia aus. »Ist ein solches Mißgeschick wirklich denkbar? Dann werde ich mir ein Bett anschaffen, das kein Mann verwechseln kann!«

»Es wird ein Ungeheuer sein müssen!« bemerkte ihre Schwester.

»Wahrhaftig, ich werde mir ein Bett anschaffen, das kein Gatte am falschen Ort finden kann«, rief Amelia, begierig, diesen Ärger aus dem Ehestand zu verbannen. »Ich werde es hellrot streichen, mit Schärpen umrahmen und mit Spitze verhängen, und in die Mitte der Überdecke werde ich mit hellscharlachfarbenem Twist sticken: ›Hier sei ich!‹ Das wird wirken, meinst du nicht?« sagte sie, klatschte um ihre Schwester herumspringend in die Hände und lachte bei dem Gedanken, was für eine Frau sie war, die Welt in Ordnung zu bringen.

»'s wird wenig oder gar nichts nützen«, erwiderte ihre Schwester, »denn wo ein Mann liegt, dort ist der einzige und besondere Platz, den er niemals mit befriedigender Regelmäßigkeit identifizieren kann!«

»Dann soll er zu diesem Geschäft stehen!« rief Amelia.

»Das wäre genausogut«, sagte ihre Schwester, »aber irgendwie, selbst im Stehen, habe ich wenig Vertrauen zu dem Kerl. Nicht daß ich ihn für viel schlechter als andere hielte. Mein eigener Jack ist, ach ja, nicht besser als er sein sollte, aber ich war vorausschauend genug, um ihn zu foppen, so daß er, wo anders und wo immer er mein Bett finden mag, zu Hause nie auch nur die Hälfte davon haben wird. Und ich glaube, wenn du ein kluges Mädchen wärst, würdest du dies Ungemach, dir eben selber auferlegt, auf gleiche Weise beenden und dich mit mir und unserem armen Edmund niederlassen, der einigermaßen Manns genug für eine Frau ist, die sowas gern um sich hat, ohne sich darum sorgen zu müssen, wo er sein Gedächtnis läßt.«

»Soll ich«, sagte Amelia, das Kinn in die Hand gestützt, »mein Hochzeitskleid ganz aus Rosenknospenmuster machen lassen oder seitlich mit Chenille und Tüll drapiert?«

»Oh, mein Gott!« sagte ihre Schwester zum fünften Mal an diesem Mittag, »was wird aus uns allen werden? Ich sehe schon, daß ich mein Leben lang den Familiensinn haben werde, und daß du ihn wirst ausüben müssen, und dein Wendell, der wird der saure Zankapfel sein, merk dir meine Worte, denn der Bursche sieht mir nach dem Ehemann einer anderen aus.«

»Das tut er nicht!« rief Amelia und sprang auf die Füße. »Mich hat's von Anfang an zu ihm hingezogen, daß er von vorn und von hinten nach meinem eigenen aussieht.«

»Um so schlimmer also«, sagte ihre Schwester, »sehe ich doch, daß du tief im Schorf der Liebe steckst. Jack sah mir auch so aus, von vorn und von hinten, aber ich achtete meiner Schritte, weil ich wußte, wie er war, daß er von vorn keineswegs so aussieht, wie ich es wünschen würde, und von hinten nur, wenn man blinzelt, und so mag er rückwärts oder vorwärts gehen, da er mich an nichts als an ihn selbst erinnert, und das«, fügte sie hinzu, »ist die einzige Art, einen Mann zu nehmen.«

»Was das Geld betrifft«, sagte Amelia zögernd, »so weiß ich, daß wir anfangs in der Klemme stecken werden, denn Wendells Gesundheit ist zu zart, als daß er sich selbst erhalten könnte, und seine Mutter ist ziemlich arm, und mein kleines bißchen, das ist alles.«

»Und das ist ein Skandal!« rief ihre Schwester, die nunmehr in Entrüstung ausbrach. »Haben sie nicht vom ersten Tag an, als du jenes Haus betreten hast, angefangen, dir die Federn von der Brust zu zupfen, um ihr Nest damit zu polstern? Das haben sie allerdings gemacht, und wessen könntest du jetzt sicher sein? Wenn der Mangel zur Tür hereinfliegt, fliegt die Liebe durchs Fenster davon, und das alles auch noch in Amerika!« sagte sie und kam auf ihre Lieblingsfolter zurück, »in einem Land, das von Fallgruben, Wilden und Mord wimmelt! Ach, wahrhaftig«, sagte sie und brach erneut in Tränen aus, »in dem ersten Paket, das nach deiner Landung ankommt, erwarte ich ein Päckchen mit deinem Ohr oder einen Streifen von deinem Skalp, denn sie werden sich nichts dabei denken, dich zu ermorden und zu essen!« Ihre Stimme erhob sich in gepeinigter Weheklage. »Das gehört zu ihren Bräuchen, und wenn du in ein Land gehst, wo es Brauch ist, Säuglinge und Frauen zu essen, nun ja, dann wirst du dich ihnen unterwerfen müssen, und ich ...«, sagte sie, »werde dein Ohr mit der Post erhalten, ganz ohne Zweifel, und was soll ich machen?«

»Weiß Gott«, sagte Amelia. »Denk doch, liebste Ann, was um alles in der Welt soll man mit einem Ohr machen? Es ist der fürchterlichste Umstand, in den man geworfen werden kann!«

»Belustigst du dich über meine Schrecken und Ängste?« fragte ihre Schwester, denn in der Tat lächelte Amelia.

»Nun ja, ein wenig«, sagte Amelia, »habe ich doch von Wendell und Sophia eine ganze Menge über Amerika gehört – sie sind dort geboren, wie du dich erinnern wirst –, und wenn es dort Brauch wäre, Säuglinge und Männer ebenso wie Frauen zu essen, wie kommt es dann, daß Wendell und seine Mutter die Geschichte lebend erzählen können?«

»Durch irgendeinen Justizirrtum vermutlich«, sagte ihre Schwester. »Irgend jemand entkommt immer, aber das ist kein Grund, dem Tod geradewegs in den Rachen zu laufen; das bedeutet, den Teufel zu versuchen!«

»Da sei Gott vor!« rief Amelia aus, »ich hoffe, ich werde ein gutes Mitglied der Kirche von England sein, wenn sie kommen.«
»Da wir gerade von Kirchen sprechen«, erwiderte ihre Schwester, »welchen Glauben hat dein Wendell eigentlich? Keinen, von dem ich je gehört hätte.«
Amelia war einen Augenblick niedergeschlagen. »Ich glaube«, sagte sie, »er ist Freidenker. Aber was schadet das? Wenn man frei ist, zu denken, kommt man vielleicht auf eine verblüffend gute Kirche. Gerade auf unsere vielleicht«, sagte sie vergnügt.
»Hast du schon jemals einen Hund gekannt«, sagte ihre Schwester, »der die Freiheit hatte, sich ein Heim auszusuchen, und sich nicht einen Dunghaufen erschnüffelt hätte? Denn freidenkende Hunde oder freidenkende Menschen«, sagte sie, »scheinen mit ihrem Denken immer nur zur Ablehnung des Denkens anderer Leute zu kommen.«
»Mein Wendell«, sagte Amelia, »mag so frei wie der Wind sein, aber ich bin sicher, er würde nie an einem so gemeinen Platz landen, wie du ihn für ihn ausgesucht hast. Und wie ein so nettes Mädchen wie du so etwas denken kann, geht ganz über meinen Verstand«, fügte sie hinzu.
»Nur in Schranken«, sagte ihre Schwester, »denkt man überhaupt! Wenn man frei denkt wie dein Wendell, kommt nichts dabei heraus als Verhängnis und der Teufel!«
»Wie du darauf herumreitest!« sagte Amelia verdrießlich. »Du wirst es noch bedauern, wenn du Tante von drei oder mehr stämmigen Nichten und Neffen bist.«
»Ach, die armen Dinger«, sagte ihre Schwester und weinte erneut, »was wird aus ihnen werden, wenn ihnen die Zungen vor Hunger heraushängen und ihre Därme mangels Nahrung so dünn wie Fäden sind, und ich nicht in der Lage bin, ihnen zu helfen!«
»Ich werde mehr als genug Milch haben«, sagte Amelia kühn. »Wie kannst du dich hier hinstellen und den Bau deiner einzigen Schwester mit Schandflecken versehen!«

»Ach, meine Liebe!« rief Ann, »ich versehe deinen Bau mit gar nichts, und ich weiß wohl, daß du wie ein Mühlgraben fließen würdest, so du nur könntest. Aber wo soll die Milch herkommen, wenn du selbst dank der Auszehrung nur noch ein Schatten bist, so daß dein eigenes Kind, in deinem Innern, wie ein Kokon auf dem Maulbeerast aussehen wird!«
»Ich ertrage es nicht mehr!« rief Amelia. »Soll ich hier etwa unsere letzte Nacht miteinander so überstehen und zuhören, wie ich ein dürrer Ast genannt werde und mein ungeborenes Kind gerade eben ein Insekt! Nein, das übersteigt alle Duldsamkeit! Ich meine, du solltest dich schämen, so zu mir zu reden!« Und sie brach in Tränen aus.
»Nichts Derartiges meine ich«, sagte ihre Schwester und wischte sich die eigenen Augen, »und das weißt du wohl. Es ist nur, weil ich dich so sehr liebe, daß mein Gedärm zu Wasser schmilzt, wenn ich daran denke, was aus dir allein mit jenem Mann werden soll, von seiner Mutter ganz zu schweigen. Ich will zugeben, daß Sophia eine geläufige Zunge hat und als mehr denn gebildet angesehen werden kann und eine keineswegs abschreckende Erscheinung besitzt, aber sie hat etwas an sich«, sagte sie, »was mich trotz ihres kleinen Wuchses an Gulliver erinnert!«
Jetzt sah Amelia ihren Ausweg. »Sie ist einzig unter tausend Frauen«, versicherte sie ihrer Schwester, »ein so geistreiches Weib, wie ich nie zuvor einem gelauscht habe. Sie kann dir in zehn Minuten mehr Sachen erzählen, die dir unglaubhaft vorkommen, als du wetten würdest.«
»Daran zweifle ich nicht!« sagte ihre Schwester.
»Erst gestern«, fügte Amelia hinzu, »hat sie mir erzählt, was es mit einem Fuß auf sich hat.«
»Und was gibt es da«, sagte ihre Schwester, »als bei ein paar Gelegenheiten die Weisheit, davonzulaufen?«
»Nun ja, Schicksal ist im Fuß«, sagte Amelia, »und aus der Art, den Fuß zu setzen, hat sie behauptet, kann man den ganzen Charakter ablesen, leise oder laut, sanft oder kräftig, auf Zehenspitzen oder mit der ganzen Sohle.«

»Wenn das so ist«, sagte ihre Schwester, »wie steht es mit ihrem eigenen?«
Amelia errötete, erzählte Ann darauf, mit großer Besorgnis, die ganze Geschichte und sagte: »Und so hat Wendell die Bühne betreten.«
Als sie geendet hatte, blickte sie auf und bemerkte, daß ihre Schwester, deren Tränen getrocknet waren, sehr aufrecht saß, mit den Händen im Schoß. »Mein Gott!« sagte sie, zum sechsten Mal an diesem Mittag – aber es war ein etwas anderer Gott.
»Was um alles in der Welt ist los?« rief Amelia erschrocken aus.
»Los?« wiederholte ihre Schwester, und ihre Augen sprühten Feuer. »Los! Da sitzt du und fragst, was los ist! Bist du für alle Tugend abgestorben? Taub für alle Sitte? Verloren für alle Ziemlichkeit? Was ist diese Geschichte anderes als das schamlose Geständnis, daß dein Wendell – nein, ich weigere mich, ihn weiterhin so zu bezeichnen –, daß dieser Mann ein Bastard ist!«
»Wie das?« rief Amelia, so erschrocken, wie Ann sie haben wollte.
»Wie das?« sagte Ann. »Hat sie dir nicht in gewisser Weise klargemacht, daß sie ihn empfangen hat, während sie auf einem intransitiven Verb herumgeritten ist; und war jemals ein Kind kein Bastard, das seine Entstehung nicht einem einzigen Werkzeug verdankte? Nein, so etwas habe ich noch nie im Leben gehört, und ich finde, es ist ein derartiger Skandal, wahrhaftig, daß ich erröte, selbst wenn meine eigene Schwester mir davon erzählt. Und jetzt bist du«, fügte sie hinzu, »wenn du noch einen anderen Hintergedanken hast, als dies Subjekt zu verlassen, nicht mehr meine Schwester!«
»Aber der Lehrer war ihr Gatte!« sagte Amelia. Ihre Schwester, die im Raum auf und ab schritt, hielt inne. »Ist das die Wahrheit?« fragte sie und fixierte Amelia mit zweifelnden Blicken.

»Und warum nicht?« sagte Amelia.
Ihre Schwester blieb stehen, etwas beruhigt, aber keineswegs bereit, sich zu ergeben.
»Nun gut«, bemerkte sie, »das mag den Fall um einen Deut weniger schwerwiegend machen, aber wenn es irgendeinen Weg auf der Welt gibt, um Mann und Frau ohne Umwege wieder in die zwei getrennten Stände zu entwirren, in denen sie vor dem Altar standen, habe ich noch nie von einem besseren gehört. Das genügt, um ein Kind für sein Leben zum Idioten zu machen!«
»Warum?« sagte Amelia, gänzlich verwirrt.
»Das will ich nicht aussprechen!« sagte ihre Schwester, »aber wenn du nicht begreifst warum, wenn das arme Geschöpf in dieser Dosis abgelassen wurde, so werde nicht ausgerechnet ich dir das erklären.«
»Aber du machst immer weiter!« sagte Amelia. »Ich brauche nur den Mund aufzumachen, und dir fällt die eine oder andere Teufelei ein. Was ist denn mit mir und meiner Abreise nach Amerika und der dortigen Heirat mit meinem Verlobten, was dich in solche Aufregung versetzt?«
»Geht denn etwa jeden Tag des Kalenders jemand nach Jotwede?« fragte ihre Schwester mißbilligend. »Gibt es nicht Gründe genug, daß mir alle Schrecken und Haare zu Berge stehen? Ist nicht meine einzige Schwester im Begriff, in die bodenlose Grube zu fahren und mich für immer zu verlassen? Ach, ich weiß, daß es für immer ist!« sagte sie und brach alsobald zusammen.
»Wahrhaftig, und wahrhaftig ist es nicht so!« sagte Amelia, augenblicklich in ihren Armen liegend. »Wir sind nie gut miteinander ausgekommen, Liebste, weil eine jede die Dinge auf eine Art betrachtet, die keineswegs zur Art der anderen paßt, aber wenn wir getrennt sind, werde ich mich in vollem Ernst nach dir sehnen und viele Stunden an dich denken und oft schreiben, und eines Tages, wenn wir es uns leisten können, werden wir zurückkommen und dich besuchen, und vielleicht ...«, fügte sie hinzu, ihr Gesicht verbergend, »werde

ich dir etwas zu zeigen haben, auch wenn du jetzt nichts als Ungemach siehst.«

»Was könntest du mir zeigen als noch mehr Ungemach, ein wenig kleiner als du selbst?« sagte ihre Schwester schluchzend, »und was wird aus mir werden? Edmund hat das bißchen, was wir haben, beinahe durchgebracht, und ich habe meinen Jack fortgeschickt und will nie, nie wieder einen anderen sehen, und was soll ich tun, wenn ich nicht in einen Dienst trete!«

»Oh, Schande!« rief Amelia. »Der Dienst ist nichts für dich, mein Häschen! Nein, schau dich an, bist du nicht der Stolz von Tittencote, und fiel nicht der Herzog aus seiner Kutsche, am Tage, als er dich aus dem Augenwinkel erblickt hatte? Und genügt das einem Mädchen nicht, um lebenslang den Kopf hochzutragen? Denn nicht von jedem Mädchen«, fügte sie hinzu, »läßt sich sagen, sie habe königliches Blut vom Boden gelüpft, und das ist die Wahrheit. Und«, fuhr sie fort, »wenn du nicht ganz das Abbild der lieben Königin Alexandra bist, habe ich noch nie eine Doppelgängerin gesehen. Wie kannst du da von einem Dienst reden?«

»Ich bin bloß ihr Ebenbild«, sagte ihre Schwester ruhig und mit schrecklicher Entsagung, »und kann wie ihre Abbildung in einer Beilage zu Diensten stehen. Haben wir nicht erst gestern gesehen, wie Edmund das Feuer damit anzündete? Warum also nicht, auch ich werde Feuer anzünden, ja, und kehren und Staub wischen und ein Dienstbolzen werden und gebeugt und ausgemergelt und alt und zahnlos und grau und wunderlich vor der Zeit!« fügte sie hinzu, während ihre Tränen in so vollem Ernst flossen, daß Amelia ihr das eigene Taschentuch in die Hand drückte und in der Bemühung, sie zu trösten, sagte: »Aber denk doch dran, Schwesterherz, daß du das hübscheste, bestaussehende, aufrechteste, höchst manierliche Mädchen in ganz England bist! Und haben das nicht stets so viele Leute gesagt? Und hat man dir nicht schon zehn Anträge gemacht, noch bevor du zwanzig warst?«

»Aber einer wie der andere«, sagte ihre Schwester, »stank ein wenig, wie du wohl weißt, denn habe ich nicht drei abgewiesen und bin in diesem Augenblick neunundzwanzig?«

»Das liegt nur daran, daß du so ängstlich bist«, sagte Amelia und setzte sich zu ihren Füßen hin, »und sobald du einen grünen Schimmer siehst, gleich denkst, der ganze Mann wäre mit allen Wassern gewaschen. Nein, dein Jack ist gar nicht so schlecht, er setzt nur ein bißchen auf Pferde und spielt, wenn er nichts Besseres zu tun hat, aber bedenk doch, was für ein netter Junge er zu anderen Zeiten ist und wie sehr du seinen Gang magst.«

»Nie, nie, nie«, sagte ihre Schwester, »werde ich einen Mann heiraten, zu dem ich nicht aufblicken kann, und da es einen solchen nicht gibt, muß der Dienst genommen sein. Und zu was für einem bin ich am besten geeignet, was meinst du?« fügte sie heiter hinzu, denn die Vorstellung war ihr gar nicht so unangenehm, wie sie gedacht hatte. »Ich selber glaube, daß ich als Gesellschafterin glänzend wäre.«

»Tatsächlich, das ist das richtige!« rief Amelia aus, der die Idee sofort einleuchtete, weil es gerade die eine Befähigung war, die ihre Schwester nicht besaß. »Ich kann dich augenblicklich vor mir sehen, wie du da sitzest und einer reizenden alten Dame mit Spitzenhäubchen einen hochanständigen Roman vorliest.«

»Es ließe sich ertragen«, sagte ihre Schwester, »obwohl sie sicher der Länge nach die Treppe hinunterfallen würde, alle sechs Wochen, und das«, rief sie, als sie es sich ausmalte, »würde meine Nerven strapazieren, aber alte Damen tun das immer, denn die Natur muß eine Frau auf die eine oder andere Weise belästigen, und wenn es nicht das eine ist, ist's das andere, also muß ich mich auf viel Aufheben und Abstauben und Geraderücken einrichten, denn ich sehe schon, daß man auf mich nicht hören wird.«

»Vielleicht«, sagte Amelia, der bei der Wendung, die das Gespräch genommen hatte, leichter ums Herz wurde, »wird es

ein hübsches Ding sein, ganz Organdy und Gelächter und zum Gesang begabt.«
»Eine ganz alberne Närrin also«, sagte ihre Schwester. »Ich möchte ganz und gar nichts mit einer jungen Miss zu tun haben, sie sind schlimmer als die alten. Mir gefiele«, sagte sie träumerisch, »irgendein ehrbarer Gemeindepfarrer in einem reizenden alten Sprengel, der sich viel mit seinen Predigten beschäftigt und den Tee gern zur richtigen Zeit nimmt.«
»Aber ja, so wird es gehen«, sagte Amelia, »ein Gemeindepfarrer ist das richtige, und warum nicht, es gibt ja viele.«
»Vielleicht gibt es sie«, sagte ihre Schwester und machte sich zum Schlafengehen fertig. »Ich schätze den Gedanken, daß es Männer auf der Welt gibt, die nicht dem Fleisch ergeben sind, sondern ihr Gemüt auf Hölle und Verdammnis richten.«
Als sie schließlich unter ihren Decken lagen und das Licht aus war, begann Ann von neuem zu weinen: »Oh, mein Gott!« sagte sie zum letzten Mal, »was wird aus uns allen werden? Morgen wirst du auf See sein, und weil du zuerst nach Paris reist, wird die Todesqual um so länger dauern, denn das ist ein Land«, sagte sie durch ihr Taschentuch hindurch, »wo die Zivilisation alles auf den Trieb heruntergebracht hat, und sie sind im Französischen niemals gesund gewesen!«
»Nein, wirklich?« sagte Amelia.
»Und ich werde dich nie, nie, nie wieder sehen«, sagte ihre Schwester.
»Aber doch, gewiß doch«, sagte Amelia. »Es ist nur ein kurzer Weg, einmal zurückgelegt, und noch kürzer zurück, und künftige Tage, ihn so zu gehen.«
»Niemals«, sagte ihre Schwester im Dunkeln, »hätte ich gedacht, als wir zusammen Kinder waren, daß wir als Frauen auseinandersein würden!« Und sie weinte nun so bitterlich, daß Amelia aufstand und zu ihr ins Bett stieg, sie in die Arme nahm und ebenfalls weinte, ohne zu wissen warum.
»Und du wirst im Bett ermordet werden, und ich werde dein Ohr in einem Päckchen bekommen, und ach«, weinte Ann, »was soll ich damit machen? Das liegt alles an diesen Gummi-

stiefeln«, sagte sie in Amelias Achsel hinein, »und weil Mutter sie draußen im Regen nicht getragen hat und zu Tode gekommen ist, deswegen ist das geschehen, sonst wären wir noch in Tittencote und würden uns zum eigenen Vergnügen die Haare frisieren und alt werden, ohne schreckliche Alternativen. Ach, nie, nie, nie«, schrie sie, »werde ich dich wiedersehen, und was soll ich damit machen? Ach, was soll ich damit machen!«

KAPITEL ZEHN

Wendells Beschäftigungen

Nun greift zur Nadel, die ihr tugendhaft,
Ein Hund schläft hier, fern eurer Vorstellkraft.
Und all ihr Bürgerlümmel, trinkt und speit,
Denn dies sei ganz für Wendells Witz das Kleid.

DIE GESCHICHTE

Dan Wendell[1] war ein Mann von Würz', fürwahr,
Wo jeder einmal, dacht' er zweimal gar
An Dinge, die er nannt' Beschäftigung,
Zur Zeit der Nacht wie in der Morgenstund',
Wenn Amelie[2] an seiner Seite lag
Und Käte-Sorglos[3] noch im Traume pflag
Mit Possen[4]-Hand nach jenem Ding zu greifen,
An diesem Ort das »Wunderding« geheißen,
Bald ihm »den Rücken wandte« im Verkehr,
Benamst »die gute[5] Gab' nach Weibs Begehr«,
Dieweil Dan Wendell wähnte[6], jede Kosung
Sei wie im Schach für Kinderchen die Losung.
Er dacht': »Der nächste Bauer, Springer, Turm
Wird, woll' es Gott, neun Mond' von heut' gebor'n!«
Und wenn es ihn bedrängt' mit höchstem Mut,
Schlug beßrer Karte er die Bresche gut,
Zu stapeln Söhne, Töchter als ein Pharo
Aus Pik und Assen, Herzen und aus Karo.
Doch gaukellos[7]: Verlor er hinten viel,

1 Philosoph – in diesem Falle Wendell Ryder.
2 Seine Frau.
3 Seine Geliebte.
4 Scherz, Spaß.
5 Hübsche.
6 Dachte.
7 Ohne zu lügen.

Quadrierte er von vorn das ganze Spiel.
Zufrieden war er nicht, bis zweiundfünfzig
Gestaltet wär'n wie Karten, so sie günstig.
Und wo sie lagen, heißte[8] er sie schon,
Schwarz für die Töchter, Roth[9] für jeden Sohn,
Und wenn ein g'scheites Häslein fertig hupft',
Also[10] nach Laun' gestaltend, hat er's g'stutzt,
Aufdaß im teuren[11] Spiel den Platz sie fanden;
Und ist der Name eben nicht gestanden
Auf ihrem Häupt[12], so sprang doch Karo klein
Und Herz und Pik und Kreuz, die Löckchen fein
Wie Laub im Herbst zu Boden gefallen:
Nur kurzer Scheitel[13] ward gesehn an allen.
Denn letztlich setzte er, da schwör ich drauf,
Auf mehr, und gab darum das Schach bald auf,
Er sann: »Wenn Käte und auch Amelie
Gut ziehn und nicht entmuttern allzu früh,
Krieg ich mein Spiel, samt Joker, habet Acht!
Und wenn die zwei nicht reichen, ist die Nacht
Doch reich an Huren für das wüt'ge[14] Ding.«
So hurt er vorsichtshalber, wo es ging,
Beim Mischen kannt' er sich im Kunstgriff aus,
Ab hob er, glosend[15] gab zum Stich er aus,
Beizeiten, wenn die Zeit mit ihm zog fleißig –
Und wenn der Traum verdorrt, zumindest dreißig
Mit ihrem Schoß ihn sollten gießen dann,
Wenngleich beizeiten, ach, des Todes Bahn
Das Spiel doch nimmt. Zwar manchen Jahres Ring –
Wie Alice sich im Wunderland erging –

8 Benannte.
9 Rot.
10 Ebenfalls.
11 Geliebten.
12 Stirn.
13 Haar.
14 Irrsinnige.
15 Glühend.

Spielt auf dem Schachbrett Erde einen Gang,
Bis daß der Tod ihm kiekt[16] ins Auge lang.
Im Grimm des Schlafes zeigt die Krallen er
Und zieht sie ein, sie spielen nimmermehr.

Zuzeiten fiel das Spiel in kalte Stunden,
Dann hat der Wendell andern Witz gefunden;
Wie aus Geringem was zu machen sei,
Wie Brot zu roll'n, zu backen aus der Klei',
So fressen Kind und Rind aus einer Krippe,
Denn Kuh war Kegel ihm und Kinder Sippe.
Und um zu sparen, fand er manche Wende;
Derweil verschwenderisch mit seiner Lende,
Bewahrte er das Gold und Silber lachend,
So daß er klug vermochte, nachts zu machen
Und tags zu sparen. Solch's predigte er lose:
»Schließ jede Beute weg, für Hemd und Hose,
Denn auf geblümte Schenkel folgen Windeln.
Was Schenkel einträgt, tragen ab die Kindeln.«
Nichtstrotz[17] tat fremdem Gut er sich verwahren[18],
Der Franken Gut, die mittels Arsches sparen,
Trojanisch-griechischer Verhaltung Gut;
Er sprach: »Solch Gallier niemals Beinkleid trug,
Denn an der Wegegabelung des Paars –
Wo's beinwärts weitergeht, steht Angst niemals,
Dieweil in keines scharfen Mannes Schoß
Ein greinend'[19] Stimme laut spricht: ›Halte bloß!‹
Und jeder beßre Rock die Wach' enthält,
Die laut: ›Und du steh gänzlich aufrecht!‹ bellt.«
Auch um Natur zu wohlfeil nicht zu lassen,
Sucht Rittes Lust er Steigerung zu schaffen.

16 Schaut.
17 Nichtsdestotrotz.
18 Verwehren.
19 Klagend.

Darum schnitzt' er geschickt ein Rinderbein[20],
Aufdaß in Lüsten stöhn die Käte sein,
Gelesen hatt' er nämlich, daß die Wilden
Ein Dornenkrönchen tragen am Gebilde.
So war er männiglich bestürzt, als nun
Die Käte auf sich plustert' wie ein Huhn,
Von Schmerz erschreckt mit Zähnen rasselnd.
Aus ihren Augen loff[21] des Vorwurfs Wasser
Und stöhnen tat sie, klagte wund und schwer,
Denn wo er noch mal wollt, wollt sie nicht mehr,
Nahm sie dann, weiter spottend, doch von hinnen
Und sprach: »Der Regen strömt, er tut nicht rinnen
In diesem – arg[22] geheißen Nest – Kleinmute,
Obzwar[23] noch keine Pfauin darin ruhte,
Gebrinnet[24] will sie sein, mit Glut und Haken,
Im Spiel, um der Begierde Wild zu jagen.«

* * * * * * * *

* * * * * * * *

* * * * * * * *

* * * * * * * *

Zu hören kommt der Augenblick nun vor,
Wie Wendell seine Laune stach durchs Ohr,
Und wie die Damen er durchbohrt' und stach
Mit Nadeln, Nägeln und mit Kühnheit jach,
Daß in dem Läppchen ein Juwel ihr hänge,
Ein runder Ring, ein Knopf, des Wolfes Fänge,
Um artig[25] sie zu machen, und auch wie
Den gleichen Dienst er tat für seine Küh.
Süß Dorchen Sodam, 'n zweifelhaftes Kalb,
Die wächsern' Hörnchen erst gewachsen halb,

20 Rinderknochen.
21 Lief.
22 Fälschlich.
23 Obwohl.
24 Gebrannt.
25 Hübsch.

Mit ihr zugleich geworfen die *Gamorra*,
Die beiden Schwesterfärsen *Pro* und *Contra*,
Und ganz besonders jene Schön' und Schnöde,
Die *Jenny Ringelhorn*, Nachwuchs der *Spröden* –
Kein anderer als König York war Ahne –
Doch wie, mit weder Nagel noch mit Ahle,
Er ihr den eh'rnen Nasenring eindrückt',
Daß jedem Stier, der aus dem Holz[26] sie blickt',
Das Blut voll Hoffnung starrte[27] in dem Herz,
Solang das Seil, er tobte ihrerwärts,
Zu schaun des schönen Ringes Fassung nun.
War vorher stolz sie, jetzt mit sanftem Muh'n
Sang sie, voll Seligkeit ob ihrer Schnauz',
Allwo ihr Leben flattert' ein und aus,
Ganz selig, daß darob sie war bedacht[28]
Mit Zierde, weltlich, rund und voller Pracht.
Als jede Kuh gestickt[29] war, jedes Ohr
Und Handgelenk der Schlumpen klimpert', hor[30]
Er seiner Seele zu und sprach: »Ich bin
Gemischt, ein jedes Blut ist in mir drin,
Ein Kelte, Slawe, Schotte und Tatar,
Holländer auch, denn nachher jedesmal
Seh einen andern Menschen ich in mir,
Bald einen reichen, bald 'nen armen Bold[31],
Bald ist's ein Schloß, bald scheint die Nacht so hold
Allein auf mich, der Strahlen Durcheinander
Als Schindelschutz verwoben miteinander,
Und auf dem Rasen Knäufe von drei Türen,
Damit ich weiß, in welchen Raum marschieren
Und Ruhe finden. Ich ein andermal
Bin König, und bin Schweinehirt im Stall,

26 Wald.
27 Erstarrte.
28 Versehen.
29 Bestickt.
30 Hörte.
31 Kerl.

Ein Bettler, Priester oder Taschendieb,
Und oft aus weitem Osten ich schon trieb
Von Spiegeln und Gewürz die Karawane;
Aus ferner Zeit und doppelt ich mich ahne.
Und manchmal kommt im Zehenspitzentrott
Das Blut von Kindern ängstlich«, und, weiß Gott,
Solch's denkend, laut er sich mit Namen ruft:
»Sepp Stiefelgeil und Kurt Kuck-in-die-Luft,
In-Ordnung-Justus und Lord Heißsporn fein,
Hans Husch bescheiden«, und zur Teufelei
Setzt in den »Rinder-Ruf« er die Annonce
Als Karlchen Klopfer, Ungemaches Bonze[32],
Berater, Vater, Bruder, Freund in Barmheit[33];
Das eine, einz'ge Siedefaß der Wahrheit,
Darein der Reue Kleid geworfen schnell
Zurückkehrt doppelt glatt und doppelt hell,
Im Unflatsmantel mög' der Mann nun prangen,
Der sündeneng ihm um den Hals gehangen,
So neu getauft, daß rosensüß er riecht,
In alten Kleidern neue Seele kriecht:
Sein Rat den Stachel aus dem Herzen hascht,
Die Träne von der Sorgentinte[34] wascht.
Für einen Dollar schon durch ihn befreit
Verlangt für seinen Segen er den zweit'
Nur bei Gefallen. Falls die Seele weiter
In Zähren[35] wandert, immer noch nicht heiter
Nach dieser Läuterung, dann mag der Dollar
Per Post rasch tanzen, in die Hose soll er,
Aus der er schlüpfte, und der Sekretär
Wär Zeuge, zweiten Mißerfolges wär
Erstattet sein Verlust und der von Klopfer.
Bracht je ein braver Schurke größres Opfer,

32 Zeremonienmeister.
33 Erbarmen, Mitleid.
34 Sorgenschwärze.
35 Tränen.

Gar im Geschäft? Geschäft heißt doch, daß man
Geringres gibt, als jemand nehmen kann.

War dies vorbei, wandt' er sich Büchern zu,
Um fern zu leben und allhier im Nu,
In China bald, in Persien bald, und dann
An keinem Ort, den g'meiner Ritter sann;
In Irland, Gröneland und Wales war er
Durch Hügel, Täler geistig Wandernder,
Gemäß Berichten. Ruhig auf dem Sitz
Sah oft er sich, wie berghinan er schwitzt,
Und keuchte schwer – gedacht war's steiler Raum –,
Die Beine zuckten wie ein Hund im Traum.
Und wollt' ihn Gattin oder Käte holen,
Um auf den Rost zu schaufeln neue Kohlen,
Schwenkt' er das Schnupftuch, und mit matter Stimme
Rief er: »Nein, meine Lieben! Schaut, ich klimme,
Ganz elend müd'! Es zittert mir das Bein,
Des Aufstiegs Durst zu stillen fand ich kein
Geringstes Tröpfchen tagelang. So bittet
Da unten nichts von mir, geht selbst, gesittet,
Die Lebensmittel richten, denn ich komm
Als Hungerleich zurück, dem Hals es frommt,
Mit Apfelwein und Bier gelöscht zu werden.
So fliegt, ihr Täubchen, ihr, mein Glück auf Erden!«

War dies vorbei, dann trug er zu den Nachbarn
All sein Gelüst[36], in einem Buch, g'schnürt[37] achtbar,
Das handelt viel von Damen und von Dirnen.
Wie Männer dürsten und wie Männer zürnen,
Polýgamie ermangelnd; dann gab er
Willkommen g'scheite Gründe für die Lehr'.
»Denn«, sprach er, »Jemine und Kruzitürken!
Kein Weib liegt ewiglich auf ihrem Rücken,

36 Vergnügen.
37 Eingewickelt.

Und steht sie auf (du bist verheiratet),
Kein gar nichts liegt dann zweifellos im Bett!
Ach! Schrecklich ist der Doppeltücher Ansicht,
Wenn eins von ihnen nur ein andres antrifft!
Ein jeder Mann, der Wahrheit nicht verhüllt,
Wünscht sich das Bett wie Auflauf gut gefüllt
Mit süßen Dirnen drinnen. Denn – o Mist –
Pariert muß werden, wo ein Ausfall ist!
Kein Bonvivant kann dünnes Bett bewohnen,
Ein Bett der kleinen Hühnchen gänzlich ohne!«

Bald ward für jeden Bauern wert[38] Dan Wendell,
Durchs Aug' zu blicken seiner Seele Händel,
Des Herzens Speicher, voll von altem Trödel
Der Tage und der Jahr'; zu schwere Möbel,
Daß man, sobald die Jugend hin, sie schiebe,
zu tief verstaubt in längst vergeßner Liebe.
Sie ließen ihn, sobald er wollte, dort
Zwiesprach' zu halten, mit verhülltem Hort,
Der von der alt gekrümmten Dunkelheit
Fest eingenäht ins dumpfe Seelenkleid
Von ew'gem Schweigen. Wendell wandten sich
Sie zu, wie Kinder, staunt[39], die brannten sich.
Die Frau'n belebt' er nach Gebärens Mühe,
Er schrotete[40] ihr Korn, molk ihre Kühe,
Zog aus der Nase Bohn' und Erbs' aus Ohr,
Und viel klomm[41] er mit Speculum empor,
Die Hochzeitsgrott' von Spinnenweb zu säubern,
Denn oft vergißt der Mann, was dort zu räubern.
Nahm ihre Kälber, sterbend, in den Arm
Und die gefällten[42] Tiere, ohne Harm.

38 Würdig.
39 Erstaunt.
40 Zerkleinerte.
41 Kletterte.
42 Getöteten.

Wenn so Dan Wendell Arglist gürtet' immer,
Erstaunten ob des Hemds sechs Frauenzimmer;
Die Wäscherinnen fragten sich, warum
Es sauber war, denn jede sorgt' sich drum,
Daß, wo groß' Unbedacht nach hinten herrscht,
Und groß' Frivolität nach vorne prescht,
Ein Hemd, so dachten klug sie, bunt[43] sein müßt
Und seufzen nach gar manchem Bottich Wasser,
Sie wußten nicht bis heut'gentages, was er
Dagegen unternahm. Ich will's verraten:
Es war sein »Würzstrauß«, sauber, wohlgeraten,
Anders gesagt, ein Schwamm von Fasern weich,
Den oft er vorher, hinterher sogleich
Von hier, von dort dem Hintern applizierte;
Solch große Reinlichkeit er anvisierte
Dank eines leisen Stimmchens: »Suche nur
Den besten Kunstgriff, allwo herrscht Natur.«
So ritt er seinen Schwamm, sein Hemd war sauber
Und reinlich weiß, gleichwie durch Zauber;
Und wenn's nur eine Meile auswärts ging,
Am Sattelknauf der »Würzstrauß« hing;
Zu welcher Dame er auch ging, sie lacht'
Beim Anblick, wie er wohl verseh'n hernach,
Und Hisodalgus, jenes große Roß
Ging leichten Trott[44] und keinen Tropf' vergoß
Desselben[45] zarten Kelchs, so schritt es weit
Und trat vor keinem Hindernis beiseit'.
Wied'rum[46] Dan Wendell grübelt' und sprach: »Traun!
Was schwimmt inmitt' der Wahrheit wie Abschaum,
Daß Tier und Mensch so ganz verschieden wären?
Ich kann den Unterschied im Herz nicht hören,
Wenn's unterm Fell in sanftem Gleichmaß schlägt,

43 Buntgescheckt.
44 Trab.
45 Jenes.
46 Bald danach.

Im gleichen Puls in meiner Seit' sich regt!
Denn zwischen Farnkraut sah ich manchen Lenz:
Das Feu'r der Liebe, auch in Schafen brennt's;
Und manchen Abend in des Hains[47] Geriesel[48]:
Wie Liebesflamm' entzündet sich's am Wiesel,
Und wie's des Luchses Lichter in der Nacht
Bald langsam-sanft, bald heftig brinnen[49] macht;
Und Hasen auch und Vögel in der Luft,
Mit einer Sehnsucht blickten diese oft,
Und aus des Himmels Blau hab ich gesehn
Wie Tau der Liebe Funken niedergehn;
Nachtschatten auf dem Zweig warf sie empor;
Im Nebel hing die Blume der Passion,
Erblühte sanft, verwelkte und verdarb
Und fallend auf ein Vögelchen erstarb.
Und sah gleich einem Vogel Greif ihn glosen,
Die Vögelin in Liebe nun zu kosen[50],
In Freud' aus ihr im Kreise sich zu drehn –
Was hätten wir, was wir am Tier nicht sehn?»
Nun fing aus dieser Frag' er an zu klären[51],
Ob eines Picks sein Hahn erwischt' zwei Ähren,
Und wie das Leghorn zu verkuppeln sei,
Zu legen acht anstatt ein einz'ges Ei
Und stolz drauf gluckend gleich noch einmal acht,
Daß Eier strömten wie aus Brunnens Schacht;
Gleich diesem[52] lustig[53], solches denkend, findt[54] er
An jeder Hand die Herde seiner Kinder,
Denn lang' hatt' er gemurmelt sinnbildhaft
Sie aber wollten die Geschicht' einfach.

47 Lichtung.
48 Gebüsch, Kiesel.
49 Brennen.
50 Küssen.
51 Überlegen.
52 Solchermaßen.
53 Scherzend.
54 Fand.

»Dereinst[55]«, zu den drei Sprößlingen sprach er,
»Gedieh ein Stier, so groß wie'n Baum war der,
Beheiligt wurde er in seiner Stadt.
Vom Kind zum Greis ein jedes lieb ihn hatt'.
Der Pennyfinder von dem Perlenhuf
Hieß er, tiefgratig[56], hatte seinen Ruf
Für edle Kraft in Rippen, Huf und Bein
Und für die Tapferkeit, die er gab drein.
Er wandelte[57] mit Pomp die Straße nieder,
Mit Brausen kaut' die Goldparmän' er wieder
Er hob die Beine, *benedicite*!
Vor seinem Schritt bewahr' uns eh und je!
Wenn er zum Brüllen seine Lippe hob,
Gar manche Hausfrau rasch zur Türe stob,
Von Mehl und Klei' benetzt[58], zur Huldigung,
Wenn langsam muhend er durchschritt den Dung.
Die Kinder winz[59], sie liefen all zuhauf,
Sein Herze schlug wie eine Trommel laut.

* * * * * * * *

Und wenn er groß auftat[60] die Augen sein,
Dann sagt man, daß die Leut' bekreuzten sich
Wie vor der Qual der Hölle fürchterlich;
Und als er sich zum Siechen[61] dann gewandt,
Die ganze Stadt zu schrei'n begann.
Und aus dem Fenster fiel das Kind in 'n Staub,
Und jeder Baum verlor sein ganzes Laub,
Und jedes Fischlein in den Murmelbächen
(Das nicht der Angelhak' tat stechen)

55 Vorzeiten.
56 Von tiefem Rückgrat, Rücken.
57 Schritt.
58 Beschmutzt.
59 Klein.
60 Öffnete.
61 Sterben.

Zum Atmen einen Stein erklimmen müßt[62],
So war Natur von seinem Tode wüst.
Und stoben durch die Luft all Vögelein
Und zitterten auf ihren Zweigelein;
Und alle Hündlein orschlings[63] setzten sich,
Zu grübeln, wie die Schönheit hinfällig!
Und jeder Kirchenglock' Geläut erklang,
Wenn niemand gleich mit Händen zog den Strang.
Den ganzen langen Tag aß niemand Fleisch,
Darum verblieb der Huf des Stiers auch weiß[64],
Ein einzig Hälmlein Gras, es stak darin,
Als auf die Kiesel langsam niederrinn[65]
Sein rotes Blut; des Herzschlags Ende gar
Verriet dem Himmel, wie's vollendet war.
Und als aus ihm man kochte Suppe drauf,
Nun ja, weiß Gott, ein jeder aß sie auf!
So grämt der Mensch sich, und vergißt es, ja,
Und dazu ist er, will der HErr, auch da.
Denn wenn das Auge fließt, sein Wasser quillt
Aus einem Brunnen, den die Lippe füllt, –
Die Rohre wären all versiegt auf Dauer,
Wenn allzulang den Mund verschlöss' die Trauer!
Nach dieser Schnurrpfeif' ich von dannen wandre.
Und keine Seele manch' ist wie die andre!«

Als so er nun geendet, auf die Füß'
Lenkt' seine Blicke er in Sorge süß.
»Derweil[66]«, sprach er, »des Lebens Bild[67] ist nicht
Für alle gleich, denn mancher Riesenwicht
Auf dem Gerippe ehrbar wenden muß
Das schlimme Wort, des Freundes Kuß

62 Mußte.
63 Auf den Arsch.
64 Sauber.
65 Niederrann.
66 Weil.
67 Form, Gestalt.

Schwellt ihm die Leber, bläht den Pylorus[68],
Denn es erzählt der Kot vom Festmahl auch
Und raunt[69] im Dunkel immer, tief im Bauch,
Verzählt[70] geheimen Abendessens Brauch,
Weil Menschen nämlich beiderseits betürt,
Indes das Tier nur stummen Wandel führt
Und unter seinem Schwanz auch schwätzet wenig,
Selbst in Versammlung ist nicht jenes König,
Das ihnen prahlt, was Gutes es gegessen;
In tiefem Schweigen ihre Herzen fressen[71].«
Um ihn umher, da graste manches Rind,
Doch ihm ein Plan kroch aus dem Labyrinth
Des Geists, wie Zauber sei zu finden hier,
Aufdaß die Sprache lerne jedes Tier.
Da Hisodalgus nun ihm war der Liebste,
Hat diesem er zuerst ins Ohr gewispert.
Und als die Kühe war'n am Wiederkau'n,
Umhalst er jenen, zog ihn seitwärts, traun,
Wie Floßes Stämme waren sie sich gleich
Und ihre Herzen wie der Flaum[72] so weich,
Und sprach ihm so sehr zärtlich von der Quelle,
Daraus zu eines Rosses Trost fließt eine Welle:
Daß seine Mutter Königsstute sei,
Denn nichts macht so die Seele licht und frei
Zum Sprechen, als den Vorfahren zu schmeicheln,
So tat mit ehrerbiet'gen Worten streicheln
Er seinen Hengst, die Kuh, den Vogel, Fisch,
Er sang für jedes eine Preisung frisch;
Bei Mondschein, wollt' er, sollten stolz sie preschen
Und dann bei Tagesanbruch hörbar sprechen,
Die Vorderläufe höher heben stet

68 Öffnung des Magens in den Zwölffingerdarm.
69 Flüstert.
70 Verrät.
71 Schlingen.
72 Unterfell des Bibers.

Und sie zusammenlegen im Gebet,
Bedenkend, daß ganz nah ein Bruder lächelt,
Der ihrer stolzen Lebensfreude fächelt,
So würden dann von ihm sie angezogen,
Wie auf den heil'gen Franz die Vögel flogen.
Mit Sälde[73] er nun zu den Tieren sprach;
Der kleine Hänfling mit dem Häubchen[74] jach[75],
Mit Gans und Ente lauscht' er angeregt,
Die sanften Köpfe in den Nack' gelegt;
Aufstand die Rückenfeder jedem Hähnchen,
Und auch ein jeder Hase machte Männchen,
Die Häsin selbst, zu hör'n, wie Wendell ihnen
Erzählt', von welcher Ehre sie beschienen.
Gleichwie er Hisodalgus nun gehalst'[76],
Sprach er: »Ihr Lieben, keineswegs ist's Falsch,
Zu sagen, daß ihr wohl gebor'n, Beweis:
Daß, Füllen ihr, nach edler Stute heißt,
Touliou von Gunther, und du Königin,
Maria Sprung, Geburt aus Veilchen Grün.
Sehr vornehm seid ihr all' herausgekrochen –
Des noblen Blutes Fluß nie unterbrochen,
Vielmehr zur Zeit der Brunst er machtvoll braust',
Fest zu verhaken euch in jenem Bauch,
Im Tier darinnen, das euch lieb geleckt,
Und das ihr liebt, seit ihr ein Ohr gereckt
Und laut Zustimmung brülltet zu der Tat,
Seit Boden fühlten eure Hufe zart,
Den Rasen zu bespringen[77], wiehernd leis
Der Mutter zu die freundlich' Liebesweis,
Alswelch' in jener Tat den Weg fand schließlich,
Wie auf der Erd' ihr Herz könnt' grasen friedlich.

73 Selig.
74 Federkrone.
75 Hochstehend.
76 Umhalste.
77 Auf dem Rasen zu springen.

Nun mag ein jedes den Gedanken sehr
Sich wiederkau'n, bis daß von ohngefähr
Im Hirn euch je der Sprache Bächlein rieselt,
In Wörtern euch die Zunge 'nunterwieselt,
So daß ihr euch nicht nur ans Fressen haltet,
Vielmehr auch Witz und Weisheit in euch waltet,
Und nicht eu'r Hals, geschlachtet, jach[78] wird nichts,
Das Halsstück abzuschneiden, Mensch anficht[79],
Das zu ihm sprach, so möchte ich deshalb,
Daß eine Stunde jedes von euch all'
Gebet erhebe täglich zu dem Hirt,
Zu jenem Gott, der nie euch fluchen wird,
Und will, daß alle ihr ein Kräutlein pflückt,
Das dem Gedank', den Denken stört, sich schickt;
Daß solcherart empor steig' euer Kasus
Als Klage zum Gehör des süßen Jesus,
Daß wie Stechapfelkraut – die dreiste Pflanze –
Eu'r Wort am Himmel weide und dort tanze,
Von euch so künde, daß er alsogleich[80]
Die Sache eurem Gotte weiterreich',
Und so sie werd', das bete ich dazu,
Ein größ'rer Fall als bloß I-a und Mu.
Und jetzt – nichts als der Tod zu überspringen –
Mög' Glorie sich zum Ritt in Sattel schwingen
Und geben euch zum Freund den großen Frohsinn,
Den Sitz bei Tisch, die Wange des Genossen
Zum Halt im Ungemach, in Freudenzeiten
Dem Hals den Kranz von Blumen zu bereiten,
Mit dir sich zu bereden lang, weiß Gott,
Gemeinsam nun zu gehn des Lebens Trott,
Ein Hals-an-Hals, den Staubesschritt zu fliehn
Des Schicksals, dir im Rücken reitet's hin,

78 Plötzlich.
79 Ängstet.
80 Ohne Verzug.

Und auch im Grab zu liegen, todeslang[81],
Zu sagen: ›Jäger, jag die Jäger, wir sind nicht bang!‹«
Als nun Dan Wendell schließlich innehielt,
Erhob sich jeder Vogel und das Vieh
Und wandte ihm den Blick zu, sanft und süße,
Und Hisodalgus richtet' auf die Füße
Und setzt' sie leicht und stark den Schultern auf
Und schaut' ihm lange Zeit zutiefst ins Aug'.
Und dies ist keine Lüg', lest mich nicht schief,
Ins sterblich' Auge schaut' er lang und tief,
Doch was er meinte und ob er verstand,
Sag' ich euch Kindern nicht, wär's selbst bekannt,
Am besten läßt man solche Dinge schlicht.
Sonst würd' vielleicht, verschreckt, der Renner[82] nicht
Das Wunder wiederholen. Drum nichts mehr
Als: er stand auf, fürwahr, bei meiner Ehr'.

81 Solange der Tod dauert.
82 Pferd.

KAPITEL ELF

Indessen, zum Nutzen des Lesers

Als Amelia auf ihrem Weg in die Staaten von Frankreich aus an Bord ging, an der Seite von Wendell und seiner Mutter, geriet sie ernstlich in Angst. Alle halbe Stunde klingelte sie nach dem Steward. Sie war kaum eine Stunde auf See, da sagte sie, nichts könnte sie so sehr betrüben wie ihr Magen, und wo er bloß all die lange Zeit gewesen wäre, daß sie ihn gar nicht bemerkt hatte, und niemals hätte sie so hohe Wellen gesehen, und warum die nicht schon die Hälfte von England weggespült hätten; und daß nichts, was so wie dies Schiff schlingerte, vor vollständigem Umkippen sicher wäre; und als der Kapitän zum hundertsten Mal sie zu beruhigen gekommen war, weinte sie: »Ach, Captain«, und hielt sich an ihren Betttüchern fest, hatte sie doch jeden Versuch zum aufrechten Gang aufgegeben, seit sie sich unerwartet in Wendells Armen gefunden hatte und sie beide in denen des Zahlmeisters und diese alle drei an einer Säule hinten im Speisesaal.

»Sie werden nicht untergehen«, sagte der Kapitän, »und was erschreckt Sie denn so? Diese Wellen sind gar nichts. Ich glaube sogar, wir werden wahrscheinlich eine der besten und glattesten Überfahrten haben.«

»Ach, mein Gott!« rief Amelia aus, »haben Sie schon Schlimmeres durchlebt als dies! Ich sehe ein, daß meine arme, liebe Schwester nur allzusehr im Recht war. Nie wieder werde ich einen solchen Sturm kreuzen, denn er schlägt mich mit wildestem Schrecken darnieder, und meine liebe Sophia ist nicht sie selbst, ist sie doch meist munter und witzig, aber jetzt braucht man sie nur anzuschauen! Und was meinen künftigen Gatten betrifft, so ist er tot, bestimmt, denn sonst wäre er doch hier und würde sich nach mir erkundigen. Gehen Sie jetzt«, bat sie den Kapitän, während die Tränen ihr die Wangen herabliefen, »und schauen Sie nach, ob nicht in Nummer neun eine Leiche umherrollt, war er doch nie sehr kräftig, und wie sollte er dies überleben, wenn ihn schon gebratene Bananen zum Brechen veranlassen!«

Der Kapitän berichtete jedoch, daß es Nummer neun blendend ging und er so gelassen wie nur denkbar eine Weintraube verzehrte, allerdings, fügte er hinzu, ein wenig grün um die Nasenspitze.

»Oh, das hartherzige Geschöpf!« rief Amelia, »er ist auf und läuft herum und fragt mich nicht einmal, wie es mir geht? Oh, wie recht meine Schwester doch hatte, wahrhaftig. Wohin bin ich nur aufgebrochen!«

Der Kapitän versicherte ihr, Wendell esse zwar Weintrauben, liege aber flach auf dem Rücken und sähe nicht so aus, als könne er sich erheben.

»Behält er sie bei sich?« erkundigte sie sich kläglich.

»Gelegentlich«, sagte der Kapitän.

Amelia weinte.

KAPITEL ZWÖLF

Amelia hört von ihrer Schwester, in Sachen Hisodalgus – jenem schönen Roß

Was Du mir, liebe Schwester, von Deinem Wendell erzählst, nimmt mich sehr wunder. Wer hätte je gehört, daß es zuträglich oder passend wäre, den Sparherd aus der Küche auf einen Heuwagen zu stellen und dies mit beinahe einer Art Zelt zu umgeben, bloß um die Post zu holen und sich solcherart, in fremdländischer Weise, der Gerechtigkeit des Frosts zu entziehen?

In England tun wir so etwas nicht, und meine Ohren sind auch noch nie mit Hisodalgus als Name für ein Pferd gepeinigt worden.

Ach, meine liebe Schwester! Ich fürchte, daß Du, mit solch einem denkenden Mann, mit so vielen seltsamen Windungen im Hirn, die Nächte recht kärglich verbringst! Was mögen die Nachbarn davon halten? Wie unsicher ist der Säugling in einer Gegend, wo die Mutter aus Neugier zum Fenster fliegen muß, um zu schauen, wie dieser Alptraum vorüberkommt! Wie kann ein Kind bei dergestalt unterbrochener Ernährung gedeihen? Und jenes arme Tier (ich verweigere seine Benennung), mag es noch so matten Gemütes und ganz hübsch geschunden sein und schlimm am Spat leiden, kann das doch nicht leicht nehmen, sondern muß sich andauernd unwohl und nervös fühlen und häufig nässen. Da fällt mir gerade ein, daß das arme Geschöpf, gemäß Deinem Bericht über den achtzehnten Vorfall, die Freiheit seines eigenen Naturstolzes bereits in solchem Maße verloren hat, daß es weder dies noch das andere kann, wenn Dein Wendell nicht absteigt und es tätschelt und täuscht.

Was ist dies für ein Zustand, meine liebe Schwester? Denn wenn ein Tier nicht mehr sein Gemüt am hinteren Ende entspannen kann, ist etwas mit der Welt nicht in Ordnung. Würdest Du einen Ketzer aus ihm machen und es sich am vorderen Ende erleichtern lassen? So etwas hat, wenn ich mich nicht irre, in Gomorrha Aufmerksamkeit erregt. Demoralisierung mag sich in einen Menschen einfressen, und dennoch geht die Sonne auf und unter, aber wenn sie ihre Zähne in die Natur des Tieres schlägt, ist es am besten, das Land zu verlassen. Die königliche Garde, sagt man, ist für ein Pfund pro Stunde von beiden Enden her zu haben – (dreißig Shilling, wenn sie die Stiefel anbehalten) –, aber das sind Männer, nicht Pferde, und mögen für ihre Verirrung entschuldigt werden. Aber daß ein Weib, und gar meine Schwester, ein solches Mißverhältnis erdulden und so ihr Gemüt verkehren kann, ist ein Gedanke, den ich nicht zu ertragen vermag; denn wenn die Weiber ein Ende nicht vom anderen unterscheiden können, was soll man dann von den Männern erwarten?

Und da ich gerade von Weibern spreche, liebe Schwester, ist denn jemals ein Weib zur guten Konvertitin geworden? Eröffne mir Deine Gedanken darüber, denn ich möchte Deine Meinung erfahren. Meine ist höchst schrecklich darauf versteift, daß sie in allem recht kümmerlich sind, was sie nicht schon in der Wiege zur Hand genommen haben. Und wie sehr sie sich auch von ihrem Wesen abneigen mögen, sie behalten doch eine vollkommene Einsicht, wo dieses ihr Wesen geblieben ist, und blicken zurück. Nicht so steht es mit einem Mann, denn ihm ist sein Wesen nie etwas Gewisses, wegen seiner Vorstellungen von Chemie und all solcher Logik, und wenn er es verläßt, so in der Überzeugung (entstanden aus seiner Philosophie), er schleiche es an. Solche Nachlässigkeit kann in keinem Weibe sein, und ich werde Dir das Warum meiner Schlußfolgerung mitteilen: Meine letzte Gnädigste, zu der ich nicht mehr zum Staubwischen und Fegen zurückkehren werde, wurde über Nacht von einer Katholikin zur Protestantin, weil sie mit dem Schisma in Gestalt heidnischer Beinkleider das Bett geteilt hatte, und ich habe davon gehört, als sie auf der Nachtkommode saß. Nun stell Dir eine frischgebackene Protestantin vor, die auf ihrem ewigwährenden Topf sitzt und aus ihrem konvertierten Hinterteil etwas hervorbringt, was jene Teile erfreut oder erleichtert, die alle Tage ihres Lebens katholisch gewesen waren! Aber nein, sie mußte aufrecht sitzen, um ein kleines bißchen Heidentum zu erringen, und sich ihm mit tödlichem Blick und einer übernächtigten und billigen Neigung zuwenden, um zu schauen, ob es noch von gleicher Sinnesart sei. Jetzt aber, während ich hier sitze und Dir schreibe, meine liebe Schwester, weiß ich, daß sie, nach höchst gelungener Verrichtung, zu ihrem Bett zurück stolzierte, denn das Gemüt mag von diesem zu jenem überwechseln, der Topf bleibt seinen ersten Neigungen treu. Und mag sie wie nur irgendeine konvertierte Protestantin in ihrem Rollbett schlafen, sie wird dennoch bis zu ihrem letzten Ruch der Römischen Kirche angehören. Also macht es keinen Sinn, wenn ein Weib an eine Sache denkt und eine andere tut.

Aber mehr noch nehmen mich andere Leute in unserem guten London wunder, weil sie nämlich wegen ganz unwichtiger Dinge immer mehr Schaum schlagen, die sie für einen Fortschritt halten. Unsere nette Mrs. Chubble, die gewöhnlich ganz glücklich war, eine schöne Naht zu nähen, schreitet jetzt mit langen Schritten um das Gewächshaus des Herrensitzes herum, schlägt auf die Pflanzen ein, mit gesträubtem Haar und vorgereckter Brust, und furzt wie ein Stier mit auftrompetendem Zorn gegen die Beschränkungen der Häuslichkeit, ausgerechnet sie, die nie an irgend etwas Hand gelegt hat, warum sollte sie auch, mit einer Horde Dienern und bis zum Ertrinken in Geld und mit zehn Leuten, die herumflattern, um jedem Wunsch von ihr aufzuwarten! Das verwirrt mich ganz gemein. Solche Menschen glauben nicht mehr an die Wahrheit und haben sich auf die Seite der Zerstörung geneigt; und auch Himmel und Hölle sind nicht mehr, was sie einst waren, noch gibt es geziemende Furcht und Ehrfurcht vor dem Tod, sondern sie müssen Brauch und Sitte des Wandels vermehren oder vermindern. Als Illustration dazu höre nur, was Horace Chubble selbst zu diesem Thema sagt, es ist noch nicht länger her als letzte Fasnacht. Er, dank viel Gänseleberpastete und gutem Portwein in glänzender Verfassung und gespickt mit den Scherzworten des Pastors, sagte: »Wenn *ich* sterbe, guter Freund, werde ich ein wunderschönes Paar neue Flügel besitzen und ein Nachthemd aus Batist, und mit einer Gänsefeder im Hinterteil werde ich im Himmel herumfegen und nach der Verdopplung unter den Gewändern der Engel suchen.«

Also, warum die Gänsefeder, liebe Schwester? In unserer Väter Zeiten war die nicht notwendig. Was für ein neues Bedürfnis, von dem ich noch nichts gehört habe, mag sie jetzt vorteilhaft erscheinen lassen?

Ich glaube, so ich Talent hätte, könnte ich eine hervorragende Ode oder Philippika schreiben, über das Thema »Warum das Haar grau wird und wir grambeladen ins Grab gebracht werden«, denn irgendwie haben wir das Gefühl für den rechten und schmalen Pfad verloren und schreiten prangend in einem Zweifel umher, wenn wir Dinge im Gehölz hören, das kein Ort des Stelldicheins für uns ist. Die zum Himmel und die zur Hölle neigen, haben sich fürchterlich in der Richtung verwirrt, alsodaß sie unterwegs übereinander stolpern und Dinge erfahren, die nicht zu ihren jeweiligen Zielen passen. Stelle Dir also vor, liebe Schwester, wo wir alle schließlich landen werden – irgendwo mitten in der Luft wahrscheinlich, weil wir an keinen der beiden Orte passen, und ein grauenvoller Anblick ist jener Raum zwischen zwei Stühlen, wo man hören kann, wie Mr. Chubble eine Bemerkung über Gänsefedern zu meiner Gnädigsten macht – die vielleicht gerade den Rosenkranz betet – und die beiden ihr ganzes Leben lang für verschiedene Richtungen bestimmt sind.

Ich zweifle nicht daran, daß wir schließlich alle durch diese Ungewißheit wahnsinnig werden, denn eins hat das andre des Höllenfeuers beraubt – das ihm mutmaßlich lieb und wert war, während er ihr seinerseits ihren Traum von der Glückseligkeit weggeschnappt hat – der eine Lebensaufgabe für sie hätte sein können.

Da ich mich selbst lange Stunden auf die Nichtigkeit aller

Dinge verwende, liebe Schwester, komme ich manchmal ans fusselige Ende meiner selbst und muß den Faden kauen, bis kein Faden zum Kauen mehr da ist, also schreibe mir doch bitte von Deinem Wendell und was er sich in den letzten Wochen wieder in den Kopf gesetzt hat. Das ist etwas, woran sich meine Grübeleien die Zähne ausbeißen können, und hält viele Tage vor. Schreibe mir also oft von diesem Mann, dann werde ich mein Hirn nicht um seiner selbst willen zerfasern, sondern ihm kräftige Happen vorwerfen können, so es gefräßig wird.

Deine Dir innig getreue Schwester

Midwive's lament.
of the horrid outcome of Wendell's
first infidelity

KAPITEL DREIZEHN

Klagelied der Hebamme oder Das grauenvolle Ergebnis von Wendells erster Untreue

So starb sie – vor der Zeit im Kindbett, eh' der Nord
Sein stetes Schneien endete, und niederkam
Zu Wassern in der See, der wasserschweren See,
Und auf den Sänden zum Geheul ward ihretwegen,
Die starb, wie Weiber immer sterben, sehr unbillig
Auf einen Tod gepfählt, der ihnen innen kriecht;
Denn Männer sterben anders, durch Manns entblößtes Schwert,
Doch Weiber an dem Degen, dem sie die Scheide sind.
Und dieses Mädchen, ganz unzeitig, stürzte so
Sich auf den Sohn als Stachel, und sie schied dahin
Gleichwie nur irgendeine Römerin verblutend –

KAPITEL VIERZEHN

Sophias Letzter Wille und Testament

Letzter Wille und Testament von Sophia Grieve Ryder Alexson, niedergeschrieben auf halbrosa, kraus abgeschnittenem Metzgerei-Papier; die schwedische Schere mit dem Filigrangriff, der Reiher, Beine und Krallen darstellte, und der Spitze als Schnabel, sehr unerfreulich für den Daumen, wenn man ihn hineinzwängte und damit drückte, um die notwendige Auswirkung zu erreichen, war zu diesem Zwecke verwendet worden. Datiert vom 9. März 1897.

Im Falle meines – plötzlichen oder baldigen – Ablebens wünsche ich, Sophia Grieve Alexson, geborene Ryder – nachdem eine angemessene Zeit abgelaufen sein wird, darin meine Freunde eintreten, vorbeischreiten und fortgehen, in ihrem Kummer, ernsthaft und weniger kratzbürstig –, in einem tiefen, leicht abschüssigen, wohlausgehobenen Abschnitt des Friedhofs »Zur Lieben Vernunft« beigesetzt und begraben zu werden.

Der Sarg sei aus poliertem Buchsbaum, mit konvexem Deckel (wie später erläutert), sechs Fuß sechs lang, drei Fuß breit und mit einer Tiefe von fünf Fuß, der obere Teil des leicht konvexen Deckels mit Angeln befestigt, darin schweres, am Rand geschliffenes Spiegelglas eingesetzt, darunter ein Schnörkel aus Silberarbeit, die Initialen meiner selbst und meines Gatten, Alex Rudolph Alexson, eingeätzt. Auf dem Sarg, oben und an den Seiten, ein Mäanderornament, tief eingeschnitzt, mit den Darstellungen von Kelch, Staubfäden und Stempel, sowie säuberlich ungeordneten geschlossenen Büchern, mit je einem Fries zu Häupten und zu Füßen, welcher die Winde im Glücksspiel mit dem Falken abbildet.

Der Grabstein sei dauerhaft, aber einfach, um dem Efeu und den Eingriffen von Zeit und Wetter zu widerstehen, mit der Inschrift: »Hier liegen Sophia Grieve Alexson und Alex

Rudolph Alexson, im Tod wie im Leben nur ein wenig getrennt.«

Dies alles überragend eine griechische oder atheniensische Gestalt, auf eine Tränenurne geneigt, in die Faltungen eines doppelt geschürzten Trauergewandes gehüllt.

Die Auslegung unserer einzelnen und gemeinsamen Körper (denn wer will unterstellen, daß wir nicht zur gleichen Stunde sterben?) folgendermaßen: Meine rechte Hand (mit dem herzförmigen Blutjaspis-Ring am Zeigefinger, dem Geschenk des Königs) auf ihn gelegt, der besagte Zeigefinger leicht nach innen gekrümmt und zart berührend, wie der Abendstern auf dem Finger der Dämmerung ruht. Meine linke Hand (umschlossen von dem abgenutzten goldenen Sklavinnenreif) mit der Handfläche nach innen ungefähr auf jenen Teil von ihm gelegt, der * * * * * * * * * *, wie der Abendstern auf dem Finger der Dämmerung ruht. Mein linker Nasenflügel an seinem rechten Nasenflügel, damit unsere Atemzüge, niemals ausgehend, den gleichen Weg haben mögen. Unsere Füße nebeneinander ausgestreckt (doch leider! nicht Fuß neben Fuß, da seine sechs Fuß vier und meine fünf Fuß eins eine solche Möglichkeit ausschließen – so muß ich meinen Vollstreckern versichern, daß dies nicht unserer, sondern der Neigung der Natur entspricht, das unheilbare Mißgeschick, das jene mit einem Zwischen unterscheidet).

Alex, Brust an meiner Brust (Mund, Nase usw. a priori angeordnet, muß es doch dem härtesten Skeptiker von wildest spitzfindelndem Geiste einleuchten, daß es anders nicht sein könnte, ohne Verdrehung und Mißformung der Natur), seine rechte Hand (deren Ringfinger umschlossen von einem Drachen aus bestem Silber, Schwanz und Kopf mit Smaragden besetzt) auf die Hälfte jener Seite gelegt, die nicht sieht, der Zeigefinger (oder der Finger, der insbesondere bezeichnet und gefordert wird, gemäß der Hinterlassenschaft seines überaus guten Geschmacks – und gemäß der Tunlichkeit) * * * berührend, wie der Abendstern auf dem Finger der Dämmerung ruht, die linke Hand mit der Handfläche in

* * * * * * * * * * * gelegt, wie der Abendstern auf dem Finger der Dämmerung ruht (entsprechend der Anweisung).
Zwischen seinem Herzen und meinem sei die Photographie von mir und ihm untergebracht. Jene Photographie, die Alex als edlen Mohren zeigt, eingehüllt in ein doppelt gefüttertes Talma mit isabellenfarbener Samtoberseite, einen Spinnrokken (meinen eigenen) haltend, von dem ein wenig Vorgespinst herabhängt. Ich auf baskisch, mit Achselbändern aus Spitze und brasilianischer Litze, im Profil, eine einzige schwankende Nadel über meine Ohrlocken und die verschwenderische jugendliche Mähne herrschend.
Auf und um unsere Leiber Ringe, Ohrringe, Armreifen, Halsketten, Koralle wie auch Bernstein (sie werden übereinander nie so gut aussehen), das Rosenholzmundstück für sein Horn, die Schweizer Armbanduhr (mit Rubinen eingelegt) und all das von unseren Besitztümern, was ungeeignet für die Eiligen erscheint (ich habe es zur Ehrensache gemacht, nur solches zu sammeln, denn was wäre persönlicher als Persönlichkeit?). Das Tränenkrüglein aus Smyrna (obwohl es scheint's reichlich mit Zink versetzt ist), der wenig standfeste Trinkbecher aus Pisa, den Schiefen Turm darstellend (in den ich bei Notdurft auf Reisen gepinkelt), das Kristallsiegel, das Messer mit Perlgriff, der birnenförmige Briefbeschwerer, der längliche Briefbeschwerer mit dem Wasserfall drunter, der Platinbriefbeschwerer mit Madonna und Kind als Intaglio, leicht eingekerbt und angekratzt von der forschenden Schneide besagten Messers, im Bemühen zu ergründen, wieviel Platin ist und wieviel gemeines Blei. Die schwedische Schürze, die marokkanischen Pantoffeln, der Kaschmir-Überwurf mit Seidenkette und Wolleinschlag, das Pincenez mit goldener Kette und emailliertem Silberbogen, ein Geburtstagsgeschenk von meiner Enkelin Julie; die Brosche mit dem Windspielkopf aus schottischem Achat, die Manschettenknöpfe mit Pferdeköpfen, umgeben von Hufeisen und Peitsche, die geschnitzten Beinknöpfchen, die Knöpfchen aus bemaltem Holz, ein kostbares Zeugnis der Liebe und Vereh-

rung meines Enkels Timothy, von seiner eigenen kindlichen Hand hergestellt und von derselben mir dargeboten, in einem Überströmen des jugendlichen Herzens. Der beinerne Ring, mir von der Hand meines zweiten Sohnes Wendell überreicht, einst mit der Absicht – und mit schmerzlicher Wollust – geschnitzt, die äußerste, ursprünglich eingeborene Befriedigung, den Weibern seines Hauses gebührend, möge erwidert werden; die schwarzrote Kammgarntasche, die Amelia in den Stunden ihrer Niederkunft gestrickt hat, und die schaufelförmigen silbernen Teelöffel (von meiner Mutter), wertvoll durch die Zahnspuren, die der beißende Mund meines Erstgeborenen, Aaron, darin hinterlassen hat.
Sollte ein Teil oder die Gesamtheit der Gemeinde zum Singen geneigt sein, möge man sie oder ihn oder sie alle die Teile von »Allan Percy« oder der »Klage des Soldaten« (das wäre mir am allerliebsten) wiedergeben lassen, die sie erinnern oder sich beschaffen können, und als *coup de mort* sollen sie »Werd' ich Sterne in der Krone tragen?« hinzufügen. Denn obwohl ich an ein künftiges Leben und eine Ewig Dauernde Welt glaube, ist es doch ein schwerwiegender Anlaß zu tiefsinnigen Gedanken, denn in zweien, die nicht mehr leben, ist ein Fortgehen, von dem wir gar nichts wissen.

Im Leben danach betrachtete Sophia dies Dokument mit Verwunderung.

NON E VERO – 1850

KAPITEL FÜNFZEHN

Wer war das Mädchen?

Wer war das Mädchen, das Amelia vor langer Zeit gesehen hatte, als sie sich aus dem Fenster lehnte und ihre Haare kämmte, erst einerseits, dann andererseits, das Mädchen mit dem Muttermal auf der Lippe?
Die Sorglose Kate.
Und wer war der Junge mit der Dampfmaschine, Kolben und Ruten, der in der Gosse direkt gegenüber dem Haus in Shepherd's Bush spielte?
Arthur Edwin Dupont, der jüngere Bruder der Sorglosen Kate, zwei Jahre jünger.
Und wer war diese Kate schließlich anders als jene, die Klavier und Straßenorgel für ihre Mutter spielte, die üppige Altistin aus Cork, die adlernasige Señorita aus Cork, sie, die unter »Non è vero« in Londons Straßen aufseufzte, das alles an einem Sommertag. Denn es war eine große Stimme in ihr, die schlug gegen Herz und Lungen, ein stürmischer roher Schrecken, der zog und zerrte an den Nerven und Adern ihres Leibes wie ein Ungeheuer, das ein Gefängnis von Harfensaiten zupft und singt, göttlich und schrecklich, gegen ihre Nieren, so daß sie ihren rechtmäßigen Platz auf der Opernbühne nicht einnehmen konnte, sondern quer über dem Rinnstein stehen mußte, singend und * * * * * wie ein enormer Jagdhund, und daneben saß ihr Kind und spielte tralala, lala!
Eben dies Kind, Kate, das die Rolle eines Trommlers im Haymarket spielte, donnerstags und samstags, dienstags und mittwochs, eine Schwindsüchtige in »Glocken von London«, und sie trägt bei diesen zwei und ein paar Gelegenheiten die engen rosa Beinkleider eines Trommlers, an den Fersen leicht beschmutzt und ausgebessert, Kniehosen aus zweidrähtiger Seide in Blaßblau und die Kappe eines Troubadours aus dem dreizehnten Jahrhundert mit einer rosa Straußenfeder, vorn gekräuselt und von links nach rechts herum sich neigend, wo

sie über das Läppchen des enganliegenden, perlfarbenen Ohrs hing. Dann wiederum: ein langes, zerlumptes und ausgeblichenes graues Gewand, am Hals und an den Handgelenken mit passenden blassen Bändern geschlossen, gegürtet mit passender Schnur, begleitet von gefalteten Händen und angestrengten, mathematisch geordneten Hustenanfällen.
Die Frage tauchte auf, ist sie eine Jungfrau? Aber Tatsachen waren nicht bekannt, doch sei gesagt, daß die Garderobiere so ihre Ansichten hatte und in der müßigen Erinnerung gar manchen Mädchens zitiert wurde, wie sie an einem düsteren und nassen Tag gesagt hatte, kein einziger Schoß in der ganzen Truppe sei unerschüttert.
Niemand stand auf, um mit geballten Fäusten und bebenden Hüften zu widersprechen. Kate selbst cremte sich den Hals ein und mochte es gehört haben oder nicht, denn der Duft der Gaukelei lag dicht über dem Haymarket, und manch einer sagte, er dringe eine nicht kleine Strecke auf die Straße hinaus.
Ihr häusliches Leben fand zwischen ihrer Mutter und ihrem Vater statt. (Ihr Vater war ein präraffaelitischer Maler von Seestücken.) Zuweilen schien es, daß die beiden nicht in rechter Ehe verbunden waren.
Scheint daraus zu folgen, daß die Sorglose Kate ein Bastard war? Es schiene zu folgen, doch wer vermag zu sagen, wie listig ein Kind die Legitimität an seinem Stande nagen läßt?
Sie war ihrer Familie nicht wirklich liebevoll anhänglich, diesen Kampf zwischen Gut und Böse überließ sie vielmehr ihrer Schwester, die im Mahagoni-Laden für antike Möbel Bretter polierte; denn Kate rannte fort, infolge der Absetzung jener besagten abgespielten Dramen, die so lange ihre histrionische Kunst beansprucht hatten, zusammen mit einem Landschaftsmaler, dessen Spezialität in strohgedeckten Hütten in und um Richmond bestand, ausgeführt in gelber Aquarellfarbe, in Sepia übermalt und mit Glanzlichtern auf Regenrinne und Fensterscheiben.
Wurde jemals verifiziert, daß sie ihn damals oder später heira-

tete? Was macht es schon aus, denn sie überließ ihrer Schwester diesen ihren ganzen unbestimmten Hintergrund.

Wer tritt ein und forscht nach, wo derlei Paarung wohl ihr Liegen und ihr Aufstehen übt in einem Hausboot auf dem Erie-See?

Angenehm war es für sie, denn sie unterhielt, angenehm war es für ihn, denn er trank. Aber für sie beide war es nicht angenehm.

Er trank aus einem lecken Spundloch. Dies ist das Geschirr, das sie ihren Gästen vorsetzte – welche nur beiläufig nach *ihm* fragten –: ein Service aus High Holborn mit weiß glasiertem Hintergrund, darauf Rosen in lieblicher Unordnung. Eine Kakaokanne, hoch aufragend, und sechs Tassen und Untertassen dazu, eine Brotschale und zwölf große Eßteller, drei Terrinen mit melancholischen Wülsten und umschnürten Griffen, elf Suppenteller (der zwölfte fiel über Bord, weil das Chinchilla allzu leidenschaftlich die darin befindliche Milch anstrebte), eine Sauciere und ein Tellerchen für Gelee, mit kunsthandwerklicher Bemalung, sowie eine Delfter Obstschale mit achteckigen Seiten, die auf eine runde Mitte zuliefen, wo ein Stiefmütterchen leuchtete. Ganz zu schweigen von der Fisch-Schale und der Wildplatte, hübsch den jeweils artgerechten Tod abbildend.

Nachts ruderte sie mit ihrem Erwählten auf den Erie-See hinaus und erörterte den Selbstmord. Ob sie es müde wurde, ihn zwischen den Hosenbeinen und um den Kragen zu fassen und die ganze Zahl der Dinge zu beweinen, die sie nie wieder sehen würde, so er ertrinken würde, oder ob der Tod seine Perspektiven verloren hatte, ist nicht bekannt, aber Anfang 1897 gab sie das Rudern auf und kam an, um bei Sophia Grieve Ryder zu leben, die damals in Storm-King-on-Hudson ansässig war.

Hier nämlich lebte Sophia Grieve Ryder mit ihrem zweiten Sohn Wendell und dessen seit zehn Sommern Frau, Amelia de Grier, in einer kleinen Blockhütte von zwei Zimmern übereinander, aus Kiefernholz vom Hügel direkt nördlich des

großen, palastartigen Hauses von Sophias Erstgeborenem Gaybert, welcher Arzt war und mit einer deutschen Frau zusammenlebte, illegitim.
Lebte Sophia Grieve Ryder, ihren zweiten besten Ehemann beklagend, von dem man an jenem Tag sich abgewandt hatte, als er im Kampf mit dem hinteren Zaun gefunden ward, und ein Weibsstück zwischen ihm und dem Zaun.
Oh, Kummer, der sie, andere betrübend, betrübt! Klagt, all ihr Wasser, klagt, ihr Berge und Bäume, und das Gras darunter, und die Wurzeln, ungesehen! Klagt, ihr Fische der See und Vögel des Himmels, und Rinder, die immer darüber gehen, und Maulwürfe, die immer darunter gehen! Klagt, ihr dunklen Zisternen und Brunnen von Brunnenwasser und Regentraufen und Wasserkrüge im Frühling! Klagt, all ihr Tränendinge, Milch der Brust und Wasser des Mundes, und Wasser des Auges, und alle Wasser, die in Häuten hängen, und alle, die in Häuten liegen, und alles, was vom Himmel herab in Häute fällt, und alles, was mit ein wenig Feuchtigkeit aus der Erde hervorkommt, in mancherlei Gestalt und Art! Klagt, ihr Weiber, die ihr zum Manne geht und von ihm kommt, um Sophia Grieve Ryder, niedergestreckt inmitten der Falbeln ihrer Unterhosen, mit dem Streich der äußersten Klage, darum daß ihr Feinslieb von hinnen und für immer geschieden ist. Klagt um Sophia Grieve Ryder, all ihr Schwestern, die ihr – und die ihr nicht – die Bestürzung davon kennt und die Einsamkeit davon, von Dingen, die bekannt waren und nicht mehr bekannt sind, in ihrer besonderen angenehmen Weise des Kennens. Denn Sophia Grieve Ryder hat ihre Gewänder verschlossen und ihre Türen gegen ihre Notwendigkeit, und legt sich aufs Bett und weint bitterlich um die Töne und die Gerüche und die Wärme, die anderswohin gegangen sind, in ihrer bekannten und genauen Menge. Klagt um das hohe Fenster, aus dem nicht geschaut wird, und um das Dunkel, darin, ungesehen, Sophia Grieve Ryder liegt, in dieser Finsternis die Gestalt aller Dinge kennend. Den Briefbeschwerer mit den Wasserfällen darunter, und das Kristallsiegel mit ihrem einge-

schnittenen Namen, und das Federmesser, von ihm geschenkt, und das Hemd mit den blauen Winden, und das Höschen mit Brunnenkresse, und die kleinen Pantoffeln, die ihre Füße nicht kennen. Klagt, all ihr auf dieser Erde, die gewünscht und bekommen haben, und die gewünscht und nicht bekommen haben, und die Neigungen gekannt und verloren haben, und die, wie die Schlange ihre Haut abstreift, die Hülse des Herzens und die Widerklänge seiner Liebesworte fortgeworfen haben, für immer!
Klagt um Sophia Grieve Ryder, die da sitzet wie ein Heer ohne Sieg und Niederlage, und ohne Tote und ohne Lebende!
Klagt um Sophia Grieve Ryder, der vom starken Leben doch ein Geringes blieb, und viele Tage, die den angenehmen Verfall ihres Kummers aus ihrem Mark zehren werden und die dennoch wieder angehen wird mit unverkürztem Schatten!

KAPITEL SECHZEHN

Die Ankunft der Sorglosen Kate, ein rüdes Kapitel

Sagen wir einmal, zum rechten Zeitpunkt bat Sophia, wie es ihrem Bedürfnis entsprach, jene Kate, als sie deren Kummer wegen des Hausboots und des Mannes sah, der seinen Mund nur um ein Spundloch schließen konnte, diese Kate also bat sie, sie ebenfalls »Mutter« zu nennen; und sie Mutter zu nennen – was sie mit hervorragender Leichtigkeit tat –, war nur der erste Schritt dazu, jene kleine Blockhütte in den Hügeln von Storm-King zu betreten, den Ryders, Amelia, Wendell und den beiden Kindern als ihr Heim bekannt, und dort zu bleiben.

Die Ryder-Hütte war fünfzehn Fuß hoch und neunundzwanzig Fuß breit, sie bestand aus behauenem Kiefernholz, und drei Stufen führten zu ihrer Schwelle. Von hier aus war das Haus mit einem Blick zu übersehen, denn es bestand aus einem einzigen Raum mit einem Hängeboden und einer Leiter, die von ihm herabführte.

Möbliert war es folgendermaßen: zwei Betten unten und zwei Betten oben, ein großer Ofen, ein Tisch und vier Stühle. Es gab einen Besen und es gab Teller, und an der Wand ein Bild von Beethoven und eins von Schumann, und die Leiter, die in der Mitte hochführte, bestand aus behauenem Zedernholz, von Wendell geschlagen, an jenem Tag, als er mit der Axt in den Wald gegangen war, aufdaß er seinen Hängeboden erkennen möge.

Durch diese Tür trat niemand anders als Amelia zur Abendzeit, wenn sie ihr Tagewerk unten im Haus von Wendells Bruder verrichtet hatte (denn zu dieser Zeit war Sophia durch einen Abschied von ihrem Alex niedergeworfen und konnte in ihrem Schmerz nicht zu Hilfe kommen). Amelia hatte die Aufgabe übernommen, die Familie zu versorgen, denn konnte dies Wendell zugemutet werden, der seit den Tagen seiner Vergiftung nie mehr gewesen war, wie ein Mann in der

Herzgrube sein sollte? So in diese Tür trat Amelia des Abends, Wendell zu jeder Stunde, Sophia, wenn sie nicht weinte, und Julie und Timothy, wenn das zerbrochene Porzellan – das sie aus den Ruinen des hinteren Hofes ausgruben – sie mit komplizierten Spekulationen ermüdet hatte. Und eines Tages trat hinein in diese Tür die Sorglose Kate.
Sie trug ein Fischbeinleibchen aus drachenblutfarbenem Kaschmir. Am Hals, hoch oben unter den Ohren, eine geknotete Satinschleife. Ihr Kopf war ein wogendes Federparadies, aus dem die klugen Augen einer Jetagraffe hervorblinkten. Um ihre Taille, in ein prächtig vollendetes V auslaufend, ein Gürtel aus Mohair, mit einem Pendant zur Agraffe als Verschluß. Ihr Rock, voll über der Hüfte gebauscht und gekräuselt, fiel von dort in Falbeln auf den Prünell ihrer Stiefel herab. Zu dieser Zeit begann bei Kate jene gewisse, aber noch nicht wahrnehmbare Neigung zur Fülligkeit, verraten durch ein schwellendes Kinn, ausgebuchtete Hüften und, zu gegebener Zeit, einen hervortretenden Bauch. Lächelnd trat sie ein.
»Und das ist Kate, meine neue Tochter«, sagte Sophia, und »das ist wahrhaftig Kate«, sagte Amelia, die sich gut an sie erinnerte, als sie den Busen schwenkte, und »das ist Kate«, sagten Julie und Timothy, die sich überhaupt nicht erinnerten. »Und wo ist euer Vater?« fragte Sophia und trat ein, ihr folgte Kate, atmend, lächelnd.
»Aufdaß du dein Schicksal kennen mögest!« sagte Wendell, und alle blickten auf, Julie blickte auf, und Timothy blickte auf, und Sophia blickte auf, und Amelia blickte auf, und Kate blickte auf, und sie gewahrten Wendell, wie er geboren war, einen Fuß auf der einen Seite und den anderen Fuß auf der anderen Seite der Falltür des Hängebodens, die drei mal drei Fuß maß, und die Leiter hochgezogen, und er beugte sich ein wenig vor und lachte, und Timothys Blicke senkten sich, und Julies Blicke senkten sich, und Sophias Blicke senkten sich, und Kates Blicke senkten sich, aber Amelias Blicke senkten sich nicht.

»Mein Gott!« sagte sie, und ihre Blicke senkten sich.

Und er trat beiseite und verschwand, und Kate setzte sich, schüttelte die Federn auf ihrem Hut, lachte und weinte, und sagte: »Ihr habt es hier sehr gemütlich.«

KAPITEL SIEBZEHN

Was Kate nicht war

Hätte die Sorglose Kate nicht die Warum-nicht-Kate sein können, die vielleicht mitten in der Stadt in einer prächtigen Wohnung lebt, einer *tour de force,* wie sie sich um ein Weib ansammelt, so es für seine Umgebung merkwürdig unpassend und verwirrend ist, wie Korallen an einer gefährlichen Küste? Wäre die Warum-nicht-Kate groß und oval und verschlafen gewesen, hätte sie sich mit dekorativer Unbesonnenheit durch ihr Reich voller Katzenstreu bewegt, wäre sie mit jedem vorhandenen Gegenstand in Berührung gekommen, wie ein Tier auf dem Weg zum Tod mit allem in Berührung kommt, um sich an das handbemalte Spinett zu setzen und sich dort mit zwei Fingern »Ich mag ein dummes Mädchen, und denk nicht, das wär bös« zusammenzusuchen, oder irgendeine Melodie, die für das makellos jungfräuliche Instrument eine ähnliche Marter wäre?
Hätte diese Kate sich nicht in jedem Spiegel bewundert, an dem sie vorbeiginge, stolpernd und großartig, auf jede Hahnreigeschichte zu, die ihr über den Weg liefe, und hätte, nach einem gründlichen Fiasko mit dem kleinsten Mann, ein strammes Kind geworfen und wäre dabei einer Schneiderpfrieme und Nadel bedürftig gewesen, und hätte, nunmehr wohlgenäht, den Abend dahingelächelt, durch den verzweifelt ihr wirklicher Gatte wandelte, wie er so seinen schwindligen Weg die Boulevards hinunter nahm, »Meister Sieben-Stich« benamst, von jedem Ladenschwengel oder Metzgerlehrling? Oder hätte hinter Pflaume und Aprikose gedöst, während er, nie-wieder-derselbe, durch die langen, kalten Gänge der Griechen im Museum wankte, hier und da verstört stehenbliebe, die Blicke auf irgendein prähistorisches oder sehr altes weibliches Becken fixiert, bis eben diese Fixierung der Abwesenheit ihm die Vernunft wiederschenkte und er eilig weiterliefe, bevor man ihn beobachten würde?

Hätte die Sorglose Kate die Warum-nicht-Kate und dennoch Kate sein können, sterbend wie sie lebte, eine Vase mit wollüstigen Rosen neben sich, mit Augen, welche der Natur keine Definitionen auferlegen, die verliebten Tauben auf den Gartenwegen beobachtend, oder mit zielloser Stimme sie mitturtelnd rufend, oder singend: »Ich mag ein dummes Mädchen, und denk nicht, das wär bös« –?
Wahrhaftig hätte sie!
Hätte die Sorglose Kate nicht Kate-die-Puppe sein können, das Symbol der Jungfräulichkeit, das Ideal der Nation? Mit einem Kopf, der für den Körper zu groß ist, und dicht geleg-tem Lockenheiligenschein, bewundert und angebetet und verehrt, wie nur Engel verehrt werden, bewundert und angebetet um ihrer einheitlich hellen Lockenkappe willen?
Beten nicht alle Männer, im Abendanzug oder in Maurerhosen, den Brunnen des Goldenen und Sinnlosen an?
Hätte Kate-die-Puppe die Blicke mit einem einzigen flachen Wimpernklimpern gehoben, wunderschön geziert zu allen leeren Dingen, und wäre von ihnen erfüllt worden, wie das Gesetz es befiehlt?
Bedacht mit einem leeren Becherglas, hätte sie es nicht ausgesoffen und wäre betrunken geworden; beschenkt mit einem blütenlosen Stiel, hätte sie nicht ihr Näschen hineingesteckt und in ekstatischen Silben geseufzt: »Eine Rose! Eine Rose!« und dabei alle Männer von einem Ende der Erde zum andern auf die Knie geworfen, annähernd in Frömmigkeit und schmerzlicher Wollust, dem Wellenbrecher der Frömmigkeit? Beschenkt mit einer Leiche als Liebhaber, des Menschen so entleert wie das echteste Biskuitporzellan, hätte sie die nicht an ihren Busen gedrückt und ausgerufen: »Das ist die Liebe!«? Und hätte sie nicht, sich niederlegend, den geistlosen Geist mit weitoffenen, bewimperten Augen aufgegeben und wäre begraben und betrauert und gelobt und verehrt und angebetet und in jedermanns Herzensschrein aufgestellt worden, die Verwesung nicht lauter ausschwitzend als ein Spielzeug?

Sie hätte wahrhaftig.
Hätte sie nicht die Wirbelsturm-Kate sein können, das Mensch, das Natur in deren eigenem Maßstab verübte, die Vergangenheit im Dunst einer geräumigen Tiefe bewahrend, aufdaß nichts an der Oberfläche bleibe, aber auch einen furchtbaren Umfang habe, sie selbst unter der Zunahme ihrer selbst leidend, bis sie jeden Zwickel und Schlitz sprengte, Überfluß ausströmend und keineswegs wenig Blut?
Hätte man sich die Wirbelsturm-Kate auf dem Liebeslager vorstellen können, nicht *einen* Mann an ihre Lenden nehmend, sondern ganze Paare der Gattung, nicht ein Kind tragend, sondern Kinder werfend, nicht einen Becher Wein trinkend, sondern den ganzen Jahrgang, und beim Sterben sagend: »Wir sterben!«?
Wahrhaftig und wahrhaftig!
Hätte Kate nicht die Tumult-Kate sein können, die lustige Ehefrau, die Langschläferin, die zärtlich geliebte Hure, Hals über Kopf ins Bett taumelnd und die Unterhosen mit Hallo von sich werfend, hol's die Katz, plündernd wie ein Dieb, bis zu den Hüften von Mutwillen naß, eine Bacchantin ohne Steg an den Hosen und ein »Hier, meine munteren Herren, trinkt, denn nackt seid ihr gekommen und nackt werdet ihr gehen, und es kommt fast aufs selbe heraus, wann ihr wieder diese Straße entlang kommt!« Ihr Haus eine Speisekammer, mit dem Wasserstand der Manneskraft bespritzt, das Herz ihre Brust weitend, das Blut sichtbar in den Adern strömend und Springflut hinterlassend, die Eingeweide wie eine Maschinerie donnernd, ihr Haus aus ihr heraus dröhnend, und im Sterben, hört man nicht, wie sie denen in ihrem Haus zuruft: »Stoßt ins Horn, meine lustigen Jäger, und jagt mich zu Tode, denn ich bin euch um viele Nasenlängen voraus!«?
Wäre Kate nicht immer noch Kate gewesen?
Sie wäre, sie wäre!
Hätte sie nicht die Topf-kipp-Kate sein können? Aus dem oberen Kreuzfenster jener Herberge, die nun nicht mehr unter ihrem rechtmäßigen Beinamen »All ihr Zauberer« be-

kannt wäre, sondern als »Gott-segne-unser-Heim«, den Inhalt des randvollen Gefäßes auf den perückten Schädel eines braven Vaters des Gesetzes ausschüttend, der augenblicklich jedoch tief in Gedanken über einen Fall versunken wäre, welcher ihm kürzlich vorgelegt worden war, den einer Kupplerin nämlich, die für einen halben Shilling einen übermäßig gepfefferten Hasen angezeigt hatte, welchen sie zwischen vier und Viertel nach aus den Ställen eines feinen Quartiermeisters levitiert hatte, und ob die Gerechtigkeit die unmittelbare Auslieferung besagter Kupplerin fordere, die von Geburt halb Waliserin war und halb dem salzigen Boden Irlands entsprungen, war sie doch supinal auf der Grenze (sagte sie, während sie doch wenig Genaues über Angelegenheiten der Wahrscheinlichkeit wußte) der beiden Länder geboren, so daß ihr daraus, wie sie bezeugte, die einzige Ungewißheit in ihrem ansonsten geradlinigen Leben entstand, nämlich auszuklügeln, ob ihre Mitte gutes Niemandsland sei oder nicht, oder das Land Aller Seelen, an welch letztere Ansicht sie sich mit gebührender Hartnäckigkeit halte, etc., weil, sagte sie, im Zweifelsfalle gewähre man den Herren die Gunst, und als der biermostfarbene Inhalt bis in die Wurzeln der Perücke sikkerte und von dort ins Innere seines Schleifenknotens (aus nunmehr gewässerter Seide), entschied er mit beißender Nervosität, daß alle Huren, feucht oder trocken, wahrlich in die Hölle geschickt werden sollten, denn was sie taten, war nicht besser als was sie nicht taten, und heulte Verwünschungen, als er die Blicke hob, um mittels seiner mißhandelten juridischen Intuition auszumachen, welches der besagten Fenster jenes sei, aus dem die schöne Roselda das geschüttet hatte, dessen sie sich beraubt hatte, um ihn damit zu bedenken (ist nicht dies die höchste Tugend?). Da er jedoch nur eine reine Maid sah, die in einem dicken Band in Marokkoleder las (aus dem rote und grüne Lesezeichen heraushingen), entschied er, daß es nicht von einer so frommen und gelehrten Seite gekommen sein könne, obwohl es tatsächlich die Topf-kipp-Kate war, die den Scherz krönte, indem sie die Tat mit Bildung würzte, welche, wie man sagt, einen Spaß in den Bereich des tragischen Humors, so beliebt bei den Griechen, erhebt und sich damit als nicht unwürdiger Kandidat für einen Fisch in anderem Gewässer – bei ihrer nächsten Inkarnation – erwies, was ihr tatsächlich binnen sechs Monaten zustieß, denn sie starb alsbald, wohin ihr fünf Gallensteine den Weg bahnten, und durch irgendeine Abtrünnigkeit der Natur tauchte sie als marchande de poisson auf (was wurde zuerst erschaffen, das Meer oder der Fisch oder der Fischhändler?), tout le temps mit einem Geruch nach den Dingen und Wechselfällen der Tiefsee, zwischen dem Sand, wankelmütig mit den Gezeiten nach dem bärtigen Seehund grabend, derweilen sie so gut wie irgendeine von einem château träumte (denn in dieser Inkarnation fand sie sich als Tochter Frankreichs vor, sehr zu ihrem Kummer, da es in eben dieser Epoche nicht demokratisch war), wo sie zwischen Louis-quatorze-Lüstern, zumindest sah es ihr geistiges Auge so, dem Plebs einen Fluch aufdrükken könnte, so gut wie irgendeine andere. Sie betrachtete das irisierende Geglitzer der Lüster, vervielfältigt von einer Million Spiegel aus dem berühmten Venedig, mit Augen, ach, so anders als die der kultivierten Leute, die sich darunter zu einer süßen Quadrille oder einem gemessenen Walzer versammelten, und da sie nun einmal war wie sie war, nämlich eine der Gegenwärtigen, besaß sie keineswegs jene unpersönliche Nettigkeit der höheren Stände, die nur sehen, was gesehen werden soll, und mithin niemals die besagten Lichtpunkte, ausgestrahlt von den besagten Lüstern, mit Fischschuppen verwechseln würden, wie sie es tat, denn dank ihres vulgären Gemüts setzte sie deren Glanz, wo er endete, in ihrer Einbildungskraft ad infinitum fort, so daß der fischige Glimmer und die Glorie Venedigs in eisiger Genauigkeit ihren Weg hinab ins äußerste Ende des Schwanzes nahmen und erst endeten, wo sie zu sich kam, als sie ihre eigene Hand, nach dem Wunder greifend, gewahrte. Nichtsdestoweniger, waren sie nicht Stroh und Dung, ein und dasselbe, in den Eingeweiden der Ewigkeit? Und mit diesem Gedanken stellte sie ein Fischbek-

ken in die Mitte des Ballsaals, somit eins dem Wettstreit mit dem andern aussetzend. Und wenn einer von ihrer Art mit einem andern von dieser Art zu Besuch kam, und sie alle die gleiche Sorte, dann bot sie zum Tee eine Makrele an, Schwanz nach oben, und so blieb sie nicht besser als sie war, ein gutes langes Leben lang, so gut sie irgend konnte von dem träumend, was besser war, nur um wieder als die Ohnmacht-Kate oder die Zuinnerst-Viktorianerin aufzutauchen, die durch irgendeine Entschließung aus ihrer früheren Zeit, infolge der Anzahl der Empfängnisse, denen sie sich offengelegt, die Sitte des Kindbetts überwunden hatte, nichtsdestotrotz aber schwer dafür bezahlen mußte, denn es gab noch einen Winkel im Innern, der hatte nicht auf die Vernunft gehört. So empfing sie also, an einem schalen Herbsttag, im *tubus Fallopii*, und da kein Aderlaß noch unablässig angewandtes Fiebermittel irgend etwas nützten, kam sie zu ihrem Tode, denn zu solcher Verfeinerung hatten sich ihre Organe ausbalanciert (in Übereinstimmung mit der Tonlage ihrer Nachbarn, die in jenen Tagen engstirnig bis zur Prüderie waren), daß sie bloß noch Nippsachen darstellten, und was sollte ein Kind machen, das zu einem Gewicht von neun Pfund bestimmt war, aber nicht einmal Raum für einen ausgewachsenen Daumen fand, als die Retorte zu sprengen und, ungeboren sterbend, mit sich zu nehmen, was es so eingeengt hatte? So endete die Ohnmacht-Kate, bis sie noch einmal flüchtig gesehen wurde, und zwar zum letzten Mal, so gebessert, daß Zwillinge hätten aufwachsen können, ohne einander kennenzulernen, wäre sie nicht gar so kurz geblieben, denn diesmal war sie die Vorsichtige Kate, nur für einen Augenblick von Gott ausgeliehen, nur einmal in einem Garten gesehen, wo sie in Hanfhandschuhen etc. die ausschweifenden Brombeersträucher stutzte.
Hätte die Sorglose Kate nicht auch diese Kate sein können?
Ach, niemals, niemals, niemals!

KAPITEL ACHTZEHN

Doch zu Wendells Rechtfertigung

Aus dem gequälten Herz entspringe
Ein Vogel laut auf fester Schwinge,
Geschwind und rein aus Einsamkeit,
Er krächz' den Marsch zur Winterzeit
Vom Mann zu seinem andern und
Präg' ins Gemüt die blut'ge Wund':
Manch Leben ist ein leeres Grab,
Der Genius grübelt drauf herab,
Gewinn, Verlust gäb's nicht im Spiel,
Wär'n nicht zugleich der Nieten viel.
Deswegen ging Dan Wendell hin
Zur ausgestoßnen Königin,
Zum Fischweib mit dem Hakenschmerz,
Zur Braut von Eis mit Glut im Herz,
Zur Kupplerin, zur Dirne, Hur'
Und jedem Weib, das keine Schnur
Herbeizog oder -führt', und allen
War er nach jeden Weibs Gefallen,
Der sichre Wurf, den Gottes Hand
Nicht träumte, als er Würfel plant',
Die dann Kleopatra verderblich,
Der Viper Gegenstück, unsterblich;
Der Wurf, durch den Elaines Kahn
Das Herz für immer abwärts schwamm;
Das Spiel, das Helenas Gesicht
Endlos zu ihrer Zeiten Licht
Gemacht und Leda zu dem Schwan
Hintrieb, und schmiedete im Wahn
Der Nonne Fesseln, ungeseh'n,
Aufdaß die Hände betend gehn
Mit stummen Seufzern, nichtig nur –
Wie Hunde träumen von der Spur

Und japsend nur im Geist sich regen.
Und so schuf Gott, vielleicht zum Segen
Für Weiberleben, die vergoren,
Den Wendell, ihrem Spiel erkoren,
Denn es ist nicht verloren, das
Im Meer ist, in der Luft, im Gras.

KAPITEL NEUNZEHN

Amelia und Kate im Kindbett

Gegen fünf Uhr am Nachmittag weinte Amelia darüber, daß sie wieder Mutter werden sollte. Mit den Füßen in einem Eimer heißen Wassers sagte sie zu ihrer Tochter Julie: »Die Vögel singen und kümmern sich nicht um die Angelegenheit, und ich werde diesmal sterben, und daran besteht kein Zweifel, mein Liebling. Weine nicht, denn du warst nicht Mädchen, als ich ein Mädchen war, und was kannst du wissen? Einst war ich ja in Sicherheit, aber ich konnte nicht genug Dinge sein lassen, sondern mußte mich selbst auf den Weg von Verhängnis und Verdammung bringen, durch mein Natürliches. So nimm meinen Umfang als Warnung, und laß nie einen Mann dich berühren, denn ihr Berühren hört nie auf, und sich zur Mutter zu schreien, ist überhaupt kein Vergnügen.«

Im Musikzimmer lag Kate ebenfalls in den Wehen. »Der Straßenkehrer«, sagte Amelia und hörte einen Augenblick zu weinen auf. »Es war, wie ich es mir gedacht habe, als dein Vater mich verließ, auf den Tag vor neun Monaten, ging er *nicht*, um Feuerholz zu holen!«

Auf dem oberen Feld lehnte sich Pat, der Arbeiter, auf den Spaten und blickte auf die Reihen der Pflanzung und hinaus auf die Weiden, wo die Kühe lagen, darunter ein Kälbchen. Über die Felder und durch die klare Luft hörte er die Stimmen zweier Frauen, die ihre Kinder hereinschrien, und dazwischen die hohe Kinderstimme von Julie, die »Wendell! Wendell!« rief, während sie in gespielter Mutterschaft auf dem Bett lag, zehn Jahre alt, mit einer Lumpenpuppe an der Brust, von der Tür unmittelbar zur Linken her von Timothys väterlich starkem Arm geworfen, Timothy, als Gott und als Vater. Wendell ging mit seiner Mutter am Arm im Zimmer auf und ab. »Was soll all dies Geschrei?« sagte er plötzlich, blieb stehen und schaute sie an. »Warum all dieser Aufruhr?«

»Das solltest du wissen«, sagte sie und machte mit ihm die Kehre vom Kamin zur Tür.
Oben auf dem gepflügten Feld sagte Pat: »Hör an, was ist das für ein Geräusch?«
»Gesang«, sagte Timothy, »die Chöre des Himmels.«
»Ein verdammt buchstäbliches und verwirrendes Lied«, sagte Pat, spuckte in die Hände und griff nach der Hacke, »und mir scheint, daß ich, Mutter und Vater von zehn, es schon gehört habe.«
»Soll ein Arzt kommen?« fragte Sophia, und Wendell schüttelte den Kopf. »Ich genüge«, antwortete er. »Geh zu deiner Mutter«, sagte er, und Julie ging zitternd.
Die Vorhänge an den Fenstern waren zugezogen. In der Ecke schimmerte eine weiße Kommode. Auf dem Bett Amelia, das Haar um ihren Kopf gebreitet.
»Dieses Mal werde ich sterben«, sagte sie, und Julie lehnte den Kopf zurück und weinte zur Seite, und ihre Mutter wandte das Gesicht von einer Seite zur anderen und weinte.
Amelia stand auf, stolpernd und sich haltend. »Die Frauen im Osten«, sagte sie, »machen es im Sitzen.« Sie suchte und drehte sich im Kreis mit ihrem Schrecken im Bauch. Julies Hände lagen auf der Kante, und sie lehnte den Kopf an die Hüfte ihrer Mutter, kniend und schluchzend, aber im nächsten Augenblick war Amelia fort. »Ich werde mich wieder hinlegen«, und sie legte sich hin.
Timothy kam am Fenster vorbei und flüsterte durch die Spalte zwischen den Flügeln, Julie sagte: »Lauf, lauf, lauf nach Dr. O'Connor.« Und Timothy drehte sich um und lief die Straße hinunter ins Dunkel.
»Mary, Elizabeth, Helen«, sagte Amelia im Bett zu sich selbst, »John, Henry, David? Ich habe David immer gemocht, es ist ein sanfter Name, und ich habe immer Helen gemocht ...«
Julie war erschrocken, weil das Kind benannt wurde. Sie stand da und zerrte an ihrem Kleid.
Doktor O'Connor kam mit Doktorschritten. »Wo ist die

Schere?« sagte er. »Und ich brauche dünnes Seidengarn.« Warum dies? Julie brachte die Sachen. Er war jetzt mitten in der Beschwernis und saß auf dem Bettrand.
Amelia wandte ihm den Kopf zu: »Werde ich sterben?« und er sagte: »Nein, Sie werden nicht sterben.«
Amelia fängt zu wandern an.
»Ich bin ein herabgeworfener Stein, und Schwere ist in mir. Ich bin allein. Ich stelle die Füße auseinander, und es wird nicht still. (Amelia mit dem Blick auf Wendell:) Ist das nicht er, eben dieser zuständige Er? Wie verdammt er aussieht, und doch hat er nicht meinen ganzen Haß. Ich werde ihn wieder auf eine Weise liebhaben, von der ich gar nichts weiß. Oh, höchst klägliche Stunde! Genügt es nicht, Mutter zu sein, muß mich auch noch die Erinnerung überwältigen? (Sophia tritt mit einer Lampe ein.) Was macht sie hier? Sophia, halt einen Abstand ein! Laß mich mit allen in Ruhe. Was ist das für ein Zeug, das mich mit seinem Seinsvermögen umbringt? Und gerade meinen Schrecken als Spion benutzt? Also heraus, Maulwurf! Wer hat dir gesagt, daß eines Weibes Leib einen Ausweg hat für dich? Höre, nun werd ich mich für immer vor dir ängstigen, denn dieser Pfad macht dich mir voll bewußt. Nun werd ich dich nie, nie, nie vergessen, sondern bei jeglicher Bewegung von dir verwundet sein. Wäre es so etwas wie ein Tier, nun, so hätte der Tod keinen Stachel.«

* * * * * * * * *

»Oh friedvolles Nichts, ich kann daran nicht denken! Wenn das junge Lamm seinen Kopf für immer zur Seite legt und die Herde nur vier Fuß entfernt steht, wenn der Fisch nicht mehr in Flossenrichtung wandert, wenn der gefiederte Vogel dem Himmel seine Stelle in ihm zurückgibt und rasch zur Erde herabsteigt, trauern sie dann? Ich aber werde trauern, denn Melancholie ist erinnerte Sterblichkeit. (Julie steht daneben.) Und wenn es ein Mädchen ist, nun ja, dann ist Helen ein Name, ein sanfter, für den ich eine Vorliebe habe! Sie war es, die sich über die Schranken des Himmels neigte und die unvergänglichen Sterne herabregnete. Oder war sie das nicht?

Keine Erinnerung ist richtig, wenn noch nicht da ist, was bald sein wird. Den Tränen fall ich zu wegen der zwei nackten Fersen, die mich zum Nest für ihr Reifen wählten. Sei keinen Augenblick du selbst, bis ich des Augenblickes Frieden finde, um an dich zu denken! Du traust mir nicht? So ist es richtig. Keine Mutter würde je Mutter, so sie, mitten im Kampf, sich auch nur einen Augenblick aus dem Staub machen könnte, und so schreie ich laut, wie nur jeglicher Soldat in jeglichem Krieg: ›Lang lebe das, dem nicht zu wehren ist!‹ Und dich lieben, der du des Hasses Münze in meiner eigenen Gießerei geprägt und meinen Namen eingestempelt hast. Hinaus, Ungeheuer, dies ist Liebe!«
(Dr. Matthew O'Connor hält das Baby in die Höhe, schlägt ihm laut klatschend auf den daran höchst ungewohnten Hintern, dreht es um und betrachtet es): »Ein Junge!«
Amelia (Julies Hand ergreifend): »Es tut mir leid, Julie, ich dachte, ein Mädchen. Wenn Drohungen ihm das Geschlecht gegeben hätten, wäre es zu einer Schwester geschreckt worden. Liebling, es tut mir also leid, es ist, wie es ist.«
Wendell, es betrachtend –: »Der Balg ist schwarz!«
»Allein die Galle ist der Vater seiner Farbe«, sagte Matthew O'Connor.
»Oh!« sagte Wendell.
In diesem Augenblick gebar Kate ein Mädchen.

KAPITEL ZWANZIG

Amelia träumt von einem Ochs von Schwarzer Schönheit

In dieser Nacht, zwischen sehr quälenden und peinigenden Schmerzen, träumte Amelia einen Traum. Das war nun, abenteuerlicherweise, eine in ihrer Art gewiß naive und auch umwegige Bemühung, nach Art eines Weibes, wenn es einem mächtigen Unrecht zu seinem Recht verhelfen will, dem schwarzen Mann die Aufmerksamkeit des HErrn zu gewinnen und einen Platz in seinem Gnadenreich, denn es betrübte sie die Art, in der Wendell von ihrem Jüngsten gesagt hatte: »Es ist schwarz.« Es war vielleicht auch, und wer kann bestreiten, daß sie die Gerechtigkeit auf ihrer Seite hatte, eine Bemühung, Wendell in seinen eigenen Farben neu zu erobern. Weiter als dorthin kann wohl kein Hirn gehen, wenn man bedenkt, daß Amelia ihr Leben lang ein Mädchen vom Lande blieb, und wohl umzirkt von ihren Beschränkungen.

Amelia in den Fängen ihres Traums

Da war ich, ich schaute durch ein märchenhaft großes Schlüsselloch, und einen großen schönen Raum gewahrte ich, himmlisch in der Bauart und hochträchtig wie ein Kirchenschiff, und die Glocken vom Hof erklangen von drei Seiten und drei Entfernungen, wo drei Türme standen, und eine Seite stumm.

Und ich sah ein langes Mahagonibett und ein Weib darin schlafen, mit wohlgeformten Händen, über kleinen wohlgeformten Brüsten gekreuzt, das blonde Haar über ihr gedankenloses Gesicht. (Denn wer kann sagen, daß ein Weib von irgend etwas träumt, wenn die Glocken der Abtei läuten; gewiß nichts Unziemliches, denn die Lämmer des Himmels blöken vorwärts und aufwärts.)

Ein Nachtlicht brannte vor einem Jesus mit herabhängendem sanftem Kopf und herabfallendem Leib. Und da waren viele Bücher auf einem Wandregal, über die Geschichte der Menschheit, um sie daran zu erinnern, welchen Weg sie gekommen war und welchen sie gehen mußte. Und von einem Balkon, ganz aus teurer Schnitzerei, hingen viele Kriegswimpel von vielen Völkern, still in der stillen Luft, und da lag der atemlose, langsame, abnehmende Mond. Vor dem Bett standen Pantoffeln aus Flaum, und auf dem Bett lag ein flaumverziertes Kleid, und auf einem Ständer lag eine offene schwere Bibel über einem kleinen Wirrwarr weiblicher Dinge, im Wirbel ihres Leibes liegend, wie er sie verstreut hatte. Und da waren Bilder an den Wänden, von Frauen, die nirgendwo auf nichts zugingen, mit glattem und langem, gebogenem Hals und locker gehaltenen Händen, aus Mangel an Kummer, und da war ein einzelner großer Wandteppich in gleichmäßigen Stichen, mit Mönchen, die von nirgends nach nirgends gingen, heilig, und ein riesiges Tafelbild mit Adam und ein riesiges Tafelbild mit Eva. Und der Boden war von weiter Entfernung zwischen einem Ding und dem anderen, und die Maid schlief.

Dann bewegten sich die tiefen Tore und öffneten sich, und ein großer schöner Ochs von Schwarzer Schönheit kam herein, hob die Füße und erstieg die drei Stufen. Die wohlgebildeten Winkel seiner Leibesviertel warfen einen Schatten an die Decke. Er kam an die Tür, und er trat ein, und er wandte seine Schritte nicht hierhin und dahin, sondern ging geradeaus einen langen Weg auf das Bett zu, und dort hob er seine vier Hufe und legte sich neben ihr nieder und sagte: »Ich bin auch.«

Und sie nahm ihre Hände auseinander und schrie laut und erhob sich neben ihm. Und er sagte: »Gib mir einen Platz in deinem Heiland.« Und sein Schatten lag an der Decke, gramvoll und großartig. Und sie sagte: »Geh fort und versuche nicht, mich zu besudeln, denn ich habe Zeit, in der ich denken kann, du aber mußt arbeiten.«

Und der Ochs antwortete ihr und sagte: »Gib mir einen Platz in deinem Gott, oder ich gehe, ihm kundzutun, daß ich bin, und er wird sich in mir verdammen, denn dessen bedarf es auch.«

Und sie stand neben ihm auf, ihr Haar ganz um sie ausgebreitet, und ging zur Kerze und zum Kruzifix, und konnte nicht gehen, und sie ging überall im Zimmer hin und her, nahm Dinge auf und legte sie wieder hin, und das Tier sah, wie es um sie stand.

Und er ließ seine Füße herab und ging fort vom Bett, und stand vor dem Kruzifix und kniete auf seinen Kniegelenken. Ein Stück weiter unten bewegte sich ein Schatten an der Decke, das war sein Kopf, der einwärts und hinab ging, und er sprach für sie und sagte:

»Gedenke des Weibes.« Und er stand auf und ging hinaus, die langen Stufen des Zimmers hinab, zart und mit kleinen Schritten, und sein Schatten ging mit ihm, und seine Füße.

KAPITEL EINUNDZWANZIG

Wendell zieht sein Kind an

Und er sah, daß es klein und rot war und daß sein Fleisch trocken war im Ohr und im Nabel und zwischen den Händen und zwischen den Füßen; aber zwischen den Hinterbacken, da schwitzte es und gab Hitze und Säuernis von sich, und zwischen den Oberschenkeln, da schwitzte es und gab Hitze und Säuernis von sich, und zwischen seinem Mund war es trocken, und seine Augenlider bewegten sich hinauf und hinunter nur mit großer Mühsal und klebend, und sein Bauch war groß und sein Rücken war klein, und es schrie weder noch sprach es, noch hörte es, wenn es angesprochen wurde, noch schreckte es auf, wenn es angebrüllt wurde, noch zeigte es Überraschung in den Augen oder in den Ohren, noch im Mund, noch in den Händen, noch in den Füßen, noch in irgendeinem Organ oder Glied, wenn die Hände oder Füße seiner Eltern sprangen oder hüpften oder sich vorwärts oder rückwärts aufmachten oder irgendeine plötzliche Bewegung oder unvorhergesehene Tätigkeit unternahmen. Auch nicht ein Finger oder mehrere Finger, die man vor seinen Augen oder an seinem Bauch oder seinen Seiten rührte, regten es an, sich zu bewegen oder zu stutzen oder irgendwie Wahrnehmung zu zeigen oder seinen Mund zusammenzuziehen oder sein Ohr oder sein Auge oder sein Wesentliches oder die Öffnungen seines Leibes, so daß Wendell sich mächtig grämte, darum daß es nicht sah noch hörte, noch irgend etwas wußte, sondern Trauer und Freude verwechselte, dieweil es mit den Füßen voran geboren war, inmitten Jammerns und Weinens und großer Klage, aus der Mitte seiner Mutter.

Und er kümmerte sich sehr um es, und ließ ihm keinen Schaden geschehen. Er nahm die Binde für den Bauch, die vier Ecken und die Seiten, und das Ganze in der Mitte und dehnte es und rieb es zwischen den Fingerknöcheln, aufdaß Steifheit und Rauheit daraus entweichen möge, und befestigte sie an ihr, ein Ende am andern Ende, das eine über dem andern, gekreuzt und umgeschlagen, und steckte sie mit drei Nadeln von richtiger Länge fest, und sie überlappte und hielt sicher. Und er machte ihr eine geblümte Windel mit den hübschesten Primeln, und die wusch er und hängte sie drei Tage lang in die Sonne, und sah zu, daß sie trocken war und süß duftete, und er faltete sie, eine Ecke von den vier Ecken übereck, bis zur zweiten Ecke der drei Ecken, und er legte sie zwischen die Hinterbacken und zog das längste Ende zwischen den Oberschenkeln hindurch und zwischen den Lenden hinauf, und steckte es mit drei Nadeln von richtiger Länge fest, eine über dem Nabel, die überlappenden Enden eingeschlagen, und eine über dem rechten Knie, das eine Ende über dem anderen, und eine über dem linken Knie, ein Ende über dem anderen. Und über den Kopf zog er ihm ein Hemd von äußerst weicher Wolle, und schloß es mit drei Knöpfen, derart daß es nicht drücken oder kneifen oder spannen oder irgendeine Unannehmlichkeit verursachen möge, und darüber zog er auch ein Kleid, das drei Ellen über die Füße hinaus reichte, und es war von weißem Stoff, verziert mit feiner Stickerei und mit Spitze, kraus verbrämt und federbesetzt in jeglicher Weise, und dies schloß er ebenfalls mit drei Knöpfen, derart, daß es nicht drücken oder kneifen oder spannen oder irgendwelche Unannehmlichkeit verursachen möge, und auf und über dies zog er eine wollene Jacke, die Arme hineingesteckt, durchbrochen gestrickt und mit Tannenzapfenmuster, eine feine Arbeit, und es war ein weiches Gewirk und von rosa Farbe, und er schloß es locker, nicht eng, mit Schnüren aus tamburierter Wolle mit Quasten am Ende, er schloß es derart, daß es nicht drücken oder kneifen oder irgendeine Unannehmlichkeit verursachen konnte. Um den Hals legte er ihr ein Lätzchen von gestepptem Mako, feingewebt, mit Zacken und Hohlsaum, und dies schloß er mit einem Knopf, derart, daß es keinerlei Unannehmlichkeit verursachen möge. Und an seine Füße tat er Socken von Wolle, befestigte einen am rechten Knie und einen am linken Knie, und er nahm sie in seinen Armen auf,

eine Hand hinter Nacken und Kopf, damit er nicht hängen oder baumeln oder kippen oder sich beugen oder brechen oder sich seitwärts oder rückwärts oder vorwärts neigen oder Gefahren irgendeiner Art oder Arten erfahren möge, und eine Hand legte er unter die Hinterbacken, damit es sich unterstützt und befriedigt und liebkost erfahren möge.
Und er ging mit ihm vom Herdfeuer zur Tür, fünfhundert Schritte, und sprach zu ihm, und legte es sanft nieder, dieweil er seine Kopfbedeckung vergessen hatte, und er brachte seine Kopfbedeckung an aus Bändern, kreuzweis gesteppt, vielfach, nach Kette und Schuß, und schloß sie unter dem Kinn, derart, daß die Ohren nicht gedrückt oder gezerrt oder gebogen oder in irgendeiner Weise verformt werden mochten. Und darauf setzte er ein Häubchen von Spitze und Applikation und Stoffmalerei, und mit einer Glückshaube von großer Kleinheit und Rundheit und einer Blume in der Mitte, und er ging mit ihm vom Herdfeuer bis zur Tür, fünfhundert Schritte. Und die Tränen rannen ununterbrochen aus seinen Augen, wie ein weicher Regen, weil es nicht sprach noch hörte, noch eine Reizung des Muskels zeigte noch des Auges noch des Ohrs noch des Mundes noch sonst irgendeiner anderen Körperöffnung; weil es nicht Freude oder Trauer einzeln kannte, dieweil es mit den Füßen voran geboren war, inmitten Jammerns und Weinens und großer Klage, aus der Mitte seiner Mutter.

KAPITEL ZWEIUNDZWANZIG

Und Amelia singt ein Wiegenlied

In grauer Vorzeit war's einmal,
Da hatte dieses Lied Moral,
So hör gut zu, ist auch dahin
Seit langem Grund und Reim und Sinn!
Fol dei ril di ri do!

In der Stadt London war's, beileib,
Da rannte ein gar dummes Weib
Umher als wie ein wildes Rind:
Verloren war ihr einz'ges Kind!
Fol dei ril di ri do!

Verloren war das Kind, gewiß;
Denn wenn ein Jung' mehr drinnen ist
Als draußen vor dem Tor der Welt,
Was gäb's, als daß er gänzlich fällt?
Fol dei ril di ri do!

Mit andern Worten, er stak – platsch!
Kopfüber in dem Wasserfaß.
Und da er größtenteils fiel rein
(Es war nur trocken das Schienbein),
Fol dei ril di ri do!

Macht sie mit wahrer Philosophei
Um das, was sein muß, kein Geschrei.
War er dreiviertels schon verendet,
Auf jeden Fall mußt's sein vollendet!
Fol dei ril di ri do!

Sie kämpfte nicht mit starker List,
Denn was dreiviertels Gottes ist,

Ist wahrhaft Gott! Und so mit Schwung
Schob sie den Rest nach; Jung' zu Jung'
Und Staub zu Staub, vollendet jedes
Einfach durch Nachschub seiner *pedes*!
Nun war es ganz, was fast mocht' sein.
Schlaf, mein Liebling, schlaf ein.

KAPITEL DREIUNDZWANZIG

Wendell verrät Julie und Timothy das Geheimnis

»Dann werteten Mann und Weib, beide gebührlich erregt, einander bei ihrer jeweiligen Mitte, er trug einigen Trieb bei, und sie nahm ihn in sich auf, und alsbald brachte es einen großen Kopf mit großen Augen und ohne Füße und ohne Hände hervor. Und die Zeit verging, und da waren Ohren und ein wenig Wille des Fleisches, ein Mund zu werden, und die Zeit verging und gab ihm Hände und Füße, und es bewegte sich und stieß überall an seine Mutter, und brachte sie zu großen Schmerzen und ins Bett, und sie lag in den Wehen, und ihr Bauch leerte sich von ihm und wurde von ihm entbunden, in der Zeit des Schreiens und des Blutes, und was eine Fessel gewesen war, wurde abgeschnitten, und da war ein Wehklagen und niemand irgendwo, und dann fand es die Brust, und es war getröstet, und es winselte, und es schlief.

Und sein Name wurde Timothy geheißen.

Und ein zweites Mal kamen diese Dinge über den Mann und das Weib, und sie ging wieder beiseite und so bis zum neunten Monat, und ward wiederum zu Bett gebracht und von dem entleert, was verängstigt war und getröstet, und was winselte und was schlief.

Und sein Name wurde Julie geheißen.«

KAPITEL VIERUNDZWANZIG

Julie wird, was sie gelesen hat

Worin Julie viele Kinder ist, die Qualen der Verdammten erleidet, auf den Knien der Eltern sitzt, in allen Epochen, allen Zeiten und allen Gemeinschaften, und wird, was Bücher aus einem Kind machen.

Ist sie das nicht, die schöne Arabella Lynn, wie sie die kalte, pfeilerbestandene Treppe herabkommt, an den duftenden Zyklamentöpfen vorbei, in einem keuschen und farblosen Kleid von angemessener Länge, gerafft von kindlicher Hand, auf welcher, in zufälligen Ausbrüchen im dämmrigen Schatten, getroffen vom flackernden Zwielicht aus den Spitzbögen und Verstrebungen der Grabesnacht, ein Kreuz aus Wasserdiamanten in einem allerliebsten schräggeschnittenen Ring erstrahlt?
Ist sie das nicht, barfuß, mit einer aschblaß herabsinkenden Aureole von Locken, die sich sanft über ihre Schultern ringeln, getränkt von heiliger Strahlung? Siehe das sanfte Profil, seitwärts und aufwärts gewandt, während der ewige Glanz aus dem durchbrochenen, vielfarbigen Bleifenster seine Launen über ihre fragenden Züge ergießt?
Ist das nicht die junge Arabella Lynn selber, wie sie die rauchende Wachskerze hochhält und sich dem elterlichen Knie zuwendet, wo sie, kniend, um Vergebung für ihre vielfältigen Sünden bitten wird?
Sie ist's wahrhaftig, doch schau nur, mit wie durchsichtigen Augen sie unter den Schatten nach der vertrauten Gestalt ihrer Mutter sucht, die sie mit demütig gebreiteten Knien erwartet. Sieh, wie selbst die Tauben auf dem Gesims, gut zehn Yard über dem irdischen Aufruhr, ihre Federn zum Anbruch der Nacht falten und sich nur ahnbar auf den zerbrechlichen Füßen regen, während sie die Wonne des niedersinkenden Dunkels erwarten!

Beobachte, mit welch heller Innigkeit Arabella Lynn herankommt, die rauchende Kerze hoch über den Mädchenkopf gehalten! Wie geschwind und immer geschwinder sie heim in den Hafen der Knie findet! Sieh, wie sie in ihrem figurengeplagten Kleid niederkniet und ihren hellen Kopf in den wartenden Schoß legt. Sieh, wie sie die Händchen faltet und erhebt, und lausche, wie sie ihre winzigen Sünden lispelt! »Oh, lieber Gott, mach mich zu einem immer besseren Mädchen. Doch ich habe eine so große Gnade nicht verdient, denn mein Herz ist ein Sumpf des Bösen, und mein tägliches Leben eine Falle und Schlinge für meine wandelnden Füße! Wie klein ich auch bin (fünf Jahre), wie groß ist dennoch schon meine Bosheit! In meiner schwächlichen Art habe ich gar gesagt, daß kein Gott sei! Denn als ich meinen rotgelben Ball mitten in den Blätterglanz des Gartens warf und er hoch aufstieg, habe ich gesagt: ›Wenn es Gott gäbe, würde er nicht zurückkehren, denn er ist so ein liebes Ding zum Spielen und so ganz auserlesen, daß selbst ER ihm nicht entsagen könnte!‹«
Nun höre! wie das Schluchzen das zarte Gehäuse martert, schau die zuckenden Schultern! Die Füße auf dem Boden ziehen sich vor Elend zusammen! Sieh, wie zärtlich die Mutterhand wieder und wieder den gebeugten, reuigen Kopf streichelt.
Arabella Lynn hebt das tränenüberströmte Gesicht empor. Flehentlich ruft sie: »Ach, laß mich, Mutter, meiner Einsamkeit, daß ich meine Seele in die höchst notwendige Ordnung bringen möge!« Wie lautlos die Mutter aus diesem Zimmer gleitet! Jetzt, allein gelassen, steht Arabella Lynn vor den Fensterscheiben und schaut hinaus auf den gestirnten Himmel. Was muß sie nun gewißlich denken?
»Wie klein, wie unendlich winzig, wie unbedeutend ich bin!« denn da vor ihr schimmert groß das glitzernde Rudel der Nacht, eine hell gescheckte Horde, hetzt es die Dämmerung zu Tode. »Du bist's gewesen, und du, und du!« scheinen sie zu bellen, und mit einem erstickten Schrei wimmert das unreife, leidenschaftliche Herz dieser anklagenden Schrift ent-

gegen: »Ach, leer deine Sterne aus und laß den Himmel, in völkerloser Vielheit, meinen Fall aufnehmen!«
Diese ganze lange Nacht wirft sie sich im Bett hin und her. Tausend tausend Kinder ist sie jetzt, ihre Sünden verzehnfacht. Auf der Kinderstirn stehen die Perlen des Angsttaus, erschrocken fährt sie auf, wirft die Decke von den fiebernden Gliedern und stöhnt: »Klagt mich nicht an, ich war es nicht, weder ich, noch ich!«
Und sie steht vom Bett auf, mit weit offenen Augen schlafwandelnd, geht durchs Zimmer, und ihre tastende Hand spielt wie verrückt über die Gestalt der Schar, ihr eigenes Selbst im Schlaf, in dieser Leibeigenschaft.
Arme gemarterte Seele! So kurze Zeit nur sollte sie in diesem Tal der Tränen weilen! Bevor die Nacht den Tag geboren hatte, war sie dreimal um den Giebel dieses Hauses ihrer Väter herumgekrochen, ungesehen, hatte die Herde ihrer Ebenbilder vor sich hergetrieben.
Doch siehe nun! Bevor sie noch ein letztes und bebendes Gebet hauchen konnte, bevor sie überhaupt aus ihrem wirren Hirtentum erwachte, hatte schon die Verwesung eingesetzt, des Todes völkerloses Heer die eisige Hand aufs Herz gelegt und sie als *eine* sich gefordert!
Das zerbrechliche Gefäß, das noch einen Augenblick zuvor tausend Impulse beherbergte, faßt nun nur noch den einen langen Impuls des Todes! Oh, sterbliche Erde!
Doch halte ein und denke nach, lieber Leser! Ist dies nicht vielleicht das Beste? Was hätte das zweifelhafte Ergebnis längeren Weilens sein mögen? Welch übler Dämon hätte nicht dies Gebilde schwächen können, wär es zur vollen Weiblichkeit gereift? Welche Sünde hätte womöglich dies Haus befallen und es unweigerlich ruiniert? Es ist besser, ach, weit besser, gewiß tausendmal besser, daß Arabella Lynn noch in ihrer Knospe starb! Wie tröstlich für ihre Eltern der Gedanke, daß diese ihre Tochter in das große Schatzhaus himmlischer Vormundschaft fortgenommen ward, bevor sie die Beflekkung einer gemeinern Welt gekannt!

Nun sieh den winzigen Sarg, mit Spiralen aus Laub und Voluten aus Ranken, mit Maiblümchen und Alpenrosen und Glockenblumen aus dem Tal, wie er zu seiner letzten Ruhestätte getragen wird, gefolgt von einer Hundertschaft kleiner Mädchen!

Ach, welch ein Bild für den Betrachter! Der lange Zug weißgekleideter Kinder in ihren zierlichsten Spitzen, dreifach geknöpft, mit weißen Baumwollhandschuhen, darin sie die Miniatur-Gesangbücher halten, blonder Kopf und dunkler Kopf in gemeinsamem frühreifem Gram gebeugt. Die schwarzen Schuhe mit den propperen Schienbeinen, die flatternden bleichen Bänder um Handgelenk und Taille, die feierliche Oktave der schreitenden Schritte, als sie sich wandten, um einen letzten Blick auf das wächserne Gesicht inmitten seines Batists zu werfen, mit niedergeschlagenen Augen und der Hand auf dem stummen Herzen. Arabella Lynn, das Leitschaf, mit der folgsamen Herde!

Sieht nicht alles an diesem hellen Frühlingsmorgen wie tonlos aus? Sogar die Blumen dämpfen ihr geräuschvolles Zittern, die Bäume regen keinen Zweig, und die Vögel zwitschern nur stammelnd! Doch kaum ist Arabella unter den gedankenlosen Rasen gelegt, beginnt der Donner zu rollen! Der Regen bricht mit aller Gewalt hervor! In epischer Trauer werfen die Elemente sich über die Berge! Der Himmel bricht auseinander, und die Täler werden überflutet! Der Feigenbaum nährt sich am Regen, und die Frucht wird erdrückt!

Lausche den raschen Schritten der Trauernden! Höre die flatternden Stimmen, ein Sopran diesseits der Reife, während sie bekümmerte Blicke in die Höhe richten. In die Erde wurde die schöne Arabella gelegt, und die Lebenden schauen den Tag!

Julie Grieve Ryder, Julie in Vielheit, folgt dem kleinen Körper zum Grab. Jetzt ist es Julie, die auf ihrem Bett liegt, es ist Julie, die ergriffen und auf den Marktplatz geworfen wird, wo sie Jesus um ein Geld verkaufen. Es ist Julie, ganz Schrecken und Entsetzen und große Historie. Sie wird das Zähneklappern der Verdammten. Ihre Füße drehen die Sohlen nach oben und ihre Hände die Handrücken, im Todeskampf. Jedes Menschen Herz ist in ihrem Mund, die Eingeweide der Welthöhle in ihrem Bauch. Echo und seine Stimme, den unglaublichen Schrei schreiend, kommt, in ihrer Kehle. Die Schatten verkürzter Schicksale fallen von ihr umher und beten neben ihr mit dem Kopf eines Mannes und dem Kopf eines Weibes und dem Kopf eines Kindes und dem Kopf eines Tieres, und sie steht, sich wendend, zwischen ihnen, an deren Knien ihr eigener Schatten dunkelt.

Und wird wieder ergriffen und lehnt, ganz wonnevolle Sechzehn, aus dem blumenreichen Fenster, ihr junger Busen warm unter der warmen Sonne. Die gurrenden Tauben in ihrem Taubenschlag sind nicht unschuldiger als sie. Herab löst sie das Haar, als sei es die dahingeschmolzene Schleuse der gestauten Brustwehr, die in der Mittagshitze schmilzt, den Garten überflutend, die Rosen mit einem Netz von Helligkeit bedeckend. Tausend Vögel singen hingerissen von allem, was sie noch zu lernen hat. Liebe soll sein, niemals seiend, und Leben soll weitergehen, eine edle Königin auf einer Stute mit schwarzem Steiß, sinnend und atmend wie ein Mann; aber im Dunkel irgendeines vergessenen Geheges wird das Leben wie ein idiotisches Mädchen, das nach keinerlei Pubertät riecht, den Saum ihrer Revers befingern und auf eins zählen, während im Unterholz und durch den heiß umzäunten Tag ein Kaninchen flink im Boden buddelt, auf die Unbeständigkeit des Wetters lauschend und auf den Wechsel des Laubs.

Wieder ist Julie unter den Kindern. Sie ist die Summe ihrer laufenden Zahl, und sie werden Mütter und sind beladen und sind groß, und die im Kindbett betrachten einige so und einige anders. Die kleinen Mädchen haben Kleinmädchenköpfe und Kleinmädchenhaar, und es sprießt lockig, und ihre Füße sind Kinderfüße, eines Kindes Gleichgewicht. Und sie fallen langsam, hierhin und dorthin ihr Fall, stumm und sanft und gehorsam, gezüchtigt und entheiligt; sie erheben sich und treiben seitwärts und hinüber, ihr Schicksal in einem engen Schlaf abwickelnd.

Und die Gesellschaft wird alt, und sie flüstern miteinander, und Julie lügt und schaut zu Wendell auf, und zu Sophia, die läuft und weint und ruft: »Schlag sie nicht, schlag sie nicht! Ich hatte nie eine Tochter, und sie ist diese Tochter!«
»Behalt' sie«, sagt Wendell, »sie ist nicht von mir. Habe ich nicht gehört, wie sie meiner heftig spottete?«

KAPITEL FÜNFUNDZWANZIG

Amelia hört von ihrer Schwester, eine Pastete betreffend

Der Schnee ist da, liebe Schwester, und die Themse ist gestiegen, so daß das House of Lords bald im Wasser sitzen wird, ganz zu schweigen von den Unannehmlichkeiten, die sie mit einer bequemen Planung der nächsten Maßnahme haben werden. Es könnte sie nämlich zur Eile antreiben, welchenfalls innerhalb dieser Generation etwas geschehen würde und nicht bis zur nächsten herumliegen, und wenn ich das jetzt so bedenke, werde ich um Regen beten, um zu sehen, was ich sehen werde, die ich lange gewartet habe.

Eine hübsche Sache ist mir Donnerstag letzter Woche zu Ohren gekommen (ich halte meinen Geist sehr rege und findig). In unserem guten alten London ist bekannt, daß eine Person aus der deutschen königlichen Familie, vom Spinnrockengeschlecht, beim Aufenthalt in Berlin nach einem Pastetenbäkker schickte, um ihr eine Sonntagspastete zu backen, die sie voll Stolz ihrem Eheherrn vorsetzen könnte. Sie bestellte dieselbe gut gekerbt und gebräunt, mit einer Zitrone und einer Ingwerwurzel-Rose drauf, im Umfang nicht größer als drei Fuß, um genug Füllung aus den auserlesenen Teilen des Schweins zu haben, aus Ohren und Haxen, Rückenstück und einem Stück Schnauze, garniert mit Petersilie und Winteräpfeln.

Und was denkst Du, was zum Vorschein gekommen ist, da Mylord das Messer ansetzte? Sieben Hähnchen, alle in einer Reihe, und ein Sträußchen Minze auf der Brust eines jeden.

Dann wurde viel Wesens gemacht (schmeckte es doch nach Hahnreischaft)! Mylord erhob sich, sagt man, betrachtete seine sieben Söhne (denn sie haben es in Deutschland sehr mit den Knaben), weinte laut und sagte zu einem jeden: »Du bist nicht von mir, denn ich hatte eine Vision, und in ihr ist mir in etwa gesagt worden, daß deine Mutter auch dein Vater ist!«

Keine andere Rede ließ sich ihm entreißen. Die Verwegenen in seinem Haushalt liefen auf dem Korridor hin und her, der zu seiner Suite führt, aber es wird berichtet, daß er in der letzten Woche nichts sagte als »Weh und ach«! mit den gelegentlichen Varianten »Tralala« und »Dideldei«, um auf »Ach und weh« zurückzukommen. Was beweist, daß sein Gemüt die Tonleiter des Elends durchläuft. Tischt Ihr in Eurem Lande auch solche Dinge auf? Ich glaube nicht, denn hier ist die Radnabe der Welt, und Ihr liegt westlich, und solche Sachen fliegen nicht frei durch die Gegend, ausgenommen am Punkt nächst der größtmöglichen Aktivität. Und das sind noch nicht alle Neuigkeiten (mit gleicher Post schicke ich Dir zwei von unseren Zeitungen). Ich lese viel, denn mein Ballen schmerzt; ich kann kaum den Fuß aufsetzen, und dieser Ballen hat immer nur übermäßig weh getan, wenn die Neuigkeiten in gleichem Maße auf einen schrecklichen Höhepunkt der Ungebührlichkeit anstiegen. Man sagt, alte Wunden klagen, wenn es regnen soll. Dann laß Dir also von mir sagen, daß ein Ballen wahrhaft ein Wetterfrosch der Moral ist, denn wenn meine Schmerzen unerträglich werden, kannst Du sicher sein, daß in eben dem Augenblick in diesem oder jenem Weltteil irgendein Mann oder eine Frau in ein Wespennest sticht; wenn es nicht Dein Wendell oder Dein Timothy oder das Pferd Hisodalgus ist, dann eben irgendein König oder Bürger, der den Fall an einem maßlos ausländischen Ort aufnimmt, und das Echo höre ich in meinem Ballen. Da lese ich gerade, daß einem sizilianischen Fischer ein Fisch mit einem Menschenauge ins Netz gegangen ist, daß in Wales ein Säugling mit einem Kinder- und einem Lämmerfuß geboren wurde, und ein anderes Blatt behauptet (obwohl ich wenig Vertrauen in die Nachricht setze, ist es doch keine Kirchengazette), daß das Ganzzeug ausgehen wird und wir in naher Zukunft auf etwas anderem schreiben müssen. Nun will ich Dir aber sagen, liebe Schwester, ich besitze einen guten Satz leinene Untersetzer, ein Dutzend Deckchen und zehn saubere Batistservietten; was ich also sagen will, werde ich sagen, bis

meine Privatangelegenheiten öffentlich geworden sind, denn ich bin bis ins Mark von der Freiheit der Rede überzeugt und von der Entrüstung, bis zum letzten Paar, also wirst Du von mir hören, mit oder ohne Papier!
Ich habe eine neue Stelle gefunden, seitdem ich das letzte Mal schrieb, aber ich kann Dir noch nicht sagen, was ich tun werde, denn ich sehe noch nicht klar und deutlich, welchen Weg ich einschlagen soll. Meine Gnädigste ist auf einem Auge blind, lahm, leidet unter Kribbeln in den Gelenken und ist, obwohl reichlich vermögend, höchst geizig gegenüber dem Hausmädchen und mir, von ihren Nichten und Neffen ganz zu schweigen, die jeden Freitag kommen, um sich nach ihrer Gesundheit zu erkundigen. Nichtsdestotrotz trinkt meine Gnädigste regelmäßig wie ein Uhrwerk einmal pro Woche eine Bouteille Portwein und wird unverzüglich von stürmischem Ungestüm ergriffen (obwohl sie an Wochentagen so geziert redet, wie Du es Dir nur wünschen magst), so daß ich mich auf ihr rechtes Bein setzen muß, während Susie, das Hausmädchen, sich auf ihr linkes Bein verfügt und die Köchin ihre Schultern festhält, um zu verhindern, daß sie gegen die unbezahlbaren Seestücke stürzt, die im Überfluß an der Wand hängen, oder sich die Schläfe am Bein eines Wäscheschranks oder einem italienischen Eichenmöbel einschlägt, alle mit Weinblättern und lauter runden Ornamenten verziert, so wie sie zu der Liebenswürdigkeit der Borgias und Cencis gepaßt haben. Na, soll ich nun sitzen und sie halten, oder soll ich stehen und loslassen? Sie ihrem Mobiliar überlassen oder ihrem Wortschwall sündiger Phantasien zuhören? Denn sie legt willentlich los und lacht selbst äußerst wollüstig, und zählt alle Mißbräuche der Männer auf, wobei sie die meisten selbst erfindet, würde ich wetten, denn wenn, hat sie einen furchtbaren Unrat ausgebrütet, und in den läßt sie auch noch die hervorragendsten Namen fallen wie Roger Bacon und Alexander Pope und ähnliche, ganz zu schweigen von ihren Äußerungen bezüglich guter Frauen wie unserer Florence Nightingale und der Königin selbst, wenn es ihr beifällt

– bis mir wirklich das Haar auf dem Kopf zu Berge steht. Sag mir also, was Du in diesem Falle tun würdest – das Bein halten oder nicht halten? Denn obwohl nichts ein reines Ohr beschmutzen kann (wie ich wohl weiß), bin ich keineswegs dafür, dies Instrument zu quälen und es vielleicht in einem Augenblick der Gleichgültigkeit zu überraschen, noch glaube ich, daß Susie, das Hausmädchen, besser dafür geeignet ist, denn sie ist gar wild und jung an Tagen, und was muß das arme Mädchen nach einer Stunde oder mehr solchen Gefasels im Kopf haben! Kein Wunder, daß an solchen Tagen (freitags) ihre Betten nicht ordentlich gemacht sind.
In Deinem letzten Brief hast Du nur dürftig von Deinen Kindern berichtet. Umarme sie von ihrer Tante und sage ihnen, sie sollen auf ihre Mutter hören, denn dies ist die letzte Generation, vermute ich, über die noch irgend jemand irgendeine Kontrolle ausüben wird. Also mach das Beste daraus, meine liebe Schwester, und küsse oder ohrfeige sie, je nachdem, wie es steht!

Deine getreue Schwester

KAPITEL SECHSUNDZWANZIG

Kate und Amelia gehen ausmisten

»Eulen hätten im Chor von Sankt Peter geschrien
Und Füchse in Sankt Paul gestunken und geworfen.«

An einem lieblichen Frühlingsmorgen, es war einmal vor vielen, vielen, vielen Jahren, da gingen die beiden Frauen Amelia de Grier und die Sorglose Kate, wie die Natur es wollte (gibt es doch nichts Neues unter der Sonne), auf ihren vier Füßen, die dreckige Sauerei zu beseitigen, ihre Spritz-ewig-Vogelleim-und-halt-nicht-ein-aus-Rücksicht-auf-ein-Weib-Kloake zu verfluchen (auch die mit dem schmerzenden Rücken und den Krampfadern, die ihr die Beine hinaufklettern) oder Wie-immer-man-das-Hinterteil-der-Taube-nennen-mag und nach Eiern und Todesfällen Ausschau zu halten.
Die staubige Treppe hinauf gingen sie, mit Besen in der Hand, eine Blume zwischen Amelias Zähnen, die Mägen revoltierend (denn ach! es gibt nichts Neues unter der Sonne!), in die Knechtschaft der Federn, und dort, sich brüstend und gurrend und schnäbelnd, immer im Kreis in einem Todestanz, gingen Blauflügel und Sanftbüschel, während die Metallringe an ihren mageren Fußgelenken ein Häftlingslied gegen die kleinen Schuppen auf ihren Krallen klopften, immer im Kreis in fröhlicher Taubenlust, im Gehen Ungemach verspritzend und äußerst häßlich unzuträglich riechend, wie ein Vogel es nun einmal tut.
»Ihre Jungen sind recht greulich und sterben zu Millionen!« sagte Kate, als sie drei davon aus dem Fenster warf. »Und kannst du«, fügte sie hinzu und setzte sich auf einen Balken, den Wendell als Vogelstange behauen hatte, »mir sagen, warum Wendell Launen hat und wir das Reinemachen?«
»Ganz simpel einfach«, sagte Amelia und häufte Körner und Kot auf die Kehrschaufel. »Dem Mann die Vision, dem Weib die Tropfen!«

»Tropfen, nennst du das wirklich so?« sagte Kate, schwitzend. »Manchmal ärgert es mich, wie du dein Britisch verwendest, warst du niemals beim * * * * *?«
»Das war ich«, antwortete Amelia, immer noch mit dem Mist beschäftigt, und warf einen Blick der Verachtung auf ihre trödelnde Mitwerkerin. »Und ich kann wohl sagen, daß es mir beim Menschen überhaupt nicht gefällt, daß es mir aber mächtig gefällt, wenn es von einem Tier abgesondert wird, denn der gedankenlose Mist vieler Vögel beruhigt in gewisser Weise mein Gemüt.«
In der Ecke zwei dünne Haferhalme in dünner Wasserspur. Amelia beugte sich hinab: »Sein Korn in einem Taubenschlag zu säen«, sagte sie. »Was wird aus diesem Mann nur werden? In Sargkleidern eilend zur weilenden Erde und den weilenden Sternen, seinen eilenden Leib aufzugeben, ein wenig, keineswegs, für immer, Amen!« Sie kam den langen, staubigen Dachboden entlang, die Schaufel in der Hand. Sie sagte:
»Im Anfang war der Urwald, und da gab es eine gewisse Menge Kot, die Tiere gaben der Erde das Ihre in neuer Währung zurück. Und: der Herr sei gelobt, sagten die Bäume, und: der Herr sei gelobt, sagte das grüne Gras, und: der Herr sei gelobt, sagte der Kletterwein, und: der Herr sei gelobt, sagte die große Binse, und: der Herr sei gelobt, sagten die kleine Binse und die Lilie und überhaupt all die Blumen, von denen wir nichts wissen. Und: bitte für uns, sagte die große Binse, und: bitte für uns, sagte die kleine Binse, und: bitte für uns, sagten die großen Bäume, und: bitte für uns, sagten die kleinen Bäume, und: bitte für uns, sagte das kurze Gras, und: bitte für uns, sagte das Gras, das noch nicht war, und stoßweise herab kam das Gebet der wilden Tiere. Was aber«, sagte sie, »mag jetzt obsiegt haben, daß wir Böden und Töpfe darunter tun und das Mammut niemals hinten hinunter geht, sondern nur der Mensch mit erhobenem Kopf, und ein Wort darbietet. Und was ist an einem Wort schon großartig oder hilfreich für das Land?« fügte sie hinzu.
»Manchmal«, sagte Kate, »wünsche ich mir, du wärst die

Mutter meiner Kinder, denn du hast gute Einfälle. Erzähl mir noch mehr vom Zustand des Urwalds vor den Menschen, obwohl es über meinen Verstand geht, woher du davon weißt.«
»Ich habe nicht viel Unterricht genossen«, antwortete Amelia, »deswegen ist mir der Urwald nie aus dem Herzen gekratzt worden. Hör also. Im Anfang war der Urwald, mit dichten Blüten und dichtem Laub, und die Wurzeln der Dinge gingen tief in die schwere, von Tigerpfoten betretene Erde, und auf den Ästen saß der Puma, der Fürst des Morgens, und durch die blutroten Lilien lief die Wildkatze und das schlankhufige Reh und Wildkühe, deren Euter noch nie dem Menschen gedient hatten, und all das Bellen und Trompeten und Brüllen und Kreischen mündete in einem einzigen Klang, eine kraftvolle Kapelle gegen das unbekannte Etwas, das eines Tages ihr Schlächter werden sollte. Da verweste die Zeit auf dem Stengel von Tag und Nacht, und das Wasser reifte auf den Zweigen des Ozeans; da kam gewichtig von ungesehn geschwindem Flug, mit schauerlich aufgemachtem Gefieder, der Nachtvogel durch den dichten Hain und teilte ihn, wie Öl geteilt wird und den Spalt nicht wahrt, und stand und pickte sanft und geschwind die Erde, die unter keines Menschen Schritt erbebte, und ging, pickend, seiner Wege, während kleine gesprenkelte Federn im Dunkeln verschwanden. Und jetzt«, fügte sie als Schlußfolgerung hinzu, »hat Wendell einen Hund auf den Fersen und einen Boden unter seinen Vögeln, du kannst also nichts anderes erwarten, als daß wir den Dreck haben, wenn er so fälschliche Launen hat.«

KAPITEL SIEBENUNDZWANZIG

Das Tier Dingsbumsda

»Fische«, sagte Wendell, »sind so kühl und fest wie der Händedruck eines Freundes. Laßt uns fischen gehen.«

So ging er zum Fischen, Julie und Timothy an seiner Seite – ein langes Netz, falls Krebse da wären, eine Schachtel Streichhölzer in der Hüfttasche und ein gutes Dutzend Blätter Seidenpapier, denn Wendell wünschte, niemals unvorbereitet betroffen zu werden.

Hinab gingen sie, das sandige Ufer entlang, die Füße energisch hebend und niedersetzend, lauter Ryders, und es war ein wunderbares Vergnügen, als Julie, die dreifach umgeschlagenen Socken ausgezogen und beiseite gelegt, die Röcke geschürzt und ihre Hosen bis zum Kneifen hochgezogen, hineinwatete und aus der Angst-des-Mädchens-vor-den-Wassern-der-Welt »Oooooooh!« schrie und mit den Armen wedelte und sich rückwärts in die Lake setzte und spürte, wie sie mit ganzer Schärfe über sie kam.

Machte auch Rohrpfeifen, das tat dieser Wendell Ryder, schälte das weiße Holz aus seiner glatten Rinde, während Timothy von anderen Tagen aus seinem Leben sprach, von jenem zum Beispiel, als der alte Planwagen sich, wie es Ryderscher Brauch war, noch einmal bewegte, umstürzte und Kates Kutsche in den Straßengraben fiel, alle viere in die Luft strekkend, als wollte sie sagen: »Meine Arbeitstage sind vorbei, und ich werde mich zum Sterben hinlegen«, das war am Abend, und Timothy hüpfte in seinem Lord-Fauntleroy-Anzug auf und ab und kreischte: »Sie ist hin!«

Wendell schenkte Julie eine Pfeife, und sie zog einen langen Heulton ein und quietschte darauf weiter, als ob das etwas Schönes wäre. »Das ist nicht die richtige Art, sie zu halten«, sagte Wendell, »und warum hältst du den Takt nicht?« Und fort ging er, wandernd, ziehend an den Krebsreusen und die Damenkammern aus ihrem Innern heraushakend, und:

»Kommt her und schaut«, sagte er, und Timothy kam als erster an und beugte seinen dunklen Kopf hinunter, um zu schauen, so daß Julie nichts sehen konnte. Und: »Oh!« sagte er, und »Oh! sie sitzt auf dem Thron, und sie hat gelbes Haar!« Und Wendell sagte: »Ja, das ist die Damenkammer.«

»Jetzt erzähl uns eine Geschichte«, sagte Julie, als sie am Ufer saßen und stark nach Fisch rochen.

»Es war also einmal«, sagte Wendell, der nie vergnügter war, als wenn er das Leben vertrödelte und seine Nachkommen mit seiner Phantasie erstaunte, »ein großes Tier namens Tier Dingsbumsda, dasselbe, das Löwen schlug, die seinem Leben nachstellten, mittels des Rhythmus, wie ihr euch vielleicht erinnert. Auf dem höchsten Ast eines Baumes sitzend sang es: ›Rundherum und rundherum und rundherum‹, nach einem genauen Versmaß, und rundherum und rundherum liefen die Löwen, wie ihr euch erinnert, und starben im Schlaf der Benommenheit, alle zu Füßen des Baums mit den grünen Blättern. Und das Tier Dingsbumsda stieg herab, und das große Becken seines Kopfes kochte und stieß triumphierenden Rauch aus, denn wieder einmal hatte es den Mord in anderen gemordet.

Aber diese Geschichte handelt von einem anderen Tag im Leben von Dingsbumsda dem Tier. Denn die Liebe haftete an ihm, an Haut und Haar und an Blut und Bein, an Pfoten und Herz und an seinen kochenden Gedanken, und leuchtete aus seinen Augen wie Feuerfunken. Und es ist ein kompliziertes Ding«, sagte Wendell, »wenn ein großes Tier wie Dingsbumsda die Pein der Liebe erleidet, denn es hat keinen geplanten Weg, sondern muß den Weg gehen, den es findet.

Nun war er wirklich mit der Liebe zu einem sonderbaren Geschöpf geschlagen. Die ganze heiße Nacht lang träumte er in den obersten Ästen des Baums mit den grünen Blättern, wo sein Nest war – denn er hatte Flügel, ihr erinnert euch, wie auch Pfoten, Federn wie auch Fell, und Mitleid wie auch Zorn –, von ihr, die er liebte. Und so sah sein Feinslieb aus: sie war, wie auch er, von großen Gliedmaßen und einer Schönheit jenseits der Einbildungskraft und ganz jenseits dessen, was die Menschen den Zweck nennen würden. Sie war auf ihre Weise schrecklich, was einfach bedeutet, daß ihre Weise nicht unsere Weise war – und sie war für eine Jahreszeit des Erntens an die Erde gefesselt, danach sollte sie zu den Göttern zurückkehren. Ihre Füße hatten zierliche Hufe, und ihr Haar reichliche Kringel, und ihr Gesicht war noch nicht, und ihrer Brüste waren zehn.

Nun«, sagte Wendell, »war sie nicht Jungfrau wie andere Weiber, oder zu berechnen wie andere Leben, noch war sie geboren, wie wir, wegen äonenlangen Krauchens und Umhertobens in Fell und Federn, denn die Unterwelt war ihr Vater und Mutter, eins und dasselbe, so daß sie keine Naht in der Seele hatte, weder auf der einen Seite noch auf der anderen Seite, wie wir sie haben, und so könnt ihr euch vorstellen, wie schwer die Aufgaben der Liebe für Dingsbumsda sein mochten, denn nur ein Herz, beständig im Feuer der Leidenschaft gewendet, konnte sie angehen, ohne am Wegrand ohnmächtig zu werden.

Sie besaß ein Schaftal und ein Rindertal und ein kleines Stück Land, wo die Ziege war, und bestellte Erde unter sich. Wo immer sie ging, ging über ihr auch ein dichter Schwarm Vögel und rief: ›Eitelkeit, Eitelkeit, Eitelkeit!‹, aufdaß sie sich erinnere, in allen Teilen ihres vergessenden Leibes, daß auch sie zu einer Stunde ganz plötzlich sich niederlegen und den Tod erfahren müsse, denn zwischen ihrer Zeit fortzugehen und der Zeit des Fortgehens von Mensch und Tier lagen zehnhundertundzehn Jahre. So daß ihr das Vorübergehen von Mensch und Tier keinen Augenblick bedeutete, denn sie hatten kaum gesagt: ›Hier bin ich‹, da sagten sie schon mit dem Rückatem: ›Hier bin ich nicht.‹ So sagte man, sie kenne kein Mitleid, und höchstwahrscheinlich stimmte das«, fügte er hinzu, »denn Mitleid ist eine Sache des Atemholens zwischen ›Hier bin ich‹ und dem ›Hier bin ich nicht‹, und ihr Atem war keineswegs so kurz wie der unsere, sondern nahm einen langen Weg, und

Tod auf Tod legte sich um sie her, zwischen Einatmen und Ausatmen, und keiner hat Mitleid, der andersartige Zeit hat als unsere Zeit. So nannte man sie ›die Heitere‹.
Niemand hatte ihr eine Liebe aus gleichen Jahren gebracht, so daß sie nicht wußte, was die Menschen sagten, wenn sie von ihr sprachen. Also war sie Jungfrau, aber nicht wie andere Weiber, denn dieser Dinge wegen hatte sie einen größeren Anteil, als irgendein sterbliches Weib tragen oder auch nur zu ertragen denken könnte, aber für sie war das Austragen nichts Besonderes; sie hatte über diese Sache nie nachgedacht, bis sie ihrer Notwendigkeit gemäß an der Zeit war, und dies geschah, als die Liebe im Kopf von Dingsbumsda dem Tier zu kochen begann. So kam es, daß er vom Schmerz in seinem Hirn und seinem Herzen, in seiner Haut und seinen Flügeln, in seinem Blut und seinem Bein sprach, und sie sagte: ›Komm zu mir, denn ich möchte mit dir sprechen.‹ Und als er gekommen war, sagte sie: ›Wie soll ich wissen, daß du meine Liebe für mich hast?‹
Und er sagte: ›Wie sollst du es nicht wissen?‹
›Wahrlich‹, sagte sie, ›dies ist das Beste, was ich wissen kann. Dann versprich mir ein Versprechen.‹ Und er versprach ihr ein Versprechen, was immer es sein mochte, und sie sagte: ›Versprich mir, daß du mich begraben wirst, dann werde ich wissen, daß du mich liebst und aus gleichen Jahren und ein Jahr länger gebaut bist.‹ Und er legte das Versprechen ab, obwohl das Licht seiner Augen wie Wasser war.
Der Regen rann stetig und sanft, wo ihr Obstgarten war und ihr Weizen und ihr Roggen, und nichts Barbarisches war darin, sondern der Rasen fiel sanft davor ab, und die Trauben bildeten einen Busen, und die Rebe neigte sich, und sie rief ihn zu sich, und ihr kringeliges Haar war viele Haare, die herabhingen, und es war ein Fell auf dem Boden und Federn auf dem Boden, und die Sense vergessen, und sie stand vorwärts, und ihre Vergangenheit wich rückwärts von ihr, wo das Tier Dingsbumsda in dem riesigen Raum war und wo Hörner von Rindern waren und Geweihe, die einen langen Schatten war-

fen, und verstreutes Korn in den Ähren, und der Geruch von Liebe, die heiß zwischen Pelz und Horn und Flügel läuft, und der Rauch dort war dicht. Und sie sagte zu ihm: ›Ich bin einen langen Weg gegangen, vor dem Anfang deiner Liebe, und da ist etwas in meinem Blut, das Halt! schreien wird, wenn dein Blut erst die Peitsche fühlen wird, und einen dünnen Wind hinabwimmern, während der Sturm noch der eines anderen Mannes ist; und das Bett schmutzig, wenn er die Füße hebt, und verfault, wenn er an morgen denkt.‹ Sie sagte: ›Ich werde unter dir sterben, doch aus meinem Körper wirst du zehn Söhne ernten, und sie werden mit Schrecklichkeit geharnischt sein, und du sollst mich rasch begraben, denn ich bin an ihrem Weg in mir auseinandergeborsten, denn sie kommen marschiert, und ich freue mich und gehe von Stund an nicht weiter.‹ Und sie beauftragte ihn genau und sagte: ›Wenn du sie an ihren Eisenschlössern herausgezogen hast, züchtige sie mit Regenwasser und tu meinen Namen auf ihre Zunge und erzähle ihnen hinfort nichts von mir und mach ihnen kein Bildnis von mir, indem du sagen würdest: Sie hatte zierliche Hufe, und ihrer Brüste waren zehn. Denn ich bin, und werde bald sein, wie ich nicht bin, und sie dürfen keine Täuschung kennen. Noch sollst du ihre Flügel auf der rechten Seite beschneiden, noch ihre Flügel auf der linken Seite beschneiden, noch ihre Hufe mit einem Eisen versehen, denn sie sind von mir beschlagen, in der Schmiede meines Herzens, und sie sind.‹
Und so geschah es, daß Dingsbumsda in der Morgendämmerung aufstand und seine Söhne aus ihrem Bauch pflückte und sie in sein Nest trug, und dort sitzt er tage- und nächtelang über ihnen, während der Dampf seiner Trauer über den Bäumen kocht und seine Augenlider darunter zittern, denn er weiß, daß ihr Geschenk an ihn das nutzlose Geschenk der Liebe war.«
»Ist das alles?« sagte Julie.
»Ist es nicht genug?« antwortete Wendell.
»Und was bedeutet es?« sagte Timothy.
»Na ja«, antwortete Wendell, »viel und wenig, wie alle Weis-

heit.« Und er stand auf. »Wir müssen jetzt nach Hause gehen. Wir werden durch die neuen Kanalrohre gehen, bevor sie verlegt werden, denn sie sind dunkel und geheimnisvoll, und ihr werdet sie mögen.« Und so bückten sie sich in die dunklen Tunnel aus glasiertem Ton, und sie trafen auf ein Paar tote grüngraue Hosen und eine grüngraue Jacke und ein Paar Stiefel und Hosenträger. »Ein verhungerter Landstreicher vermutlich«, sagte Wendell, »sein Bauch weiß nach oben gekehrt«, sagte er und kroch weiter.

In dieser Nacht las Sophia ihnen vor, wie sie es immer tat, während Wendell sich auf den Rücken legte und sagte: »Wenn eine Sterbeszene vorkommt, laß sie aus.« Sonst würde er weinen, mit strömenden Tränen gleich einem Weib, wie alle Menschen weinen. »Ach ja, wirklich, hier gibt die kleine Emily den Geist auf«, sagte Sophia und wandte sich dem nächsten Kapitel zu. In dieser Nacht aber, mit Julie an der Brust, las sie die Sterbeszene, beim Licht einer runden Kerosinlampe, ging Wort für Wort über die quälenden Einzelheiten, und Julies Augen gingen auch, aber langsam, darüber, »›und hier‹, sagte Emily, ›nehmt mir die Nadel ab, sie ist mir zu schwer!‹, und sie schloß ihre süßen veilchenblauen Augen und atmete nicht mehr –« Und die Dunkelheit zerrte an der Lampe und an Julie und zog sie von ihrer Liebsten weg, während sie noch an deren Brust lag.

Und die kleinen Samen, die im Dunkeln auf- und niedergehen, starben, und es war Schlaf.

Und der Kater hüpfte auf den Zaun und von dort ins Geäst, und die Vögel hielten sich von ihm fern, und er sprang, und Geheimnis nahm gänzlich die Ränder und Orte der Welt fort, und der Kater fiel, hinabfallend, überrascht, im Fallen für immer überrascht, und keinem konnte man's erzählen.

KAPITEL ACHTUNDZWANZIG

Wenn irgendein kräftiges Weib –

Dr. Matthew O'Connor war ein so netter und guter Mann und von so freundlicher Rede, außerhalb des Beichtstuhls, wie man ihn sich nur als Bekannten wünschen mag. Für Kinder war er ein Juwel; alle Mütter, denen er je im Kindbett geholfen hatte, schworen auf ihn und sagten, er sei ein begnadetes Geschöpf und so tröstlich wie Seide; und daß sein Umgang mit dem Neugeborenen geradezu prachtvoll wäre.

»Zu sehen, wie dieser Mann einem noch ungeübten Po einen Klaps gibt, ist eine Lektion in Zärtlichkeit«, sagte Amelia zur Sorglosen Kate, und Kate stimmte zu, daß Dr. O'Connor wirklich und wahrhaftig ein einziger aus einer Million sei. »Denn wer«, sagte sie, »würde bei den gelegentlichen Taten der Natur ruhig bleiben, wenn nicht dieser Mann da wäre, um die Schurken aus ihrem Versteck herauszuziehen, sobald sie willens und bereit sind, ihre Rolle aufzusagen?«

Selbst Molly Dance stand nicht an, ihm sein Recht zuzugestehen. Er hatte ihr bei der Geburt ihrer letzten drei geholfen, und jedesmal hatte er gesagt: »Molly, Molly, Molly« (was alle sagten). »Und wer, meine Liebe, hat dieses Jahr dies Kind auf die Straße geschickt?« Und sie antwortete ihm, wie sie immer geantwortet hatte: »Sie werden ihm ein Vater im Geiste sein, denn Sie haben mehr Mühe mit ihm gehabt als sein eigener. Nicht der Fuchs, der den Hasen in den Kaninchenbau jagt, wird preisgekrönt, sondern der Hund, der ihn am Nackenfell rausholt.«

Dr. O'Connor war lieb zu Tieren. Er liebte Mollys Hundezwinger, er streichelte alle Katzen in seiner Reichweite, erkundigte sich bei jeder Frau im Umkreis von zwölf Meilen, wie es ihrer Sau ging und den Enten und den Erpeln, und alle Frauen lächelten, wenn sie ihn kommen sahen, und schüttelten den Kopf, wenn er wegging. »Denn«, sagten sie, »solch ein Muster der Tugenden sollte eine eigene Frau haben.«

Eines Tages brütete Amelia, bei einer Tasse Tee und einem Butterbrot sitzend, auf dem Thema. Sie starrte lang und fest auf die Bäume im Obstgarten, damit der Arzt seine Einsicht ordnen möge, dann sprach sie: »Matthew, es wird Zeit, daß Sie der Geburt Ihres Eigenen beiwohnen sollten, denn ich habe noch nie einen Mann von solcher liebevollen Freundlichkeit und solchem Umgang mit kleinen Kinderchen gesehen. Wenn also irgendein gutes, kräftiges Weib ...« Aber sie kam nicht weiter, denn Dr. Matthew O'Connor war in Tränen ausgebrochen. »Ich habe mir immer gewünscht«, sagte er, mit seiner Gemütswallung kämpfend, »Hesper genannt zu werden, erster Stern des Abends.« Und damit stand er auf und ging fort.

KAPITEL NEUNUNDZWANZIG

Die Psychologie der Spitznamen

Worin Wendell seine Version von der Werbung um Amelia vorstellt.

»Spitznamen«, sagte Wendell, »geben das ganze Drama des Menschen preis. Sie zerfallen in viele Klassen; die drei geläufigsten sind: solche, die wir erfinden, um jemanden so zu machen, wie er sein sollte – also Überredungsnamen; solche, die wir erfinden, um ihn erscheinen zu lassen, wie er nicht ist – also arglistige Namen; und solche, die wir erfinden, um ihn dichter einzuhüllen in das, was er ist, und diese sind so vielfältig wie unsere Meinung über die betroffene Person. Nennen wir sie Meinungsnamen. Nimm meinen eigenen Fall«, fuhr er fort, »denn die Philosophie sollte wie die Barmherzigkeit im eignen Haus anfangen. So laß uns denn die Geschichte erzählen, wie deine Mutter anfangs auf deinen ergebenen Diener reagierte, damit werden wir einen Fall zur Hand haben. Er wird dich über die hübschesten Drehungen und Windungen solcher Spiele unterrichten, dafür und dawider, die du dir denken kannst, ganz zu schweigen von dem Reichtum an Launen, die darin enthalten sind. Das wird die Dinge besser auf den Punkt bringen«, fügte er hinzu, »als ganze Abhandlungen über die Natur, und wird das unvermeidliche Ende, das du ja kennst, herausbringen.

Achte bei diesem Monolog genau darauf, wie sie mich nennt und wie nicht, denn darin liegt die ganze irrsinnige Finsternis des weiblichen Herzens. Beobachte, wo sie sich hätte lustig machen können und es nicht tat, wo sie andererseits hätte Sanftmut walten lassen können und es unterließ, wie sie dann wiederum mich mit Stolz hätte aufblähen können und das Wort nicht aussprach. Tatsächlich hätte sie eine Menge sagen können – doch genug!

Liebe, sagt man, ist schon oft auf den ersten Blick entstanden.

Wie dem auch sein mag, deine gute Mutter zog mich, um besser bekannt zu werden, von einer Mauer in Shepherd's Bush herab (denn unsere Höfe lagen nebeneinander), und hier«, fuhr er fort, »sei berichtet, daß sie mir nicht ins Gesicht schaute, sondern, da sie in meiner Vergangenheit etwas sah, was sie verführte, mit der Zukunft zu spielen, mir einen Schubs gab, worauf ich mich, mitsamt den weißen Ratten (ich hatte sie sehr lieb), auf ihrer Seite der Trennwand fand.
›Hintern-hoch!‹ rief sie. Ich mochte sie, ich war nie ein Zögerling. Ich ging die Sache wie ein Zimmermannslehrling an, der, nachdem er im Umgang mit der Latte über die Runden zu kommen gelernt hat, nun die feineren Schönheiten der Verbindungen schafft.
›Pumphosen-Prahler!‹ sagte sie. ›Jeden-Weibs-Daumen‹ und ›Viel-Felder-Vogel‹ und noch viele weitere Stichwörter, die ich im bodenlosen Schacht meiner Erinnerung verloren habe, was ich sehr bedaure«, sagte Wendell. »Also bot ich anderes auf, faßte sie kräftig um die Hüfte und küßte sie recht hübsch.
›Pflücker-meines-Glücks‹, sagte sie, ›Versuch's-noch-mal-Thomas, Geil-dich-und-Eil-dich!‹
Nun hätte sie ein Dutzend Dinge sagen können, die mir besser gefallen hätten; es gibt einige, die ein besseres Geschöpf aus einem Mann machen, aber sie blieb auf dieser Linie, ein Straßenkehrer, der mir Wörter wie Prügel um die Ohren haut.
›Hände-weg-mein-Kippensammler‹ und ›Kindchen-fängt-seltner-zu-plempern-an‹ und ›Trau-keinem-Tand!‹
Einmal dabei aber, heulten mein Stolz und meine erdenkliche Eitelkeit zwar den Mond im Chor an, aber ich verfolgte die Sache weiter. ›Pfennig-sei-unschätzbar‹, sprach sie. ›Wieg-dich-selber-Sparpfund‹ und ›Willy-Wegwender‹. Hier rechnete sie kurz zusammen und keuchte dann: ›Weh-und-ach-mein-Herzensjunge, Wohin-gehst-du-fort‹ und ›Viel-Rhythmus-keine-Melodie!‹ Bis ich sie nicht mehr so gern hatte und ablassen wollte, aber doch noch hören, was diese Wendung hervorbrachte, denn jetzt würzte sie ihre Beschimpfungen. ›Kannst-du-oder-kannst-du-nicht? Willst-

du-oder-willst-du-nicht? Mach-mich-liebreich-müde, Müh-dich-und's-wird-mich-kümmern, Aufwärts-und-Vorwärts, Zöger-nicht-länger‹ und ›Der-Weg-ist-dunkel-doch-kurz.‹ So«, fuhr Wendell fort und faltete die Hände im Schoß, »machte das Spiel Fortschritte, und binnen sechs Monaten hatte sie wieder gegen den Wind gedreht, wie du sogleich hören wirst. Jetzt war es ›All-Weiber-Aufschneider, Geh-auf-Zehenspitzen-und-halt-Ausschau, Halt-den-Atem-an-und-kürz-den-Wind-ab, Schleich-dich-an-und-schnapp-es-dir, Schneller-Abwasch-aller-Dirnen, Keines-Weibes-Beute-auf-ewig!‹ usw., usw. So schwoll die Tirade an, das Leben aber«, sagte Wendell, »läßt selbst die Raserei eines Weibes ermüden und sich legen. Nun seufzte sie, wo sie gewütet hatte: ›Mister-Keine-Wandlung-zum-Bessern, Mister-Desto-Schlimmer‹ und ›Zwei-im-Bett-macht-vier-im-Haus‹ und ›Vier-im-Haus-sind-acht-Augen-zum-Weinen!‹ Doch gelegentlich stieg ihre Entrüstung in dichten Wolken auf, und luftschnappend: ›Boxer-Tierchen, Lanzenschaft-vom-ausgetrockneten-Sack, Bettlägeriger-Berty‹ und ›Zitzen-besoffener-Tom‹! Doch wie heillos ist die Laune des Weibes, denn gelegentlich murmelte sie: ›Süßer-Bohrer und Holdes-Unheil!‹
Schließlich leben Mann und Weib es dann bis zum bitteren Ende aus«, sagte er und nahm die Hände auseinander, »einen der beiden Wege schlägt das Herz ein, und es geht, langsam aber sicher, in eine dieser beiden Richtungen – Weisheit oder Religion –, und so wählte sie die Weisheit und nannte mich den ganzen Tag lang nur noch ›Oh!‹ und ›Ach!‹, außer in Zeiten wahrhafter Besorgnis, und wie meinst du, hat sie mich da genannt?«
»Ich weiß nicht«, sagte sein Publikum.
»›Wendell‹, einfach ›Wendell‹«, antwortete er, »denn alle Dinge hören auf, wo sie angefangen haben, Schwanz im Maul, wie jene Fischchen, die man den sauberen Schlemmern serviert.«

KAPITEL DREISSIG

Die Katze kommt aus dem Brunnen

An manch einem frostigen Morgen, wenn irgendeine Frau ihrem Kind den Mantel zuknöpfte, es ohrfeigte und ihm sagte, es solle zur Schule laufen und mannhaft lernen, dann kam bei der Ohrfeige die Vorstellung auf, daß auf dem Ryder-Hof, »Stierfried« genannt, zwei Frauen wären, die im Bett frühstücken konnten und sich nie um das Zuknöpfen von irgend etwas zu kümmern brauchten, wenn ihnen diese Vorstellung nicht paßte. Denn was bringt das Gemüt schneller in Harnisch als der Gedanke, daß jemand weniger Mühe hat als wir selbst, sei's beim Zu- oder Aufknöpfen? So also pflegte etwa alle sechs Monate eine Bäuerin ihrem Mann gegenüber Ryder energisch zu beschimpfen, indem sie sagte, Ryders Kinder gingen überhaupt nicht in die Schule, sie schleckten vielmehr zu Hause Behaglichkeit, wüchsen zunehmend unwissend heran, sie würden sich vermutlich in ihrem lehrerlosen Zustand sonderbare unbelehrte Begriffe bilden, die sie schließlich eines Tages dazu bringen könnten, einen ungebildeten und schmutzigen Mord zu begehen. Die Ehefrauen stichelten, und die Schulbehörde, die versucht hatte, das Vergehen zu ignorieren, ist doch Unwissenheit vorzutäuschen einfacher als aufzuräumen, wurde von der wachsenden Unzufriedenheit gezwungen, eine Sitzung abzuhalten und Ryder über sein Weswegen und Wieso zu befragen.

Vermittels häufiger Umzüge im Lande waren Timothy und Julie ohne einen einzigen Schritt unter den Türsturz der Gelehrsamkeit aufgewachsen; aber mit den sechs Jüngeren ließ sich Ryder wohl fangen. Bevor die Pacht für »Stierfried« fällig wäre und er sein Lager abbrechen müßte, waren einige von ihnen reif für einen regelrechten Lehrplan oder würden es sein.

Die Obrigkeit überdachte die Angelegenheit, denn die Schreie der Entrüstung waren das Tal entlang angeschwollen, und manche Leute sagen, es sei sogar so weit gegangen und so schlimm geworden, daß sonntags die Phaetons und Einspänner, die auf dem Weg zur Kirche vorbeikamen (die Hauptstraße führte genau am Ryderhof entlang), an dieser Stelle mit solcher Wut pferdeaufgepeitscht wurden, daß die Tiere an der Trense rissen und in einer Staubwolke an diesem Laster vorbei und auf ihren Hufeisen eilig in die Ferne wirbelten, als wäre ihnen die Hölle an die Schwanzriemen geknöpft.

Wendell, der im Bogenfenster saß, als sie vorbeikamen, ging sorgfältig die Partitur einer neuen Sonate in schnellem Tempo durch und pfiff dabei »Swing Low, Sweet Chariot«, aber er erkannte den Geruch der Dünste, die aus der Grube aufsteigen, und machte sich daran, über einen Ausweg nachzudenken.

Der Tag der Züchtigung war angesetzt: im Herbst; die Stunde: um vier; der Ort: die Schule. Das Schulhaus stand auf einem Hügel, dem Kulminationspunkt von sieben Straßen. Ein Dorfanger drängelte sich heran, der Rauch aus der Schmiede besudelte die Fensterscheiben. Ein blinder Maulwurf vergessener Erde, stand es ein wenig schief auf den Fundamenten. Es war kalt, es war schlecht ausgestattet, der Stationsvorsteherofen in der Mitte glühte nie. Die Tafel bestand aus Spucke und Fehlern, die Bücher waren zerfetzt und gingen in Verwesung über, die Bleistiftporträts von Washington und Lincoln, die den morschen Tisch des Lehrers flankierten, sprenkelte Fliegendreck, und sie hatten sich gewellt. Das einzige Fenster schaute auf den Abort, und der Abort klaffte, türlos, seine doppelsitzige Hoheit zwei schwarze Gruben, das Holz über und über mit Herzen und Pfeilen sowie den darin gepaarten Initialen aufeinanderfolgender Generationen verziert.

Gegen zwei Uhr waren die sieben Straßen verstopft, mit Kutschen und Karren, Einspännern, Leiterwagen und Pferdehaken, mit allem, was ein Pferd ziehen kann. Gegen drei gab es keinen Baum auf dem Anger, der nicht mit Zügeln umwunden war, keinen Zoll Rasen, über dem keine dürren und senkrückigen Stuten und Wallache standen. Gegen vier, als Ryder in seinem Planwagen auftauchte, mit Hisodalgus im Geschirr, war nur noch ein einziger Platz frei, sein eigener. Zehn Leute tief schauten und drängelten sich Gesichter an den Fenstern, um die Rechenschaft zu hören, die Wendell über seine freischweifende, unbeschulte Nachkommenschaft ablegen würde.

Es hätte die Sintflut sein können, hoben doch Frauen in Handgewebtem ihre Kleinkinder empor, damit sie dies Ungeheuer aus der Nähe sähen und gebührlich erschrocken wären, Männer flüsterten und spuckten aus und warfen sich erwartungsvoll von links nach rechts. Die Bänke, niedrig gebaut für Kinder von fünf und zehn, erlebten große knochige Knie, die zu bärtigen Gesichtern aufragten, und schwarze Obrigkeit saß in der engsten Bank, Ryder betrachtend, wie er geruhsam mit untergeschlagenem Bein saß, den Kragen aus Schafswolle bis an die Ohren hochgezogen.

»Ryder«, sagte die Obrigkeit, ihn ins Auge fassend, »ein schwerer Vorwurf ist vor Ihre Haustür gelegt; Ihre Kinder nämlich wüchsen in Unwissenheit auf.«

»Wissen Sie«, antwortete Wendell beiläufig, »was einen Menschen verzweifelt, und was ihn glücklich macht?«

Der Schulvorsteher, seine Augen gen Himmel richtend, erwiderte:

»Religion macht ihn glücklich, mein guter Freund, und Unwissenheit macht ihn verzweifelt.«

»Augenblick mal«, warf Ryder ein. »Religion macht ihn zum Feigling, und Belehrung, wie Sie es verstehen, macht ihn zum Monologiseur in der Gegenwart Gottes und nicht zum Schüler.«

Der Behördenvertreter erbleichte. Er sagte: »Ist Ihnen bewußt, daß Sie Ihre Kinder wie Heiden aufziehen?«

»Ist Ihnen bewußt«, sprach Wendell, »daß Ihre Heiden Ihr Europa in jenes Bett gelegt haben, das nicht Ihre Geschichte ist?«

»Sie werden aufwachsen«, fuhr der Vorsteher fort, der diesen Scherz nicht berücksichtigte, weil er nichts damit anzufangen wußte, »indem sie Weiber deflorieren und Gott verunglimpfen.«

»Sie werden aufwachsen«, fuhr Wendell fort und faltete die Hände vor der Brust, »weder mit einer Bockladung in einem Teil ihrer Menschheit noch mit Hymnen im anderen, sondern gleichmäßig mit den Gütern der Sterblichkeit belastet, ihre Ladung einen Wurf, und nur einen, weiter voran werfen, wie der Mensch es seit Beginn des Geschlechtes getan hat. Wir haben nur einen Wurf, mein Herr, bevor wir das Gesicht auf die Erde legen, also trampeln Sie hier nicht an und versuchen aus den Bäumen meiner Söhne Krüppeleichen zu machen.«

»Alles was recht ist, mein Herr!« donnerte der Behördenvertreter, »dies ist mutwillige Verzögerung! Wissen Sie, daß es in diesem Land Gesetze gibt und daß eines davon besagt, Kinder müssen in die Schule gehen?«

Sagte Wendell: »Die Erziehungsbehörde verfügt über halb vergessene Daten und Reden toter Staatsmänner. Diese glauben, sie hätten ihre Pflicht getan, wenn ein Kind den Hamlet rückwärts und die Zehn Gebote seitwärts aufsagen kann; daher behalte ich meine Kinder zu Hause und unterrichte sie besser.«

»Und lassen sie tun, was sie wollen«, sagte eine Stimme aus dem Hintergrund und wurde sofort zum Schweigen gebracht.

»Mit Einschränkungen«, gab Wendell zu und schaute in jene Richtung.

»Das ist ja entnervend«, bemerkte eine Frau an der Tür, mit einem Kleinkind auf dem Arm.

»Meine liebe Madame«, sagte Wendell, erfreut, eine Frau nahe zu wissen, »ich schlachte meine Rinder selbst, salze das Fleisch, räuchere es. Anfangs war meine Tochter ein sanftes Mädchen, vom Anblick des Bluts übermäßig entzückt; sie pflegte sich im Schlaf hin und her zu werfen; aber jetzt hat sie sich beruhigt, ihre Fuß- und Handgelenke werden kräftiger, ihr Haar ist voll und blond. Meine Tochter ist einfach und großartig, wie ein griechischer Schrecken, ihr breites, blasses Gesicht mit den weitstehenden und unberechnenden Augen ist das eines Kindes, welches in einem Massaker empfangen und auf der Guillotine gesäugt wurde, mit anderen Worten, sie kann von jetzt an sanfterweise leben. Wer sonst könnte soviel sagen?«

Der Inspektor lehnte sich vor: »Und die Knaben, mein Herr, die Knaben!«

Wendell sank auf seinem untergeschlagenen Bein weiter zusammen. Einen Augenblick betrachtete er sein Publikum, die hochgehobenen Kinder, die Frauen mit offenem Mund, das Gedränge der Männer. »Glänzend«, sagte er milde, »glänzend! Timothy, der Älteste, und Hannel, der Jüngste, und Elisha, der dazwischen. Timothy ist grämlich. Ich kann nicht sagen, wie er der Natur nützen wird, aber nützen wird er ihr. Hätte er eine Erziehung genossen, in einer prosperierenden Stadt gelebt, sich zum Dandy entwickelt und sich einen modischen Schnurrbart zugelegt, dann hätte er irgendein übliches Verbrechen begangen, schwer gelitten und sich von irgendeinem inflationären Seitenpfad der Religion erlösen lassen; Sie wissen, so etwas gibt es. So aber weiß er gerade genug von Schönheit und Tierheit, um zu verstehen, daß er nichts begreift. Wie alle anderen wird er sein ganzes Leben brauchen, um den wirren Tang seines Erwachens zu ordnen. Elisha nun, der ist von einer andern Sorte und, obwohl noch ein Kind, mager, verstört und vom Sporn der Musik zugeritten. Später wird er jenen Priestern ähneln, die Gott als zu heiter befunden haben, und jede Frau im Publikum wird ihre Haltung ändern – zumindest einmal, denn Sie sehen, ich ziele auf Immunität.«

»Wogegen?« fragte die Obrigkeit, die während der letzten Rede von Wendell mehrfach die Farbe verloren hatte, erschien jene doch griechisch und wie ein Grab.

»Immunität«, sagte Wendell, »gegen die üblichen und anerkannten Zustände des Lebens, wie sie in Gemeindeschulen gelehrt werden. Sie wissen sowohl mehr als auch weniger. Ich habe meine Kinder auf den Seitenweg mitgenommen, wo die Wahrheit gemeinsam mit der Verweigerung verrottet, und sie blicken bereits aus einiger Höhe auf Sie herab.«

»Dies«, sagte der Inspektor, »erklärt keineswegs, warum sie nicht in die Schule gehen.«

»Natürlich«, sagte Wendell und erhob sich, um zu gehen, »wenn Sie darauf bestehen, kann ich, der ich nur ein bescheidener Bürger bin, mich nur unterwerfen, aber ich warne Sie, daß Ryder der Gesetzlose weniger Ärger macht als Ryder der Bürger. Und um diesen Punkt zu verdeutlichen«, sagte er, »möchte ich diese illustre Versammlung bitten, zu dem Brunnen hinauszugehen und sich mit einem Bruchteil der Neugier, die sie jetzt *mir* zuwendet, über den Rand zu beugen, um jene Zisterne zu inspizieren – einen Abgrund von Krankheit und Schmutz. Denn als ich heraufkam, sah ich drei Ratten und eine Katze darin treiben, und wenn man meint, daß ein Kind Ihr Erziehungssystem mit der Beigabe von verseuchtem Brunnenwasser aushalten kann, nun ja, dann werden meine Kinder, nicht als Kinder von Ryder dem Gesetzlosen, sondern als Kinder von Ryder dem Bürger, erst dann in diese Schule kommen, wenn Sie einen Brunnen mit reinem Wasser ausgehoben und eingefaßt haben; noch«, fügte er hinzu, an den Rücken des Inspektors gewandt, der nunmehr das einzige Individuum war, das sich nicht über besagten Brunnenrand beugte, »kann ich zulassen, daß meine Tochter in der Weise von der Liebe erfährt, wie es an jenem Abortrund dort geschrieben steht. So, meine Herren«, hier verbeugte er sich, »grüßt Sie Ryder, Bürger oder Gesetzloser, ganz wie Sie wünschen!«

Und ohne einen Laut der Antwort aus dem Mund des Mannes, der geschickt worden war, ihn zu richten (denn der wurde nun wahrhaft von der Menge gerichtet und von lautem Verdammungsgeschrei beinahe umgeworfen, wegen des Zustands der Pumpe; der hatte sich seit mindestens vierzig Jahren nicht geändert und war bis zu diesem Augenblick nicht bemerkt worden), löste Wendell Hisodalgus' Zügel vom Ast, setzte sich in den Planwagen und lenkte den Pferdekopf nach Hause.

Und solcherart kam die Katze aus dem Brunnen.

KAPITEL EINUNDDREISSIG

Keine größere Liebe ist irgendeines Mannes

Rede, Ausruf, Zitat. Ein Kapitel über Timothy und wie es mit ihm und Licht-der-Liebe stand, denn auch er entwickelte sich zum Manne.

Sprach Timothy:
Ich bete dich an, mein Häschen und mein Kaninchen, mein Kuchen, mein Zaubertrank, mein Fink, mein Pudding, mein Haselhuhn!
Sprach Licht-der-Liebe:
Ich liebe dich, mein Lieb, mein Kohlweißling, mein Herz, meine Lenden, mein Kilb, mein Kalb, mein Esel, meine Eselin!
Sprach Timothy:
Mein Schlauchen, mein Kätzchen, mein Leib und ewig Einziges, mein Kummer und Ruhm! Ich liebe dein Herz und sein Schlagen, sein Schwanken, sein Läuten, sein Ticken, sein Gehen und Kommen. Von deinen Fingern nähr' ich mich, ihrem Biegen und Binden, ihrem Schließen und Öffnen, ihrem Kneifen und Zwicken, ihrem Greifen und Halten, ihrem Weichen und Knochen!
Das Schmalz in deinen Ohren ist wie Honig, wie Würze, wie Salbe, wie Gerste, wie Trüffeln und Backwerk, wie Punsch und wie Schlaf, wie Schlummer und Tod.
Sprach Licht-der-Liebe:
Dein Dünndarm und Dickdarm, deine Leber und Lunge, deine Sehnen und Muskeln, deine Zunge nebst ihren Wurzeln, dein Bauch und dein Hintern, deine Hände und Füße, dein Fehler und Vorzug sind wie Mitleid und Stolz, wie Liebe und Haß, wie ich's tu und nicht tu, wie ich will und nicht will, wie ich werde und nicht werd', wie ich habe und nicht hab', verflucht und entflucht, gesegnet und verdammt, eins und dasselbe für mich auf immer und ewig!

(und von der Erde brach der Mond auf, niedrig wandernd – der großartige Mond! Der glorreiche Mond! Der Mond für einen Mann!)
Sprach Timothy:
Ich hasse, verabscheu' und liebe, beklag' deinen Leib, deine Seele. Das Alte und Neue, das Leben und Sterben, das Symbol und das Zeichen, Verrücktheit und Verdrehtheit, dein Gutes und Schlechtes, dein Gesundes und Krankes, dein Auf und dein Ab, deinen Reichtum und Mangel. Dein Dicksein und Dünnsein, dein Rundsein und Flachsein, dein Feuchtes und Trocknes. Dein Haar, deine Haut, dein Fettes und Magres, dein Mark und dein Knorpel, dein Blut und dein Bein. Dein Helles und Dunkles, deine Tränen, dein Lachen. Dein Lärm und dein Schweigen, dein Stehen und Liegen, deine Biegung und Gradheit, dein Schlafen und Wachen, dein Schlukken und Gähnen, dein Niesen und Husten. Dein Heilig Unheilig. Dein Vertrauen, dein Mißtraun, deine Schwäche und Schwindelei, deinen Duft und Gestank, deine Ergießung und Spülung, unsauber und sauber. Betend und leugnend in Ehrlichkeit und Verrat, deine Listen und Scherze, dein Wirklich Unwirklich. Dein Wahnsinn Gesundheit, dein Mut, deine Angst, dein Fragen und Frotzeln, dein Alles und Keines, mein Judas, mein Jesus!
(Der Sichelmond steht unter ihr, und sie, die Lilie des Morgens, steht auf der Mondsichel, und um die Mondsichel streift der Himmel umher, und um den Himmel ist ein großes Licht, und in der Mitte steht die Lilie, ihre Füße auf der Sichel.)
Ich weiß dich als schädlich, als krank und unbeständig, als sterblich und leidend, als tödlich wie der Tod, als stark und hart im Nehmen, als schicksalhaft wie das Leben. Ich speie und erbreche dich, ich trinke und verschlinge dich, ich halte und umfasse dich, ich verleugne dich und werfe dich aus meinem Herzen fort. Ich umschließe und halte dich, ich bewache und verschließe dich, fessle dich und kerkere dich ein im Tiefsten meiner Seele!
(Und aus der Mitte des Wassers kam sie, umherstreifend.)

Rufend und redend, zitierend und seufzend, standen sie weit voneinander, hingen einander an. Redend und seufzend, rufend und sprechend, über und über, ein bißchen für ewig. (Und der Mond ging auf –)

THE SOLILOQUY OF DOCTOR MATTHEW O'CONNOR
ON THE WAY TO AND FROM THE CONFESSIONAL OF
FATHER LUCAS –
"YES FATHER, AND PLEASE YOU, I'VE GONE AND DONE IT AGAIN AND THIS TIME WITH
FAT LIZ
HIM AS KEEPS BAR IN A GOPHERED BOUDOIR CAP AND SMELLIN
ALL ZIG-ZAG OF PATCHOULI AND AS DRUNK AS A LORD, AND SAYING HIS PRAYERS SO FAST THAT HE HOPED NO SAILOR IN SALEM WOULD CATCH HIS EYE, FOR HE WAS GIVING HIS INCLINATIONS THE GRAND HAUGHTY O'FARRELL, AND
MAD FOR THE

KAPITEL ZWEIUNDDREISSIG

Das Selbstgespräch des Dr. Matthew O'Connor (Familienarzt der Ryders) auf dem Hinweg zum und dem Rückweg vom Beichtstuhl des Pater Lukas

Meine Familie, die ist gut. Dreizehn waren wir, als der kleine Felix, der den Veitstanz hatte, in die Arme, die himmlischen Arme Jesu Christi davonlief,–Gott gebe seiner Seele Frieden! – geschaukelt in der Wiege der Tiefe – dreizehn um den Tisch herum, die zuschauten, wie er die Suppe hoch in die Luft erbrach, niedergeschmettert an den Wegen Gottes – frage du nicht nach Seinen Wegen, verstehest du doch nichts –, und der heilige Veit läßt dich nicht in deiner Weise bleiben, und dreizehn waren wir, und wir heulten wie die Pissanten in unsere Suppe und ließen Winde um den armen Bastard, umgebracht und um alle Freuden des Lebens gebracht, alle seine Wege mit Staub versperrt, und der Daumen von Pater Lukas und die sieben Sinne und die sieben Freuden aus ihm entschwunden, und die sieben mal sieben Befleckungen, und da waren wir, die dreizehn kleinen O'Connors, in einer Reihe hinter dem Sarg, und wie sonstwas in unsere Handschuhe und Ärmel und Manschetten und Taschentücher und Halstücher heulend und die Nasen schnäubend, und Tropfen für Tropfen das Licht aus uns verschwunden, und schwarze Verzweiflung drang immer tiefer ein, und der Himmel hing immer niedriger, und die Schaufel ging herum, und die Erde fiel und fiel, und der Sarg ging unter, und da waren wir, Nora und Molly und Maggie und Emily und Lucy und Jacob und Patrick und Timothy und William und John und Sara und Susie und ich, wir heulten und weinten und warfen unsere Handschuhe ins Grab und sprachen unsere Gebete und riefen den Himmel an und die Erde und die Erde der Erde und den Himmel des Himmels, einer unter den anderen wie ein Kartenpäckchen, und Felix daruntergemischt und mit Tod abgegangen, und wir verstanden nichts. *Dominus vobiscum et cum spiritu tuo ad infinitum*, einer von vielen, auf Gott vertrauen wir, und uns umdrehend und umdrehend aus dem Friedhofstor hinaus, und uns umdrehend und umdrehend in unser eigenes Haus hinein – ich werde dir viele Wohnungen bereiten – und alles ganz anders und er gar nirgends, und die Kerzen verflüchtigten sich in die Luft, als ich das erste Mal das Seitenschiff entlangkam und meine Dreigroschenhüften schwenkte, schaut mich, Matthew O'Connor, wie ich mir das Gewand aus Satin über die Hinterbacken halte, wie eine Frau auf Gott zu trippelnd, und ich erst siebzehn und etwas Skandalöses anlegend wegen der Wege, die meine Sünden mit mir gingen! Und Pater Lukas, er sei gesegnet, eine Mieze Gottes war er, sagte freundliche Dinge in dieser und jener Richtung, hinein in seine heiligen Gewänder und heraus aus ihnen, streichelte seinen riesigen großen Bauch und sagte mir, ich sollte ihn rein halten, und ich weinte wie ein Säugling. Und bist du denn nicht in der katholischen Kirche aufgezogen worden? sagt er, und Nein, und Scheiß auf Ihre Blicke! sag ich, ich bin aus freiem Herzen dazu gekommen, einmal eine Dame immer ein Akrobat, und er atmete schwer im Dunkel des Kastens, unsere Knie zur Ehre Gottes beieinander. Schau empor, sagt er, und da wirst du sehen, wie das LAmm des HErrn die kleinen Wolken und die großen Wolken und die unbestimmten Wolken austrampelt, sündenlos weidend, geh du hin und tue ebenso. Das werde ich tun, Vater, sag ich, und, Moses möge es erlauben, ich bin stark genug, wie aber mit einem Dehnmuskel zwischen den Hüften und den Gebrechen und Gefahren und Gelüsten des Menschen, und wozu sie bereit sind, wenn sie mir in den Sinn kommen und vor die Augen, und ich bin ruhelos, den Teufel werde ich ein bißchen Frieden finden, sage ich, wenn mir der Kopf dröhnt von Skrofel und vom Bandwurm und der Syphilis und der Angina pectoris und dem Mumps und dem Tripper und den Pocken der Menschheit, sag ich, und meine empfänglichen Augäpfel glotzen hinauf und hinunter durch die Höhlungen und Öffnungen und Spalten und Eingänge meiner Mitmenschen und folgen einigen und setzen andere fort und vergrößern viele, und die schwellen und öffnen sich und kneifen und schließen sich wie die Gezeiten der See, und ich bin sterblich und die See mit meiner Ebbe und Flut und meinem guten Herzen und meinen donnernden Teilen und meinen Gelüsten und meinem Hunger. Und solcherart redete ich Kätzchen, und seine Ohren im Dienste des Herrn, und meine Zunge ging geläufig mit den weltlichen Dingen dieses Jammertals und der verbotenen Frucht, die mir immer noch süß im Munde schmeckte, denn, sag ich, ich liebe den aufrechten Pater, obwohl ich es mit Tränen in der Unterhose sage, und es ist mit dem Kirchenbann belegt. Geh hin, meine Tochter, sagt er, und liebe deine Mitmenschen. Und ich schlage mir an die Brust und beklage meine Sonderwege. Gehe hin und lebe in Gott und vertraue auf deine besseren Teile, sagt er, und denke nichts Böses, so wird kein Böses dich befallen. Besuch mich oft, sagt er, und ich werde dir Trost geben und freundliche Worte und ein wenig Tröstung, die dich stückchenweise auf deinem Wege voran bringen wird, näher ans Himmelstor, von Pfütze zu Glatteis, deine Seele unterwegs reinigend, damit du nicht gänzlich staubig und schmutzig und schmierig vor den Thron des Gerichts treten mögest, mit seinen beiden vorn und seinen beiden hinten und den vier, die Heilig! Heilig! Heilig! seufzen. Gott segne die Hinteren, sage ich, und stolpere ins Leben und den Verkehr meiner Tage hinaus ...

Ja, Vater, und wenn Sie erlauben, ich hab es wieder getan, und diesmal war es Dicke Lies, der hinter dem Tresen eine Schlafmütze aus Erdhörnchen trägt und kreuzweis nach Patschuli riecht und so betrunken wie ein feiner Herr, und er sagte seine Gebete so schnell, daß er hoffte, kein Seemann in Salem würde auch nur einen Blick von ihm erhaschen, denn seine Neigung gehörte dem großen kühnen O'Farrell, und er war verrückt nach dem Busentuch und dem Betstuhl und den Paramenten der Messe und dem Gradual und dem Chorhemd und der Hostie, Kyrie eleison! und der Art, wie die Gewänder der Heiligen von der Ehrbarkeit der Füße aufsteigen und unter der Ehrbarkeit des Gürtels hindurchgehen und unter den heiligen Bärten verschwinden, und er spricht seine Vaterunser und tönt seine Tedeums in einem krächzenden Flüsterton durch die Nase, denn die Verbindung dazwischen ist ganz weg und zerfressen von seinem gewaltigen Koks-Schnupfen vor zirka vierzig Jahren, denn die Versuchungen des Menschen sind nicht mehr so rein wie sie einst waren, und, wenn Sie erlauben, Vater, der Verschnitt hat manch einen vorzüglichen Treffpunkt weggezaubert, und da war Dicke Lies, der in die fünfzehnte Runde wegtaumelte, als ich seinen Blick erwischte, und seitdem ist er keine Rosenkranzrunde weiter gewandert. Wenn Hochwürden erlauben, denn einer wie ich läßt keinen Mann an seiner Erlösung schmieden. Und die Nacht lang schleuderten seine Seele und meine hin und her, bis die große Woge kam und zurückwich, und nirgends konnte sie landen als auf unsern gestrandeten Sandbänken, sag ich, und beide rollten wir mit den Augen und beteten schnell und vertraut und versuchten, in die Gnade Gottes zurückzukriechen, die uns zirka zwanzig Minuten aus den Augen und dem Sinn geraten war, und schnauften, als ob wir uns gegenseitig bei allem, was wir wert, mit aller Macht auf Vergebung und Selbstbeherrschung hingestoßen hätten, erlaube es, Vater, Sohn und Heiliger Geist, es war ein schreckliches Rennen. Und wir kamen Kopf an Kopf an und wollten die Schulden wissen. Gehe hin, mein Kind, und danke meinem Heiland, daß sie sich auf fünfzehn beliefen, und daß die Erde die Menschen in alle Arten und Weisen von Haltungen rollt und wirft und schleudert, aus denen man sich schwer erholt und schwerlich Gut und Böse enträtseln kann, und unsere Gemüter vom Teufel gewalkt und verderbt, und unsere Nasen und unsere Augen verstopft vom Staub, der aus der Hölle herausfährt wie ein

Sturm, der an die Grenze der Verderbnis herabgeworfen ist und daran und darüber hinaus, und aufhalten läßt er sich nicht, denn der Mensch, sagt er, ist ein Zweiglein im Wirbelwind, und dies und das geht über ihn hinaus, manches stinkend und manches süß, und sein Netz sehr zart und seine Seele zerrissen, weshalb also sollten wir dich verurteilen? aber, mein Kind, versuche du, in diesem Winde zu stehen, und fang nicht Gimpel noch flüggen Fink, nicht Hundsrose noch Spreu, sondern halte dich an die Säule der Rechtmäßigkeit und verschließe deinen Mund gegen das Fleisch deiner Brüder, die im Strudel der Zeit herabgewirbelt werden, und siehe! so wirst du ans friedvolle Land gelangen, wo sich alles in die stille Luft erhebt und die Sonne nicht bebt und die Planeten nicht geheimnisvoll sind und das Wort auf immer aus SEinem Herzen hervorgeht in einem einzigen unverderbten Strom und nicht umgekehrt, noch in seiner Gnade die Jahreszeiten kennt. Wahrhaftig, er ist ein braver Mann, eine so sanfte Seele, wie nur je einer die Hüften über diese Erde schwenkte, und sein Jünger ist ein braver Mann, eine so heilige Hure, wie sie mir nur je auf die Atlasschleppe getreten ist, und ich werde ihn in Erinnerung behalten und ihn alle seine Tage lang segnen und sein Nichttun in seinen Taten, und möge kein Mensch mich mit Verleumdung besprengen, denn gut ist das Rösten und Schinden und Zwacken und Braten und Speien und Fesseln, das mir nach meinem eigenen Willen zugekommen ist in der Heiligen Römisch-Katholischen Kirche. Denn wer nicht dies Ziel im Herzen trägt und dies Licht vor den Augen und diesen Dunst in der Nase und diesen Hauch im Mund, ist die Mißgeburt einer Hure, und ich, Matthew O'Connor, sage dir das, und ich werde mich nicht um ein Ja oder Nein mit dir prügeln, aber gehe du hin und tue ebenso, denn wenn ich in meinen innersten Eingeweiden verloren bin und wie ein kleines Kind gegen die große Dunkelheit meiner selbst weine, dann denke ich an jene glorreiche Mieze und an den Weihrauch, wie er den Vögeln

gleich zum Sitz aller Danksagung aufsteigt, und großer Frieden ist in mir, und meine Tränen sind in Licht und Hitze und Erwartung eingefangen, und meine Füße gehen mit mir und sagen: Matthew O'Connor, es wird kein schlechtes Ende mit dir nehmen, denn ich bin ein Weib von einigen tausend Gesten und hundert Wörtern und sie gehen eins nach dem anderen in die Ränge der Seraphim ein und mitten in das mächtige Heer der Kirche, und eins nach dem andern werden sie davonfliegen in die Vergebung, Stock und Hemd und Hose, erlöst ins Königreich des Himmels, und wer bin ich, daß ich auf immer und ewig verdammt sein sollte, Amen?
Die Kerzen schlugen Wurzeln und wuchsen und wucherten bis zur Decke, und blühten und verwelkten und starben, und die Decke wuchs und hob sich und blühte und verwelkte und starb und sank herab. Und die Sterne traten in den großen Säulen des Kandelabers hervor und glitten mit ihnen umher und schwanden und flackerten und standen wiederum über der Totenbahre, während die weichen Leiber der Trauernden in wollener Kleidung knieten. Und plötzlich ergoß sich und wuchs und regnete das Licht herab im Totenmarsch, *Omnia ad majorem Dei gloriam!* Die Altarfiguren verschwammen, überkreuzten sich, verschmolzen ineinander; Unzucht der Masse, teilte sich und brütete Tod aus, des Todes wimmerndes Kind in Wachs, in einem Becher Wein liegend, den Mund der strömenden Brust des Grams geöffnet, das Wort in einem steten Belt des Zorns ausgießend. Das heilige Kalb durchschwamm den hohlen Altarraum, mit einem Kranz auf der Stirn, blökend, ruhe Es in Frieden! Die Kirche kehrte sich von oben nach unten. Die Trauer zerbarst, und die Samen fielen herab und schlugen Wurzeln und krochen die Stationen des Kreuzwegs hoch und trugen Ihn zur Erde herab und krochen weiter und weiter und trugen Matthew und Nora und Jacob zur Erde herab und Sara und William und John, und Emily und Susie und Tim und Molly und Maggie und Lucy und Pa-

trick zur Erde herab, und krochen weiter und trugen ihre Kinder und ihre Kindeskinder zur Erde herab, und die von ihnen empfangenen Kinder, und waren nicht befriedet, und krochen und brachten den Menschen gänzlich herab, und streckten sich und nahmen seine Werke und trugen sie auch herab, und da war Nichts, und auch danach griffen sie und hingen ihm an, schrecklich und zärtlich erbebend ...

KAPITEL DREIUNDDREISSIG

Sei sie wie sie wolle

Es leuchtet ein, daß eines Sohnes Mutter, sei sie wie sie wolle, nicht entzückt ist, wenn sie den Sohn einer anderen dabei beobachtet, wie er am Kopf ihres geliebten Sprößlings meißelt, obwohl es scheinen mochte, daß Kates Bastard Elisha im reifen Alter von sieben das Instrument unparteiisch und mit jenem unpersönlichen Gestus anwandte, welcher dem Herzen des Künstlers so teuer ist.

Nachdem Elisha also eines schönen Morgens den besagten Meißel erhoben und ihm erlaubt hatte, sein Gegengewicht am Schädel von Amelias jüngstem Sohn Hannel zu finden, schrie diese alsobald den Mutterschrei und ergriff, durch das Petersilienbeet hindurch, das zwischen ihr und dieser ruchlosen Tat lag, Kates Sohn am Kragen und ohrfeigte und knuffte ihn alsdann kräftig, während Hannel in sturer Ohnmacht mit dem Gesicht nach unten lag und wie ein umgekipptes Tintenfaß Blut verströmte.

Hätte ihr eigener Sohn ihren eigenen Sohn gemeißelt, so wäre die Sache hiermit beendet gewesen, aber erglühend von jenem Zorn, der im Busen eines noch so heiligen Weibes ruhen muß, wenn die Tat vom Wurf einer Mätresse begangen wurde, sah sie diese in schiefer Wut; ein Bruder konnte den Halbbruder nicht mit der genauen Gerechtigkeit schlagen, wie sie von gleich zu gleich geübt wird.

»Rattenkind eines Dienstmädchens!« schrie sie und schüttelte ihn kräftig, schlug ihn von hinten und vorn, auf den Kopf und den Hintern, und er blieb immer noch stumm und unparteiisch, während sie ihr eigenes Kind in den Arm nahm und festzustellen versuchte, wieviel von ihrer Kraft in ihm vergeudet und vergossen war.

Kate kam ihr bald hinterher. Mit bebendem Magen (stets drückte dieser Teil ihres Körpers den lebhaftesten Zorn aus, denn sie war ein gewöhnliches Weib, und gewöhnliche Wei-

ber, das sei vermerkt, drücken ihre höchsten Erregungen stets mit diesem Organ aus) stürmte sie in den Streit.
»Schau, was deine Brut getan hat!« schrie Amelia und schubste Hannel vor sich her, aufdaß die Welt seine entstellte Stirn gewahren möge. »Schau, was für ein viehisches Ebenbild seines Elternteils dieses Kind ist!« fuhr sie fort, als Kate den Mund aufmachte, um dies oder jenes zu bestreiten, und beim besten Willen nicht wußte, was. »Dieser dein Sohn, dieser Elisha, hat meinen Sohn Hannel gemeißelt, und zwar ohne jeglichen Grund« (obwohl sie dieser Frage nicht nachgegangen war und aus Parteilichkeit sprach, jedoch in diesem Fall ganz recht hatte, es hatte keinerlei Provokation gegeben, abgesehen vom eingefleischten Wunsch auf seiten Elishas, zu erfahren, was Stahl und Schädel machen würden, wenn sie im Schmelztiegel heiligen Experiments gemischt wurden).
»Ich habe aus dem Fenster gesehen«, log Kate furchtlos, denn auch sie war eine Mutter, wenn auch nicht so, wie sie es hätte sein sollen, »und ich habe alles gesehen. Nicht Elisha hat angefangen, sondern Hannel, dein frecher, jähzorniger Sohn. Er hat als erster meinen Sohn getroffen.«
»Womit?« kreischte Amelia.
»Mit einer Stimmgabel«, antwortete Kate ebenso laut und nannte das erste Gerät, das ihr in den Sinn kam.
»Und wo ist die Stimmgabel?« sagte Amelia voller Verachtung und Zornesrasen.
»Wahrscheinlich irgendwo in meinem Sohn!« erwiderte Kate und ängstigte sich selbst derart mit ihrer Lüge und deren höchst imaginärer Wahrscheinlichkeit, daß sie auf den immer noch stummen Elisha herabstieß und in allen Richtungen an ihm herumfühlte, ihn fragte, wo es ihm weh tat und ob die Zinken »hier oder dort« wären.
Und nun erschien Wendell, ruhigen Schrittes, wie es in solchen Fällen sein Brauch war.
»Wieso all dies Getöse?« fragte er und konnte kein Wort von dem hören, was gesagt wurde, denn sowohl Kate als auch Amelia fingen im selben Augenblick zu reden an, Stimmgabel

und Meißel waren in ihrer Zerstörungskraft derart amalgamiert, daß er mit der Erklärung nichts anzufangen wußte, aber dennoch näher kam und, Hannel als den Blutigeren sehend (denn Elisha war ganz ungerupft und unverletzt), den armen Sterblichen so herzlich knuffte, daß er noch einmal zu Boden ging, weil wer hat, dem wird etc., und sagte: »Nichts in diesem Haus und auf diesem Land ist in Ordnung, wegen dir und deiner Kinder!«
»Wer und wessen Kinder?« riefen beide Frauen gleichzeitig, nicht allzu sicher, auf welcher Seite des Zaunes er sich befand.
»Deine«, sagte Wendell, »und du«, sich Amelia zuwendend, »sie haben dein freches Temperament.« Im Sprechen nahm er Elisha bei der Hand, während Kate plötzlich freudigen Triumph ausstrahlte und Amelia kalte, starke angelsächsische Ruhe im Angesicht grober Ungerechtigkeit, als Julie aus dem Haus stürzte und, wort- und warnungslos, sich mit Zahn, Fuß und Nagel an die zurückprallende Vorderfront der triumphierenden und besänftigten Kate heftete, die unter dem Ansturm wankte. Dort angeklammert, mit aufgelöstem Haar, schluchzend und in das gebirgige Fleisch gekrallt, als Prüfstein seines Gefühls, laut und wild schreiend – denn sie war erst vierzehn und von Jugend und Recht erfüllt –: »Du und du und du« gegen ihren Vater, während sie die Zähne in das schlug, was er zur Qual ihrer Mutter ins Haus gebracht hatte.
Auf dieses zusätzliche Stück Tragik richtete Wendell einen entzückten Blick. Hahnenkampf oder Hundekampf, Weib gegen Weib, er schätzte das zu erwartende Ereignis. So stand er milde dabei und zählte Runde um Runde, während Amelia hin und her sauste und ihre Julie zu retten versuchte, bis er mit spartanischem Griff Amelia bei der Schürze erwischte und sie zur Gefangenen und unwilligen Zuschauerin des Kampfes Kate gegen Julie machte.
Nun war Kate eine große Frau und hatte sich irgendwo eine Kraft für solche Gelegenheiten aufgespart (denn bei der

Hausarbeit griff sie nie auf diesen Vorrat zurück), und obwohl sie ihre größten Ehren errungen hatte, indem sie sich auf ihre Gegnerin lehnte (sie wog nahe an dreihundert Pfund), konnte sie sich im Augenblick nicht lehnen, denn kann man sagen, eine Person lehnt sich auf einen Splitter, der ihr ins Fleisch gedrungen ist, während kein hilfreicher Baum noch Tisch, noch Stuhl in der Nähe ist? Julie also, immer noch angeklammert, obwohl ihr das Kleid über die Schultern herabgerutscht war und ihre jungen Brüste sterblich freilagen, kämpfte weiter und sagte wieder und wieder nicht mehr und nicht weniger als: »Du, du, du!« zu ihrem Vater, denn sie blickte nicht so sehr auf Kate als die Krankheit denn als Symptom jener, die direkt von ihrem Vater ausging, und daher kratzte sie Blut und hätte zweifellos eine tödliche Verletzung zugefügt, wenn nicht Kate in einem Augenblick der Qual (eigentlich die Reflexhandlung eines Pferdes, das mit dem Schwanz nach einer Fliege schlägt) mit einem Schwung den Arm unter Julies Kinn geschlagen und sie zu Boden geworfen hätte.

Hier betrat Sophia die Bühne, und zwar sehr und heftig hin- und hergerissen zwischen der Liebe zu Julie (denn war sie nicht ihr Lieblingskind?) und der Pflicht, und so stand sie da, rang die Hände, flehte Wendell wie Julie an und wagte nicht sich zu rühren.

Nunmehr befand sich der gesamte Haushalt auf der Bühne. Timothy und hinter seinem Rücken Kates andere beiden, Elsie und Aaron, und Amelias andere beiden, Gaspard und Gaybert, und alle redeten und schrien durcheinander, als, mit dem höchst nackten und kalten Realismus, durch den er später im Leben auffallen sollte, Elisha sich zu Wort meldete, die Hände auf den Rücken gelegt.

»Ihr seid alle Lügner«, verkündete er, »und nicht wert, daß man sich darum kümmert. Und meine Mutter ist die schlimmste Lügnerin von allen. Ich habe Hannel gemeißelt, weil ich wissen wollte, was passiert, und das ist alles!« Mit diesen Worten schritt er langsam, die Hände immer noch auf dem Rücken, vom Schauplatz der Handlung, selbst Amelia sprachlos hinterlassend, denn so viel Wahrheit aus einem Kind, das sie selbst einen Augenblick zuvor gezüchtigt hatte, versetzte sie nicht in Triumph, sondern in langsame Verwunderung, sie wandte den Kopf und betrachtete Kate so scharf und lange, daß diese beschämt und zu nichts weiter fähig am Ende der Bühne stand und fragte: »Warum schaust du mich an?«

Amelia sagte ruhig und von Zorn gepreßt: »Um zu sehen, was in dir an der Erzeugung eines solchen Burschen wie Elisha beteiligt gewesen sein kann!«

KAPITEL VIERUNDDREISSIG

Sie stimmen nicht recht überein

Worin Amelia und die Sorglose Kate ihr Heim für immer verlassen.

Nach diesem Aufschaum von schlechter Laune und Kampf ging die Sorglose Kate türenschlagend in ihren Bereich (den sie in der Wut ihrer Frustration »meine Zuteilung« nannte) des Hauses und sagte: »Ich werde diesen Ort für immer verlassen. Magerschenkel (niemand anders als Amelia, lieber Leser!) soll nie wieder das Vergnügen haben, mir zu sagen, wo ich hergekommen bin und wo ich hingehen möge!«
Nach diesem Aufschaum von schlechter Laune und Kampf schritt Amelia de Grier fort in ihren Bereich (oder wie sie ihn in geduldiger Verachtung bezeichnete: »mein Schuppen«) und sagte: »So etwas will ich nicht mehr, alles hat seine Grenze, und ich werde keinen Tag länger in diesem Schweinestall leben, der jene große Saublase (Kate in einem anderen Kleid, lieber Leser!) von einem Weib beherbergt!«
Der Tag war, abgesehen von dem Streit, zum Ruhme des Herbstes geschaffen. Ein guter Tag (so man Frieden im Herzen fühlt), mit einem Buch anzufangen; ein Tag (so man mißgelaunt ist), um sich auf ein Pferd zu schwingen und bis ans Ende der Welt zu rasen. Und das tat Amelia, auf dem grobknochigen Hisodalgus, dem Pferd-das-Liebkosungen-brauchte, denn sie hatte sich dank Wendells abgelegtem Jagdanzug wohl mit einer Reithose versehen und das Geschöpf mit dem allerbesten Sattel gesattelt, mit geflochtenem Leder verziert; und sie gab den Flanken beharrlich und keineswegs mütterlich die Sporen und hinterließ einen Staubwirbel in der Luft.
Beim Reiten wandte sie den Kopf von einer Seite auf die andere, wie es ihre Art war. Sie war grimmig und heiter bei dem Gedanken, wie lange sie zu Hause ausgeharrt hatte, zerbre-

chendem Porzellan und dem Zank zwischen Kindern und Geliebter zuhörend, während nun ihr zu oft beladenes Bekken sanft und angenehm im Galopp des Pferdes schaukelte, denn von jetzt an war alles frei und offen und würde kein neues Ungemach ausbrüten.

Die Zügel locker haltend, dachte sie an die Sorglose Kate mit ihrem großen wabbelnden Bauch, die mutmaßlich nun eine Saison lang zu Hause herrschen würde, und »Mag es verdammt für sie sein«, sagte die sanfte Amelia.

Sie ritt über Kornfelder und an Holzfällern vorbei, auf den Gipfel des Hügels, und wieder hinunter, wo sie in fünfzehn Jahren nie vorbeigekommen war, und sah die Kornmäher mähen und eine alte Windmühle, die mit Wasser arbeitete, und den Pflug, der von der Erde getragenes Zeug hochbrachte. Es gefiel ihr gut.

Sie war so ins Träumen versunken, daß sie unversehens in ein Moor ritt, ohne zu schauen, wo Stinkkohl gehörig wucherte. Sie summte vor sich hin (einen Takt aus dem »Frühlingslied«, wie es im Konservatorium gesungen worden war), trat die Binsen nieder, schaukelte über das grüne Moos und das graue Moos, immer unter Zweigen.

Sie bog in die Parkstraße ein. Weiter als eine Meile erstreckte sie sich bis in dünnes Verschwinden, und weit hinten entdeckte sie einen Fleck in einer Staubwolke. Dachte sie: »Noch ein Reisender, und im Vorbeireiten werde ich singen, um ihn zu erheitern.«

Und so setzte sie ihren Weg folgendermaßen fort:

Für einen Groschen Grog, ihr Jungs,
Und ein Mädelchen umfaßt,
Dieser Reim hängt mir am Herz
Wie der Bankert an dem Ast!

Laut und langgezogen singend, die Augen zu einem dünnen Strich geschlossen, war sie schon fast auf einer Höhe mit dem Reisenden aus der anderen Richtung und wäre vielleicht an ihm vorbeigeritten, hätte nicht am Ende ihres Liedchens jemand von so gleicher Stimmung es durchquert, daß sie mit großen Augen im Sattel saß.

Ich wollte was, drei Groschen wert,
Was aber bracht' man mir?
Ein magrer Hering kam ins Haus,
Der brummt und schnappt nach mir!

Und, an ihr vorbei eilend, in geneigter Haltung, ritt die Sorglose Kate auf der roten Kuh, hoch oben sitzend und schwankend, auf dem Damensattel, den Amelia noch eine Stunde zuvor verschmäht hatte.

»Allmächtiger Gott!« sagte Kate.

»Dies Kompliment werde ich in gar keinem Grade erwidern!« sagte Amelia, und sie hielten an.

»Ziegenhaut!« sagte Kate.

»Schweinsblase!« sagte Amelia und plumpste mit einem kümmerlichen Sprung vom Pferd. Kate versuchte ebenfalls, sich der Länge nach von ihrem Reittier herabzulassen, aber ob es nun daran lag, daß sie zu fette Füße hatte und daher wie die Braut am Eheband in den Steigbügeln hing oder daß sie einfach unfähig war, ein so großes Gewicht an bebendem und entrüstetem Fleisch zu heben, ist schwer zu sagen, da hing sie jedenfalls, mit herausgestrecktem Hintern, bis Amelia, mit vor Wut weitgespreizten Fingern, sie herauspflückte und vor sich hinstellte.

»Jetzt«, sagte Amelia, »werden wir zum ersten Mal im Leben einen gerechten Kampf ausfechten, denn du hast niemanden als dich selbst, auf den du zurückfallen könntest, und eine von uns wird diesen Platz nicht lebend verlassen. Wenn *ich* den Sieg davontrage, werde ich dein Herz an jenem Erdnußbaum dort aufhängen und die Leber zur Gesellschaft daneben befestigen, als Warnung für hurende Weibsstücke. Wenn *du* es bist, kannst du tun, was dir beliebt, aber um deine träge Einbildungskraft und dein fruchtloses Denken zu lenken, möchte ich sagen, daß ich immer die phantastische Vorstellung hatte, in die Äste eines Baumes gelegt zu werden, wenn die ganze Seele aus mir gewichen ist, weder Stoff noch Faden zwischen mir und dem Vergnügen der Vögel!« Und daraufhin begann sie die Sache mit einer Ohrfeige.

Das Roß Hisodalgus und die Kuh Sally, die einander gut kannten – hatten sie nicht manch einen Monat Seite an Seite gefressen? –, standen dabei und wärmten sich an der Hitze des Gefechts, das unter heiterem und ungetrübtem Herbsthimmel tobte. Zuerst war es Kate, die unterlag, dann war es Amelia, bald wehte schwarzes Haar im Wind, bald mausbraunes; dann floß gutes englisches Blut, und dann waren es ungewisse und vermischte Ströme, die an der Nase der Niemandstochter herabrannen. Dann waren hohes Kreischen und tiefes Knurren zu hören, und es war hier und dort und überall, bis weder die Hosen noch das Gingankleid mehr ganz waren und jede sehen konnte, welche Reize die andere für Wendell hatte, bevor der gelenkigste und agilste Schiedsrichter sich hätte eine Meinung bilden können, wie das Spiel stand.

Zu diesem Zeitpunkt war Amelia, die von Angelsächsischem zehren konnte, eine armselige Gestalt, ganz ausgedörrt, aber heftig schnaufend, während Kate, die von südlicher Abkunft war und sich auf nichts Kräftigeres stützen konnte als venezianische Generationen und ein bißchen Grafschaft Cork, in Tränen ausgebrochen war und Ausfälle machte, die einem menschlichen Hieb ganz fern standen. Amelia, dies sehend und keineswegs unritterlich gegen ein Weib, steckte die Hände in die Taschen, überreichte ein sauberes leinenes Taschentuch und stand da, auf den Fersen wippend.

»Du bist schuftig, unbezweifelbar«, sagte sie. »Gedenkst du, Kind und Kegel schutzlos zurückzulassen und alles, was dir so unrechtmäßig zugekommen ist? Ist denn keine Scham in dir, denn du weißt wohl, das Brot ist zum Kneten fertig, und es ist Donnerstag, und du bist dran? Oh, ich halte dich wahrhaft für einen höchst gemeinen Flecken auf dem Wappenschild!«

»Nun denn«, sagte Kate, weinend und in das Leinen schnaubend, »aber was tust du selbst eigentlich auf dieser

Straße, als dich mit heißen Sohlen davonzumachen und obendrein zu trillern, geradewegs ins Himmelreich, ohne, soweit ich sehen kann, eigenes Kind oder Kegel auf dem Sattel!«

»Dies«, sagte Amelia, »illustriert hübsch den Unterschied zwischen der Legitimen und der Illegitimen. Da wir gekämpft haben, ist es dienlich, auf die Theorie zu kommen. Gieß dir also Folgendes ins Hirn und würz es mit Zucker und Zimt: der einzige Unterschied zwischen dem Bastard, per se, und dem Kind des Ehestands besteht darin, daß die Frau aus dem Haus gehen darf, die Geliebte dies aber nicht kann, doch hör die hübsche Pointe des Arguments, daß nämlich die Frau ein Haus betreten darf, aber die Geliebte draußen bleiben soll. Wenn du also ein bißchen Grips im Kopf hättest oder irgendeine Neigung zur Mathematik, hättest du mich nicht vor die Notwendigkeit gestellt, mir selbst um solche Pointen Sorgen zu machen, und glücklicher wären wir beide gewesen, noch hätte ich dieses Tags einen Pferdesattel bestiegen, noch wärst du von einer Kuh heruntergeprügelt worden, so du nicht alle Tage deines Lebens in der falschen Richtung gegangen wärst.«

»Es ist ein schlechter Wind, der niemandem Gutes weht«, sagte Kate hitzig.

»Und was willst du wohl damit sagen?« fragte Amelia streng.

»Ohne mich und mein gelinde umgekehrtes Verhalten, wo wäre dann deine Theorie eingebettet? Nicht in deinem Kopf, wette ich, sondern im Kopf irgendeiner anderen Ehefrau, der ich dazu verholfen hätte. Denn ohne solche wie mich gäbe es keine wie dich.«

»Mädchen«, sagte Amelia, warf einen verblüfften Blick auf sie und zollte ihr mit dieser Anrede die höchste Ehre seit fünfzehn Jahren (denn sonst war sie ihr stets »jenes Weib!« und »jenes Geschöpf!« gewesen) – »Mädchen, zwischen der Ursache, die du bist, und der Wirkung, die ich bin, könnte ich tatsächlich Vernunft sehen, und ich war immer der Ansicht, daß die, wie ein Säugling, zwischen zwei Frauen geboren wird!«

Damit half sie Kate in den Sattel, schwang sich in ihren eigenen, und sie wandten sich richtig nach Norden, denn die Luft schmeckte nach Regen, und die Nacht war nicht fern, ganz zu schweigen von der Notdurft in den Bäuchen der Tiere, die klagend die Schwänze hoben, eins muhend, das andere wiehernd, während sie unter den Bäumen heimwärts Dienst taten.

»Ich werde dich ans Tor begleiten, meine Liebe«, sagte Amelia.

»Das ist ganz reizend von dir«, sagte Kate und ließ den Kopf hängen.

»Es ist stets die Stellung der Ehefrau«, sagte Amelia, »das Bett für die Hure zu wärmen und das Ungemach nach Hause zu bringen. Sag jetzt nichts mehr.«

»Eine ganze Menge werde ich noch sagen«, rief Kate. »Wenn du denkst, für den Eindringling wäre alles bloß Honigschlekken, dann gibt es doch noch einen anderen Blickwinkel auf die Angelegenheit, der nach Rache schreit. Ich bin ein Weib, das es liebt, selber anzuwärmen, und egal, was ich auch bin, keine Vertiefung in der Matratze vorzufinden, die von einer anderen Gestalt als meiner eigenen erzählt, und zu einem Mann zu kommen, der von keiner Vorsorge befeuchtet ist, und sei die auch legal. Glaubst du, es gäbe irgend etwas für mich in dieser oder in der nächsten Welt? Denn weder in dieser Welt noch gar in einer anderen werde ich aufstehen, um mehr als die Hälfte eines Mannes zu beanspruchen!«

»Was beanspruche ich«, sagte Amelia bitter, »und zwar deinetwegen? Beanspruchst du ein Recht, da zu sein, wo du bist? Die Hälfte hast du, dumme Trine, weil es einer anderen Frau das Ganze war!«

»Im Leben und im Tod«, erwiderte Kate, »kannst du an ihn als aus einem Stück denken: dein Stück und das Stück, das du fahrenlassen mußtest. Immer kannst du im Sinne der Barmherzigkeit an ihn denken; während ich mich nur mit dem Ge-

danken trösten kann, daß du besessen und nicht besessen hast – also zwei Zustände –, während ich dasitzen und für einen dankbar sein muß.«
»Pest und Verderben!« rief Amelia, »ich glaube, das Weib will die Sache diskutieren! Hat man dich etwa eingeladen?«
»Allerdings«, sagte Kate.
»Wann?« fragte Amelia und gab grausam die Sporen.
»Als«, sagte Kate, »du nicht auf die Größe der Betten geachtet hast, sondern eine Herberge für drei ins Haus gestellt hast.«
»Dies«, sagte Amelia, »geht über die Duldsamkeit eines Weibes. Sofort werde ich dich da heruntersammeln und die Kontroverse von der anderen Seite der Nase her anfangen! Wenn man ein Bett bauen wollte, auf dem du nicht ruhen könntest, müßte es schmal wie ein Messer sein, und selbst dann würdest du es zweifellos querlegen und draufklettern!«
Kate lächelte. »Ich bin Mutter«, sagte sie, »aber ich bin es nicht mit der Sicherheit, wie es eine große Oberfläche beweisen würde.«
»Halt!« rief Amelia. »Du widersprichst dir selbst. Bett oder kein Bett, du hältst dich nunmehr für unvermeidlich?«
»Nur allzu wahr«, gab Kate zu und senkte die Blicke, »vielleicht war das Bett es nicht so sehr, wie es hätte sein können.«
»Genau«, sagte Amelia. »Ich hätte dich mit einem Spaten erschlagen sollen, als mein Blick zum ersten Mal auf dich fiel.«
»Das kommt drauf an ...«, sagte Kate.
»Worauf, bei Gott?« fragte ihre Weggenossin.
»Auf deine Gemütsverfassung. Wärst du gelaunt gewesen, mich zu erschlagen, du hättest zugeschlagen, wenn nicht ... na gut, hier bin ich.«
»Denkst du«, sagte Amelia, tief auf ihr Tier herabgebeugt, um die ausgebuchtete Gestalt ihrer Genossin in größerer Nähe zu haben, »daß es mir an Mut gefehlt hat?«
»Oder was sonst?« sagte Kate und blickte in die Ferne, wo die Heimstatt in Sicht kam.

»Vulgär, vulgär, vulgär«, keuchte Amelia. »Te Deum, Te Deum, Te Deum! Ich erschlug dich nicht, weil ich vertraute. Ich hatte Vertrauen in mir, Wendell wäre eine große Summe, verloren in einer kleinen und unbedeutenden Bilanz; ich erschlug dich nicht, weil ich mir einbildete, er wäre einen Zoll größer als der höchste Zoll des Schobers; ich erschlug dich nicht, weil ich reich vom Leben dachte; ich erschlug dich nicht, weil ich urteilte, er wäre größer als mein Urteil, ihn über meine eigene Ehre ehrte und ihn jenseits meiner Liebe liebte; und ich finde ...«

»Ja?« sagte Kate ziemlich unbekümmert.

»Daß er mit dem Gewürm nistet, daß unter dem Schatten seiner Flügel Verderbnis brütet, daß er Bastarde mausert und höchst schlechte Eier heckt!«

»Ich rieche Ironie«, sagte Kate.

»Du riechst Verurteilung, das ist dasselbe«, sagte Amelia, »für die gewöhnliche Nase.«

»Ich habe so gutes Blut wie du!« sagte Kate, langsam schaukelnd.

»Wenn du gutes Blut hast, ist es unter die Seeräuber gefallen«, sagte Amelia prangend, »und daher immer schon verwirkt.«

»Verstehe ich recht, daß du meine Legitimität in Frage stellst?« fragte Kate tief entrüstet und rollte ihre Augen mit schrecklicher Vorbedeutung in Amelias Richtung.

»Es gibt kein legitimes Zittern in deinem ganzen großen Fleischberg«, sagte Amelia abschließend.

»Ich glaube wirklich, jetzt reicht es«, sagte Kate, »und weil ich besser im Werfen als im Faustkampf bin und weil ich nichts bei mir habe ...«

»Ich kann nicht über die Pflichten der Stunde hinaus zanken«, erwiderte ihre Genossin. »Da es schon recht bald Abendessenszeit ist, werde ich dir Lebwohl sagen und voranreiten, wenn du auf deiner roten Kuh nicht rascher vorankommst.«

»Verstehe ich dich richtig«, sagte Kate schrecklich, »daß du

mich nicht am Tor verläßt, sondern selbst in den Pferch zurückkehrst?«
»Ich werde ihn betreten«, sagte Amelia nett. »Mein Reittier braucht Hafer und deins muß gemolken werden, und bis dahin wird Wendell nach der einen oder der anderen von uns rufen oder nach beiden.«
»Da wir gerade von Wendell sprechen«, seufzte Kate, »ich wünschte, du würdest deinen Einfluß auf ihn benutzen, damit er genug in Frieden läßt.«
»Meinst du dich, oder was?«
»Mich *und* was«, sagte Kate. »Wenn er nicht die höchste Achtung vor deinem tadellosen und korrekten Wesen hätte, würde er zweimal nachdenken, bevor er so viele Raffinessen an mir ausprobierte, denn traurig reite ich auf dieser Kuh, gibt es doch keinen brennenden Pfeffer, Salbe oder Gewürz in der Speisekammer, mit der er mich nicht gebrannt und gegeißelt hätte, um mich zur wenigstens örtlichen Vernunft zu bringen. Aber ich kann nichts Besseres als bestenfalls«, fügte sie seufzend hinzu, »in seinen Armen ohnmächtig werden. Wenn du nun bloß einmal mit ihm sprechen würdest ...«
Hier muß billigerweise gesagt werden, daß Amelia in britisches Gelächter ausbrach. »Heißarsch meine arme Schlumpe«, sagte sie, »ich werde ein Wörtchen mit ihm reden, er soll dich nicht mißbrauchen.«
»Du bist sehr gut zu mir«, sagte ihre Genossin, »bei den sonderbarsten Gelegenheiten.«
»Andere haben wir nicht«, erwiderte Amelia, und so kamen sie beide in den Hof, wo alle Kinder standen und sie mit Freudengeheul begrüßten, und beide stiegen sie ihrem Reittier entsprechend ab, Amelia brachte beide Tiere in den Stall (denn Kate war in den meisten Fertigkeiten unbegabt) und ging, wie gewöhnlich, so ruhig wie nur vorstellbar vor Kate ins Haus, beide ein wenig erschöpft von ihrem einzigen (wenngleich oft angedrohten) Verrat.

KAPITEL FÜNFUNDDREISSIG

Amelia hört von ihrer Schwester, Timothy betreffend

Was erzählst Du mir denn da, liebe Schwester, Timothy, Dein Ältester, soll schon seine Tünche abgesplittert haben und den Kern der Ryders zeigen?

Ist es wahr, was Du schreibst, daß er mit einer halb schwachsinnigen, weißhaarigen polnischen Lena angefangen hat, die alle Stunden lang neben der Straße im Unterholz liegt, um ihn zu verderben? Und er ihr Ehre erweist, indem er sie nicht ehrt? Ach, in welchen Engpaß sind wir geraten, und ich glaube, die Welt wäre besser, so sie noch diese Minute aufhören würde um die Sonne zu wirbeln, oder die Sonne um sie, egal wie herum, und alle Geschöpfe auf ihr aufhören würden, bevor sie ihr derartige Unehre antun, Wurzel und Reis, aufdaß der Herr gar keine mehr von ihnen habe, in der nächsten Generation oder weiteren! Also, ist sie denn, diese Lena, schwanger? Und wenn, was für ein sippenloser Schrei wird von ihr aufsteigen, ganz zu schweigen von seinen beiden vaterlosen Händen und seinen beiden vaterlosen Fersen und seinem gestraften vaterlosen Leib dazwischen, es sei denn, natürlich, es fände sich ein Vater, aber was dies betrifft, gibt es in Deinem Land ehrliche Hufschmiede, die zwar nach den abgeschälten Hufen der Pferde riechen und von den Funken blind sind, aber vor den Altar geschleppt werden können, während der Bauch der Braut ganz aus der Fasson geraten ist, und hat einen Engel abgeschmatzt und wird nie klüger?

Wir haben ein paar solche in London, oder hatten sie jedenfalls zur Zeit unserer Herrscherin, denn ich erinnere mich wohl, daß sie sagte, wir bekommen unsere Kinder, woher wir können, und beraten sie, wie es uns möglich ist, obwohl sie hinzufügte: »Weiß Gott, ich hoffe, das Ding ist ein Junge, denn wenn's ein Mädchen ist, könnte ihm der Rhythmus der Notzucht einwohnen.« Denn sie war der Ansicht, die Neigungen einer Mutter gingen direkt auf eine Tochter über,

würden in einem Sohn aber aufgehalten. »Also«, sagte sie, »werde ich um einen Teekessel beten, und Daumen runter bei einer Teetasse«, obwohl ich das, was in dieser Anspielung lag, nie mit Billigung meines Gemüts aufzutischen vermochte.
Indessen, obwohl ich Dich bedauere, meine liebe Schwester (ich habe Dich stets vor diesem Manne gewarnt), ist es doch immer noch, lang- oder kurzfristig (je nach Gangart des Mannes), der Bursche, der bezahlt, und wenn dies nicht stimmt, wünsche ich den Nachweis, wo ich mich irre, denn ich erinnere mich an keinen einzigen Mann, dem irgend Annehmliches aus jener Tätigkeit erwuchs, außer an den alten John – Du erinnerst Dich bestimmt an ihn –, den John, dem das kleine Haus zwischen den Hügeln gehörte. Wir schauten oft zu, wie der Rauch aus seinem Schornstein aufstieg, wenn wir den Aufstieg hinaufkletterten und den Liebespaarhang hinabgingen. Wenn wir über die Zaunpfähle blickten, sahen wir gewöhnlich, wie er einen Band Bunyan auf dem Schoß hielt. Erinnerst Du Dich nicht an seine hohe Gestalt, wie er in seinem Haustor stand, ein kleines Mädchen an der Hand haltend, das er neckte, auf das er einredete und das er fragte, woher es käme und warum? Wahrlich, das war ein jämmerlicher Anblick! Und eben, möchte ich sagen, gewöhnlich muß die Frau bezahlen, denn in den Blicken des HErrn machen ein einsamer Mann und ein einsames Kind zwei Geheimnisse aus, derweil eine Mutter und ihre Sprößlinge als ein und derselbe Teig erscheinen. So bin ich zu der Ansicht gelangt, daß sogar das Unrecht aus der Gerechtigkeit entspringt, denn dreh die Wege der Natur mit der Fußsohle nach außen oder der rechten Seite nach oben, es kommt aufs gleiche heraus, Du findest Dich so vor, wie Du es verdienst, oder wozu gibt es den HErrn überhaupt?
Ach ja, das Weib im Weibe, und der Mann im Manne, das sind zwei sehr verschiedene Sorten Verkleinerung! Meine liebe Schwester, wenn man den Mann-im-Manne sehen könnte, hinab in immer winzigerer Prozession bis zu seinem Kern, wären wir gewiß sehr erstaunt über sein großes Ansehen. Was

aber das Weib-im-Weibe betrifft, mag es auch widersinnig und unmöglich klingen, so ist sein Kern groß und schwindet nur, wenn man die äußere Schale erreicht, so daß man von einer gewaltigen Intrige ungeheuer wenig sieht. Zum Thema hübscher Größen und Weib-im-Weibe bin ich zu der Ansicht gelangt, daß die Herzkönigin oder jede andere aus dem Kartenspiel besser gebaut ist als wir; denn in der einen wie in der anderen Richtung fehlt ihnen das lästige Ende, da aber einige sind, die aus einer Konvulsion der Triebe leben müssen statt aus wohlbedachtem Planen, was können wir auf unseren Eingangsstufen anderes erhoffen als anderer Leute Kinder, die fragen: »Wohin, woher?« und keine bessere Antwort bekommen als: »Frag deine Mutter«, als ob man der trauen könnte!

So steht es, wenn ich jetzt darüber nachdenke, mit der Welt, daß die Größe eines Mannes mit einem Schlag über uns herfällt, die eines Weibes aber ist in ihrem Fleisch und verborgen. Wie kann man erwarten, daß die Wege der Menschen recht verlaufen, wenn die Dinge so verworren sind?

Um meine Ansicht zu illustrieren, meine liebe Schwester, denk nur daran, was Du mir von Deiner eigenen Tochter erzählt hast, im Zusammenhang mit dem Windelende von Mrs. Ryder Alexson. Beim Anblick des Kindes, das daran zerrt, und der guten Dame, die herumläuft und versucht, es aus den Augen und aus dem Sinn zu bringen, wäre man etwa geneigt, an den Glanz des Weibes zu denken? Oder würdest Du bei den Launen, die diese gute Frau überkommen, wenn ihr nach einem Wind zumute ist, würdest Du, wenn sie sichtbarlich (und ich nehme Dich beim Wort, das ist auch nicht so ungewöhnlich) einen modulierenden Finger an jenes Ende legt, um unisono und nach Plan zu trompeten (und derweil trägt sie den Ring des Königs von Schweden an jenem Finger), denken, daß sie bei dieser Handlung wirklich nahe bei ihrem großartigen Ende war? Oder wenn sie zu anderen Zeiten, so ordentlich gekleidet wie Du nur wünschen magst, und lächelnd und mit jedem Muskel der Überzeugung hingegeben,

im Büro von Samuel Bowles ihre mannhaften Leitartikel für den *Springfield Republican* schrieb, daß dies ein und dasselbe Ende gewesen wäre? Ach ja, die gute Dame verausgabt sich an beiden Enden, wie die Kerze, von der man uns als Kind erzählt hat, die besser nicht an beiden Enden entzündet werden sollte, aber ich möchte doch sagen, das ist die Art eines Weibes, rascher zu ihrer Größe zu kommen.
Ich habe herausgefunden, liebe Schwester, daß, was Du tust, nur für Dich selbst bedeutet, was *Du* tust, aber für die anderen Leute bedeutet es, was sie nicht tun, und daher kommt die ganze Aufregung um Richtig und Falsch, Richter und Schöffen, ganz zu schweigen von Gefängnissen und Urteilen. So wie es ist, ist das Leben zu lang, meine liebe Schwester, denn findet es nicht Zeit genug, um unrecht zu tun? Dennoch ist es zu kurz, als daß wir für etwas *anderes* als die Religion Zeit hätten. Und solange sich das nicht ändert, ist dies das einzige, woran wir uns zu halten versuchen sollten, denn sie ist passend für ein Menschenleben eingerichtet, wenn ich meine Bibel nicht falsch lese.
Nun also, liebe Schwester, schreibe mir bald und erzähle mir, wie Ihr alle Eure Zeit verbringt; denn es bedeutet mir viel, ein bißchen Philosophie für meine schlaflosen Nächte zu haben.

Deine getreue Schwester

KAPITEL SECHSUNDDREISSIG

Amelia erzählt eine Gute-Nacht-Geschichte

Wenn Felice in Barchent erschien, erschien ihre Schwester Alix in Voile. Wenn Felice schmale babyblaue Schulterbänder trug, trug Alix noch dünnere rosa Bänder. Wenn Felice ihren Hut mit Vergißmeinnicht schmückte, zierte Alix den ihren mit Veilchen, und wenn Felice von Tee zu Tilleul überging, hielt sich Alix an Kesseltee und hielt sich ebenso reinlich.

Felice hatte kleine Hände, Alix hatte kleinere; Felice hatte eine zierliche Taille und zwei Brüste, so zart wie der erste Niederschlag weißer Gelatine. Die Taille von Alix ließ sich mit einer Hand umspannen, und ihr Busen war nicht größer als zwei tief sitzende Tränen. Felice hatte goldenes Haar, das von Alix war fein und dünn und gelockt.

Felice hatte ein kleines Skelett mit abgeschnitzten Ecken wie eine Ming-Statue und hell wie Asche. Das Fleisch von Alix bedeckte ihre Knochen wie dünnes Eis einen Baum. Felices Fußgelenke waren makellos, die von Alix schwerelos wie Tintenfischknochen und ebenso zerbrechlich.

Felice rannte immer, Alix hüpfte immer, Felice lachte immer, Alix sprudelte immer von Frohsinn über. Felice war immer atemlos, Alix konnte den ihren nie schöpfen.

Felice war achtzehn, Alix war siebzehn. Sie gingen immer Hand in Hand. Sie wanderten dicht beieinander, sie schliefen im selben Bett, Felice mit dem Gesicht zur Wand, Alix mit dem Gesicht zu Felice.

Wachte Felice in Tränen auf, war auch Alix feucht; hatte Felice beim Frühstück keinen Appetit, konnte auch Alix keinen Bissen herunterbekommen, war Felice zornig, war Alix unbezähmbar; Felice zerbrach die Teetasse, Alix zerbrach die Untertasse.

Felice ging zur Bühne. Alix folgte ihr. Felice tanzte zu einem Lied über einen Kanarienvogel. Alix sang mit und war das Gefieder. Felice sang Sopran, Alix sang höher. Felice war fast

ganz unbekleidet, Alix erschien in noch weniger. Felice erkältete sich ein bißchen, Alix hustete.
Felice schrie nach einer winzigen Puppe, Alix bekam eine noch kleinere. Sie saßen zusammen im Bett, und die beiden Puppen saßen vor ihnen. Felices Puppe hatte Majolikabeine und ein unmerkliches Majolikagrübchen, die von Alix war aus Porzellan, und ihre Füße waren so klein, daß zwei Stiche mit Wolle als Schuhe reichten.
Der Theaterdirektor kam und nahm Felice in den rechten Arm und Alix in den linken. Er zwickte sie beide zugleich und gleichermaßen, und sie küßten ihn beide im gleichen Augenblick, und er legte sie ins Bett zurück.
Felice sagte:
»Zwanzig Minuten nach zehn am vierten April werde ich Mutter sein.«
Alix sagte:
»Einundzwanzig Minuten nach zehn am vierten April werde ich Mutter sein.«
Sie nahmen zwei winzige Schlückchen Whisky.
Sie schnupften zwei kleine Prisen zum Abgewöhnen.
Sie hatten vier kleine Ringe unter ihren vier blauen Augen.
Und am vierten April, zwanzig Minuten nach zehn, starb Felice. Eine Minute später starb Alix. Und das ist das Ende der beiden kleinen Schwestern, Gott sei Dank, sagte Amelia.

KAPITEL SIEBENUNDDREISSIG

Zärtlich erzählt

Wendell Grieve Ryder legte sanft die Überschuhe ab, ging auf dem Filz weiter und kam zum Musikzimmer. Der Schnee, der auf der Schafwolle seines Kragens schmolz, ließ ihn leicht erschauern. Er putzte sich die Nase, wobei er das Taschentuch sorgfältig hielt, spuckte scharf und endgültig in das aufgebauschte Weiß, steckte es wieder in die Tasche, öffnete die Tür und trat ein.

Die beiden Fenstertüren gingen auf den Garten mit seinem einzelnen Buchsbaum und dahinter den verrenkten Armen der Weinlaube am verschlungenen, geheimnisvollen Weg zum Abort. Auf der niedrigen Steinbalustrade, gekrönt von einem winzigen liegenden Löwen, saß der Gatte von Laura Twelvetree, hielt den Bowler in den Händen und starrte in einen mathematischen Traum.

Laura Twelvetree schlug den Schleier hoch, kam auf Wendell zu, reichte ihm die Hand und sank in die teppichbelegten Kissen, blau und grün. Der gerillte Bauch des Ofens glühte am Gurt rot, der Staub der Holzasche lag dick in den Fugen.

»Wie geht es Ihnen heute?« sagte sie, während das braune Papierpaket in ihrem Schoß ganz leise gegen den Pelz ihres Mantels tickte. »Es ist kalt für ihn da draußen«, fügte sie hinzu, »aber er merkt es nicht, er weiß einzig, daß eins und eins zwei ist.«

»Macht es ihm etwas aus?« fragte Wendell.

»Es *macht* ihm etwas aus«, sagte sie, »und hier ist etwas für Sie.« Sie gab ihm das braune Papierpaket, er nahm es, trat zurück, legte die Hand auf den Türknauf, drehte ihn, öffnete und rief: »Amelia, Amelia, Kate!« Und eine von ihnen kam, nahm es und packte es hinter der geschlossenen Tür aus.

Dies geschah zu einer Zeit, da die Röcke von der Taille bis zur größten Hüftbreite in viele Falten gesteppt waren und darunter nicht mehr. Ihren langen Hals hinauf ragte ein Tüllkragen,

von vier Längen Fischbein verstärkt, deren zwei längste die Ohren erreichten, einen befederten Hut hatte sie, delftblau und großartig, und einen langen Fuß mit durchbrochenem Oberleder, und ellbogenlange Glacéhandschuhe mit sechs Haken, um die geflochtene Schnur mit ihrem baumelnden Silberende im Zickzack darüber nach oben zu führen.
»Wo sind die Kinder?« sagte er, trat auf sie zu und setzte sich ihr gegenüber.
»Fort in der Schule«, sagte sie. »Der Junge lernt Griechisch, aber er bringt Wörter mit nach Hause, die ich nicht als von der Zeit geadelt empfinde«, und sie sah groß und geadelt und verletzt von Unwissen aus. »Ich habe Ihre Mutter so gern, sie ist so eine entzückende Frau. Ich nenne sie immer ›Soldat‹, sie scheint zu marschieren. Was halten Sie von ihr?«
»Der kleine General«, sagte er. »Das paßt gut.« Er schnüffelte: »Was ist das, Rosen oder Verbenen?«
»Wildrosen«, sagte sie, »und mögen Sie es?«
»Nein«, sagte er. Er legte seine Hand auf die ihre, nahm langsam den Handschuh ab, mit Gefühl für das weiche Leder und das weiche Fleisch. »Nein, nichts Heidnisches.« Sie lehnte sich an seine Schulter. »Sie haben eine kleine Tochter«, sagte sie, »und sie hat keine Brüste. Julie ist mir oft aufgefallen – wo«, sagte sie und wühlte in der duftenden Handtasche, »sind nur die Jujuben, die ich für sie mitgebracht habe?«
Weil Wendell im Weg war, stand sie auf und ging durch das Zwielicht des Bauernhauses, süßer Geruch. Die Dunkelheit kam ihr auf halbem Wege entgegen. Auf dem Klavier stand ein offenes Buch, oben auf der Seite zeigte ein Stich zwei Schwalben, die einen Takt Musik in den Krallen hielten. Alte Noten, Einzelblätter, blasser Druck, sepiabraun, Papier, Velin, ein Wasserzeichen schimmerte wie ein Gespenst durch Galanterienoten. Sie sah sich um. Ein Paar Schuhe in der Ecke, Amelias? Kates? Eine Löwin im Haus muß die Zeichen der Löwinnen ertragen, die vorher hier gegangen sind. Sie ging mit sanftem Weinen dahin, den Arm unter den Brüsten haltend, das Kinn in die Hand gestützt, während das süße

Gezwitscher der Vögel in Schweigen ausgegangen war, im Dunkel der melancholischen Gärten mit den schattenspendenden Weinstöcken. Allein ein einsamer Kiebitz rief übers Land, und kein Vogel antwortete: »Wächter, wie spät des Nachts?«

»Glauben Sie«, sagte sie, ihr dunkles Haar von angenehmem Braun, »an ein Danach, an die Geister, die unsere Mütter sahen und bei denen sie schworen, mit einem einfachen Glauben, der das Unwissen veredelt?«

Durch das Zwielicht des geräumigen Zimmers ging die Kohorte jener, die gegangen, vergessen und erinnert und wieder vergessen waren. Schleppende königliche Gewänder, staubgefärbt und todesabgetragen und grabesfadenscheinig – ein Lamm und ein Gespenst, und das Lamm des Gespenstes, und das Lamm des Lammes, aber zuvörderst ein Prinz in Klöppelspitze, mit rührenden weichen honigfarbenen Locken, er hielt in der Biegung eines wiegenden Samtarms die zurückgeneigte Gestalt eines Mädchens, während das Blut der Notzucht in einem dünnen, zarten, stets anwachsenden Strom floß, die schmutzigen Einsätze ihres Kommunionskleides, Blütenblatt für Blütenblatt, fielen, mit dem Brautstrauß in den betrogenen Händen, und sie gingen unaufhaltsam hinaus durch die Wand. Das Lamm blieb in der Ecke stehen und kehrte um und rannte gegen die Wand und kehrte wieder um und rannte wieder, und verdrehte seine heiligen Augen, kehrte um und kehrte um und ging plötzlich hindurch. Sie stand auf, um zu schreien, und kniete nieder, um zu beten, und fand ihre Haltung in keiner Weise verändert.

»Kate«, sagte er, »ein Mädchen, das im Mangel aufgezogen wurde, aus der Gosse gestrandet ist, ihr ist von den Schatten eine Gabe gewährt worden. Sie trug kaum drei Monate ein Kind unter dem Magen, als sie aus den schmerzhaften Wehen der Bewußtlosigkeit erwachte, und eine Stimme sagen hörte: ›Siehe, ich komme, dich zu erlösen!‹, und sie sah, wie einen glatten Berg herab einer kam, der ihrem Vater glich, Vater Wächter in einem endlosen Gewand, mit einer Laterne in der

Hand, die nicht flackerte noch schwankte, und hinter ihm, in ewig ruhelosem Kniefall, neigten sich die Haine. In seinem Bart war eine Stimme, und die Stimme sprach und sagte: ›Du sollst nicht sterben!‹ Und sie erwachte aus ihrem Wachen, schweißgebadet. ›Und hübsch bin ich diese Nacht behandelt worden‹, sagte sie, ›und geh du und lieg in einem einzelnen Bett, und keine Widerrede, ich bin ein Weib, das eine Vision gesehen hat, und zwar eine große, und von jetzt an werde ich meinen eigenen Schlaf schlafen und mir meine eigenen Propheten unterhalten; so schlaf du an einem einzelnen Schlafplatz, denn du hast dein Geschäft getan, und jetzt sind es ich selbst und meine Visionen, die es vor Unheil und Tod hüten werden, und das ist beim Teufel ein winzig kleiner Vorschlag‹, sagte sie und drehte sich auf die andere Seite, ›denn du weißt nicht, was du tust, und überläßt es mir, das herauszufinden, und meinem Vater, zu wachen.‹ Und sie schlief wieder ein, und ich lag die ganze Nacht lang draußen in der Kälte.«

»Wenn ich heute nacht sterben würde«, sagte Laura, »welchen Mann würde es kümmern?«

»Nun ja, mich schon«, erwiderte Wendell, »eine kleine Weile.«

»Und danach?«

»Dann kommen Ihre Kinder«, sagte er. »Ohne Zweifel vergessen sie diejenige nie, nie ganz, die sie getragen hat, sei's aus Liebe oder sei's was Chemisches, so ist es eben. Deswegen fülle ich die Welt an. Ich habe den Geist und die Werke. Und obwohl ein Kind seinen Vater vor seiner Mutter vergessen mag, in ihrer Menge werde ich von Zeit zu Zeit erinnert, wenn nicht mit Worten des Lobes, dann eben der üblen Nachrede«, fügte er hinzu, »denn ob man nun ein Weiser ist oder ein verwünschter Narr, das Kind wird einen irgendwie einschätzen und einem irgendwas von seinem Versagen auf die Türschwelle legen.«

»Es liegt«, sagte sie, »etwas Aristokratisches in der Verhaltung, und darauf sollte man das Instrument richten, denn andernfalls ist es ein teurer Preis für ein kleines Gespräch, wenn man gegangen ist.«

Eine Kinderhand, beringt von einem einfachen Türkisarmband, kam durch die Tür da unten und hielt die indischrote Quelle-aller-Damen-Hoffnung, und hielt sie, wartend: eines Kindes Gabe am Tor.

»Oh«, rief Laura Twelvetree, »wenn ich nur Glauben hätte, würde ich laut schreien; wie die Dinge aber stehen, werde ich Mme. Rodrigues Gomez besuchen und sie in dieser Sache die Karten legen lassen!« Sie wandte die Blicke nach draußen, wo, in einsamer Mathematik, ihr Gatte saß und den Bowler zwischen den Knien hielt. »Mein Gott«, sagte sie, »der arme Albert wird erfrieren, er hat ja kein Organ in sich als die Lammniere von heute morgen, und obwohl ein Narr, hat der Kerl Sterblichkeit im Blut.«

Ein wenig später nahm sie ihres Alberts Arm in den ihren. Er sagte: »Hattest du ein gutes Gespräch?« Und sie seufzte: »Barmherziger Himmel, wie beiläufig du sein kannst!«

Derweilen hielt Sophia Grieve Ryder eine Hausknechtslampe auf Armlänge neben das Weidentor und leuchtete ihnen auf den Weg.

»Und was ist dies Ding?« fragte Wendell, sobald er in den Schoß der Familie zurückgekehrt war und auf den Inhalt des braunen Papierpakets blickte.

»Ein handbemaltes Cheapside-Chronometer aus Porzellan, mein Liebster«, antwortete Amelia, »mit *einem* Zeiger. Manche Leute, es seien keine Namen genannt, haben keine bessere Zeit zu verschenken.«

KAPITEL ACHTUNDDREISSIG

Dr. Matthew O'Connor und die Kinder

Nach dem Vorfall, der in dem Kapitel über irgendein kräftiges Weib beschrieben wurde, zeigte er sich merklich verändert. Er fühlte sich in der Gegenwart von Frauen nicht mehr wohl. Doch manch einen Nachmittag saß er auf der Wiese, Hannel und Elisha und Aaron um sich herum, Elsie auf seinem Knie, stundenlang lachend und redend und spielend, so daß die Frauen verwirrter und erstaunter waren denn je.

»Was würdest du tun«, sagte er zu Hannel, »wenn alle Sterne herunterkommen und auf den Feldern herumspielen würden?«

»Ich würde mein Gewehr nehmen und sie schießen«, sagte Hannel, »denn sie würden eine Landplage sein, und alle Landplagen, sagt Vater, sollen geschossen werden, sobald man sie sieht.«

»Aber«, sagte der Arzt, »du magst sie da oben, wo sie sind?«

»Weil sie aus dem Wege sind«, sagte Hannel.

»Ach ja«, sagte der Arzt, »vielleicht hast du recht. Nun denn«, sagte er zu Elsie, »was wirst du sein, wenn du zu einem feinen strammen Weib herangewachsen bist und ein eigenes Haus hast, mit Vorhängen an allen Fenstern, ein neues Kattunkleid mit ganz vielen Falten und sechs Eier im Schrank?«

»Ich werde weglaufen«, sagte Elsie sanft.

»Wirst du das wirklich?« sagte der Arzt. »Und was wirst du tun, wenn du ein Mann bist, Hannel?«

Sprach Hannel: »Ich werde mir ein Mädchen nehmen und es mit der Wärmpfanne schlagen, bis es den Geist aufgibt, dann werde ich mich zur Ruhe setzen. Aber ein Kerl muß vorher die Welt sehen.«

»Wahrlich und wahrlich«, sagte traurig der Arzt, »ich

fürchte, daß du ein wenig widernatürlich bist, Hannel, mein Sohn, du solltest niemals eine Frau schlagen.«
»In Ordnung«, sagte Hannel, »aber ein Kerl sollte die Welt sehen, um jeden Preis, bevor er alt wird.«
»Sieh dir die Welt an, wunderbar«, sagte Dr. O'Connor, »aber sprenge nicht deine Grundmauern, indem du eine Frau prügelst.«
»Papa sagt«, fuhr Hannel fort, »daß man alle Wunder der Natur mit unvoreingenommenem Blick betrachten soll; ›merke darauf‹, sagt er, ›wie das Schlachten die Schultern steigen und den Kopf sinken läßt. Sieh‹, sagt er, ›wie die kleinen Mädchen in die Schule stolpern; ihre künftige Mutterschaft ist es, die sie derart in die Hecken glotzen macht. Achte darauf‹, sagt er, ›wie die Eichhörnchen ohne Scham den Schwanz in die Höhe halten‹; das nennt er reine Vernunft und unzerstörte innere Anschauung.«
»Wirklich?« bemerkte der Arzt.
»Ja, und er sagt: ›Alle Frauen sind der Aufmerksamkeit wert.‹«
»Das ist alles Teufelei«, sagte Dr. Matthew O'Connor, »Wind und Wasser, was ein Pferd von anderer Farbe bedeutet, und nichts für ein Kind. Hör nie einem Mann zu, wenn er laut redet – solche Klänge sind nichts für kleine Ohren. Zum Vorteil magst du lauschen, nur wenn er schläft oder leidet; alles übrige kommt aus jener Unzufriedenheit, die er in sich selbst gesät hat, bevor er wußte, an welchem Ende er stand.«
»Es gibt da eine Frau, die zu unserem Haus kommt«, unterbrach Elsie. »Sie ist groß und voller Haarflechten und glimmender Leidenschaft. ›Spiel mir ein Kriegslied‹, sagt sie zu Papa, ›weil‹, sagt sie, ›mich das mit schönem Schrecken erfüllt, besonders wenn ich esse.‹«
»Das Biest von Bashan bestimmt«, sagte der Arzt.
»Und sie sagt«, fuhr Elsie fort und hob ihre Stimme bis zu einem ganz dünnen Falsett. »›Das Leben war so schrecklich, Wendell, als ich geboren wurde, die Kühe kalbten und die

Schneiderpfrieme arbeitete wie verrückt, und die Knöpfstiefel krachten in den Schmerzen der Wehen, aber jetzt, wo ich Sie kennengelernt habe, wird eine Dirne mit vierzig leichtfüßig und dankt Gott für Sie, nebst der einen und anderen Sache.‹«

»Hals über Kopf«, sagte der Arzt, »führt nie zu einer netten Niederkunft. Dies ist ein Teil der Geschichte, den ich, wenn ich du wäre, nicht wiederholen würde.«

»Ich«, sagte Aaron, »würde gern etwas tun.«

»Was denn?« sagte der Arzt.

»Mein Leben«, sagte Aaron, »etwa so: es fing zu regnen an, einfach so. Es war dunkel und fing zu regnen an. Ein Mann, ein junger Mann, geht die Straße entlang. Es ist Sommer. Er lauscht auf die Frösche, die im Tal quaken, einer, zwei, drei, viele. Er wendet den Kopf nicht, sondern geht geradeaus weiter und atmet die kühle Luft aus dem Gebirge. Eine Kutsche kommt vorbei. Es ist die Schullehrerin, er erkennt sie an der Farbe und dem Schnitt ihres Kleides. Sie schwankt von einer Seite zur anderen, fährt durch tiefe Wagenrinnen, durch Pfützen, durch Schlamm und denkt an die frühen Siedler. Die Leute in der Stadt fangen an, die Lampen anzuzünden, die Kirchenglocke läutet, und ein Rudel Hunde kämpft im Dunkeln ... Der Mann bin ich.«

Dr. O'Connor war lange still, dann sagte er: »Das ist der beste Wunsch der Generation, und ich leugne, daß der HErr ihn bessern könnte.« Und damit stand er auf und ging eilig fort und lief stracks in den Beichtstuhl und plumpste auf die Knie nieder und fing zu flüstern an: »HErr, HErr, eine sündige, schmierige Seele ist des heutigen Tags von einem Kind gereinigt worden. Es öffnete seinen Mund, mit vollständigen neuen Zähnen, und sagte große Dinge einfach, und bahnte sich mit seinen Worten einen eigenen Weg und ging dessen Eigenart nach, während sein Herz von der Klarheit des Ziels in beiden Brüsten schlug, und nichts erhob sich, um seine Füße zu umgarnen. Und er schoß durch die Treber der Generation, ein Vogel im Fluge, sauber über die Spur, und dort sitzt er hoch oben und sagt nur: ›Heilig, Heilig, Heilig‹, immer wieder, und mir, Matthew O'Connor, der ich mich im Abgrund wälze, ist diese Vision gewährt worden. Möge ich verfaulen wie eine Herzogin, wenn ich mich nicht mit Sanftmut und Licht erneuere. Amen!«

KAPITEL NEUNUNDDREISSIG

Wendell diskutiert sich selbst mit seiner Mutter

»Meine liebe Mutter«, sagte Wendell, »du kennst die Dinge besser als ich, die mich entstehen ließen, aber das kleine Gesicht, das zwischen deinen Füßen hervorkam, hat es jetzt einen Ausdruck, den du gerne sehen würdest, so es gerade an jenem Platz herausdrängen würde?«

»Gott bewahre!« sagte Sophia und band ihr Spitzentuch unter dem Busen zusammen.

»Genau«, sagte Wendell, »ich prange mit wandelndem Benehmen. Allen Männern bin ich alle Dinge, und aller Weiber Weib. Einen Augenblick bin ich ein junges und zartes Mädchen, mit zusammengehaltenen Beinen und hellen Knochen, die sich an den stillen, süßen Schmerz gewöhnen, welcher das Fleisch eines Mädchens ist, natürlich metaphorisch gesprochen. Und ist dies Gesicht nicht zu anderen Zeiten das einer Witwe von Stand? Manchmal bin ich eine Hure in gekräuselten Unterröcken, die mit einer Horde von Wüstlingen verrückt spielt, und bekomme drei Groschen für meine Schmerzen; ein forsch geschlagenes Ohr oder ein hinternprickelnder kräftiger Klaps. Dann wieder bin ich ein Mann-mit-der-Maurerkelle und grabe am Rand meines Lebens nach dem greifbaren Stoff der Neuschöpfung; und einmal war ich ein Vogel, der meine eigene Kehle hinabflog und die Herzsaite anriß, um die Note meines eigenen Lockrufs zu erfahren. Und einmal war ich ein Reh und schlich mich selbst an, und da geschah es (ich weiß die Stunde wohl, als ich mich darmkrank genannt habe), daß ich, zum Wohle meines Sohns, den Namen erdacht habe, der ihn in Laune halten und endgültig zum Kind des Schicksals machen würde, ihn, statt des Geschenks von dir (das in einer zu sanften, zwiespältigen, vielfältigen Wankelmütigkeit bestand), die Benennung ›Hahn im Korb‹ oder * * *.«

»Hast du vergessen«, sagte Sophia kurz angebunden, »daß du

selbst deinen Namen tausendmal geändert und dir nie ein solches Antonym beigelegt hast?«

»Das ist ganz einfach«, erwiderte ihr Sohn; »ich stamme aus einer gefühlvollen Epoche und dementsprechend nenne ich mich, wie ich mich befinde. Was ich sein möchte, das behaupte ich zu sein, und so werde ich es schließlich. Wozu ein Beiname wie ›Hahn im Korb‹, wenn der Beweis dafür mit sechzehn Beinen am Tisch sitzt? Sitze ich nicht, frage ich dich, allein auf meiner bescheidenen Bank, nur um eine Position innezuhaben, in der diese überwältigende Tatsache mir unablässig zur Freude gereiche, während ich mein Bier trinke und meinen Lachs befingere? Ich bin eine Gesellschaft für sich, denn kein Mensch ist abnormal geboren; die mannigfaltige Seele ist, möchte ich sagen, für die universelle so erfreulich wie, wer nur eine einzige Melodie auf einem Kamm spielen kann.«

»Du vergißt, mein lieber Junge, daß du eine Reihe Instrumente spielst, die für keines einzigen Geschöpfes Seele überhaupt notwendig sind, enthalte es auch sieben Männer und ebensoviel Weiber in sich; es ist nicht notwendig, die Streichinstrumente und die Blasinstrumente zu ergreifen und mit Orgel und Harfe davonzudonnern, alles in einem einzigen Leben.«

»Wahr«, sagte Wendell, »die Engel spielen die Zimbel, und die Teufel zupfen mit Vergnügen menschliche Gedärme, der bescheidene Schotte schnauft den Dudelsack, und der Österreicher schlägt auf die Mandoline ein; und ich vergnüge mich mit einem halben Dutzend Instrumente, aber nur zur Zerstreuung und Übung, denn mein wahrer Ruhm liegt in der fröhlichen Musik, die ich meiner sphärischen, waldsamen Pfeife mit nur einem Loch, dem Mark des Hosenlatzes, entlockt habe. Wie viele Töne schwirren bei seiner Orchestrierung durch ein Weib hindurch! Ganze Noten und halbe Noten und halbe Sechzehntel, alle am Mast ihres Innern haftend und nach neun Monaten reif, um, gebührlich in Harmonien gesetzt, davonzuschwirren, wie ein gutes Kriegslied der frühen Heiden oder die possenhaften Tänze, welche das Landvolk veranlassen, manch ein stattliches Bein zum Matrosentanz zu schütteln und zu schwingen, oder«, fuhr er nach einer melancholischen Pause fort, »totgeboren wie ein Haufen Verzierungsnoten, zu geschwind, um von der Stimme erfaßt zu werden, und dann Schweigen und ein christliches Begräbnis.«

»Erinnerst du dich an Herrn Gustave«, sagte seine Mutter, »der dir deine erste sterbliche Musik gönnte?«

»Erinnere ich mich an Gott?« sagte er vergnüglich. »Ein Fugenspieler von reinstem Wasser, ein Harmoniker und Liebhaber des Metronoms, das er mit einem Windstoß erhabener Noten einfing, wogegen Beethoven wie eine kleine Bachforelle erscheinen mußte, im Weiher blubbernd. Er lag im Bett, am frühen Morgen, wenn das Milchmädchen, fern im ländlichen Cornwall, ihre erste Kanne herabbrachte, wenn die Briefträger in der Margate Road noch nicht bei B waren, und die ersten Beichten von weniger als einer Sünde aus dem Herzen des Konvertiten aufstiegen (eine so sündlose Sünde wie die einer Puppe), Herr Gustave lag also im Bett, die Brille auf der Nase, und demonstrierte den großen Nutzen des Metronoms und der Zeit, mit dem hübschen Taktstock seiner eigenen mächtigen Anatomie. ›Auf, Jokusreiter‹, rief er, und auf stand es wie ein Hund aus dem Schlaf. Oder um sich als Keinem-Manne-unterlegen zu zeigen, hängte er eine leere Suppentasse dran. Gerade an dem Morgen, als ich in aller Eile mit der *Times* zu ihm lief, um ihm mitzuteilen, daß er für seine dickbäuchigste Kantate einen Preis erhalten hatte, fand ich ihn im Morgenrock und Wellingtons mitten im Zimmer, und er sagte: ›Das ist nicht gerechtfertigt‹, aber sein Chronometer erzählte eine andere Geschichte, es stand mit dem Ruhm eines Bocks.«

»Erinnerst du dich«, sagte seine Mutter, »irgendwelcher stachellosen Tage?«

»Keines einzigen«, rief Wendell und legte die Hände auf die Knie, »und eben dafür liebe ich ihn!«

»Ich selbst bin liederlich und herzhaft gewesen«, sagte Sophia, »und habe auf meine Art manch eine Ehefrau in Rage gebracht, doch nie mit dem Wunsch zu verletzen, sondern um Gelächter zu hören und in kleinen Schuhen durchs Leben zu gehen, beim Klang von Männern, die zielen und um ein Haar daneben treffen.«

»As auf As«, sagte ihr Sohn, »hast du auch noch die letzte Brut aufgezogen, wo der halbseidene Raubvogel nistet.«

»As auf As«, sagte Sophia, »haben wir manch ein Spiel gewonnen.«

»Und As auf As«, sagte Wendell, »viele verloren. Oscar Wilde war ein Mann von Schönheit, der durch eine Klobrille die Sterne betrachtete. Ein Mann von Imagination, ein Mann von Talent, ein ganzer Kerl. Ich habe ihn einmal gesehen und war selbst weniger einer, denn als ich sah, wie er sich in den Tagen seines Ungemachs aus einer Kutsche lehnte, wandte ich den Kopf ab und horchte auf jene Stimme, die über jeden Weibes Schmeichelei hinweggeglitten war, von Oxford bis Reading, wie ein mächtiger Kabeljaufänger unterwegs nach hoher See. Ich wandte mich ab mit zusammengekniffenen Arschbacken. Der Skandal war ausgebrochen, und obwohl er der Kern, das wohlriechende Zentrum einer Wolke von Gestank war, war er binnen eines Monats ein veränderter Mann, der sich nicht änderte, in seiner Zelle sitzend, weinend, zukkend, ›*De Profundis*‹ entwerfend, die Finger vor dem Mund, im ganzen weichen weiblichen Körper schaudernd, regelrecht in den Brüsten leidend, ein Stier, eingefangen und eingepfercht, verurteilt, verkrüppelt, angestarrt, ausgespäht, betrachtet und als sanft schluchzende Kuh entdeckt, Selbstsäugung verschenkend, daß er in seinem eigenen Bilde sterben möge, eine sanfte, vom Schmerz privilegierte Sie, ein aus dem Himmel gebildetes Mädchen, angeschirrt für die Pflichten eines Hengstes; Tremolo seines eigenen Schwanengesangs. Ich wandte mich ab und war ein Verdammter ohnegleichen.«

»Da wir gerade darauf kommen«, sagte Sophia, »könntest du mir auch erzählen, was in Polly gefahren war, vor reichlich zwanzig Jahren, sie war ein guter Dienstbolzen und nie zuvor im Leben arrogant, als sie mit aller kühnen und rücksichtslosen Schamlosigkeit geradewegs ins Musikzimmer kam und vor meiner eigenen Nase ein ohrenbetäubendes Marschlied oder irgendsoetwas Mächtiges von der Form spielte, in prachtvollem Galopp, mit ganz ungemeiner Würze, auf dem Giraffenklavier neben dem Bild von Dante, wie er in die Hölle hinabsteigt?«

»Jeder Mann«, sagte Wendell bereitwillig, »ist in diese Dinge entweder von einer Küchenschlampe eingeweiht worden oder von einer ältlichen Tante, die trotz alledem Jungfrau bleibt. Nun ja, mit Poll lief es im Eiltempo ab. Ich hatte oft gesehen, wo ihre Füße herkamen, aber nicht, wo ihre Beine hinführen, und diesen auf einer Forschungsreise nachgehend, fand ich sie eines Tages auf der Hintertreppe und erhielt für meine Mühen ein: ›Sie dürfen mich anrühren, aber nicht hinsehen‹, steht doch die Liebe in direktem Gegensatz zur Religion, wo es heißt: ›Siehe, aber rühre mich nicht an.‹ Doch trotz alledem stand ich nach einer Stunde als ein Verdammter auf, denn ihr Fleisch war das Fleisch all dessen, was wild ist, zu traurig für einen Mann. Deshalb vielleicht ging sie triumphierend zum Giraffenklavier. Ich war ein Christ im Pfuhl des Verzagens, ich ließ, vorzeitig, meine Bürde fallen, und sie, diese erhaschend, ging davon und spielte auf deinem Instrument; solchermaßen ritt ich auf die Polygamie zu ...«

Sophia sagte: »Polygamie, exakt.«

»Kein Mann«, sagte Wendell, »kann diese Welt beurteilen, so er nur von einem einzigen Bett aufgestanden ist, denn diesem Bett entsprechend wird er aufstehen, und einer mit seinem Ein-Bett-Urteil wird nie mildes Urteil fällen, denn schau«, fügte ihr Sohn hinzu, »ist es ein Bett des Blökens, wird er davon hinfort gehen und bäen und viel Wind um nichts machen, und kommt er von einem Bett des Gelächters, wird er seine Nase in alle Arten von Dingen stecken, die seinem nächsten Nachbar nicht angenehm sind, oder ist es ein Bett der

Tränen, wird er wehklagend davonwandern; sie, die Hölle, oder sie, der Himmel, er wird davon gezeichnet sein. Wenn aber, anderseits, sein Charakter von einer Vielzahl von Betten geprägt wurde, nun, dann wird er eine Vielzahl von Personen sein, besser als Vater, besser als Bürger, besser als Schuldner, denn Polygamie ist das einzige Bett, aus dem ein Mann herausrollt und vorbereitet ist, der Welt entgegenzutreten, und gefaßt auf Hebamme wie Totengräber, und das bringt mich, Gott sei Dank, zum Warum der Benennung meines Sohns als Hahn im Korb oder * * * zurück. Es ist nicht nur etwas Klangvolles, Ohrenbetäubendes, Pulsierendes, Prunkvolles, lateinisch Klingendes, ein wahres Hurra!-Hussa!-Hallo!-Geknatter an die Welt, sondern zugleich etwas, worauf man sich zurücklehnen kann, angesichts eines verdächtigen, ehrlosen Lebens; es wird ihn hindurchziehen! Ein Name ist ein Bataillon, das neben einem hermarschiert, schwach oder stark, je nach seinen Lauten.«

»Und die Folgen?«

»Wovon?«

»Der Polygamie, auf die Länge gesehen.«

»Da ging Amelia gerade hinauf, und Jane kam herunter, auf der breiten Treppe«, sagte ihr Sohn. »Meine erste Erprobung jener edlen Theorie im eignen Heim. ›Vieh!‹ sagte Amelia, denn der Rauch des Schusses hatte sich noch nicht verzogen. Kann man ihr das vorwerfen? Es war nicht ihre Überschwemmung, und sie gerade seit drei Sommern Ehefrau und mit dem zweiten bäuchig.«

Sich erhebend und sich neben ihren Sohn setzend, die kleinen Füße in Pantöffelchen gesteckt und die Generalshände in den Schoß gelegt, sagte Sophia: »Glaubst du nicht, daß die Verdauungsbeschwerden eine ganze Menge mit deiner besonderen Denkungsart zu tun haben könnten?«

»All diese Vorsteher, diese Staatsmänner, diese Priester, diese Vandalen, diese Heiligen, diese Kurtisanen, diese Doktoren, diese Königinnen und diese Höflinge, alle, alle haben in einem Augenblick, was sie im nächsten keineswegs erflehen würden; nur ein Hund kehrt zu seinen Verlusten zurück, und nur ein Katholik hält zum Besseren und zum Schlechteren aus.«

»Es ist vielleicht sehr fortschrittlich, sehr alt und sehr hübsch«, sagte Sophia, in ihren Sechzigern vor dem implizierten persönlichen Aspekt sicher, »aber wir müssen es von der Öffentlichkeit fernhalten, um jeden Preis, bis du vorbereitet bist...«

»Es ist prächtig, wenn du dir vorstellst«, bemerkte ihr Sohn, »wie unwissend du die Öffentlichkeit mit einem einzigen großen Gedanken machen kannst – einem unausgesprochenen...«

»Die Zahl der Narren ist unendlich«, sagte seine Mutter.

»Nein, im Ernst«, sagte Wendell, als sie da so beieinander saßen wie zwei alte Politiker, die an Politik nicht mehr genug haben, »was soll aus mir werden? Manch eine Wärme hat mich gemacht, wie je nur ein gutes Hähnchen im Ofen, aber das letzte Begießen... woher, wohin?«

»Was meinst du damit?« fragte Sophia und betrachtete mit Vergnügen die Zierlichkeit ihrer Füße.

»Ich bin temperiert, gekocht, zu dem was ich bin, gemacht worden – durch die verschiedenen Hitzen, die der Leib eines Weibes ausströmt«, sagte ihr Sohn, mit fester Oberlippe. »Da war zum Beispiel das vorbereitende Begießen, die Wärme der Mutterbrust, da war das erste Ansengen eines süßen Mädchenhinterns auf meinen Knien mit vierzehn, dann folgten die unterschiedlichen und jeweils besonderen Kochvorgänge, die der Ehestand mit sich brachte, aber ich darf wohl sagen, daß ich nicht vollständig gebraten, geröstet und mit einer guten Kruste versehen wurde, bevor ich die schöne Kate kennenlernte, denn in ihr waren Hitzegrade, keinem köchelnden Weibe vergleichbar, und nachdem ich nun gut gewendet bin, wer wird mich essen? Die Behörden des Staates und die Klugschnacker der Nation? Denn ich sag Euch, Mutter, sie riechen einen gut gebratenen Vogel, mein Duft ist reif für die Nase der Justiz, und wie ein Rudel Hunde, mit geifernden Lefzen, blutunterlaufenen Augen und dem Wind in den Ohren, schnauben sie den Weg meines Schicksals herab.«

»Stehe ich nicht stets zwischen dir und der Vergeltung?« fragte seine Mutter prächtig.

»Stets«, sagte er und legte seine Hand auf die ihren. »Stets, meine allerbeste Mutter, mein mutiger Geist, mein Anfang und mein Ende. Du weißt«, fügte er hinzu, »ich habe dir stets huldigen wollen.« Er blickte zärtlich auf sie herab. »Ich wollte dich stets für eine bessere Stunde aufheben, aber ich gebe dich aus, Minute um Minute, und ich fürchte, ich werde mangels deiner Menge Bettler werden, auf dem Gipfelpunkt des Schicksals. Ich bin das Leben, du bist das Leiden; ich bin der Beleidigte, du bist der Verletzte; ich bin die Note, du aber bist das Instrument.«

Sie war urplötzlich heiter. »Schau«, sagte sie, »ich liebe meine Familie. Ich habe jedem Kind gesagt, daß ich es hüten werde. Es war achtmal zu sagen, und zu jedem bin ich gegangen und habe gesagt: ›Ich liebe dich‹, und zu allen ließ es sich unendlich leicht sagen, zu Timothy, zu Hannel, zu Gaspard, zu Elisha, zu Aaron, zu Gaybert, zu Elsie habe ich gesagt: ›Ich liebe dich, und ich werde mich um dich kümmern‹, und ich bin weiter nach hinten in den Garten gegangen, wo Julie sich aufhielt, und ich konnte sie nicht küssen, wie ich die anderen geküßt hatte, weil sie etwas außerhalb der Familie dachte. Daher lehnte ich den Kopf an ihre kleine Brust, und sie sagte: ›Du hast mich betrogen‹, und sie hielt mich im Arm, und weil sie an mir zweifelt und weil Unruhe im Hause herrscht, werde ich mich immer an sie erinnern, und sie wird zu meinem Grab wandern, und wird lange an mir zweifeln, bis ich ihr zum Andenken geworden bin, solange wie ich ein Leben war, und dann wird sie sich selbst verurteilen, und ich werde nicht da sein, um sie zu trösten. So muß ich, vielfach, sagen, daß einer der Aussprüche mich überleben wird: ›Ich liebe dich und werde mich um dich kümmern.‹«

»Hm«, sagte Wendell, »aber sie war schon immer ein Luder und ein trotziges Mädchen ...«

»Sie war schon immer du«, erwiderte Sophia, »ich habe dich vom Samen an gesehen«, fuhr sie fort, »und ich habe sie gesehen, und ihr seid genau gleich, ausgenommen –« sie zeichnete mit einer ihrer Jesuitenhände eine rhetorische Periode in die Luft – »daß sie ungehängt ist und du wie ein Mann am Strick hängst, das wird den Unterschied ausmachen.«
»Um auf mich zurückzukommen«, sagte Wendell.
»Um über dich hinauszukommen«, sagte Sophia.
»Um auf mich zurückzukommen«, beharrte Wendell. »Es besteht zum Beispiel die unbezweifelbare Tatsache –« Aber in diesem Augenblick wurden sie von Kates Eintritt unterbrochen. Sie war offensichtlich so heftig erregt wie zornig, keuchte und bebte sie doch auf höchst wütende Weise. »Schaut mich an«, schrie sie, als sie in das Zimmer und geradewegs auf Sophia zutrat, die sich eilig wieder auf ihrem Bett zurücklehnte und den Anfall erwartete: »Schaut, ihr beiden«, fuhr sie fort und bebte am ganzen Leib. »Hier sitzt ihr wie Mäusebussarde, und ich sitze unten, jawohl, und Amelia auch, und das verderbte Fleisch wartet auf euren Hunger! Und mein Fleisch erbebt«, fuhr sie mit klimpernden Wimpern fort, »wenn ich diese Würdelosigkeit bedenke.« Während sie sprach, wandte sie sich im Kreis, und sowohl Sophia als auch ihr Sohn hüpften in ihrem äußeren Fleisch, als sie zischend fortfuhr: »Ich werde meine Kinder haben, so viele, wie ich will, das zu dir!« Sie schnipste mit den Fingern unter Sophias Nase. »Kümmert es mich, daß du sie zu ernähren hast, daß du sechzig und alt geworden bist? Nein, sie sind mein Recht, und ich werde sie haben. Also rede du mir nicht«, fügte sie hinzu und schleuderte einen zornigen Blick auf Wendell, »von deinen wirtschaftlichen Verhältnissen. Das hättest du bedenken sollen, als du dich auf die Sache eingelassen hast. Auf einen hübschen Ausweg bist du mit deinem großen Geist gestolpert«, sagte sie höhnisch. »Du beraubst deine Kühe ihres Futters, schaufelweise, und schlurfst damit herein: ›Hier, das sollte doch ein vorzügliches Kleie-Brot für die Kinder sein!‹ Pfui, du denkst als Bauer, nicht als Vater. Gut,

du hast mich genommen, du hast mich in dein Haus gebracht, du hast mit mir gezeugt, und ich hab Geschmack daran gewonnen.« An dieser Stelle lachte sie. »Ich bin vom Duft der Mutterschaft betört; du hast ihn mir unter die Nase gerieben, und ich habe ihn schätzen gelernt. Es macht mich krank, und es ist keinerlei Vergnügen dabei, aber ich bin süchtig geworden, und das ist eure Schuld, Ladeninhaber und Madame des Inhabers!« Jetzt war sie ganz außer sich vor Wut. »Ich werde es in der Minute töten, in der es geboren wird, aber ich werde es austragen. Das macht euch Laune, und ihr könnt mich nicht hindern! Ich werde über ihm stehen wie eine schlechtgelaunte Hündin vor einem winselnden Wurf, und ich werde es in den Boden stampfen, und mit eurem Unflat fertig sein! Aber ihr könnt mich nicht hindern, jenen Augenblick zu haben, ihr könnt mir die Rache nicht wegnehmen, selbst wenn ich es bin, die es zu gebären hat. Ich werde mein eigenes Herz auf meine eigene Art ausspucken, aber du wirst sein Vater sein, und«, fuhr sie mit lauter Stimme fort, »ich kann sogar noch mehr tun. Ich bin zu Amelias kleinem Ekel gegangen und habe es in dem Schrank da um Verzeihung gebeten, wo sie hineingeflogen war, als wir Streit hatten, und sie wußte, daß es mir leid tat, und ich ihr folgte, um Verzeihung bittend, und daß sie mich küssen sollte, in menschlicher Liebe. Und weil sie anständig ist, ging sie in diesen dreckigen Schrank und verbarg ihr Gesicht und wollte mich nicht küssen und wollte nicht verzeihen; weil sie Lebensgeist und ein reines Herz hat, und wollte sich nicht mit den Zuständen einer unvollkommenen Seele beschmutzen. Aber ich will und werde meine Kinder haben, eins, zwei, drei, ein Dutzend! bis die Form zerbricht, und ich werde sie zertrampeln, wie ich's gesagt habe! Und rein sein, und wieder in meinem Haus singen, wie früher, ehe du hervorgekommen bist und dein Sohn mit seinen Vorstellungen über Weiber, die einander lieben, wenn sie nicht dazu bestimmt sind, einander zu lieben, oder ihre Kinder aus demselben Zapfhahn empfangen, oder unter demselben Urteil klagen, mit Skeletten aus derselben Kiste, oder

Schwesternüttchen auf verschiedenen Spulen aufwickeln – es ist widerlich. Ich werde mich daran satt essen, und dies für dich, mein guter Springer!« fügte sie hinzu, und hoch die Hand und ohrfeigte Wendell von beiden Seiten, »und das für dich, ›Mutter‹«, fügte sie hinzu, warf einen Humpen, den sie vom Tisch griff, auf Sophias Füße, brach in Tränen aus und lief aus dem Zimmer.

Sophia befeuchtete ein Taschentuch mit etwas Eau de Cologne und wischte sich damit übers Gesicht. »Sie leidet, das arme Geschöpf«, sagte sie. »Ich schließe aus diesem Ausbruch, daß du wieder am Werk gewesen bist.«

Wendell blickte zu seiner Mutter auf und senkte den Blick. »Ja«, sagte er, »möge Gott mir vergeben. Was wirst du tun?«

»Was habe ich denn immer getan?« sagte seine Mutter. »Ich habe auf irgendeine Weise zwölf unterstützt, was sollte diese Weise hindern, sich auf dreizehn zu erstrecken?«

Wendell kam zu ihr. »Ich wünschte, ich wünschte«, sagte er, »ich könnte bescheiden sein.« Er sagte es wie ein anderweitig beschäftigter Mann.

»Aber das kannst du nicht, du verstehst es nicht, ist schon gut«, erwiderte sie. »Und schließlich sind Kinder ein Segen, selbst wenn du mehr als die notwendige Menge an Segen pro Jahr zustande bringst. Wie steht's mit Amelia?«

»Das ist das Teuflische daran«, sagte Wendell. »Der springende Punkt, könnte man sagen, keine von ihnen weiß, welche als erste Mutter sein wird.«

»Und weißt du es nicht?« sagte Sophia.

»Keine blasse Idee«, erwiderte er stolz; »weißt du, es war ein Experiment.«

»Schon wieder!« rief seine Mutter.

»Schon wieder ... Und so ist es gekommen. Amelia lag auf einer Seite, und Kate auf der anderen, nur einen Haß voneinander entfernt, was also die eine übrigließ, beanspruchte die andere, und bei all ihrem Raufen und Hadern und ich inmitten mächtig hin- und herfliegend (ich war die Besuchsritze dazwischen), wenn es zwei Kinder gibt, wird eins die Hälfte des anderen sein, die eine wird den Leib bemuttern, die andere die Seele säugen.«

»Mein Gott«, sagte Sophia und legte sich hin, »wirklich mein Sohn, du überschreitest alles Verständnis.«

»Mutter«, sagte er, »was soll man mit der Natur machen?«

»Ein menschlicher Mann«, erwiderte sie, »würde sie gelegentlich aufschieben.« Und müde wandte sie sich ab.

Er ging auf Zehenspitzen.

KAPITEL VIERZIG

Altweibergeschichte oder Die gestrickten Hosenlätze

Amelia nun saß auf einer Seite des Kamins und Kate auf der anderen, Amelia mit den Füßen ordentlich auf den Dielen, und Kate mit den ihren fest auf der Annehmlichkeit einer Binsenmatte.

»Was machst du denn da, Amelia?«

»Was machst du selbst denn da, Kate? Es hat das gleiche Muster, und wenn ich es umkehre, um eine neue Reihe anzufangen, sehe ich, daß deine Nadeln sich auf den gleichen Weg wenden. Und obwohl das, was ich stricke, rot ist, und was du strickst, blau, verbietet nichts, daß beides zum gleichen Zweck bestimmt ist.«

»Meins«, sprach Kate, »ist fürs Werk-jeden-Mannes.«

»Und meins«, sprach Amelia, »ist fürs Glück-jeder-Frau.«

»Für zwei solche Dinger«, sagte Kate, »gibt es nur eine Herberge. Welch ein Ungemach, das Muster einem Ding anzupassen, mit so viel Umsicht für die Kälte.«

»Und nie mehr als griechisch, gleichgültig welche Herausforderung.«

»Nein und nie«, sprach Kate, »im Frieden mit sich selbst, im Schnee oder in der Sonne, sondern muß immer für Angriff und Rückzug bereit sein, winters und sommers, und gehätschelt muß es sein, mit Geschick von dieser oder jener Art, tagein und tagaus.«

»Der Fall ist lachhaft«, sagte Amelia, als sie mit aufgeregt klapperndem Stahl an der Randmasche ankam.

»Wenn es bloß lachhaft wäre«, sagte Kate, »hätte ich keinen Grund zur Klage. Gelächter habe ich immer gemocht, seit die Wolken die Gestalt eines Kamels annahmen, oder ein angebissener Brotknust dem Kopf von Napoleon ziemlich ähnlich sah, aber es ist eine Frucht, die Ungemach herabschüttelt.«

Sprach Amelia: »Wirklich Frucht oder Kletterpflanze?«

»Sei's auch beides«, sprach Kate, »es waren jedenfalls zwei Frauen im Geäst, mehr als einmal in meinen Tagen.«
»Eine war Besitzerin«, sagte Amelia, »und eine wilderte.«
»Eine Frucht war ein Geschenk, die andere erfüllter Anspruch«, sprach Kate.
Daraufhin: eine mannhafte Rechte versetzte Amelia ihr seitlich gegen den Kopf, sie mit einer Beule in die Asche versetzend, und so gut, wie sie's empfangen hatte, teilte sie aus, bis Blut floß und Haarbüschel fielen und inmitten des gleichen Zorns Tränen flossen.
»Dreckiges Mensch!« schrie Kate.
»Das und seine Schwester«, sprach Amelia, »das und sein Bruder, das und sein Vetter, das und sein Halfter, das und seine Streu, auf Hufen und auf Flügeln, auf Händen und auf Füßen, liegend und gehend, gibt's kein anderes so Vollkommenes, oder ich will alle Tage meines Lebens auf Kaltem Eisen sitzen!« Und damit machte sie weiter, in vollem Ernst, bis die Gewohnheit in ihnen aufstieg und überfloß, indem sie ihnen mitteilte, daß die Essenszeit überschritten war, zu welcher der Herr aller Nasenstüber, der versetzten und der nicht versetzten, erscheinen würde, in wütender Laune aufgrund eines Mangels im Magen.

KAPITEL EINUNDVIERZIG

Worin Sophia betteln geht

Sophia (als Echo des Familienelends),
Gehüllt in ihren dunklen Kriegermantel
Bescheidnen Stoffs, dem Zwecke angepaßt,
Ging los, mit Feuergeist, und von Verderbnis stumm –
Zu sitzen, schauend, und die goldne Fliege
Zu fangen, die zum Summen bluten sollte.

SCHAUPLATZ: Das weite Allerheiligste eines Magnatenbüros. Bücherschränke, mit Bücherattrappen, reichen bis zur Decke. Ein Porträt des Ur-Ur-Ur-Großvaters des Magnaten, in politischen Beinkleidern und geschuppt mit der Zierde öffentlicher Anerkennung, hängt über dem Schreibtisch.

Am Kopfende des Tisches, flankiert von großen Tintenfässern und riesigen Federkielen, sitzt der Magnat; seine Jünger, zwölf an der Zahl, sind an beiden Seiten aufgereiht, jeweils ein Tintenfaß, sie kauen an ihren Federn. Der Magnat ist schnupftabakfarben gekleidet, er trägt den eisengrauen Bart, nach anerkannter mittelviktorianischer Weise, von der Mitte des Kinns bis zu den Ohren gebürstet. Er atmet mühsam, das Haar in seiner Nase ist ausufernd morastig.

Eine kleine Gestalt tritt auf, mit festem Schritt die ganze Galerie entlangschreitend, ein dreifach geschlossener Dolman mit Cape aus Köperzeug hüllt sie vom Kinn bis zur Ferse ein, überragt von einem breitkrempigen klerikalen Deckel, garniert mit kurz abgeschnittenen Dijon-Rosen und schwarzer Spitze, während eine vielsteinige Hutnadel mit rundem Kopf das Ganze sichert. Die Pincenez-Schnüre baumeln über die weiche volle Brust herab, die geschnürten Stiefel reichen bis zu drei Vierteln der wohlgestalteten Wade hinauf, bedeckt von grauen Kniestrümpfen. Die Hände in Handschuhen, ein großer, feiner Kopf auf einem kleinen, feinen Körper, Adler auf dem Felsen, rosaporig, und Jedermanns-Mutter, lächelnd.

Die rechte Arme, in rechter Sache vorsprechend, darunter aber eine doppelte Garnitur aus echt irischem Leinen, gezackt und eingefaßt mit seidner Lochstickerei, nebst einer Spitzenpasse; eines Eisenbahnmagnaten Kosenamen im Deckel der Remontoiruhr aus Stückmetall, die an einer Silberkette über der Brust baumelt. Ein Eisenbahnausweis im Arbeitsbeutel. Auf einem Sessel, der ihr höflich angeboten wird, nimmt Sophia Platz.
Sophia: Ach, und welch ein Brrr, mein lieber Boots!
Boots (oder der Magnat, wie seine Freunde ihn nennen): Welch ein Brrr! mein bester General!
Sophia (die Handschuhe ausziehend, die eine geschickte Hand mit weicher Haut entblößen, darauf der schwedische Ring mit dem herzförmigen Blutjaspis): Einst war ich ein Mädchen. (Sie lächelt abwechselnd die Mitarbeiter des Magnaten an.) Meine Wiege schaukelte bei meiner Ankunft beifällig. Ich hatte gut geplant. Ich hatte eine Handschrift, eine höchst süperbe Schreibweise. Bei meinem Leib, das ist ein seltenes Mädchen! sagte ich mir und schickte mich an, es zu behausen. Ein gutes und umsichtig eingerichtetes Haus war es, meine Herren, wohlgebaut und mit allem, was das Herz begehren oder der Leib brauchen mag. Bilder an den Wänden mit Hamlet, wie er den Gedanken denkt, und Leda, wie sie die Tat tut, und kleine Daguerreotypien von meinen Babys in Düffel. Er, der zwischen meinen Füßen hervorkam und ins Grab hinabfiel, und er, der zwischen meinen Füßen hervorkam und zu einem Mann hervorwuchs. Und war ich etwa irgendwie eine sorglose Frau oder gedankenlos? O nein, hatte ich doch Teetassen und Untertassen und ein Service, das bezaubernd zusammenpaßte; und Leinen in jedem Format. So war ich in den Tagen meines Lebens, aber leben wir auf ewig? Das tun wir nicht, aber es gibt eine endlose Welt, und ich glaube fest an sie. Und was es in jener Welt für dich gibt, mein Lieber, was soll ich dir da versprechen? Schönheit gibt es für dich, geworfen aus der Paarung des Goldes, Gold, das nicht verdient werden kann, sondern auf andere Weise gewonnen

werden muß. (Sorgfältig hakt sie ihr Pincenez von der Schnur ab und hält die gegabelten Linsen vor das mütterliche Auge, überlegsam.) Mein Sohn ist schwach, er ist hoch begabt, aber leben wir ewig? Das Leben ist ihm fremd. Er ist wie der Verbrecher in einem berühmten Mordfall, der in Vergessenheit geriet. So habe ich, die ich ihn gebar, sein Schlafen mit vierzig gesehen, das alternde Symbol einer vergessenen Tat. Er spielt, er schreibt, er versteht sich auf vieles; er hat, stellen Sie sich nur vor! Opern als Sicherheit, vollständig geplant nebst Orchesteranweisungen, und konzipiert inmitten des Getöses hungriger Kinder, an einem Tannentisch, mit nichts anderem übersät als dem Immer-in-Sicht-der-Mühseligen-und-Beladenen, Brot und Wasser. Allein und nicht allein, denn ein Mann hat stets einen lebhaften Nachfolger, wenn auch nur einen, so er zurückgeht, und einen Vorläufer, so er vorwärts geht, aber was hat ein Weib? Einen Kirchstuhl, um ihn einzustallen. Welch Trost aber, so der Kirchstuhl leer ist, und der Stall unbewohnt? (Sie steht auf.) In einer Pfütze Regenwasser leugnete Simon den Petrus, und der Hahn krähte, aber wer lebt auf ewig?

Die zwölf: Sie ist eine Bettlerin! Ein Superlativ, ein unverdrossener und höchst erstaunlicher Typus, vielgesichtig, aber ihr Hosenband schließt trotz alledem mit einer lockeren Schleife. Werft sie von einer Wand zur anderen, und aus der Mitte ihrer ruchlosen Röcke wird der Mutterschrei ertönen, aber laßt sie stehen, alle Kleidungsstücke zur Erde hängend, und ihr werdet sie erkennen!

Boots (bis zu den Fingerspitzen errötend, aber mit meisterlicher Geste das Haar seines Bartes glättend): O Infamie! eine Bittstellerin und Frau in unserer Mitte! Mit was für Worten ist sie nicht schon gekommen, in vergangenen Zeiten, unsere Unterstützung fordernd (er wendet sich an seinen Partner zur Rechten, während er Zeigefinger und spatelförmigen Daumen gegen den Strich seiner Ordensbänder reibt). Vielleicht wäre es gut, sie auf die Probe zu stellen. So es einen Kampf gäbe und sich keine alte Frau zwischen ihren Kleidern fände,

Großzügigkeit und kein Mutterblick – denn selbst beim Beten erkennt man den Mutterhintern –, nun, dann werden wir sie vors Tor hinaussetzen, aufdaß die Bürger ein so abscheuliches Ding als Zeuge gewahren! Ich bin ganz Barmherzigkeit, so der Bittsteller wahrhaftig bis auf die Haut zerfetzt und die Haut gut ausgedörrt ist, aber heile Kleidung befremdet mich, wie ein Flecken wohlgenährten Magens mich von der Spur abbringt.

Sophia (rasch niederkniend): Komm herunter, Sophia, herunter selbst von dieser deiner geringen Höhe! Dies ist die Stunde, da Männer ein Mädchen unter deinen Röcken suchen! Nun also, findet sie also, ergreift sie im Fluge, denn sie bittet immer wieder um Hilfe und dampft von diesen Umständen. Reißt sie in Stücke, die euren Verdacht übersättigen mögen, und jeder Fetzen wird ein und dieselbe Geschichte erzählen, denn nichts anderes ist daran.

Die zwölf: Not ist vulgär!

Sophia: Und hier ist sie sehr verdammt vorhanden!

Boots (einen Schein von nicht geringem Ausmaß aus der linken Hosentasche holend): Sagte nicht irgendein Philosoph oder ein Mann von solchem Schlag, wenn der Klang aufhört, ist nirgends ein Echo? Wenn dies Not ist, die ein Echo hervorruft, warum können wir dann nicht, wie alle großen Herren, ein Experiment machen, freilich nicht zu oft, in dieser Angelegenheit, und schauen, ob wir derselben Ansicht sind. (Er gibt Sophia den keineswegs-geringen-Schein.)

Sophia (sie erhebt sich – ein kleines Geschöpf in einem alternden Dolman, und geht mit festem Schritt die stattlichen Korridore entlang): Not ist keine Not mehr, soll das Blatt vom Baum erzählen? Wer ist jetzt hier mittellos? Ich nicht, obwohl ich es war, so also summten beide Zustände binnen einer Stunde umher. Ich bringe dir, Boots, mein Liebster, vieles dafür. Leb denn wohl und schrei »Mutter, Mutter, Mutter«, denn dieses Wort kommt immer auf mich.

KAPITEL ZWEIUNDVIERZIG

Amelia hört von ihrer Schwester über das Mißgeschick der Weiber

In der letzten Woche, meine liebe Schwester, habe ich in unserem lieben London in jedem Winkel und jeder Ritze nach einer passenden Stellung gesucht. Dreizehn Briefe habe ich ergebnislos beantwortet, und noch einmal so viele durchgesehen. In meinem Lebensalter erfahre ich, wie die anstellungswilligen Damen (in ihren Antworten auf meine Anzeige, in den *Church Times* gut placiert, die mich ausdrücklich als Gesellschafterin bezeichnet), diese Bezeichnung und Berufung derart entwertet haben, daß sie darin für eingeschlossen halten: Rückenkratzen, Pflege von Hinkenden und Lahmen, Vorlesen für Schwache im Geiste, Holen und Wegtragen für Adlige mit Harnzwang, Abstauben von Waffen und fünfzig Leuchter mit dem Streichholz Anzünden, Sticken und Nähen und Ändern, ganz zu schweigen vom rückwärtigen Ausbessern von Hosen und Aufbürsten von Hutkrempen, um der Eitelkeit dieser Generation zu genügen; Kochen und Dünsten, Dämpfen und Rösten, Braten und Rupfen von Geflügel, Schnepfen und dergleichen, wo keine anständige Frau Hand anlegen würde. Nachtkommoden und Töpfe, Aborte und Nachtgeschirre, Scheuern, Wunden Verbinden und überhaupt sich derart Belustigen, daß man alle Mißlichkeit des Natürlichen und seines Weibes von Verlegenheiten befreit. Und gerade erst diesen Morgen wurde mir in einer fünfzehnseitigen Mitteilung vorgeschlagen, einer alten Dame in Tutney aufzuwarten, die nicht weiß, an welchem Ende sie den Löffel anfassen soll, dauernd Bauchgrimmen hat und außerdem das Bedürfnis, in die Torturen der Inquisition hineingelesen zu werden, damit sie nachts schlafen kann. Wie kommt es nun aber, meine liebe Schwester, daß die römisch-katholischen Kerzen in den Häusern solcher Leute am Abend gute, kräftig gezogene Lichter sind und des Morgens nichts mehr als ein Docht? So schrecklich bedrücken diese Dinge mein Gemüt, daß ich über die Ursache nachgrübeln muß. Sie will auch nicht allein schlafen, wie es scheint, sondern man muß mit ihr zu Bett gehen, damit, wie sie sagt, im Umgang mit eben diesen Kerzen Sparsamkeit geübt werde, sind sie doch übermäßig teuer, sie kommen auf zwei und Sixpence, und, wie sie sagt, aus den Augen, aus dem Sinn. Wo sollen sie aber nun sein, um aus den Augen, und wo untergebracht, um aus dem Sinn zu sein? Das geht über meinen Verstand. So muß man also mit ihr zu Bett gehen, und manch eine Nacht würgt sie einen nur mit Ängsten und Qualen und braucht viele beruhigende Versicherungen: daß kein Gemordeter noch Papist, kein Laufbursche noch Bettelbruder in der Nähe sei und ihr auflauere, mit dem Ersuchen, sie eiligst auf grausamste Weise fortzuschaffen, gebe es doch (wie sie ganz richtig ausführt) viele Zwecke und Wege der Religion, so daß ihre Lichter vielleicht zu tief in die Sache hineinreichen. Ich aber wette mit Dir, ich werde nie so besorgt ums Ende meiner Seele sein, daß ich meine nächtliche Freiheit verpfände; mein eigenes Bett will ich haben und also ein abseits gelegenes Zimmer, um mich schlafen zu legen, was auch immer es für ein Haus sein mag, in das ich mich notgedrungen verdinge, und keinesfalls will ich bei der Alten liegen oder einen Badestuhl ausleeren, mag er noch so raffiniert einem eleganten Einsitzer ähneln, denn ich bin weder Pferd noch Charpie, weder Krücke noch Schwamm; und wo all dies Ungemach herkommt, wenn es nicht eine ungewöhnliche Heimsuchung in dieser unserer Generation für ihre Sünden und ihren Unglauben ist, das weiß ich nicht, aber Du hast mein Wort dafür, es gibt so viele schreckliche Weiber, so häßlich gepaart, so viele Krüppel und Verrenkte in unserer schönen Stadt, daß Du sie nicht als das gesunde und kecke Weibsstück wiedererkennen würdest, das sie zu unserer Zeit war, als es nicht einmal Radieschen in den Ohren oder rote Bohnen in der Nase gab noch irgendeine Krankheit wie Kropf und Hüftrheuma, Zweiwuchs oder Darmbruch, ganz zu schweigen von den galoppierenden Anfällen, die einen so gänzlich aus der Fassung bringen. Aber obwohl ich schon an vier Dutzend und zwei heranreiche, werde ich mich in keinen Wohnsitz begeben, sei's in der Bond-Street oder in Chelsea, der als Herrn oder Herrin ein Geschöpf hat, das seinen oder ihren Wind nicht wie ein Gentleman oder eine Dame halten kann, sondern dich notwendigerweise wie einen Federball die Korridore hin- und herbläst.

Seinerzeit, wenn mein Gedächtnis mich nicht täuscht, wurde ich für Ihre Hoheit, die gute Königin Alexandra gehalten, und das ist auch noch gar nicht so viele Jahrzehnte her. Als mein Fall höchstes Aufsehen machte und ich in Blüte stand, bekam ich ein Paar feinste Seidenstrümpfe der Königin Elisabeth geschenkt, und wenn ich auch keine andere Wahl als ein Pfund und zwei Pence habe, kann ich mir doch ein königliches Bein einigermaßen zunutze machen. Daher werde ich mich nicht dazu erniedrigen, die Fäulnis im Staate Dänemark abzuschaffen oder auch nur das Rheumapflaster irgendeiner Dame abzureißen, die in ihrer Jugend holdrio! geächzt hat und nicht zweimal nachdachte, bevor sie sich in den Dezembernebel stürzte, bloß mit Taschentüchlein auf dem Unterleib, und dies auch nur bis zu einem knappen halben Zoll unter ihrem Werweiß, denn obwohl ich an der Bräune leide und des Teufels eigene Laune im linken Arm habe, weiß ich doch, wie es dazu gekommen ist, und zwar indem ich mich an die kalten Kirchstühle unserer Englischen Hochkirche gelehnt habe und nicht etwa in einer gekräuselten Windel durch den Kensington-Park geschlampt bin! Und obwohl ich einen gewaltig verdickten Ballen einbekennen muß, so ist er doch nicht durch böse Gelüste entstanden noch durch die Jagd nach Hahn und Sporen, oder Lanze und Zwickel, oder Perücke und Fliege, denn aus einer solchen ließe sich auch nicht eine Unze Salböl quetschen, foltern oder drücken, auch wenn sie sechs Monate lang gestoßen und gerollt würde. Für solche nun, liebe Schwester, wie Du wohl weißt, habe ich immer Abscheu empfunden, und ich habe mir mein halbwollenes

Zeug nicht angelegt, ohne mir selbst zu sagen, daß nie ein dünnerer Stoff zwischen mich und meine Überzeugungen kommen soll, mag er noch so hochkirchlich sein, und solange mir der Lebensodem bleibt, werde ich immer der kräftigen und herzhaften Seite des Glaubens zuneigen und dem, nun ja, Zeitvertreib meiner Zeitgenossen die Vorstellung überlassen, sie würden in Heiligkeit getaucht, so sie nur eine Monstranz oder eine geweihte Blume berühren oder die Spitze auf der Altardecke erforschen, denn der Herbst und das Treiben und das gefallene Laub dieser Dinge ähneln zu sehr der Eitelkeit aller Materie und nicht der Substanz.
Und das wäre noch nicht alles, wenn ich Dir erzählen könnte, wie sich die Zeiten an der Gegenwart gemästet haben, so daß der Tag mit Stutzern überschwemmt wird, aufgeschwollen wie Puddingbeutel, wie Du heutzutage keine Milchwirtschaft auf einen Schluck Rinderbouillon betreten kannst, ohne die Kritiker – oder diejenigen, die sich zu diesem Rang bekennen – zu hören, wie sie feierlich äußern, die Zeiten seien so hübsch bedrängt geworden, daß die Strumpfbänder ihrer Frauen ohne Rosetten auskommen müssen, und sogar ohne für ein Schulterband zum Raffen der Nachtwäsche meiner Dame oder Schnallen für ihre Schuhe, wenn sie den Fuß in die Oper setzt, als ob diese Dinge einer Nation nötig wären, einst oder jetzt. Aber wenn ich durchhalte, werde ich nicht unter meine Zeitgenossen gezählt werden, sind sie doch ein Pack Bettler, die plappern und plappern und kein bedeutungsvolles Wort hervorbringen.
Also bin ich dazu gelangt, manches Mal zu denken, so dieser Zustand nicht aufhört, werde ich höchst gewaltsam Hand an mich legen, obwohl das eine ganz besonders schlimme Sünde ist! Und werde unzeitig zu meinem Richtspruch kommen, denn ich sage Dir, Schwester, diese Zeiten sind nicht zu ertragen. Was für verschiedenes Ein und Aus dem Menschen gegeben ist, das zu verstehen, kann sich mein Denken nicht bequemen.
Jetzt, da es Winter ist, habe ich einige sehr drückende Sorgen

zu bedenken. Meine Winterwollsachen sind fadenscheinig, an den Knien und wo ich häufig sitze, so daß die unbarmherzige Luft mich an den Stellen, die ich besonders lieb und wert halte, bedürftig vorfindet. Diese Nächte gehe ich zu Bett und habe große Mühe, sie zu wärmen, was mir jedoch mit Reiben und Rubbeln und Handauflegen gut gelingt, bevor die Uhr Mitternacht schlägt, aber so viel mit Wachen verlorene gute Zeit, während das Kopfkissen ruft, ist für mich ebensoviel einer hübschen Entspannung gestohlene Zeit.
Und heute ist mir hier ein schrecklicher Fehler unterlaufen. Als ich mit der U-Bahn bis Shepherd's Bush kam und ausstieg, rief und rief und winselte die Natur derart in mir, daß ich dachte, um einen Penny würde es mir wieder gutgehen, und ging, das Geschäft zu verrichten. Doch entweder weil ich innerlich so geplagt war oder weil meine Augen allmählich nachlassen, verlor ich einen Shilling, und die Nacht brach ein, bevor ich die richtige Wächterin erwischte, um ihn wieder für mich herauszufischen; und inzwischen – mit wieviel Kummer und Bestürzung! – ging ein weiterer Penny den gleichen Weg, so daß mir nun zwei Pence fehlen, und mein Zimmer ist nur eine Meile von der Stelle entfernt, wo ich dem Befehl der Natur gehorcht habe. So war es schon immer! Ich bin sicher, daß alle diese Dinge in dem Land, wo Du lebst, unbekannt sind, und doch zweifle ich daran, trotz aller Raffinesse des Amerikaners, daß er den Penny irgendwo am Straßenrand einwirft. Sag mir nur, ob ich mich irre, denn derlei Dinge möchte ich wissen; ihr Unterschied ist es, der uns eine Welt voneinander entfernt, und wenn es das gleiche ist, werde ich mich Dir so viel näher fühlen, liebste Schwester. So nimm denn die Feder in die Hand, um mir ein Wort über Deine Umstände zu erübrigen.

Deine Dir sehr getreue Schwester

KAPITEL DREIUNDVIERZIG

Timothy streitet mächtig wider eine Hure

»Hast du je ein wenig bereut«, fragte er, »sei's bei Tag oder Nacht, sei's gehend, stehend, liegend, aufblickend, herabgebeugt, vorwärts oder seitwärts greifend, über oder unter, singend oder tanzend, reitend oder trabend, rennend oder keuchend, seufzend oder wachend, lachend oder weinend?« (Sie war reichlich in den Vierzigern, und manch ein Mann hatte auf ihr übersommert.)

»Nein«, sprach sie.

»Wenn du dich neigtest, das Strumpfband zu richten, die Nadel aufzuheben, unter ein Bett zu schauen, in einer Tasche zu suchen, um eine Spange zu klagen, den Teppich gerade zu legen, den Läufer oder die Matte, nach einem Knopf zu suchen, einem Schürhaken oder Schraubenschlüssel, nach Handschuh oder Münze, nach Bohrer oder Peitsche, nach Feder und Hutnadel, nach Würfel und Spielmarke, nach Zünder oder Kerze, nach Stein oder Stock, nach Spule oder Schere, nach Haarnetz oder Schleier, nach Spindel oder Fingerhut, nach Traktat und Vertrag, nach tausendundeinem der Dinge, die da zu Boden fallen?«

»Niemals«, sprach sie.

»Wenn du dich recktest, um aufzuhängen: den Mantel am Haken, das Hemd an dem Ärmel, die Haube im Schrank und den Krug in der Kammer, ein Bild an der Wand, Gardine und Sinnspruch, Weihwasserbecken, Vogelkäfig, Laterne und Schuhsack, Seil oder Fahne, Valentinsbriefchen oder Strümpfe, Weihnacht erwartend?«

»Dies auch nicht«, sprach sie.

»Dann dich reckend«, sagt' er, »nach dem Buch im Regal, nach Kanne und Krug, nach blanker Wärmpfanne, Teedose und Tasse, nach tausendundeinem Ding, das an der Wand hängt oder auf Borden schlummert? Bedenke das wohl, ist's doch Gewicht und Bürde meiner Geduld, meines Harrens.«

»Mitnichten.«

»Vielleicht«, fuhr er fort, »war's bei millionenundeinem Ding, was Umsicht erfordert, Mühe und Sorgfalt, wie Kochen des Festmahls für Gäste und Gottes Volk, zu bringen zum Taufstein Gezeugtes, das einnäßt, beim Segen der Getrauten, in Trauer um Tote; beim Säubern des Salons, beim Scheuern der Kammer, beim Fegen, Sich-Plagen und jeglicher Sorge, beim Säen und Ernten, beim Fahren des Tandems, beim Sticken des Hohlsaums oder Legen der Falte, beim Schmücken des Schuhs oder Kämmen des Schamhaars, beim Blinzeln zum Säugling, beim Säubern seines Luftlochs, beim Baden der Füße, beim irgend Versorgen der Gebrechen des Fleisches?«

»Keinesfalls.«

»Dann«, sagte er mit großer Bestürzung, »bei einer kleinen Sache, die nicht als Arbeit gilt. Beim Schneuzen der Nase, beim Knöpfen des Stiefels, beim Heften eines linken Ärmels, beim Atmen eines Seufzers, beim Schlucken oder Niesen, beim Husten oder Spucken, beim Legen der Locke im Nakken; beim Wechsel des Standbeins, beim Spannen des Muskels, beim Drehen des Rings; beim Heben der Brauen, beim Wechsel der Sicht von Ferne auf Nähe, beim Wenden des Körpers nach hier oder dort?«

»Nein.«

»Barmherziger Gott!« rief er aus, »wo werd' ich dich finden? War es beim Beten?«

»Nein.«

»Auf Reisen?«

»Nein.«

»Zu Hause?«

»Nein.«

»Am Fenster?«

»Nein.«

»In deinem Bett?«

»Nein.«

»In einem andern?«

»Nein.«
»Beim Ersteigen der Treppe?«
»Nein.«
»Herabsteigend?«
»Nein.«
»Des Morgens?«
»Nein.«
»Mittags?«
»Nein.«
»Abends?«
»Nein.«
»Um Mitternacht?«
»Nein.«
»Wann denn, in Gottes Namen?« sagte er, stark schwitzend und die Faust auf den Tisch senkend.
»Überhaupt nie«, war ihre Antwort, »und viel Ungemach hättest du dir und mir erspart, wärst du nur höflich genug gewesen, anfangs, bevor du Sintflut und Ruin losließest, und hättest gefragt: ›Hast du oder nicht?‹«
Timothy wischte sich mit dem Taschentuch über das Gesicht und blickte sie staunend an.
»Das hätte ich niemals für ausreichend gehalten«, erwiderte er, »oder für gut oder dem Falle angemessen, wie er nun einmal steht.«
»Also bloß«, sprach sie, »weil du von deinen Fürs und Widers geneckt und geprügelt wirst. Ein Für und ein Wider, mein lieber Junge, haben noch nie ein Weib im Bett umgedreht. Aber weil du jetzt schon bei solchem Getöse bist, weil du dich in solche Hitze gesteigert hast, werd' ich dir noch eins drauf setzen und dir zeigen, wohin dich solche Blähungen schließlich und ernstlich treiben, indem ich dir von dem Augenblick erzähle, da ich mir *beinahe* einbildete, auf dem Weg zu meiner Pforte Reue zu schmecken ...«
»Wann war das?« sagte er herzlich und machte es sich für den Augenblick der Sättigung bequem.
»Als«, sagte sie und drehte eine Haarsträhne um den Finger,

»weder liegend noch sitzend, weder stehend noch gehend, weder morgens noch mittags, noch abends oder nachts, weder wischend noch fegend, weder gähnend noch niesend, noch hustend oder weinend, heiratend oder beichtend, oder Zugriff mich beugend, beim Blick aus dem Fenster, Gebären eines Kindes, sondern als ich spürte, daß meine neun Monate bei meiner Mutter aus und vorbei waren, einen Anlauf am Glockenstrang nahm und mich in die Welt hinabschwang.«
»Damals war es also!« rief er vergnügt. »Und in welcher Haltung befandest du dich, als dir der Gedanke in den Sinn kam?«
»Zum Henker mit dem Jungen!« rief sie und setzte sich verzweifelt.
Nun hebt er das Gesicht des Mädchens hoch, und nun erinnert er sie an viele Dinge. »Gedenke«, sagt er, »des Herbsttages, als ich dich fand, beschmutzt vom Manne, liegend, wo der letzte Schicksalsschlag dich hingeworfen hatte, auf den grünen Rasen, zwischen dem Panther und dem Löwen? Die Vögel in der Voliere lärmten, ihre Federn fielen, verloren und bunt, in die Tiefe ihres Käfigs, und der Adler starrte herab, die Erde seinem Herzen eine Million Meilen fern, und doch eine Beute, und du sagtest ›Sein Fleisch sucht ihn heim‹, und das war unsere Geschichte. Und«, fuhr er fort, »in den Tagen, die nicht mehr sind, gab es große Männer und große Weiber und große Sünden und große Streitwagen und Rösser – andere Wege als unsere von Anfang bis Ende. Damals gingen die Menschen groß einen großen Weg hinauf, in Feuer und Streitwagen und zwischen Flügeln, fluchend und betend, und einige kamen herab, denn sie waren beruhigt, und der Geist verstreute sie. Damals gab es Fabeln, und ihre Geschichte war in die Wolken geschrieben, und einen Übergang hatten sie da, und die Götter und ihre Bräuche waren darunter und darüber, aber die Zeiten sind herabgekommen, und Essen und Trinken und Streit und Friedensschluß sind nicht mehr, was sie waren. So wundere dich nicht, daß ich, ein Kaufmann,

nach Kaffee und Gewürzen riechend, zu dir von den Sünden spreche, die auf uns sind, denn, meine Liebe, es gibt nichts Besseres in deinen Tagen, wo alle Weisheit geschrumpft ist, und die Götter geschwunden, und die Räder ihrer Streitwagen nicht mehr rauchen. Wir sind unserer Größe unkundig, und unseres Schicksals verloren und von unserem Erbe gezeichnet, so ist, was immer du tun magst, die Erlösung etwas Geringes und kein Wunder.« Er fuhr fort: »Die Züge der Schönheit sind aus dem Antlitz des Menschen gewichen, aber ein Tier, hier und da, erinnert daran. Alle Tiere, deren Augen auf zwei Seiten sind, haben den heiligen Blick, denn sie stehen auseinander und streben nicht zueinander, und das eine sieht nicht, was vom anderen gesehen wird, und vermischen nicht ihre Wurzeln – der Stier und der Bock, das Lamm und das Reh –«

»Wie steht's mit dem Fisch?« sagt sie * * * * * * * *.

»Die Fische«, sagt er, »haben oft das Auge auf der einen Seite und das Auge auf der anderen Seite, selbst bis zum Wal, der sich mit augenloser Stirn bewegt, doch haben sie nicht den heiligen Blick, denn sie glotzen in Wasser, die kein Mensch mit Bibel oder Schwert betreten hat, und das eine Auge sieht Wasser und das andere Auge sieht Wasser, und da gibt es nichts zu erörtern – und ich wünschte«, fügt er hinzu, »deine eigenen Augen wären einander nicht so bestürzend vertraut, denn ich habe eine schreckliche Zeit damit verbracht, Heiligkeit zwischen sie zu setzen; aber dort, fürchte ich, wird sie ihrem Tod durch unnachgiebige Strangulierung begegnen.«

Und sie war erzürnt und stand von seiner Mitte auf und legte Widerspruch ein, indem sie sagte: »Es gibt keinen Nutzen, den mein Nasenrücken erlangen könnte, und weil meine beiden Augen so dicht aufs selbe zielen, habe ich Strümpfe und Leibchen und ein Hemd für meinen Hintern, so sei denn Gott gelobt und ich werde mein Amen sagen.«

Und er weinte schmerzlich, um den Platz, den der Teufel in ihren Blutkörperchen besetzte und in ihrem Knochenmark

und ihren Arterien und ihren Höhlen, der Höhle ihres Mundes und der Höhle ihres Schoßes und den Höhlen ihres Gemüts. Er stritt mächtig wider sie, rauchend und redend.
»Nie mehr sollst du im Nachtdunkel kommen und mich haben, noch trunken oder wollüstig sein, wie bisher. Denn ich werde meine Bettücher wahrlich gegen dich verschließen und verknoten gegen unsere Wege miteinander und die Dinge, die wir auf ihnen tun, und ich werde zu dir sprechen und sagen: ›Wir sind Sünder und Sündigende, denn jetzt und hinfort werden wir den Handel nicht spielen, denn du, wenngleich eine Hure, wirst dich seitwärts halten und ganz auf den übriggebliebenen schmalen Pfaden sein und zu deinen täglichen Treffen gehen, ein braves Mädchen und nicht durchkostet, dein ganzes Leben lang! Steh jetzt auf«, sagte er, »denn mir ist die hohe Kunst des Überzeugens verlorengegangen.« Und unablässig fielen die Tränen aus seinen braunen Augen nieder, nicht einstudiert. »Aber selbst ein Hund mag sich zweimal drehen, um zu schlafen«, und er schlug sie und sagte, er wolle sie aufgeben wegen ihrer weiten Seele. Und sie lachte ihn ganz und gar aus, wie er redete und weinte, und ihre Hände lagen auf ihm, geschickt und vorsichtig. Seine Uhrkette und seine Manschettenknöpfe sowie die zusammengerollten Hundert nahm sie für ihren Weg als werdende Jungfrau, und sie verließ sein Zimmer auf weichen Füßen und seufzend: »Ich werde mich bessern, Liebling, ganz ungewöhnlich bessern und es wird mir gewaltig gutgehen, und der Weltlauf und sein Weib mögen Amen murmeln.«
Und des Morgens stand er auf, und siehe da! er entdeckte seinen Verlust an sie und raufte sich die Haare, während er auf dem Bett saß, älter und ärmer, und er schwor damals einen großen Eid, so groß, wie er nur konnte.
»Gott verdamme sie und alle Huren von Anfang bis Ende! Auf keinerlei Weise kann ich ein gutes Weib von einem schlechten unterscheiden, denn sie zerstreuen mich und verwirren mich und berauben und verwünschen mich und öff-

nen und schließen mich wie eine Tasche an einer Schnur. So werde ich heute meine guten Wünsche zum Rennen tragen, und die Pferde sollen haben, was ich auf Weiber verschwendet habe, und die Karten sollen haben, was ich an Weiber verbuhlt habe, und die Würfel sollen haben, was ich an Weiber verschleudert habe, und der Trunk soll haben, was ich an einem Weib gespart habe, und kein Mensch soll sagen, Timothy sei weiter gegangen, weil die Kindheit das ganze Leben lang auf mir ist, und nichts wahrnehmen konnte als den ersten aufgezeichneten Krieg, und nichts addieren konnte als die ersten beiden Zahlen, und nichts lernen konnte nach dem allerersten Anfang. Seit den Tagen der Hungersnot habe ich nichts, was mich sättigen würde, und nur Manna für anderthalb Mahlzeiten. Fluch meinem Vater und meiner Mutter, ihren Kindern und den meinen! und dem Geschlecht vor uns, den Millionen und Millionen, die mich gemacht haben, Timothy, den letzten Brotknust auf der Welt, ein Narr von einem Propheten ohne öffentlichen Auftritt!«
Und er stand auf und legte seine Kleidung an. Und zwar legte er seinem Leib eine hübsche gestreifte Jacke von wunderbarer Farbe, mit Litzen auf den Revers, und mit Knöpfen und Schnüren, an, und passende Socken von lieblicher Pflaumenfarbe tat er an seine Füße, nebst hochglänzend polierten Schuhen, um das Ganze elegant abzurunden, und einen Mantel, um es zur Hymne zu machen. Und kräftig ausschreitend, die Knie weit gesetzt, begab er sich zum Rennen. Und hier, sitzend, winkte er mit dem Hut den Pferden zu, wenn sie über die Hürden sprangen, bald rauf und bald runter, und er brüllte und wettete und erhob sich mit der Menge, und wenn eine junge Stute um anderthalb Schritte ins Ziel lief, schlug er sich mit donnernder Faust neben den Unterleib, wie es ein Mann tut, wenn ein Tier ihn verblüfft, und er schwitzte und lachte ...
Und er sah, wie hundert Weiber einen flachen, sanften Schlaf schliefen, gegen Morgen, wenn der Lebensgeist an einem Ende des Leibes herausgeht und ein kleines Feuer herein-

kommt, und die Hundert schliefen auf dem Herzen und drehten sich nicht um, und er sagte: »Gleicht der Schlaf von Jungfrauen dem anderer Weiber?«
Und alle drehten sich auf den Rücken und lachten, und der Klang war überall und gleichmäßig, aufdaß keine in einen anderen Schritt verfiel als ihre Schwester. Und er schrie: »Gott schämt sich selbst in mir!«

Jonah!

KAPITEL VIERUNDVIERZIG

Lauter feine Metzen, und Molly Dance

Molly Dance war Hundezüchterin; lauter feine Metzen mit je einem Stammvater, und pro Metze und Stammvater ein Stammbaum, der mangels Verirrungen einen König hätte schamrot werden lassen, in blauer und roter Tinte ausgeführt und mit Randverzierungen von verschlungenem Efeu, und sehr selten ein schwarzes Kreuz bei einem Namen. Denn wann immer, wie dunkel auch die Nacht, eine *grande dame* der Hunde sich so weit vergaß, in eine andere Zucht einzubrechen (und damit Ungnade auf ihr eigenes Haupt zog und auf ihre Kinder für immer und ewig, wie ein irgend verirrtes Mädchen), erlitt sie das Stigma eines schwarzen Tintenkreuzes, nebst Tag und Stunde ihres Sturzes, von Molly entdeckt, wenn diese wie gewöhnlich, in wunderlichen Augenblicken der trüben, dem Schlummer zugeteilten Zeit, zwischen ihren Jalousetten hindurchspähte, denn sie überwachte die gesellschaftlichen Ausflüge ihrer Meute aufmerksam, und es war kein einfacher Zeitvertreib. Ihre Ohren vermochten aus einem Geheul zu deuten, was für die Zukunft Buntgeschecktes verkündete, mit Jagdhundohr.

Molly, es muß geschrieben sein, war nicht besser als und selten so gut wie ihre Hunde, empfing sie doch ihre Kinder, wo und wann es ihr gefiel. Es gab etwa zehn, und keins glich dem andern, noch hätte man mit irgend sicherem Finger auf seinen Stammvater zeigen oder ihm einen irgend proportionierten Stammbaum zeichnen können, oberhalb der kräftigen Wurzel, die in Molly bestand.

Molly meinte, Menschenzucht sei völlig unbedeutend, und was mache es also aus, wenn sie von allen Ecken der Erde stammen? Sie selbst war hin- und hergerissen zwischen zwei Herren, die sie beide gelegentlich Vater, und anderen, die sie überhaupt nicht Vater nannte, denn ihre Mutter war schon vor ihr mit einem Schielauge geschlagen, weshalb sie allen möglichen Irrtümern verfiel, konnte sie doch immer nur bestenfalls die Hälfte eines Mannes sehen, und die Hälften, die sie sah, waren, wie sie sagte, so identisch wie die Erbsen in einer Hülse, und wie konnte Gott sie verantwortlich machen, wenn er so wesentliche Instrumente so wenig unterschiedlich geschaffen hatte?

Molly Dance war ein Hochwasser-Luder, mit viel Fleisch um sich her, wohlgestaltet und lebhaft auf Berührung reagierend. Molly trank ein wenig, aber, wohl wahr, nicht genug, um ihre gewohnte Gangart zu stören, jedoch hinreichend, um sie herzlich sorglos zu machen, wenn der Jüngste zuviel von den Zitzen verlangte. Molly hatte sechs Söhne und vier Töchter ausgetragen. Alle sechs waren Lügner, Diebe, Trinker und Beutelschneider. Ein fröhlicher Haushalt war das am Abend, da sie an Tisch- und Stuhlbeinen herumschnitzten und mit diesem und jenem angaben, mit vielen gestohlenen Uhren als Grundlage. Gegen Ende der Woche bezeugte ein massenhaft hämmerndes Ticken die Zunahme an Chronometern auf dem Grundstück, ganz zu schweigen von dem Zank darüber, wer davon profitieren sollte.

Molly pflegte zu sagen, wer die Mutter sei, dem gehörten auch die Uhren, aber Molly machte bloß Spaß. Denn, wie sie sagte, war sie ihr Leben lang eine ehrliche Frau gewesen, und sie besaß eine klare Vorstellung vom Bilde des HErrn, von Verdammnis und Höllenfeuer. Den HErrn hätte sie mit der linken Hand zeichnen können, und sie tat es oft, während ihre Söhne lästerliche Reden führten, in einem langen Mehlsack und mit einem Heiligenschein, der ganz um ihn herumreichte, sicherheitshalber, sagte Molly, und mit einem wunderschönen Bart. Was die Hölle betraf, so loderte sie auf dem Küchen-Wachstuch in Stichflammen, insgesamt sechs, herausgestellt auf einen jeden, einem nackten, kreischenden Menschenwesen, ihren sechs Söhnen recht ähnlich sehend. Aber eine Uhr berühren oder den Gewinn aus einer Uhr? Sie nicht! Sie erhielt sich und ihre Kinder, bis zum gebührlichen Alter der Selbstversorgung, durch die guten runden Preise, welche die wohlerzogene Meute ihr einbrachte, und schlief mit der Gewißheit, daß ihre Sünden, so vorhanden, ihr vergeben würden, hatte sie doch aus einem üblen Wirrwarr heraus ihr Bestes getan, niemanden hinters Licht geführt und ihr Dasein bezahlt.

Die vier Mädchen (eins war noch Säugling, ein anderes erst sechs) versprachen manch Ungemach. Und was soll's, »kann ich denn«, fragte Molly, »die ganze Nacht am Fenster stehen und den roten Faden in meinen Mädchen wie auch in meinen Hunden verfolgen? Zeigt Emmas Bein einen etwas frühreifen Schwung – was soll ich denn machen? Sie müssen herausschlagen, was sie können, aber die Metzen verkaufe ich an feine Herren, die werden sofort zur Ader gelassen, denn wenn ein Hund mißrät, sieht man's augenblicklich, und wie soll er dann bei der Hundeschau ein blaues Band bekommen? Mit Mädchen ist es anders, die können manch einer Wollust frönen und schließlich doch einen Grafen heiraten, was macht es also?« sprach sie und fügte hinzu: »Oft und oft kommt das vor – je mehr sie anfangs auf Abwege geraten, desto mehr Bänder baumeln schließlich an ihnen, und damit hat die Sache ein Ende!«

Das Haus von Molly Dance und das umgebende Grundstück waren so chaotisch wie die Verhältnisse. Ein großes Nebengebäude stank und lärmte von dieser und jener Brut; die Küche stank und lärmte von ihrer eigenen. Es gab in beiden Gebäuden keine trockene Diele, auf die man den Fuß hätte setzen können, dank der Jugend und der sorgenfreien Geister darinnen.

Molly nannte sich selbst gern: »Ein bißchen Gutes mitbekommen, ein bißchen durch Kenntnisse vorangekommen.« Sie konnte lesen und las beim Licht einer blaubeschirmten Lampe, die Füße auf dem Tisch. Sie konsumierte nacheinander einige Hundert Dreigroschen-Schauerromane und lachte mit herzlichem Entzücken, wenn einem Ritter der Rachen sauber aufgeschlitzt wurde oder ein Fräulein Vergewaltigung erlitt: »Denn wenigstens«, sagte sie, »tut es beim Lesen nie weh.«

Mollys Augen dürsteten auch nach Schönheit, aber wie der Kopf, aus dem sie schauten, waren sie nicht allzu wählerisch. Ihre Wände waren mit billig gerahmten Lithographien in hochgrellen Farben so ziemlich bedeckt, Schlachtszenen und Kinderbilder, Dirnen und Jungfrauen. Molly dachte sich nichts dabei, wenn sie »kleines Mädchen, den Bach überschreitend« neben den Herrn hängte, der eine Sekunde zu spät aus dem Bett kam, oder »Tränen, müßige Tränen« just neben »Drei tote Männer auf dem Sarg eines toten Mannes«. Nein, Molly Dance liebte das Leben und seine Verirrungen, aber für Arrangements hatte sie keinen Blick, außer für den exakt geführten und schmalen Weg der Hunde.

Kurz und gut, man konnte ihr nicht mit Gut und Böse kommen; diese beiden Dinge waren im Anfang von jemandem erdacht worden, der es nicht mochte, wenn alle Dinge aller Arten alle zugleich am selben Ort sind. Molly gefiel gerade dies. Was konnte ihr solch Gut und Böse also bedeuten, oder wie hätte sie es verstehen können?

Als Molly Dance brachte sie ihre Kinder zu Bett und hörte sorglos und gutmütig zu, wenn sie sagten: »Ich leg' mich jetzt zum Schlafen, Verschon mich Gott vor Strafen«; und ebenso gutmütig und sorglos hörte sie zu, wenn eins von ihnen zur Abwechslung sagte: »Ich leg mich jetzt zum Pissen, Wird Gott mich wohl noch grüßen?« Es war für Molly alles ein und dasselbe: Sie beteten, und das war gut. Sie beteten einen Abend, wie *sie* wollte, und am nächsten, wie sie selbst wollten. Gut, und war das etwa dem Universum kein wohlgefälliger Anblick, daß es keine zwei gleichen Köpfe gleich geschaffen hatte?

Häufig kamen Hundediebe, und daß einer über den anderen stolperte und es zu bereuen hatte, war nichts Ungewöhnliches. Wenn Molly morgens auf den Körper stieß, sagte sie: »Armer Kerl«, und meinte beide. Es verschlug ihr nicht den Appetit. Gab es nicht immer Leben und Tod, und war man nicht entweder im einen oder im anderen Zustand? Gewiß mußte jeder Zoll Erde erleben, wie ein Mensch zu Boden geht und nicht wieder hochkommen kann, und wenn es heute ihr Hof war, mochte es morgen der eines anderen sein, gerade wie es eine Nacht in ihren Kamin regnete und die nächste Nacht in den eines anderen.

Molly Dance glaubte mehr oder weniger alles, was man ihr erzählte. »Denn wenn es eine Lüge ist«, sagte sie, »was kümmert es mich? Es war gut genug für den Mann, der mir's erzählt hat, und das paßt mir.«

Auf diese Art waren, wie man sich denken mag, in Molly Dance' Bildung einige Dinge vermischt, tatsächlich derart vermischt, daß jemand anders dies für einen Mangel hätte halten können. Nicht so Molly. Sie sagte, sie habe Bildung auf beiden Seiten, hinten und vorn, und als Wendell in diesen Sachen mit ihr stritt (er war gekommen, um eine Metze zu kaufen, und blieb, um zu plaudern), war sie um keinen Preis zu bewegen, ihre Kenntnisse für falsch zu halten, obwohl sie anderseits die letzte gewesen wäre, die Wendellschen niederzuschreien. »Denn«, sagte sie, »ich habe *eine* Weise im Kopf und Sie eine andere, und die Welt ist trotz allem dieselbe, und was Sie denken, ist schön, und was ich denke, ist schön und entspricht meinem Zweck besser, was schadet es also?«

»Aber meine Liebe«, sagte Wendell, der nicht darauf brannte, Molly etwas anzutun – denn jedermann von jeglicher Art mußte sie einfach mögen –, »wie können Sie bei Troste sein und denken, daß Henry James ein Pferdedieb war und Caesar Jesu Verräter?«

»Sieh mal einer an!« rief Molly Dance, »und wer und was ist Henry James, daß er nicht in seiner Mußezeit Pferdedieb sein sollte, so ich ihn gern dazu machen will? Und was ist mit Caesar, daß er Jesum nicht hätte verraten können? Irgend jemand mußte das erledigen, er hatte ebensoviel Recht dazu wie der nächste Kerl. Sie sind immer dafür, göttliche Vorrechte auszusondern.«

»Molly«, sagte Wendell und betrachtete sie mit besorgtem Blick, »kennen Sie die Grundlagen von überhaupt irgend etwas?«

»Sie brüllen hier überall herum«, sagte Molly ruhig, »gibt's einen besseren Beweis?«
»Molly«, sagte Wendell noch einmal besorgt, »wissen Sie, wo die Hölle ist?«
»Aber sicher«, sagte Molly, »weiß ich das; sie wird an einem Seil vom Himmel herabgelassen, und kaum greifst du danach, wird es wieder hochgeschnappt.«
»Woher wissen Sie das?« sagte Wendell, nunmehr bereit, sie in dieser Sache zu erwischen.
»Weil ich es gesehen habe«, sagte Molly schamlos. »Viele Male habe ich sie direkt vor meiner Nase baumeln sehen, und als ich mich anschickte, danach zu greifen, wurde sie blitzschnell wieder hochgeschnappt.«
Nun verfiel Molly in Galopp: »Im Anfang war dies eine große Welt, so berichtet uns die Geschichte, und das, was wir aus den übriggebliebenen verstreuten Schalen und Gräbern herauspflücken und nachsammeln können, über ihre ersten Tage. Überall war Wasser, und kein Streifen Land, um eine Bahnlinie zu legen, oder ein Flecken, um einen Laden darauf zu bauen. Dann kam eines Tages Jonas aus dem Maul eines Wals heraus. Und jetzt glauben Sie, Sie erwischen mich beim Thema Festland! Nun, das war folgendermaßen«, sagte Molly, »kaum hatte der Wal Jonas abgesetzt (und das war wirklich ein Anblick, war er doch der Erste Mensch, ganz besegelt mit Olivenzweigen und Rosenranken, und einer Dornenkrone, und sein Unteres ganz und gar geschuppt, denn damals war alles Fisch), also wie ich sagte, kaum hatte der Wal ihn hervorgebracht, als schon herab vier Engel kamen, ein jeder die Ecke eines Stückes Land haltend, einen Morgen groß, und rollten seine Enden aus und legten es hin, wo Jonas es ergreifen konnte. Und es war voll bestückt mit Gras und Blumen aller Arten und Sorten, und die Bäume pfiffen darauf, als sie durch die Lüfte kamen, und winkten allseitig sichtbar mit den Zweigen, und die Vögel hingen wie der grimme Tod daran und sangen alle: ›Glory, glory, Halleluja, hier geschieht ein Wunder!‹ Und es war an jeder Stelle 105

Zoll dick, damit die Maulwürfe und die Würmer und die Ameisen nicht herausfielen, und die Ecken waren mit Wurzeln versiegelt, damit es nicht ins Wasser blutete, sondern Fuß fassen könnte und bleiben, wo es hingesetzt war, als ein Zeichen. Als Jonas' Schuppen an der Sonne trockneten, verwandelten sie sich in Federn, und ein bißchen später verwandelten sich die Federn in Pelze aller Arten, und nach dem Pelz kam Jonas auf seine Haut herab, was soviel wie eine Anspielung aufs Menschliche war. Nun hatte Jonas den Docht des HErrn in sich, der ihn wie eine Kerze in der Mitte durchzog, sodaß ihm eine Vision kam und ihn rasch anzündete. Und in dieser Vision sah er einen Kristallsee, und daraus kam ein Weib hervor, ganz mit Bändern aufgeputzt, und wie ein Esel i-a-end, was nämlich der Sang der Sirenen ist. Also watete Jonas in den Kristallsee hinaus und sprach ein Wörtchen mit ihr, und bevor man noch hätte auf den Ausgang wetten können, wimmelte die Gegend von der menschlichen Rasse. Sofort war der Stamm Dance da und vermutlich auch die Ryders und die MacMullens und O'Ruaks und die Normannen und die Franzosen und die Deutschen, alle mit einem Unterschied sprechend. Die Römer fuhren in Streitwagen im Kreise herum, und die Märtyrer spielten Leier, und die Jesuiten stimmten ihre Judenharfen, und Rom brannte, und Fahnen stiegen und fielen wie die Spreu im Winde, die Ägypter waren schon tausend tausend Jahre tot, alles während eines Augenblinzelns, und Gott warf die Sonne alle Minute in die Höhe, was ein Tag war, und sie fiel zurück, was eine Nacht war, weil diese Dinge geschwind geschahen, damit die Völker entstünden. Und die Juden alle rannten hin und her und jammerten und zerrissen ihre Kleider, weil sie nicht auch mit ihr spielen durften. Dann machten die Italiener ihre eigene Zucht auf, und die Normannen fingen an, von Alter und Tod zu sprechen, und im Kornfeld unten erschlug Kain plötzlich Abel, und kaum war das Morden entdeckt, brach Kains Stirnbein auseinander, und die Poesie fing an, aus und ein zu gehen, und jedermann fing zu singen an, und die Tiere kamen herab.«

»Was meinen Sie nun aber damit?« fragte Wendell hoffnungslos.
»Nun ja, die Tiere hatten immer am Himmel geweidet, weil es kein Land gab. Damals war es kein ungewöhnlicher Anblick, wenn Pferde und Kühe und Bisons die Wolken abgrasten, ganz zu schweigen von jenen größeren Tieren, die jetzt nicht sind, weil sie beim Herabkommen zerbrochen sind – Sie haben bestimmt Bilder davon gesehen –, und Lämmer und Enten und Drachen gingen ordentlich auf den Wolken umher; die Wildenten erinnern sich noch daran«, sagte sie, »denn sie fliegen doch in Gruppen auf dem Weg nach Süden? Alle wilden Tiere pflegten dasselbe zu tun, wie ein Heer, denn wenn die verbündeten Ochsen auf hundert Rösser stießen, fand da oben eine mächtige Schlacht statt, um die Pfade zu behalten, die sie vorher ausgetreten hatten, aber als sie hörten, wie Jonas rezitierte, kamen sie herab und standen um ihn herum, lauschend und mächtig staunend, so Liebliches zu hören, und bevor man dem Zeugnis der Augen trauen konnte, hatte Jonas viele von ihnen gezähmt, so daß der Löwe bei dem Lamm lag, die Köpfe auf den Pfoten, ohne Angst, und Jonas freute sich sehr. Aber es gab ein Tier, das nicht herabkam, und das war der Himmelshund, wie Sie wahrscheinlich wissen, da Sie ja selbst einigermaßen gebildet sind, und er lief einen ausgetretenen Pfad, die Nase in den Sternen, und jagte den Polarstern, der den Beinamen ›Erkenntnis des Guten und Bösen‹ trug, da er dem Saum des HErrn entlaufen war, als dieser lustwandelte. So spitzte der Hund die Ohren und lauschte, aber er mochte nicht herabkommen, denn es gab im Himmel noch etwas für ihn zu tun. Dies ärgerte Jonas höllisch, und er machte sich Mittel und Wege, ihn einzufangen.«
»Und ist es ihm gelungen?« fragte Wendell eifrig, sich selbst vergessend.
»Wie können Sie denn das nicht wissen?« rief Molly, »geschah es denn nicht durch die Entdeckung des Feuerwunders? Jonas zündete das erste Streichholz an und tat ein brennendes Reisigbündel vor seine Höhle, und herab kam der

Hund wie ein Wirbelwind und schnappte das Feuer mit dem Maul – denn er glaubte, so ein helles Ding müßte der pflichtvergessene Stern sein –, und Jonas legte ihn in Ketten, bevor er sich selbst von seinem Schnitzer freibellen konnte; und weil er mit List und nicht mit Schönheit gefangen wurde, ist er seither immer ein Sklave des Menschen geblieben.«

»Ist das alles, was Sie über die Sterne wissen?« sagte Wendell.

»Nein«, sagte Molly, »aber die anderen Sachen erzähle ich nicht.«

»Und was kam schließlich bei alledem heraus?« fragte Wendell.

»Bei alledem«, sagte Molly, keineswegs entmutigt, »kam Britannien heraus. Aufsprang John Bull, England auf der rechten Hand und Irland auf der linken, und seitdem hat es nie Frieden gegeben, weil die beiden immer über ihn hinwegfassen, um nach einander zu greifen. Deswegen essen wir freitags Fisch, in der blinden Bemühung, den Sitz des Übels aufzuessen, denn sie erinnern sich, der Wal war der Fisch, mit dem alles angefangen hat.«

»Molly«, sagte Wendell, »ist das alles, was Sie von der Erbsünde wissen?«

»Die Erbsünde«, antwortete Molly augenblicklich, »war überhaupt nicht das, was alle diese Biographen daraus machen, nicht mehr als die Hälfte der Königinnen in den Geschichtsbüchern starb so, wie man sagt, denn ich habe die Wahrheit direkt von ihr, die deren teilhaftig geworden ist, in einer neu empfangenen Vision – also möchte ich wetten, der besten –, keiner anderen als Mary Flynn, der Hebamme, die mit den Anfällen. Sie sagt, sie hat eines Abends getrunken und mit Michael Karten gespielt, und jede Karte ein As, als sie vom Stuhl fiel und gegen das Kamingitter stieß, und *so* schnell«, Molly schnippte mit den Fingern, »steckte sie bis zu den Ohren in einer Vision. Sie sagt, sie sah ein Licht, grell und schön, wie durch das Spundloch eines Fasses leuchtend, und das war vermutlich so, sagte sie, wegen der Schwierigkeit, überhaupt in sie einzudringen. Und eine Kalbshaxe kam auf sie zu, mit Flügeln am Schienbein und kleinen Flügelchen, die überall an ihr herumflatterten, und einem Mund, der aus der Mitte sprach und sagte: ›Mary, sage deinen Leuten und den von ihnen gezeugten Leuten, daß die Erbsünde nicht von einem Weib begangen wurde!‹

›Hatte sie überhaupt mit einem Apfel zu tun?‹ forschte Mary, und da bewegten sich die Flügel und die Haxe erhob sich, so daß alles einsam war, und eine Stimme kam von dort her und sagte: ›Es war ein Apfel, gewiß, aber der Mann war es, der ihn stahl und seine Kerne verstreute, und die benutzt er bis heute, um Söhne zu bekommen.‹«

»Oh, Molly, Molly, Molly«, sagte Wendell, »was soll aus Ihnen werden, Sie sind ja durch und durch gekreuzt und gemischt!«

»Hintern oder Kopf nach oben«, sagte Molly, »vor dem HErrn ist alles gleich. Er hat nie gesagt, wir müßten alle in der gleichen Haltung kommen. Ich bin Molly Dance, auf welche Weise Sie mich auch nehmen mögen, und das heißt mehr sagen als das meiste. Mein Herz ist meiner Geschichte näher als Ihres, und das ist der Zankapfel«, schloß sie.

»Molly, Molly, Sie sind ja wie ein Kartenspiel gemischt!« sagte Wendell. »Ich bin schwer zu erwischen, das ist wahr«, sagte Molly und leerte ihr Glas.

Sagte Wendell: »Wie kann ein Mann auf seinen Weg in Sie stolz sein, wenn er ihn schon zehn Minuten später nicht mehr wiederfindet?«

»Er wird zu seiner Zeit wiederkommen«, erwiderte Molly, und mehr Unglück wollte sie damit nicht haben.

»Molly«, fragte Wendell, »wer war Judas?«

»Ein Mann ohne Freunde«, sagte Molly.

Wendell gab auf mit: »Molly, wissen Sie zum Beispiel (um Sie nicht ungebührlich zu verwirren), wer der Vater, sagen wir, Ihres Letztgeborenen ist?«

»Was das betrifft«, sagte Molly völlig bekümmert, »wem macht's was aus? Ihm nicht, mir nicht, und dem Kind braucht's auch nichts auszumachen, und darin besteht Vereinfachung.«

»Molly«, sagte Wendell, »was wissen Sie darüber, ein für allemal, wer der Vater Ihres nächsten Kindes ist?«
»Das ist ein guter Gedanke«, sagte Molly, »aber wer soll er sein?«
»Hier bin ich«, sagte Wendell, »und da sind Sie, Molly, und darüber besteht Gewißheit.«
»Glauben Sie«, sagte Molly, »das wäre eine Art, die Dinge in Ordnung zu bringen?«
»Ich glaube wirklich, es ist eine mächtig hübsche Art«, sagte Wendell.
»In diesem Falle«, sagte Molly hocherfreut, »müssen wir die Theorie erproben.«

* * * * * * * * *

»Und jetzt«, sagte Molly, gähnte und griff nach »Dick-Glasauge« in gelbem Einband, »gibt es nur noch eins, was an dieser Gewißheit etwas ungewiß machen könnte.«
»Was?« sagte Wendell und stand stocksteif da.
»Ob das Kind dich als seinen Vater kennen wird oder nicht«, sagte Molly freundlich.
»Was meinst du, Weib?« sagte Wendell streng.
»Nun gut«, sagte Molly und rekelte sich bequem, »wie soll es oder ich oder du oder jemand anders es wissen außer diesem Dan, dem Polizisten an der Ecke, das ist er doch? Er ist nämlich noch nicht zwei Abende vorher auf denselben Gedanken gekommen, und das läuft nur darauf hinaus, dir zu zeigen«, fügte sie hinzu, »daß die Gedanken des einen Mannes nicht viel mehr wert sind als die eines anderen.«
»Oh, meine Liebe«, seufzte Wendell, »du bist also gerade so, wie ich dich vorgefunden habe, und ich verlasse dich nicht besser und nicht schlechter.«
»Hintern oder Kopf nach oben«, sagte Molly, »am Ende ist es Molly Dance, und das ist mehr, als die meisten Leute behaupten können!«

KAPITEL FÜNFUNDVIERZIG

Dr. Matthew O'Connor spricht zu Wendell, über heilige Inspiration

Als Dr. O'Connor eines Tages aus dem Tor von Molly Dance herauskam, stieß er mit Wendell zusammen, der hereinkam. Nun hatte Dr. O'Connor Molly nur bei ihrem Elften geholfen, eben jenem, das ihr verworrenes Wissen berichtigen würde oder auch nicht; und Wendell kam des Weges, um sich zu erkundigen, wie die Dinge standen.

»Sieht das Kind irgendwem ähnlich, den Sie schon einmal gesehen haben?« fragte er den Arzt, und der Arzt, haarscharf an Wendell vorbeisehend, antwortete: »Wirklich sehr ähnlich.«

Wendell, der gerade vor dem nun geschlossenen Gitter stand, sagte mit leichtem Zögern: »Junge oder Mädchen?«

»Mädchen«, sagte der Arzt, verlagerte seinen Griff von der linken auf die rechte Hand und sah auch sehr beschäftigt aus.

»Ach!« sagte Wendell und berührte einen Stein auf der Straße mit dem Stiefel, schob ihn einen Zoll zur Seite und schob ihn dann zurück. »Und wem sieht sie genaugenommen ähnlich?«

»Sie sieht«, sagte Dr. Matthew O'Connor, ebenfalls einen Kiesel befördernd, »äußerst kindlich aus.«

»Das steht zu erwarten«, sagte Wendell, »wenn jemand so jung ist.«

Der Arzt zog seine Uhr hervor. »Zwanzig Minuten«, sagte er, »genaugenommen.«

»Was für eine Nase hat sie denn, zum Beispiel?« sagte Wendell und wandte sich ab, unter dem Vorwand, eine Anschlagtafel zu betrachten.

»Nase?« sagte der Arzt. »Nase? Ich habe sie wohl nicht bemerkt.«

»Ach«, sagte Wendell und betrachtete die Annonce mit scharfer Aufmerksamkeit, »dann kann es nicht sein, Sie hätten es sonst bemerkt.«

»Das möchte ich wetten«, sagte der Arzt, und beide wandten sich um und sahen einander an.

»Wozu schauen Sie mich an?« sagte Wendell hochmütig.

»Aus genau dem umgekehrten Grund, aus dem Sie mich anschauen«, erwiderte der Arzt und machte einen Schritt die Straße hinunter.

»Warten Sie eine Minute«, rief Wendell, »ich gehe ein Stück mit Ihnen. Glauben Sie an Vererbung?«

»Ich wäre ein Esel, wenn ich das nicht täte«, sagte der Arzt. »Die Vererbung ist der absolute Beweis für Gott und den Vater.«

»Wie?« sagte Wendell.

»Gott und der Vater«, sagte der Arzt, »diese Ähnlichkeit haben alle Kinder, dies bringt Ärger in die Familien; wenn mehr von Gott als von dem Vater in einem Kind ist, beschuldigt der Gentleman stets die Frau des Ehebruchs und nicht etwa des Glaubens, was er doch sollte, und das wäre wesentlich bekömmlicher und rettend für den häuslichen Frieden.«

»Ist diese dorten also«, sagte Wendell, »Gottes Kind oder des Vaters?«

»Sie ist Gottes«, sagte der Arzt ruhig; so ruhig und still sagte er es, daß Wendells Herz einen Sprung tat, und er schlug die Hände zusammen und schrie laut.

»Es tut Ihnen weh?« sagte Dr. O'Connor und blickte auf den fernen Horizont.

»Es tut mir wirklich weh«, gab Wendell zu, »denn ich schmecke jetzt zum ersten Mal jene Eifersucht, von der Sie gesprochen haben. Ist Gott das einzige, dessen ein Mann sicher sein kann?«

»Wenn er seiner selbst nicht sicher sein kann«, sagte der Arzt, »dafür ist er da.«

»Ich«, sagte Wendell, »habe bisher noch nie glauben müssen. Das erklärt vielleicht meinen mangelhaften Glauben.«

»Es passiert allen Männern, früher oder später«, sagte Dr.

Matthew O'Connor, »wenn sie Benimm haben; Gott ist die einzige Verfeinerung der Massen.«
Wendell warf das Haar zurück und blieb eine Minute lang in Gedanken auf der Straße stehen. »Wissen Sie«, sagte er plötzlich, als ihm auffiel, daß er den Arzt seit fünf Minuten aufgehalten hatte, »ich glaube an ein künftiges Leben, aber ich glaube nicht an Gott; das ist ein Widerspruch, aber ich sehe nicht ein, warum es nicht möglich sein sollte, daß es eine künftige Welt gäbe und doch keinen Gott in ihr.«
»Das ist unmöglich«, erwiderte der Arzt, »weil nämlich in der künftigen Welt der Mensch Mensch sein wird und einen menschlichen Bedarf, vielleicht sogar in steigendem Maße, an Benimm haben wird; denn wo die Feinheiten und zarten Schattierungen des Verhaltens erreicht werden, kommen die Manieren dem Bedürfnis des Herzens noch näher; deswegen wird man dort auch Gott finden.«
Wendell schlug wiederum die Hände zusammen, aber diesmal hinter dem Rücken. »Dr. O'Connor«, sagte er, »ich entdecke, auf nebelhafte Weise, daß Sie nicht sind wie andere Menschen. Ich habe viele Weiber geliebt, ich bin immer der unbestreitbare Vater meiner Kinder gewesen, bis zum heutigen Tag. Wenn ich also nicht der Vater bin, warum bin ich dann nicht, nach Ihren eigenen Prämissen, Gott?«
Der Arzt lächelte. »Ryder«, sagte er, »Sie sind nicht Gott, weil Ihr Gleichgewicht schwankt. Gott schwankt nicht.«
»Alle Weiber«, sagte Wendell und ließ jenes Argument für einen Augenblick auf sich beruhen, »sind gleich, bis eine im Kindbett stirbt, dann kommt sie den Heiligen so nahe, wie ich es mir nur vorzustellen vermag. Warum dies? mögen Sie fragen; weil sie auf dem Gipfel ihrer Befähigung starben. Aber davon haben sie nicht viel, wie auch wir nur hin und wieder groß sind, denn wenn sie weiterleben, kommen sie von ihrem Adel herab, wie wir alle herabkommen, und müssen dem Leben wieder in seinen eigenen Windungen folgen, und für eine solche Rolle«, fügte er hinzu, »bevorzuge ich das häßliche Weib, schöne Weiber geben keine göttlichen Märtyrerinnen

ab. Ich kannte eine solche, sie spielte die Rolle eines Trommlers im Haymarket, damals war sie jung und hatte ein langes, melancholisches Gesicht, wie die Gesichter von Königen, die nicht regiert haben. An der Art, wie sie die Beine hob, konnte ich sehen, daß sie den Wunsch hatte, sich niederzulassen, schwanger zu werden, Mutter zu sein, starken Kaffee zu trinken, am Tag zu schlafen und nachts über dem Schicksal des Korsen zu brüten. Sie war sehr einfach, sehr liederlich, sie lachte zu einer Zeit und zu einer anderen nicht. Sie war stark, aber nicht gesund, sie war rein, aber viel gebraucht, sie hatte Würde, aber war machtlos – die vollkommene Mutter!«

»Das ist viel«, sagte der Arzt, »aber wie steht es mit jenem Kind?«

»Sie«, sagte Wendell, »wird ihrer Mutter folgen, sie wird zugleich munter und rauh werden. Es wird sie vor dem bleichen Dasein jener Weiber bewahren, die von der Wiege bis zur Bahre nur zwei Gerüche haben – Zölibat und Monogamie. Meine Tochter wird freimütig sein, weder wahl- noch kinderlos: diese beiden Dinge passen zu flachbrüstigen Weibern, deren Herz mangels Raum an der Seite schlägt. Sie wird essen, ausscheiden und sterben, weder rückwärts noch vorwärts blickend.«

»Was«, fragte der Arzt plötzlich, »wird sie mit jenem ekstatischen Augenblick anfangen, wenn sie zum ersten Mal ihrem Liebsten beiliegt?«

»Das Einfache«, antwortete Wendell, »keinen Anspruch auf Ekstase stellen.«

Sie kamen jetzt auf einen grasbewachsenen Hügel heraus, der ausgedehnte Felder überblickte. Der Arzt setzte sich, und Wendell folgte unverzüglich seinem Beispiel.

»Sind Sie«, sagte der Arzt und lehnte sich zurück, die Arme hinter dem Kopf verschränkt, »was man einen guten Vater nennen könnte?«

»Ein hervorragender. Ich halte meine Kinder beschäftigt, geistig und körperlich. Wenn es heiß ist, bedürfen sie keiner Belehrung; etwas im Blut sagt ihnen, was sie zu tun haben; aber wenn es kalt ist – und wir haben übrigens ungewöhnlich kalte Winter –«, unterbrach er sich selbst, »erkläre ich ihnen alles.«

»Aha!« sagte der Arzt.

»Und ich füge hinzu«, sagte Wendell, »daß Weiber durch irgendein unbekanntes Talent in allem Trost finden, was man nicht beweisen kann.«

»Das ist Gott in ihnen«, sagte Matthew O'Connor. »Es erklärt, glaube ich, den sonderbaren Unterschied zwischen den Selbstmorden eines Mannes und eines Weibes. Ein Mann kann aus allen erdenklichen Gründen Selbstmord begehen, aus denen auch ein Weib Selbstmord begeht, aber er läßt nie die Wirkung die Ursache versiegeln, er legt sie vernunftförmig dar, er hinterläßt Notizen, er sagt, das war es oder jenes oder das andere, um sich selbst auf gleichen Fuß mit Gott zu stellen. Es ist für ihn der Tod Gottes *und* des Vaters. Sagen wir, der junge Mann ist im Begriff, sich umzubringen (und aus was für Gründen bringen junge Männer sich nicht um!); er ist vielleicht von einem Weib überlistet worden; gut, er geht also in sein Zimmer, er plant nicht nur das Ende, sondern auch die Methode des Endes, er geht mit einem besonderen und langsamen Gang auf Zehenspitzen die Treppe hinauf, er dreht den Türknopf anders, er schließt die Tür mit dem Gefühl, bei ihrem Schließen, daß er sie nie wieder öffnen wird. Das muß ein schmerzlicher Klang sein! Er geht zum Spiegel. Er hat in diesen Spiegel geschaut, als er ein heranwachsender Junge war – in diesem Zimmer ist er geboren worden –, also er schaute als Junge in diesen Spiegel und verstand dies Gesicht. Wie muß es sein, wenn er hineinschaut und ein Gesicht sieht, das er nicht versteht? Besorgt – warum? Weil er sich selbst nicht töten kann, ohne seinen Willen in die Tat einzuschließen. Er weiß, wenn er sich selbst tötet, ist er Sklave dieser Tat, so feilscht er mit der Seele des Sklaven und argumentiert heftig um eine Seele, die nicht nur keine Grundlage für Argumente bietet, sondern auch keinen Weg als jenen, der seinen Willen einschließt. Er sagt zu sich selbst: ›Ich muß dich aufgeben. Wie soll ich aufgeben?‹ So schließt er für sich selbst einen Pakt ab. Wenn ich mich töte, soll meine Leiche, nach meinen unumstößlichen Bedingungen und durch mich selbst, ich selbst sein, zum Nicht-ich-selbst gemacht – voilà! Im Falle eines Weibes, nehmen Sie jenes Weib, das Sie mögen, die Jungfrau im Nachthemd, die Mutter im Umstandskleid, die Schauspielerin in perlenbestickten Halbstiefeln und Halskrause, die Königin in Keulenärmeln, das Bauernmädchen zwischen dem Weizen, das Ladenmädchen zwischen dem Perkal, die Marktvettel in Schmutz und Verkommenheit, die Hure im Bordell; eine und alle überliefern in ihrer Tat ihren Leib der Kundschaft des Todes, weder feilschend noch nach Vorschriften oder Ausgangspunkten fragend, noch nach philosophischen Grundlegungen, denn Weiber wissen, daß es nur Gott gibt, aber der Mann weiß, daß es Gott gibt und den Vater.«

Wendell betrachtete lange schweigend den Arzt. Er sagte: »Wie würden Sie sterben, Matthew?«

Und Matthew antwortete: »Ich würde wie ein Weib sterben.«

»Ich«, sagte Wendell einfach, »würde wie ein Kind sterben, in furchtbarer Angst.«

»Ach«, antwortete der Arzt. »Das Kind! Dieser Tod ist wirklich furchtbar, das Kind weiß weder von Gott noch dem Vater.«

»Dann habe ich Sie!« rief Wendell und stand auf. »Wenn es für das Kind weder Gott noch den Vater gibt, wo ist dann Ihre Gerechtigkeit?«

Sprach der Arzt mit leiser Stimme, Gras ausrupfend: »Sie liegt in jenem Grab mit jenem Kind.«

»Was«, rief Wendell erschöpft, »Sie, katholischen Glaubens, jonglieren derart mit Worten? Gerechtigkeit ist ein schreckliches, ein unabweisliches und kolossales Ding.«

»Ach ja?« sagte der Arzt, hob die Blicke und sah ihn an.

»Oh«, erwiderte Wendell, für einen Augenblick seines Zorns beraubt, »ja, ich verstehe. Aber«, sagte er plötzlich und wurde wieder stürmischer, »ich verstehe immer noch nicht, wie Sie Trost in Ihrer Religion finden können. Das Kind, sagen Sie, steht außerhalb von ihr, warum dann nicht auch ein Mann?«

»Weil«, sagte der Arzt, »was, glauben Sie, ist ein Mann? Nur ein Kind, das im Kreis der Notdurft Gottes gewandelt ist. Das ist der Unterschied zwischen ihnen.«

»Bin ich ein Kind, daß ich weiß, daß ich wie ein Kind sterben werde?«

»Ja, Gott helfe Ihnen«, sagte der Arzt inbrünstig. »Ich fürchte, daß Sie ein Kind sind und wie ein Kind sterben werden.«

»Ist es der schlimmste Tod?«

»Der allerschlimmste – für einen Mann«, sagte der Arzt, »aber«, fügte er hinzu, »ich werde versuchen, da zu sein«, und legte ihm den Arm um die Schulter. »Ich diene Kindern aller Arten«, sagte er sanft.

KAPITEL SECHSUNDVIERZIG

Ryder – sein Geschlecht

Mit einer Abhandlung über Fleischfresser, die Schulen der Liebe; eine Zerstreuung, darin Wendell seine Mission im Leben mit einem Exposé über fast nichts erklärt.

Unter allen Fleischfressern hat der Mann das Weib am liebsten.

Ein süßes Geschöpf zu sehen, in vollem Glanze ausgestreckt, wie es ganze Ochsenseiten verspeist, erfüllt ihn mit reinem Entzücken. Ruft er nicht aus: »Wie hübsch sie wieder aufgefüllt wird! Geht sie nicht an dies Geschäft, mit Gesten, die zeitlich vollkommen auf die zeitliche Kunst des Feinschmekkens abgestimmt sind und dies, durch verstiegene Laune, über das setzen, als was es erscheint, wie der Geier, wenn er sich in die Lüfte erhebt, das Aas durch diese Himmelfahrt zu etwas Göttlichem macht?«

Wenn sie solchermaßen ganze Lämmer, ein Schleppnetz voll Fisch, hundert Perlhühner, Schnepfen und Haselhühner per annum verzehrt, ißt sie dann nicht, damit durch ihr Opferamt das Schlachten verherrlicht werde?

Wie sehr mit dem Fuß des Wildes kommt sie ins Bett, um auf ihrem fleckenlosen Leinen zu liegen und das Mögliche zu erwarten! Mit welch einer aquatischen Glückseligkeit gleitet und schwimmt sie in den Schlummer!

Hat nicht wildes Wildbret die Koketterie ihres schluchzenden Busens gereimt, den wogenden Magen zur Strophe erweitert, während sie da mit allen Seelen- und Sinnesvermögen träumend liegt, weltlich, doch furchtsam?

Hat nicht irgendein Ochs sein großes und wildes Auge geschlossen, damit sie einen Bogen von Unruhe über ihrem Liebhaber einsetze? Hörte nicht ein Finnfisch im dunklen Wasser zu schwimmen auf, damit sie, mit winkender Hand, einen artigen Gefangenen nehme?

Welches Rippenstück hätte für sich selbst dasselbe tun können wie sie? Welche Niere hat jemals eine Nation zum Erliegen gebracht, so leicht wie sie die Nation zum Erliegen bringen wird, wenn eben diese Niere erlöst ist von den leeren Tagen des Verschlammens, von ihr begnadigt?

Hätte je das Hirn eines Schafs die Schlinge des Begehrens weiter als bis zum nächsten grünen Blatt geworfen, ehe sie diese zu einem Wurf geschleudert, der die Sterne herabholte, oder einen oder zwei ihrer Knoten in List und Verrat verwandelte?

Welcher Jungstier machte irgend etwas aus seinen erhabenen Maßen, bevor sie ihn bis zur Tat verzehrte?

Wie viele Leiber sind unter der Axt gefallen, damit sie sich erzürnt über einen albernen Gecken erhebe, der sie mißdeutet hatte, und zwischen reißenden Vorhängen zum reißenden Wesen wurde, vertraute Gerechtigkeit mit unvertrauter Stimme herausschreiend? Hat nicht eine Taube ihre Sitzstange lockergegurrt, um ihr die Stimme zu geben, mit der sie sagt: »Liebest du mich?«

Ja, welch Bruststück, Schulter, Keule, Lende brachte sie auf die Knie, um zu weinen: »Ich bin dein, o HErr!« Welche Brut trieb sie an den Webstuhl der Sanftmut? Welch gespaltener Huf zertrat ihren Weinberg dunkler Schwermut und brachte sie auf sterbliche Erniedrigung herab?

Alle Dinge überhaupt plündern alle Dinge, und den Menschen plündert nichts, es sei denn Gott, und ER plündert ihn Tag und Nacht, von Größe träumend, aufgefädelt auf menschliches Leid, wie der Mensch sein Spiel gewunden auf die Schneckenlinie von eines Füchsleins Laune setzt.

Tausend Male, in ebenso vielen Sprachen, haben Männer gefragt: »Was ist das Weib? Woher kommt das an ihr herein, was wir nicht sind? Was zerstört unsere Vernunft in ihr, wenn wir sehen, wie sie nach unserem Willen in sie eintritt, und nach ihrem Willen aus ihr heraus? Was in ihr plündert wie ein Schattenschakal die Verschanzung unserer Errungenschaften, die Teile davon wegzerrend, die wir für ganz verderbt

von Niederlagen hielten, um daraus Halfter und Schlinge zu machen? Denn der Mann reitet das Ungeheuer Zivilisation, an das Weib aber geht sein abgeworfenes Hufeisen, in welchem sich der genaue Bericht dieser Reise findet.«
Eine solche war Lady Bertha Bridesleep, Lady Terrance Bridesleep, und so stieß Wendell bei seiner Kreuzfahrt auf sie. »Denn«, sagte er, »was überhaupt des Tuns wert ist, ist des Tuns auf alle Arten wert«, und zweifellos würde Lady Terrance von ungeahnter Art sein. Sie war ihrem letzten Kunststück nahe, befand sie sich doch reichlich in den Sechzigern, und man konnte bei ihr, als einer Frau von Einfallsreichtum, darauf rechnen, daß sie ihren letzten Purzelbaum im Schatten des chef-d'œuvre vorzüglich schlagen würde.
Ihr Heim lag zwischen zwei gewaltigen Hügeln. Es war mit Schindeln versehen, Mauer und Dach. Veranden bildeten seinen riesigen Gürtel, und aus drei der sechs Schornsteine stieg Rauch auf, winters wie sommers. In diesem Gebäude gab es gut achtzehn Räume. Über hundert bestens verglaste Fenster öffneten sich auf die Kundschaften aus Norden, Süden, Osten und Westen, und der gebohnerte Boden wurde von der Sonne gesprenkelt, die zwischen den Blättern manch einer Topfpflanze hindurchschien.
In dem massiven Eichenbett mit den dunklen Paneelen lagen zwei Wärmpfannen, denn das Blut von Lady Terrance kühlte ab, »Und«, sagte sie, »kein Weib sollte zu rasch erkalten, denn das tötet das Gedächtnis.«
Die kleine Kapelle, die auf dieses ihr Lieblingszimmer ging, schaute aus wie ein oft benutztes Lager, wo das Tier zum Ausruhen hereinkommt und zum Jagen hinausspringt. Von der Art etwa war Lady Bridesleeps Benehmen.
Ein Nachtlicht brannte und flackerte in seiner Schale aus Rubinglas. Darüber schimmerte die Herrin des Himmels zwischen ihren Lilien und blickte unverderblich herab auf die sechzig Jahre verderbenden Fleisches der Hausherrin, durch Humor gelinde prächtig.
Vor einem schwarzen Samtvorhang hing ein Christus am

Kreuz, mit nackter Brust, gekröntem Haupt und blutigen Händen und Füßen. Aber es gab kein christliches Lendentuch, denn es war ein Christus der Spanier, und um ihn herum, seinen entweihten Leib zu bedecken, ein kleines Ballettröckchen aus Gold.

In dieser Umgebung nahm Lady Bridesleep Wendells Huldigung entgegen, ganz wie ein reicher Bettler das letzte Almosen, wenn er nicht mehr lange genug leben wird, es auszugeben, und ließ sie mit Vergnügen unter ihre schwereren Münzen fallen.

Wenn er von Kindern sprach, vermied sie zu lachen, denn obwohl Sarah mit neunzig trug, kannte Lady Terrance ihre Furchen zu gut, um Besorgnis zu leiden.

Für Wendell gab es bei einem willigen Weib kein Alter, die Willigkeit sprach für Fruchtbarkeit. Er kannte sie schon lange. Hatte sie ihn nicht, als er noch ein Jüngling war, unter dem Kinn gekrault? Wie alt sie war, hatte er nie bedacht. Als sie zum ersten Mal in den Salon seiner Mutter hereinschaute, war sie erst kürzlich Lady Bridesleep geworden, sie hatte nämlich im Winter zuvor jenen ehrenwerten Lord Terrance of Bridesleep geheiratet, als sie vierzig war und er auf neunundsechzig zuging. Mit aller ihr zustehenden Gerechtigkeit muß zugestanden werden, daß ihr unbekannt war, wieviel an ihm natürlich und wieviel künstlich war. Sie fürchtete, daß nicht alles, was bis dahin an ihm in Erscheinung trat, ein Werk des Mutterschoßes sei – denn sein linkes Auge war besonders entfremdet und fixiert, und er ging ziemlich nach einer Seite.

In der Hochzeitsnacht sah sie sich vor der Notwendigkeit, ihm zu Bett zu helfen. Als der Edelmann ausgesiebt war, fand sie, daß sie einen Kopf und einen Rumpf geheiratet hatte, und wenig mehr.

Sie sagte später mit lässiger Größe, es sei genug von ihm für den HErrn übrig gewesen, denn auf der Frisierkommode lagen seine Zähne und seine Perücke, auf dem Chippendale-Sofa sein Bein und Arm, sein Korsett auf dem Boden. Die

Welt hatte gesagt, sie habe gut geheiratet: ihrem Wolf waren die Fänge gezogen. Als er in seiner betroddelten Nachtmütze neben ihr döste, las sie ihm aus den Ruhmestaten der Französischen Revolution vor, und wenn er noch so oft »Ach!« sagte, wandte sie sich nicht um, sich zu erkundigen, was seine Einbildungskraft anregte, sagte sie doch: »Ihn kann nur die Vergangenheit interessieren.« Denn obwohl Wendell zweifellos Lady Terrance' letztes Spiel ausmachte (sie war seit zehn Sommern verwitwet), war sie noch zu sehr Spielernatur, um diese Hand *al pari* zu nehmen. Sie war sowohl wollüstig als auch feinschmeckerisch. Mit fünf hatte sie ihren Haferbrei einfach genug gegessen, aber mit sechzig hielt kaum noch ein Geflügel oder Tier die angemessenen Raffinessen bereit; denn sie wollte nichts als die Nebenwege eines Vogels, die Nachgedanken eines Tiers. Diese, mittels der blasierten Kunst der französischen Chefs (der für das Fortwähren der Natur so entbehrlich war wie ein Kapaun) boshaft zusammengeschmiedet, waren ihr Entzücken. Mehr als dreißig Jahre lang hatte sie den genauen Neigungen ihres Magens Fragmente und verborgene Teile aufgetischt, niemals hatte sie die schöne Akkuratesse des Verlangens auch nur um einen Gänsebürzel überfüllt. Daher konnte sie sich bis auf eine Portion Kutteln erinnern, welchen Dingen sie verpflichtet war.
Männer waren als Männer zu ihr gekommen und als kleine Mädchen gegangen. Wendell war als Wendell gekommen, und dennoch war er als Wendell gegangen. Wer war sie mit sechzig, daß ein Mann auf dem Bratenwender ihrer Anziehungskraft mit Fett beträufelt werden konnte, und nichts destoweniger ein Mann blieb?
Sie war indessen nicht, wie der Leser verdächtigen könnte, bloß eine »Liebelei«. Ihr gefiel die Natur zuhöchst in ihrem Natürlichsten, es juckte sie, den Schlips des Austernverkäufers zurechtzurücken und die Schleifen diverser Zimmermädchen herauszuputzen. Sie liebte die einfache Wiederholung eines Stroms von Nonnen, das monotone Läuten der Totenglocken, denn das sprach von jenen, die aus etwas Unheimli-

chem dauerhaften Brauch machten. Sie schickte Kleidchen an Neugeborene und hielt manch einem sterbenden Armen die Hand, und obwohl sie nie weinte, hatte sie jene dicken Augenlider, die Tränen überflüssig machen. Über Wendells Ankunft nun dachte sie lange nach. Sagte sie zu sich selbst: »Was ist der Mann, und was seine Liebe? Männer sahen mich in meiner Jugend, und die Liebe sprach so – denn wahrhaftig, ich kenne die Schulen –: den Finger an den Nasenflügel legend, hustete er, stotterte, spuckte, nieste, wechselte das Gehänge seiner Tapferkeit von links nach rechts und ließ, wenn er nur drei Schritte weiter hinten ging, einen trompetenden Wind los, ganz der gute Handwerker, um meine verliebte Aufmerksamkeit zu erhaschen.« Sie nahm den ersten Finger, um eins zu zählen: »Nennen wir das die Liebesschule Husten contra Niesen, für Damen in der ersten Blüte lieblicher Weiblichkeit, denn was könnte ein Galan Geringeres anbieten, so er überhaupt einige Empfindsamkeit besitzt.« Sie nahm den zweiten Finger: »Dann fange ich an, zu verblassen. Er hustet und niest immer noch, stottert und stammelt. Dies soll die Schule St. contra St. genannt werden, für Damen gut in den Dreißigern, denn hier läßt sein Wind nach.« Sie nahm einen dritten Finger: »Dann stand ich tief im Schatten. Er steht immer noch in Habacht-Stellung, aber er hustet nicht, noch stottert oder spuckt er, denn dies ist nicht zu erwarten, solches gehört allein zur Frühlingsidylle. Nein, jetzt spart er an Wind und Wasser und sagt einfach ›Weh und Ach!‹, Schule W. contra A. Und da stehe ich nun mit sechzig. Was für eine Schule wird jetzt kommen? Prahlerei contra Aufschneiderei! Dessen werde ich Herrin werden.«

An diesem Abend ließ sie sich in ihrer Kapelle nieder, lehnte den Kopf an den Mahagonifuß des Kreuzes und sagte zu ihrem unsichtbaren Beichtvater, sie selbst beichtender Beichtvater (das haushälterische Herz): »Wie soll ich aus mir, in diesem meinem letzten Spiel, ein Sechserpasch machen!

In der Jugend«, sagte sie, »wird das Leiden einer Mutter mit dem Leiden Christi verglichen; man wird älter, und das Leiden gleicht dem einer anderen, und man wird alt, und das Leiden gleicht dem einer jeden: und schließlich soll man sterben«, sie machte eine Pause und betrachtete ihre Hände, gerunzelt und geschickt, »und das Leiden ist nicht einmal das eigene. Aber Terrance«, fügte sie nachdenklich hinzu, »war niemals Mutter. Hört, Burschen und Mädchen, das war ich! Tochter von Bess, Tochter von Jess, Tochter von Hanna, Tochter von Anna, Tochter von May, Tochter von Eva, Tochter von Tilly-Bratenwender, Tochter von Kitty-Pumpenschwengel, Tochter von Alice-Beeil-dich, Tochter von Sally-Starke-Hand, Tochter von Fanny-die-Zaghafte, Tochter von Winny-die-Hochmütige, Tochter von Mädchen-Vornehm und Mädchen-Niedrig, Tochter von Kit-hier, Tochter von Kat-da, Tochter von Närrin-Nirgends! So sei es ein fröhlicher Scherz, denn in Gesellschaft des Kummers gibt es genug Sippschaft, und es sei Ironie dabei, so daß Männer sich im Gedanken an das wiegen mögen, was ich in einer Herbstnacht war, bloß ein ältliches Mädchen, und ans Ende heranreichte.«

Sie drückte auf die Klingel. »Bringen Sie mir«, sagte sie, »das Diktionär und eine Wärmpfanne. Ich bin alt, und ich muß einen Plan entwerfen.«

* * * * * * * * *

Wendell, als methodische und freundliche Seele, hatte ein Datum für sein Beilager mit ihr festgesetzt, wie gute Schuldner den Tag für die Bezahlung ihrer Rechnung angeben. Es fiel auf einen Wintersonntag, an dem Schnee in der Luft lag, das Personal von Lady Terrance war ausgegangen, das Herz auf der Zunge.

»Der Zeitpunkt ist gekommen«, sagte er, »daß ich notwendigerweise ein wenig vor Ihnen prahlen muß, und obwohl Sie dies nicht bereichern wird, dürfte es alle möglichen Dinge erklären, die Sie hinfort sehen werden. Ich, meine Liebe, bin zum Vater Aller Dinge bestimmt. Dazu bin ich geschaffen, und dem will ich anhangen. Folgendes ist nun das Geschlecht, das die Ryders sein werden – diejenigen, die singen können wie die Lerche, gurren wie die Taube, muhen wie die Kuh, summen wie die Biene, zirpen wie die Grille, bellen wie der Hund, miauen wie die Katze, wiehern wie das Roß, brüllen wie der Stier, krähen wie der Hahn, i-a-en wie der Esel, schuhu-en wie die Eule, blöken wie das Lamm, ganz zu schweigen vom Krächzen der Papageien und allem lärmigen Geschrei, Gewinsel, Gerülpse, Geknirsche, Geseufze, Geschluchze, Geweine, wie man es überall auf der Welt hört, aber aus tausend verschiedenen Kehlen. Nie zuvor sind all diese Klänge dem Menschen geläufig gewesen, aber ich werde es erfüllen; manche werden Milchzähne haben und manche Raubzähne. Manche werden Propheten sein, manche Sophisten, manche Schurken, manche Jungfrauen, manche Kupplerinnen, manche Priester, manche Vetteln, manche Vasallen, manche Freie, manche Sklaven, manche Krämer, manche Pamphletisten, manche Eunuchen, manche Hermaphroditen, manche Adlige, manche Blinzelmiezen, manche Bordellbesitzer, manche Dirnen, manche Juristen, manche Ärzte, manche Präsidenten, manche Diebe; pro und contra, für und wider, aber keins Bourgeois oder ein Mensch, wie wir sie kennen, sondern auf der fruchtbaren Höhe des Genialischen. Dazu bin ich geboren und dem will ich anhangen. Meine Kinder werden ans Licht treten, wachsen, groß werden und sinken, auf eine bis auf heute dem Menschen unbekannte Weise, und keins wird so schüchternen Gemütes sein, daß es, den Fuß aus dem Schoß setzend, fragen wird, wie Kinder es von Anbeginn taten: ›Worauf kann man hier stehen?‹, sondern ausschreiten wird wie jene, die neun Monate im Netz des Schlafens gekämpft haben, darin sie große Taten vollbrachten, ehrenvoll über die langsame, stockende Zeit gestellt. Sie werden Legende und Märchen werden, Geschichten, die man in der Abenddämmerung erzählt. Sie werden den Hunden folgen, und mit den Tieren hausen, und die Wege der Vögel und Fische kennen. Sie werden befleischt sein mit allem Fleisch, das jetzt dem Menschen fremd und unbekannt ist, und durch dies Fleisch werden sie so zart von Weisheit sein, daß sie wissen, wie der Huf aufschlägt, wie die Flosse fächelt, wie der Flügel sich aufschwingt, wie die Tatze tastet, wie die Klaue sich klammert und das Spinnweb schwebt. Kein Herz wird unterschiedlich schlagen, denn sie werden Herzen im Innern ihrer Herzen besitzen, Ochsenherz und Rotkehlchenherz.«

»Wie vollbringen Sie das alles?« fragte Lady Bridesleep.

»Indem ich mich in allen Betten bette, und wenn ich mich bette, keinen Samen des Zweifels säe, und dies«, fügte er hinzu, »erfordert Macht und einen Willen!«

»Werden sie«, fragte Lady Terrance, »wissen, wozu sie geboren sind?«

Sagte Wendell: »Weiß nicht die Totenglocke vom Leichnam, die Hochzeitsglocke von der Braut, und die Festglocke vom Erntedank? In tausend verschiedenen Gestalten werden sie geschaffen werden, und nach allen Dingen benannt!«

»So sei es«, sagte Lady Terrance, und es wurde nicht mehr gesprochen.

* * * * * * * * *

In der Morgendämmerung, als Wendell dalag, wie ein Hahn krähend und ganz außergewöhnlich vergnügt, erhob sich Lady Terrance und wandte sich ihm lächelnd zu. »Wie werden wir ihn nennen?« fragte Wendell, riesig stolz.

»Nichts und Niemals«, sagte Lady Terrance sanft. »Er wird vollbringen, was von den anderen ungetan bleibt. Du brauchst auch Kein-Kind, mein guter Mann, jeder Vater hat eins. An ihn wirst du den Teil des Ehrgeizes hängen, der zu schwer fürs Sterbliche ist. Und jetzt«, sagte sie zu der Zofe, die auf ihr Klingeln gekommen war, »bring mir den Kalbskopf, der auf Eis liegt.«

Wendell machte den Mund auf, aber es kam kein Laut hervor.

ONCE UPON A TIME HE
SAID THERE WERE TWO
FINE WOMEN - ONE WAS
CALLED MOLL AND ONE WAS
CALLED EVE - MOLL IT WAS WHO
WAS ALWAYS SEEN COMING FROM
AND EVE WHO WAS ALWAYS
SEEN GOING TO, CHURCH
NOW THIS AS YOU
MAY SUPPOSE
SET-

KAPITEL SIEBENUNDVIERZIG

Hingehen und Herkommen

Worin Wendell den Behörden über die unerklärlichen Kinder berichtet.

Man kann sich wohl vorstellen, daß es eine Menge Ärger gab, um Ryders Leben aus den Papieren herauszuhalten; der Bürgermeister sagte, recht mutig, Wendell müsse ins Gefängnis gehen, Filzstiefel und alles übrige; die Schulbehörde sagte, noch mutiger, wenn die verschiedenen Kinder, die jetzt auf dem als »Stierfried« bekannten Hof lebten, nicht am Schulunterricht teilnähmen, sei es nicht nur um so schlimmer für sie selbst, sondern auch für ihre Eltern, *wer auch immer* sie seien!
Eine Abordnung sprach vor, angeführt von einer Fürsorgerin, einer kleinen Frau in Nelson-Tweed, mit einem Gesangbuch unter dem Arm. Wendell hüpfte in seinem Schafwoll-Mantel umher (den er sommers wie winters trug) und sagte, bevor er den Löwen trotzte, zu seinem Weib Amelia:
»Zieh dein schwarzes Seidenkleid an, Liebste, und sperr Kate in den Schrank, denn ich bin im Begriff, mit einer Untersuchung belästigt zu werden.« Dann machte er seinen Ausfall.
»Wendell Grieve Ryder?« fragte die Anführerin.
»Eben der«, sagte Wendell und pflückte eine Rose, während sein rotes Haar in der Sonne schimmerte.
»Wir hören«, sagte der erste in der Gruppe, ein Geschöpf mit demütigen Schultern und Staubmantel von trüber Farbe, »daß sich in diesem Haus (er zeigte darauf) zwei Familien befinden; es wird behauptet, daß die Kinder allhier acht an der Zahl sind, und«, fuhr er fort und betrachtete unter schweren Augenbrauen hervor Wendell, als wolle er schauen, wie das möglich wäre, »da es keine Meldung über mehr als einen Mann gibt, sind wir gekommen, um zu inspizieren . . .«

»Was?« sagte Wendell.
»Die Umstände«, sagte die Frau.
»Einflüsterungen ...«, sagte Wendell.
»Gibt es hier nicht mehr als eine Frau?«
»Oh, es gibt mehrere«, sagte Wendell.
»Wessen sind sie?«
»Sie gehören im wesentlichen«, sagte Wendell und schlug die Augen auf, »sich selber. Da gibt es also meine Mutter, eine höchst ungewöhnliche Frau, außerdem meine Frau, auf ihre Art nicht weniger bedeutend, und dann gibt es eine Sorglose Kate ...«
»Das ist die Person«, sagte das Geschöpf im Staubmantel von trüber Farbe, und keuchte vorwärts, auf seinen Rohrstock gestützt.
»Was?« sagte Wendell.
»Das ist sie, das ist eine andere Frau, das ist die Mutter von dreien ...«
»Stimmt«, sagte Wendell, »genau drei ...«
Der Mensch von trüber Farbe brachte ihm sein Gesicht näher.
»Wessen«, fragte er mit Grabesstimme, »sind sie?«
»Ihre«, sagte Wendell.
»Und?«
»Zweifellos seine.«
»Seine?«
»Haben Sie ihn«, sagte Wendell voll Staunen und zerrupfte die Rose, »nie gesehen?«
»Wen?«
Wendell blickte vorsichtig um den Rosenbusch herum: »Das Kirschfarbige Individuum, Arthur heißt er ...«
»Niemals!« sagte sein Unterredner und lehnte sich auf den Fersen zurück. »Was hat er getan, und wer ist er?«
»Verdammt guter Mann«, sagte Wendell; »er hat die drei Extra-Kinder gemacht, je eins pro Abstecher. Er ist Handelsreisender, verkauft Wasserfilter. Einmal im Jahr, regelmäßig wie ein Uhrwerk, klettert er über das Tor; er mag es nicht öffnen; er ist eben in allen Dingen ganz eigen; er kommt über das Tor,

streicht sich den Bart, ein wunderschönes Ding, lang und von lockerem Haar, wie der eines Propheten, nur in besserem Zustand, geht zur Pumpe herum und trifft dort Mrs. Arthur. ›Womit hast du dich beschäftigt, die letzten zwölf Monate minus nur einen Tag?‹ fragt er. ›Unsinn!‹ sagt sie. ›Was denkst du denn, ich habe das Stück Ansetzspitzen fertiggemacht und bin bis zu den dunkleren Schattierungen der Rosen gekommen, was sonst?‹ – ›Magst du einen kleinen Spaziergang mit mir machen?‹ sagt er. ›Ich gehe nicht weiter als bis zum Kornfeld‹, antwortet sie. ›Dann soll es das Kornfeld sein‹, sagt er, und sie machen sich auf. Das Korn steht hoch und in Ähren, die Feldlerchen singen. Sie ist eine große Frau, und sie setzt sich hin, und er ist ein dünner Mann, und er setzt sich neben sie.«

»Dann ...?«

»Dann«, fuhr Wendell fort, »soweit ich darüber unterrichtet bin, legt er den Arm um ihre Schulter. ›Hast du Gott in diesem Sommer um irgend etwas gebeten?‹ sagt er. ›Das habe ich nicht‹, antwortet sie. ›Und warum nicht?‹ fragt er. ›Weil‹, sagt sie, ›ich möchte, daß es eine Person gibt, die IHn um SEiner selbst willen liebt und nicht wegen SEines Einflusses.‹ Und dann herrscht ein Weilchen Schweigen. Das grüne Korn wogt, und die Regenwürmer werfen ein Hügelchen auf. ›Seit Anbeginn der Schöpfung‹, fährt sie fort, ›haben die Menschen gesagt: Gib mir; und jetzt bin ich, und ich sage nichts. Es ist schwer, wenn du verflixt genau weißt, daß es Dinge gibt, die verschenkt werden, und dein Name kommt bei der Verteilung nicht vor, aber hier bin ich und werde um nichts bitten, nur um zu zeigen, daß ich jenen Mann liebe.‹

›Und was denkst du über Gerechtigkeit?‹ sagt er.

›Folgendes denke ich darüber‹, antwortet sie, ›Gerechtigkeit besteht ganz daraus, dem Rechtfertiger einen Augenblick Frieden zu verschaffen! Als ich niederkam‹, fügt sie hinzu und blickt in den Himmel, ›mit diesem letzten Kind von dir, hatte ich eine Vision.‹

›Wirklich!‹ sagt er.

›Da kamen viele Leute vor‹, sagt sie, ›alle in einem unablässigen Strom, so daß man erkennen konnte, da würde etwas ohne persönlichen Antrieb getan; so begraben sie die Leute, und so gehen sie zur Messe, und so kamen sie zu mir, um mich zu vergewissern.‹

›Wovon?‹ sagt er.

›Einer guten Entbindung, natürlich! Und wie kann ich sicher sein, daß sie das ein zweites Mal tun werden? Und wie soll ich ohne das Mut haben?‹

›Ich werde dir eine Geschichte erzählen‹, sagt er und umschlingt sie auch mit dem anderen Arm, ›und während sie sich zu etwas Schönem aufschichtet, gibt es keine Erkenntnis, was, wie unbedacht, wir mit der nächsten Generation tun mögen. So‹, sagt er, ›liegst du bequem in meinem Arm, und ich werde dich beschatten, und das Korn wird dich beschatten vor dem Übermaß der Hitze‹, sagt er. ›Und wir werden einen Weg finden.

Also‹, beginnt er, ›in Patagonien ...‹

›Mach es nicht so arg ausländisch‹, sagt sie.

›Nun also, dieselbe Geschichte hat sich in Sparta ereignet.‹

›Und auch nicht heidnisch‹, sagt sie. ›Ich möchte meine Kinder nicht von vornherein auf alle möglichen Weisen haben.‹

›Wie wäre es dann mit dem Lande Connecticut?‹ fragt er.

›Das paßt gut‹, antwortet sie und liegt ruhig da.

›Also, in Neu-England ist es geschehen‹, sagt er, in leichtem Ton beginnend und durch die Nase atmend. ›Es lebten dort einmal zwei feine Weiber ...‹

›Ah, du Teufel!‹ sagt sie und richtet sich halb auf.

›Halt!‹ ruft er laut. ›Im Jahr, bevor ich geboren wurde ...‹

›Oh‹, antwortet sie, so ruhig, wie man sich nur wünschen mag. ›Da lebten zwei feine Weiber ...

Wie du allerdings davon wissen kannst‹, fügt sie hinzu, ›geht über meinen Verstand.‹

›Hörensagen‹, sagt er, ›und Hörensagen ist mächtig zärtlich über Weiber. Aber hör jetzt zu, es waren zwei feine Weiber, und eine von ihnen war sehr fromm und religiös, und tat alles, was wohlgefällig und gut ist, und die andere war ein Luder und eine Buhlerin und eine Dirne, und ihre Kleider waren mit Heftfäden zusammengehalten, und ihre privatesten Kleidungsstücke waren tamburiert genäht, also weißt du jetzt, wie es mit ihr stand.

Molly war die Gute, und Eva war die Schlechte. Ich denke, sie hätten die Namen umgekehrt bekommen sollen, aber dafür ist es jetzt zu spät. Moll und Eva waren sie, und so liegen sie Seite an Seite in derselben Erde. Nun, wie ich schon sagte, die eine ging immer zur Kirche, und die andere kam immer von dort – welche welche war, glaube ich, kannst du dir unschwer vorstellen – jedenfalls entstand eine Menge Ungemach, denn es erhob sich eine Kontroverse, die schließlich die gesamte Gemarkung in meilenweitem Umkreis einbezog: alle Leute von verdrießlichem Gemüt griffen in die Angelegenheit ein, und sie endete mit dem Tod der einen und dem Verschwinden der anderen. Nun ja, es war Moll, die man stets *von* der Kirche gehen sah, und es war Eva, die man stets *zur* Kirche gehen sah, so daß die Leute zu fragen anfingen: »Welche ist die Heilige, die, so stets hingeht, oder die, so stets herkommt?« Einige von ihnen behaupteten, Eva sei die Bessere, denn, sagten sie, es entspricht der Vernunft, daß dem HErrn Hingehen wohlgefälliger ist als Herkommen. Aber, sagten andere, wie kann man wissen, wohin Moll geht, wenn sie herkommt, oder wohin Eva geht, wenn sie hingeht? Einige hielten fest, es sei zwar richtig, daß Moll einen Augenblick zuvor in Andacht versunken gewesen war, als notwendige Vorbedingung, um herzukommen, aber niemand könne sagen, wenn sie erst einmal auf dem Weg hinweg war, wo sie war, und wo ihr Gemüt. Andere sagten, obwohl nach allgemeiner Kenntnis Eva nie in ihrem ganzen Leben im Inneren einer Kirche gesehen worden sei, gehe sie doch in ihrem Hingehen irgendwie immer weiter, eigentlich mit einem Gemüt, das sich dem Heiligtum zu- und nicht von ihm abwandte.

Nun ja, wie du vermuten würdest, die ganze Stadt wurde zu einer siedenden Spekulationsmasse, denn was lieben Menschen mehr‹, sagt er, ›als einen Lumpen, um darauf herumzubeißen, und ihn untereinander zu zerfetzen, solange er einen philosophischen Geschmack hat?‹

Sei dem, wie ihm wolle, Frauen vergaßen, den Topf aufzusetzen, Männer vergaßen, nach Hause zu kommen; und es wird berichtet, daß die Stadt eine ganze Nacht lang im Dunkeln blieb, weil der Laternenanzünder sich mit dem Milchmann herumstritt, der auch die Morgenmilch nicht lieferte. Und alles wegen der Frage, ob Moll dem Heil näher wäre oder Eva.

Als dieser schreckliche Streit ausbrach, war es gerade nach dem Abendgottesdienst, und wie gewöhnlich sah man Moll herkommen und Eva hingehen. Weil nun ein Regiment von Offizieren für ein oder zwei Tage hier stationiert war, hatte die Stadt große Vorbereitungen für eine Feier getroffen. Frauen kochten ungeheuer große Pasteten, Männer statteten Spundlöcher mit Zapfen von vorzüglicher Rundung aus; die Herrinnen und Töchter des Hauses rissen Wandbehänge in Stücke, an den rührendsten Stellen des Musters, wo Tauben sich paarten, Liebende ein Stelldichein hatten, Venus ihr Spiel mit den Wellen trieb, und überall begingen Hände Unbesonnenheiten, langten nach Abendpelzen und Brusttüchern, drehten sich alles ins Haar, was sie in die Finger bekamen, kappten Kristalltropfen von Lüstern als Ohrringe, schlugen Porzellanblumen von Schmuckkästen als Verzierung für ihre Schuhe ab, und sie rannten hin und her, die Haarlocke einmal auf dieser, einmal auf der anderen Seite, um sich des berükkendsten Winkels zu vergewissern, während sich andere in Ecken und unter Stühlen versteckten, mit hübschen weißen Rehleder-Bänden der Poeten, um noch einen Vers auswendig zu lernen, bevor die Sauce und das Gelee gemacht wurden; Balustraden, Balkons und Gärten waren von ihnen erfüllt, die Busen gerade strategisch richtig arrangiert, als, wie ich sagte, der Streit begann, und da waren sie eine gute Woche später immer noch, ohne je die Haltung geändert zu haben, in Küchen und Schlafzimmern, in Dachstuben und Kellern, im

Haus und auf der Straße, alle verkrumpelt und zerknittert von der Hitze des Themas, und keine Lösung in Sicht.

Natürlich sahen sie schließlich ein, daß irgend etwas getan werden mußte, um die Streitfrage zu schlichten, daher begab sich eine Delegation, bestehend aus jedermann, Männern, Frauen und Kindern, alten Damen mit Krückstöcken, Bettlern und Reichen gleichermaßen, hinaus zum Hause eines Philosophen, der für seine Weisheit und Gelehrsamkeit berühmt war, ein heiliger Mann, aber angehaucht von Hexerei, und dort strömten sie vor dem Haus hin und her, immer noch streitend und argumentierend, so daß bis zum heutigen Tag viele Familien einander entfremdet sind.

Der gelehrte Mann in der Nachtmütze steckte den Kopf aus dem Fenster und wollte wissen, was los sei. Als er mit dem Dilemma vertraut gemacht worden war, gefiel ihm der Fall so mächtig, daß er ihn volle drei Tage und Nächte lang vom Fenster aus mit ihnen diskutierte, manchmal zum Großen Bären sprechend und manchmal zum Oberhaus und wiederum zu Jehova, denn solche Burschen können, mittels ihrer sprachlichen Vermögen, mit allen Völkern kommunizieren.

Nun, das Resultat bestand darin, daß sie ihn auf den Schultern zurücktrugen, vor dem Haus der Schwestern Molly und Eva absetzten und sagten: ›Jetzt lösen Sie dieses Rätsel, oder Sie kommen nicht lebend aus diesem Haus heraus, denn so geht es mit uns nicht weiter.‹

Nun lag das Haus von Eva und Moll, den beiden feinen Weibern, in Dunkelheit, obwohl helles Tageslicht herrschte, denn die Jalousien an den Fenstern auf der Straßenseite waren herabgelassen, so daß die Menge es zufrieden sein mußte, zu schauen und nichts zu wissen. Deswegen setzten sie sich, um in der Gosse zu warten und an der Mauer, einige kletterten sogar auf das Gesims und versuchten, sich einen verstohlenen Blick ins Innere zu verschaffen.

Als der gelehrte Mann selbst in die Diele trat, blickte er sich um, aber seine Augen sahen nur so weit wie die Augäpfel, denn es war so pechschwarz, daß es ihm schwerfiel, zu wissen, ob die Hand vor ihm seine eigene war oder die eines anderen. Während er in solcher Verlegenheit dahinstolperte (denn einem Mann, der für Argumente offen ist, geht alles an die Nieren der Spekulation), kam er an eine Treppe, die zu ersteigen ihm unter großen Schwierigkeiten gelang. Ein dämmeriges Licht drang über den Staub der Schwelle zum inneren Alkoven, und auf sein Klopfen hin wurde er gebeten einzutreten, mit matter Stimme.

Und hinein trat er, und sah vor sich ein großes Rollbett mit zwei echten Roßhaarmatratzen, denn hingehend oder herkommend, sie hatten es gerne bequem. In dem Bett lag Moll, und an ihrer Seite lag Eva, und ein Säugling zwischen ihnen. An den vier Ecken des Bettes befanden sich Kerzen, hell brennend, und Kerzen brannten überall auf Gesimsen, denn das Zimmer war voll von kleinen Jungfrau-Frauen, in rosa und blauen Gewändern, und jede hatte eine brennende Kerze, und die Vorhänge am Bett waren zurückgezogen und mit ausgeblaßtem Baby-Band befestigt, und es herrschte ein Geruch nach Wachs, Öl und Weihrauch im Zimmer, und das Bett zeigte lauter Bilder von Heiligen und vom Blutenden Herzen, und sie flatterten blökend, wenn Eva sich bewegte, denn sie bewegte sich ein wenig, und Moll bewegte sich überhaupt nicht.

›Und nun‹, sagte Eva, sich aufrichtend und ihn mit großer Ruhe betrachtend, ›sagen Sie den Leuten, die durch die Stadt pöbeln und beständig in der Gosse vor meinem Haus lärmen, daß sie nach Hause zu ihrer eigenen Lebensweise zurückkehren können, denn die Frage ist geregelt, ob Moll die Rechtschaffenste ist oder Eva, insofern Moll herkommt und Eva hingeht, denn die Sache hat sich umgekehrt. Moll ist zum HErrn gegangen, und ich bin vom HErrn gekommen, mögen sie sich also einen anderen Lumpen suchen. Moll ist tot, und ich bin Mutter und mag für Sie und die andern verdammt sein!‹

Und daraufhin ging er hinaus. ›Und jetzt‹, sagt Arthur, ›gibt es eine ganze Menge Kommen und Gehen für dich, und wie fühlst du dich, Liebste?‹ Sie antwortet ihm: ›Das war eine gute Geschichte, eine, deren Moral ich diese neun Monate lang wahrscheinlich nicht vergessen werde.‹«

»Ist er nicht reichlich ausführlich gewesen?« bemerkte der Mann im Staubmantel von trüber Farbe und betrachtete Wendell, wie der neben dem Rosenstrauch stand.

»Eine große, lange Zeit«, sprach Wendell.

»Wie erklären Sie es sich«, bemerkte der Mann im Staubmantel von trüber Farbe, »daß ein Mensch, derart bereit, so lange Zeit auf zwei oder mehr Arten zu schmieden, am selben Tag wieder fortgeht und erst im nächsten Herbst wieder auftaucht?«

»Nun«, sagte Wendell, »das ist einfach. Arthur ist ein äußerst heikles Geschöpf.«

»Wie?« warf der trübe Mantel ein.

»Sehen Sie«, sagte Wendell, »er ist furchtsam, er ist ängstlich, er ist besessen –«

»Wovon?« fragte die Fürsorgerin und ließ die Psalmen sinken.

»Von einer Gewißheit«, sagte Wendell.

»Kommen Sie auf den Punkt«, bemerkte der trübe Mantel und keuchte vorwärts, auf seinen Rohrstock gestützt, »wenn es Ihnen beliebt.«

»Nun denn«, sagte Wendell, »wenn Sie die ganze Wesensart und die Geschichte des Mannes wissen wollen, er befürchtet, wenn er länger verweilen würde, sagen wir etwa neun Monate oder mehr, könnte seine linke Manschette bepinkelt werden.«

»Gütiger Gott!« rief der Mann. »Das ist vollkommen klar. Ich bitte Sie tausendmal um Verzeihung, Ihnen Ungelegenheiten gemacht zu haben, und wegen meiner, soll ich sagen unserer, ungerechtfertigten Unterstellungen.« Und er verbeugte sich.

»Keine Ursache«, sagte Wendell, »bin ich doch groß im Unterhalten von Gentlemen.«

Und daraufhin verließ jedermann den Garten.

Als nun Wendell den Garten verließ, gefiel ihm seine eigene Geschichte so gut, daß es ihn heftig schmerzte, daß sie nur fabriziert und nicht einfach vorgefallen war. »Denn«, sagte er zu sich selbst, »ich habe oft zu diesem Weib gesprochen, auf viele Arten, aber nie auf diese Art, und ich bin zwar zweifellos selbst eine ganze Reihe Männer, aber Arthur bin ich nie gewesen, und das ist eine große Schande«, sagte er zu sich selbst und ging ein Stück in den Wald hinein, setzte sich ins Unterholz und dachte lange nach.

»Wenn ich das nächste Mal meiner Kate beiliegen werde«, sagte er, nachdenkend, »werde ich ihr dann diese Geschichte erzählen oder nicht? Das ist die Frage. Und wenn ich es tue, wird sie mir so antworten, daß sie abläuft, wie ich es erzählt habe, oder wird sie mich in eine andere Richtung ablenken?« Er schlug mit der Hand auf den Boden. »Eine andere Richtung wird es sein, oder ich kenne sie nicht!« sagte er, legte sich hin und schaute in die knorrige Eiche hinauf, wo der rötlichgraue Kadaver der Geiß hing, die er erst tags zuvor erhängt hatte, denn sie war von Skrofeln behaftet, und in ihrem Versteck litt sie mehr, als eine Ziege ertragen kann. »Und verdammt, wozu ein feinfühliger Mann getrieben wird«, sagte er zu dem hin- und herschwingenden Körper, »wenn er seine Plage mit Frauen und mit Tieren hat.«

KAPITEL ACHTUNDVIERZIG

Elisha, in das Mägdlein verliebt

Die Kerzen schwankten leicht in ihren Tüllen. Seine Knöchel, aus der Hochglanzpolitur des Klaviers auf ihn zukommend, stiegen langsam die Beethoven-Sonate hinan, Beethoven, Ludwig van, geboren in Bonn am 17. Dezember 1770; mit vier begann er das Musikstudium – mit neun – um den Nakken das weiße Halstuch, herab sich senkend, die unlieblich nachdenkenden Augen – Papas Augen – er spielte weiter.
Liebe und das Mägdlein, das waren Leben und Schönheit verschlungen! Zwei Flügel falteten sich über ihre Füße, und zwei über ihre Augen, und zwei zum Fliegen – das war das Mägdlein. Er aber war Elisha, Bastard der Sorglosen Kate, Bastard. Aber sein Vater war Wendell, und wie lautete der richtige Name seines Vaters – Peel? Das hatte ihm nie gefallen, ein schlechter guter Name. Er, Elisha, Beethoven spielend; das hatte wieder etwas mit seinem Vater zu tun. Es hieß, die Geschichte sei irgendwo niedergelegt, graviert in ein Rasiermesser, aber das Rasiermesser war nie zu finden. War das der geheime Ort in seinem Vater, nicht Erzählen, sondern für immer Verbergen, die Geschichte andeuten und den Beweis verbergen?
Der Tod und das Mädchen. So schmerzlich verschlungen, zwei Flügel falteten sich über ihren Füßen, und zwei über ihren Augen, und zwei, die nicht fliegen konnten. Was hat er zu ihr gesagt? Halb gebildeter Geist, ein kleines Mädchen bildend. War es ein halb gebildeter Geist, der Königinnen die weltmüden Köpfe abschlug?
Was konnte er ihr erzählen? Was hatte er ihr erzählt? »Ich erkenne mich selbst nicht.« Gesündigt, um sie abseits zu setzen, zu sündigen und zu erkennen. Und sie saß abseits, verlassen, zu sündigen und zu erkennen. In ihm war der Schutzmantel, halb gebildet und nicht regendicht; aber man muß behüten, bevor man fähig ist.

Sanft spielte er weiter, ganz vierzehn und Jugendliebe, spielte nicht, wie sein Vater es wünschte, laut, laut, um des Vergnügens willen, den eisigen Glanz des Klangvolumens zu erkennen, sondern sanft, so sanft, wie seine von Arbeit harten Hände es vermochten. Wäre er so gewesen, wenn er wie andere Kinder weggegangen wäre? Aus Ägypten fortgebracht? Aber Ägypten war die Mutterwunde, das Eitern, das Musik von sich gab, und Gewinsel, und die Macht zu widerstehen.
Nun geschah es, daß die Schöffen seines Denkens über seinen Fall zu Rate saßen:
Du bist, nach jeglicher Absicht und Ziel, der Gemeinde ein Wegebesserer; ich behaupte, daß noch kotiger Lehm an deinen Knien klebt.
Ich werde den Leuten in der Stadthalle trotzdem vorspielen.
Du bist verliebt; was für eine Art Weib ist es? Überschaue sie genau mit geistigem Auge. Ist sie so jung, so lieblich, so unschuldig, wie du sie machst? Hat sie nicht vielleicht zutiefst so viel Bodensatz an Leben wie eine Flasche Wein?
Sie ist der Tod und das Mädchen.
Das ist deine Phantasie. Wo in dir ist Wirklichkeit?
Ich bin jung, meine Meister.
Du wirst alt werden, mein Sohn.
Ich werde den Leuten in der Stadthalle trotzdem vorspielen.
Gelinde und sanft, wie im Traum, ging er zwischen den Kühen, das kleine zarthufige Kalb, mit Augen künftigen Himmelreichs, trank, am Lappen des mütterlichen Euters zerrend, schief auf Spindelbeinen ausgleitend wie ein erschlafftes Instrument. Elisha hob die Meerschweinchen hoch, er kniete, er lächelte, wie sie sich blindlings in seine Taschen wühlten, in die Öffnungen seines Mantels, wie die geschwinden Nasen bebten, den Weizenhalm aus den zartbepelzten Kiefern ausgespuckt, Nager und Nicht-Nager, ängstlich und hilflos.
Wenn er über die Sandgrube schaute, konnte er das Rot von Wendells Haaren sehen, den staubigbraunen Mantel, den

Arm, der sich bog, um irgendein Kraut oder eine Wurzel zu pflücken, als Experiment fürs Abendessen. Er dachte an den von Experimenten erschütterten Leib seiner Mutter, schweren Bauches, die steifen Beine, eine verrenkte Gestalt des Todes. Er trat unter den Bäumen im Hof hervor, stolperte gegen Wurzeln, schaute in die Zweige hinauf. Es fing zu regnen an, neuer Regen, aber seine Mutter sagte, der Morgen würde klar sein, und sie besaß seltsame Weisheit, weil sie einen Ausgleich brauchte, deswegen glitt sie in Trance-Zustände, sah Männer im Krieg und ihre irrlichternde tote Schwester in langem weißem Gewand – die Toten bieten keine Farben. Richtig üppig war jene Schwester, als sie starb und die Hände über wohlgerundeter Brust faltete, aber als Maid kehrte sie zurück, der Tod und das Mädchen. Wer bezweifelt dieses? Wer bezweifelt Wort und Zeugnis des gewöhnlichen Weibes? Sie allein, die zu unwissend für Schönheit ist, mag allein Schönheit sehen; ihr, die zu weltlich für Religion ist, mag das Wort gewährt sein. Wer zweifelt an seiner Mutter, deren Schönheit dahin, deren Temperament geblieben ist? Wer zweifelt am Wort der Mutter, die sieht, was die Umstände ausgleicht? Ich nicht! Und wer kann am Wort der Mutter zweifeln, wenn sie schamlos in ihrer Nacktheit vor ihm ist, ihm zu zeigen, wie der Leib in den Tod absteigt?

Am nächsten Tag spielt er, das Haar über dem Knabengesicht. Rührend lehnt sich der unbeholfene Körper unter dem ersten Gehrock vor, sein Kinn zittert über der unglückseligen Anordnung der Halsbinde, verziert mit einer Hufeisen-Schlipsnadel; seine harten Hände kommen lebendig aus den Manschetten hervor, sein genagelter Schuh gleitet auf dem Pedal aus, seine Hände belohnen ihn. Auf der Straße haben sie für Papa gearbeitet, jetzt arbeiten sie für ihn selbst – der Tod und das Mädchen so schmerzlich verschlungen.

Er schaut sich nicht um, in die Halle, wo die Leute sind, oder hinauf zu der geisterhaften Lichtkugel, die an drei verschieden langen Ketten hängt. Der Klang der Füße, dann kein Klang, und dann sein Klang und Beethovens Klang. Er beugt sich vor, er gibt seinem Leib einen Ruck, er ist mit sich selbst allein, er hat die Leute weggeworfen, eine ertrinkende Masse am Hals eines ertrinkenden Mannes, und spielt laut, und ist zu sich selbst befreit, sanft, sanft um meiner Seele willen, sagt er, und spielt sanft. Und er weint, und er steht auf, verbeugt sich, weint und verbeugt sich, und die Leute donnern Applaus.

Diese Nacht lag er bei seinem kleinen Bruder; sein Vater lag in einem Bett daneben. Als er in der Nacht aufstand, betrachtete er seinen Vater, wie er da lag, mit schwerem Kieferndurft, seinem Körpergeruch, dicht um ihn her. Sein Vater erwachte, schaute, sah und rief ihn. Und Elisha legte sich neben ihn ins Bett und umarmte seinen Vater und sagte:

»Es ist in Ordnung.«

Und Wendell antwortete: »Wie kann man dich daran hindern, ein großer Mann zu werden? Nach diesem kommt Größe. Es ist gut, groß zu sein, es hält die Leute fern. Leb für die Leute, und du hältst sie fern. Das ist das Geheimnis; sonst fallen sie in Schwärmen über dich her, und du gehst unter. Aber der große Mann lebt und stirbt allein. Wenn er mit den Leuten eins ist, ist er abseits, und kennt niemanden – und hat keinen Bruder. Einer, der die Leute erreicht und die Leute bewegt hat, ist mit den Leuten fertig. Aber dafür mußt du laut spielen, dein ganzes Gewicht, du mußt dir deine Freiheit mit großem Tumult erkaufen. Später kannst du sanft spielen, sanft. Der Mensch wird nur mit dem Tumult gekauft, es gibt keinen leisen Preis, du wirst ja sehen.«

Im Dunkeln befeuchtete Elisha seine Lippen und sagte sanft:

»Sag mir, was ist ein Weib?«

»Leidenschaft, bestimmter Art«, sagte Wendell.

Elisha sagte: »Welcher Art?«

»Sie hat einen Mann zittern gesehen«, sagte Wendell und bereitete sich auf eine Rede vor, denn nichts mochte er lieber, selbst wenn es mitten in der Nacht aufkam. »›Was ist das?‹ sagt sie. ›Das ist deins‹, antwortet er. Sie kommt mit lebhaftem Schritt auf ihn zu, vielleicht stehen ihr Tränen in den Augen, weil sie unterwürfig ist. ›Gib mir etwas, was niemand je einem Weib gegeben hat.‹ Und er antwortet: ›Ich habe nur, was seit Anbeginn der Welt gegeben wurde.‹ – ›Was ist das?‹ fragt sie, und er antwortet, noch stärker zitternd, die Hände ringend, an denen die Adern hervortreten: ›Schwangerschaft!‹ Mit feuchten Augen sieht sie, wie er sich ihr nähert und«, sagte Wendell, »sehr göttlich und sehr häßlich aussieht. ›Warte!‹ schreit sie, und er fängt an, heftig zu atmen. Er stolpert über einen Stuhl, und sie gewinnt ihr Gleichgewicht wieder. Es gibt immer ein Mißgeschick auf dem Weg eines Mannes, das die Sicherheit zurückgibt, wenn sie erwünscht ist. ›Vieh!‹ sagt sie. ›Viehs-Gespons!‹ antwortet er und kommt auf sie herab.«

»Dann...?«

»Dann«, sagte Wendell, »weiß sie noch mehr.«

»Was weiß sie mehr?« sagte Elisha.

»Unrecht«, sagte sein Vater. »Der Vorhang geht über dem Unrecht auf, sie sitzt im Parterre, fürs Theater angezogen. Langes weißes Gewand, Corsage aus Lilien, Brillantencollier, niedergleitende Pelzstola. Sie setzt sich im Sessel zurecht, sie hat ein Gefühl der Erwartung – warm, tröstlich, ekstatisch. Was sie sieht, ist: wie ein Mann den anderen betrügt. Sie nimmt nicht Partei, sie bedauert; sie urteilt nicht, sie wartet wie ein Kind auf die Auflösung.

Bürger A und Bürger B spielen die Travestie der Gefühlswallung durch. Bürger A schreit nach dem Gericht: ›Haltet den Mann! Er hat mich verhöhnt! Er kam, ein Schaf zu kaufen, und stahl eine Kuh!‹

›Er lügt!‹ erwidert Bürger B. ›Ich bestellte eine Kuh, und er sendet mir ein Schaf!‹ Und währenddessen, mein Sohn, lächelt dies Weib hinter ihrem Opernglas, made in Germany vom Feinsten, mit Leder überzogen, massenhaft verkauft, und nimmt nicht Partei. Sie hat sich gesagt: ›Was ist der göttliche Unterschied zwischen Kuh und Schaf, der eins zum Preis und das andere zum Nachteil macht? War die Kuh krank und das Schaf gesund? oder waren beide angekränkelt, oder

stammten beide aus einer auserlesenen Zucht?‹ Und das Unrecht geht weiter.
›Man schließe den Mann ein‹, sagt das Gericht. ›Man gebe dem Händler sechs Monate für das Fehlen einer Kuh und dem Käufer sieben für den Erwerb eines Schafes.‹
›Wie!‹ sagt das Weib, ›ist das Unrecht des einen Mannes im Maß von sechs Monaten bewertbar, und das andere mit sieben? Wenn ja, welches Unrecht ist das rechteste?‹ Und wiederum weiß sie mehr.«
»Dann ...?«
»Sie geht von einer Bühne zur anderen, die Bühnen sind die Welten, aber das Ende ist ihr eigenes.«
»Warum?« fragte Elisha, der ganz still dalag.
»Weil«, sagte sein Vater, »man an sich selbst stirbt. Das hat sie auch beobachtet.«
Elisha sagte: »Wie?«
»Am Tod in anderen. Leidenschaft in anderen. Unrecht in anderen. Ein Mann stirbt, sagen wir mal; sie ist wiederum Zuschauer. Sie sitzt neben dem Bett. ›Mach das Fenster auf‹, sagt der sterbende Mann, und sie öffnet das Fenster. ›Liegst du bequem?‹ fragt sie, und er sagt, er liegt bequem. Und während er das sagt, erinnert er sich an seine Jugend, als Bequemlichkeit etwas so Bequemes war, daß er es nicht hätte fordern können. Seine Gedanken wandern, ihm ist von sich selber übel, verbraucht und vergangen. Jetzt liegt er im Sterben, und er ist so selbstisch, wie nur Sterbende selbstisch sind. Er hat alle seine gleichgültigen Tage verlebt, und jetzt, in der letzten Stunde, zählt er sich selbst als einen letzten Wassertropfen in der Sonne. Mit wahnwitziger Anstrengung versucht er, sich selbst wieder aufzubauen. Er verlangt ein anderes Kissen, er schickt es weg. Er wünscht frische Luft, und wenn sie das Fenster öffnet, möchte er es geschlossen haben, und im Dunkeln, beim Versuch zu erinnern, wann er eine noch nicht ausgegebene Summe war, stirbt er. Und während alldem seufzt dies Weib und tupft sich mit einem Spitzentaschentuch die Augen und ist nicht übermäßig betroffen. Doch wartet sie auf

den letzten Satz, der von seinen Lippen fallen wird, denn wie alle Welt verleiht sie, was ein grober Irrtum ist, dem letzten Wort einigen Wert. Es ist wichtig, weil niemand anders dasein wird, um es zu bewahren.«

Sagte Elisha: »Ist das Weib gut oder böse?«

»Es gibt keine guten Weiber«, sagte Wendell. »Sie sehen von Anfang an zuviel. Und wenn man sie in einen Kerker einsperren würde, in einsamer Haft, von der Wiege bis zum Grab, sie sehen zuviel.«

»Wie?« sagte sein Sohn.

»Sie schauen in ihre Herzen«, sagte Wendell, »und in ihren Herzen ist das ganze Drama des Mannes. Einschließung würde übrigens die Sache noch schlimmer machen, denn allein spielen sie es Gott vor. Das ist dann Religion.«

Elisha schlief, das kindliche Mannsgesicht zurückgelegt. Mit offenem Mund schlief er, und die Nacht lang spielte er an seines Vaters Bein den zweiten Satz der Pathétique hinunter, während die Hand seines Vaters an der Mitternachts-Tonleiter zupfte, ebenfalls schlafend, durch seine behaarten Nasenlöcher herab atmend, das rote Haar wie das eines Mädchens auf dem Kissen ausgebreitet. Während die Schwester in ihrem Zimmer mit ihrer guten Habichtnase dicht an der Masse von Mutter Kate schlief. Alle schlafend, Schlaf schlafend, Dinge träumend, an die sie nie gedacht hatten. Schlafend durch die Nacht.

KAPITEL NEUNUNDVIERZIG

Drei große Augenblicke der Geschichte

Nach dem Bericht von Dr. Matthew O'Connor an einen jungen Burschen, den er sah, wie er mit einem irdenen Topf über einen Zaun kletterte, und den er herunterholte, um an einem Löffel Belehrung über die Gepflogenheiten der Welt teilzuhaben, der ihn, einige Zeit hernach, wieder auf den geraden Weg bringen mochte. Denn dieser brave Mann hielt sich stark an Witz und Weisheit, wo sie vom dünnen Rand der Jahrhunderte tropfen, und hatte zu diesem Thema im Portikus mancher Kirche landauf, landab Rede und Gegenrede gehalten.

Also sagte er: »Hör zu, mein Junge, denn ich werde dir geben, was besser ist als Stehlen, wie ein junges Mädchen besser ist als ein altes, ein Knabe besser als ein Mädchen, und eine Ziege am besten von allem; nämlich die Angelegenheit der drei großen Augenblicke der Geschichte, denn ich glaube, ich sehe an dir, was schlecht empfangen ist. Ich bin kein Kleinholz und hacke nicht auf die Seele eines Menschen ein, denn manche kommen des einen Weges und manche des anderen, und nicht alle werden mit dem Kopf nach oben auf die Leine gehängt, wenn sie trocknen sollen, sondern es muß, unter einem Dutzend oder so, einen geben, der an den Fersen hängt und solchermaßen hohlköpfig ist. Oder von seinem Glied festgenagelt, kann er es später im Leben nicht vergessen, und belegt es mit großem Stolz, und prahlt an ihm entlang, lobt es und bietet es in höchst ungünstigen Augenblicken an, und sieht sein ganzes Leben lang nichts anderes Wertvolles. Manche berühmen vor sich selbst seine Wichtigkeit derart, daß sie Anweisungen hinterlassen, ihre Körper im Grab daneben zu legen, als sei es eine Braut oder eine Seele, und manche sind so weit gegangen, Kodizille zu hinterlassen, daß es nicht eingebunden oder eingewickelt werde, sondern gut vier volle Tage nackend im Sarg verbleibe, aufdaß der Odem des Lebens nicht aus ihm herausgeschnitten werde, so es sich in den Kopf setzen würde, sich wieder zu beleben und als immer noch Bürger zu verkünden. Deswegen sei du vernünftiger und lausche den wahren Grundlagen des männlichen Stolzes, dem, was dich so gemacht hat, wie du jetzt bist, obwohl darauf brennend, auf die Landstraße hinauszukommen, niemals auch nur einen Gedanken darauf verschwendend, woher du gekommen bist, oder wohin du gehst, über diesen Ort hinaus, den du verlassen würdest, um des Ortes willen, da du dich verbergen würdest; denn gewiß ist es von größerer Bedeutung, wo du hergekommen bist, aus der ewigen Laune der Zeit heraus, und wohin du gehst, in den ewigen Magen ihrer Scherze hinein, als daß du nach Hause kommst, mit heilen Kleidern und mit einem Topf, der mir so aussieht, als ob er mit dem besten und rosigsten Honig von Lady Drawbreeches gefüllt ist, denn ich kenne seinen Glanz, auf die Knospe genau, und könnte mich beinahe auf eben die Blume verwetten, nach der jeder Tropfen duftet und begehrt, aber laß das ruhen und leih mir dein Ohr.«

Und also begann er:

»Der erste große Augenblick der Geschichte, von dem ich dir berichten werde, war jener, als Kleopatra, zu Tränen von ihrem Antonius ermüdet, sich nach dem auslöschenden Frieden des Schlafes sehnte. Doch, denn so halten es Weiber, die überlang zu Diensten waren, sie gedachte, eine Zerstreuung dieser oder jener Art zu haben, um ihre verfitzten Fadenenden zur Ruhe zu bringen. Zu jener Zeit wurden Weiber, und daher auch Männer, am besten durch die Betrachtung irgendeines Tanzes erquickt. Beim Gedanken an ihre tanzenden Mädchen klatschte sie also in die Hände, sie kamen hervor und vollführten, das wage ich zu behaupten, manch eine hübsche Drehung zu ihrem Amüsement. Aber sie mochten tun, was sie wollten – und das war viel –, sie konnten doch nicht amüsieren, denn sie befand sich auf jenem überhohen Gipfel der Langeweile, wo weder Kopernikus selbst noch seine Theorien ihr auch nur einen Augenblick spekulativen Vergnügens hätten bereiten können, so war sie zur Müdigkeit dünn und fürs Kopfkissen dick geworden. Aber eine Sache hatte sie noch im Kopf – daß man, um schön zu bleiben, irgendwie Stuhlgang haben muß. Deswegen rief sie nach ihrer Masseuse und einem Korb Feigen, denn, was Stoßen, Kneifen und Rollen nicht bewirken würde, mochte die heilsame Anwendung jener in Gang setzen.

Als sie daher (wohl abgerieben und zur Vollkommenheit geknetet) schmachtend nach einer Feige langte und, die dickste und prächtigste dieser Laxativa hochhebend, darunter die arglistigste aller Vipern sah, hübsch zusammengeringelt, sagte sie: ›Ach‹, und nahm sie zu sich, mit jenem Relikt, oder sollte ich sagen Rudiment, von Mutterinstinkt, mit dem sie seit Geburt begabt war, und legte sie an ihre linke Zitze. Presto! Kaum hatte sie das getan, stieß das kleine Tier sie mit einem mächtigen Stoß oder biß sie mit bösartigem Zahn, denn ich weiß nicht, worin sein tödlicher Brauch besteht, und, die Augen schließend, als sie den Atem durch die Zähne einsog, sagte sie: ›ooooooooOOOO *Jesus*!‹«

Und das war der erste große Augenblick der Geschichte.

»Jetzt«, sagte Dr. Matthew O'Connor, »höre wohl auf den zweiten, denn obwohl er nur eine kurze Straße schneidet und in ein Taschentuch gewickelt oder in einem Augenwinkel erhascht werden könnte, enthält er mehr Weisheit über jene Humor genannte Beschwerde als dreißig Bände, die hätten geschrieben werden können und zweifellos wurden, von irgendeinem alternden Gelehrten mit mehr Runzeln in den Hoden als in den Zitzen einer Sau, denn die lange Zeit, die sie auf dem Stuhl der Gelehrsamkeit ruhten, derweil er unter den Alten in toten Sprachen nach Weisheit suchte, und sein eigenes Leben und dessen Rufen und Wimmern so weit vergaß (denn das Glied eines Mannes ist wie ein mächtiger Bluthund, und eines Mannes Leib, fürwahr, nichts als der Stapel, daran es zerrt), daß er, tat es auch was es wollte, immer in derselben Faltung saß, vom Morgen- bis zum Abenddämmern, während er gewaltige Bände nach der Ursache durchforschte, die

geringere Männer so ausschweifend stolz darauf machten – wie ich dir anfangs bereits erzählt habe.
Solchermaßen, als Stonewall Jackson vorbeiritt, steckte Barbara Frietchie den Kopf aus dem Fenster und schrie: ›UUUUh, HHHu, Stonewall!‹«
Und das war der zweite große Augenblick der Geschichte. »Und jetzt«, sagt er, »stürmen wir auf den dritten zu, und, mein Junge, der ist eine Lektion in jener einfachen Würde und Ehre, die sich in schlichtem Leinen bescheidet – nicht bunt von Waid oder anderer hochmütiger und satirischer Färbung, damit manch ein junger Zieraffe seine Hose oder Weste bemalt oder seine Nägel befleckt – entstehend, dessen bin ich sicher, aus schlichtem Essen und sanftem Schlummer. Denn ehrliche Kost macht ehrliche Darmwindungen; und was kann man von diesen jungen Kerlen erwarten, die ihre Eingeweide mit Fleisch füllen wie ein Osterei, mit den üblichen Narreteien des Trimalchio, und eine Lüge nicht schmecken (so sie aus ihrer Mitte heraufgegurgelt kommt), wegen der Kräuter und Jahrgänge, die wie ein Haarnetz drumherum geträufelt sind und deren Gürtelumfang von Pasteten und Cremes angeschwollen ist, die zu einer kotzenden Hure besser passen würden als zu einem Mann. Denn eine Hure nimmt alle Dinge auf, und kotzt, während sie aufnimmt, so aber sollte es ein Gentleman nicht halten. Ein Gentleman nun war der General Lee, von dem du wohl gehört hast, ein Gentleman, in welcher Richtung auch immer man ihn aufschneiden mochte, gar nichts anderes in seinem Schrot und Korn; aber Grant war eine Art alte Sau. Sei dem wie ihm wolle, als Lee erkannte, daß er sich ergeben mußte, putzte er seine Orden, richtete seine Epauletten, schnallte den Gürtel fest, und den alten Degen polierend, marschierte er ins Gerichtsgebäude, mit dem Schritt eines Caesar, obwohl in seinen Augen manch unvergossene Träne glitzerte, wie der Daus. Sich zu voller Höhe aufrichtend sagte er, während er den getreuen Degen aus der Scheide zog und mit dem Griff voran präsentierte: ›Sie wissen, was man hiermit machen kann, nicht wahr?‹ Und dies«,

sagte Dr. Matthew O'Connor, »war der dritte große Augenblick.«

Der Junge war irgendwie störrisch geworden, und der gute Doktor, ihn auf den heißen Punkt vom Horn des Hinterns zerrend, brachte ihn auf Grund mit: »Da, mein Junge, dein Widerrist noch unzerdrückt ist, solltest du guten Rat leicht annehmen und nicht solche Eile zeigen, dich ihm zu entziehen. Die Geschichte«, fuhr er fort, mit dem Gemüt des Jungen herumspielend, »ist gewiß nicht das einzige, wozu ein Mann taugt, obwohl es welche gibt, die es so haben wollen. Meiner Meinung nach ist es nicht so erstaunlich, zu betrachten, was der Mensch gelegentlich getan hat, sondern zu bedenken, wieviel er ungetan ließ. Wie seine Geschichte in die eine Richtung lief und sein Herz in die andere, um mein Argument zu illustrieren, bedenke die Frage der Gräber –«

Hier brach der Junge in Tränen aus. »Denn«, sagte er, »ein Grab ist ein Ding, das ich nicht ohne Gram schauen kann, und wirklich verwandelt der Gedanke an ihre große Zahl auf der Welt meine Eingeweide in ein Unding von Jammer, denn dahin kommen alle Dinge sowieso, so daß ich zu nichts gut bin und meine Lektionen nicht lernen kann, denn der Gedanke, daß so viel bezauberndes und gutes Werk eines Nachts die Mahlzeit eines Wurms sein wird, und ihn gar nicht bessern, oder irgend etwas über seine Haut ziehen wird, das den Kadaver eines Bettlers nicht verzieren mag; denn das Grinsen eines Schädels ist nicht besser als ein anderes, und Zyniker und Empfindsamer zeigen im Grab gleichermaßen die Backenzähne. Was nützen also meine besten Bemühungen mehr als die schlechtesten eines anderen?«

Solcherart klagend hatte er den guten Doktor in tiefe Besorgnis versetzt.

»Da ist etwas dran«, sagte Dr. Matthew, »und zwar etwas, was ich nur schwerlich zurückzuweisen vermöchte, wäre ich nicht der Ansicht, daß du verrückt und phantastisch unrecht hast. Denn sieh mal, was hat ein Mann davon, auf eines anderen Nicht zu buhlen, ausgenommen die betroffene Frau, und so ist es auch mit dem Lernen. Du wirst durch eiliges Denken nichts Besseres als ein anderer durch gar kein Denken, ausgenommen das Denken, das du hast und er nicht hat, und ob's gleich wahr ist, daß du es im Tode aufgeben und wieder an den Wind verlieren mußt, wie eine Taube im Käfig, war es einst das deine und mag verändert scheinen, mit einer dir etwas ähnelnden Stimme, die von noch einem anderen Ohr vernommen wird, als Andenken. Wer aber den Vogel nie besaß, wird keinen Vogel haben, der bei seinem Hingang krächzt, noch, was ich für das größere Leid halte, irgend etwas, es freizulassen, wenn er zu seinem letzten Ruheplatz hinuntergeht. Das ist, wie man so sagt«, schloß der Arzt, »ein sehr kleiner Trost, womöglich, aber so klein er sein mag, ist's doch Trost.«

»Wahrlich«, sagte der Junge, »Trost ist es, doch ist's klein.«

»Du bist ein Geizkragen«, sagte der gute Doktor, »und willst viel haben, wo niemand für mehr als drei Pence bekommen hat; aber ich werde dir von einem mir bekannten Mann erzählen, der ganz wunderbar in diesem Umgang mit dem Nichts und dem Kleinen ist. Er heißt Wendell, und ein Ryder, und obwohl die Ursache zweifellos Furcht vor dem Auslöschen ist, ist er sich keineswegs zu gering, um dieser Wirkung willen loszuballern, und niemals ist er über einem Buch oder irgendeinem Argument, noch verschwendet er seine Stunde, sondern geht umher und macht aus einer ärmlichen Schlußfolgerung so viel wie möglich, indem er sein eigenes Nichts mit so vielen anderen multipliziert, wie er nur finden kann, innerhalb und außerhalb des Ehestandes, und pißt zwischendurch vor sich hin, um der schlichten Freude willen, seinen eigenen Dampf heiß gegen einen Stein zu sehen, solange eine Kohlenglut in seinem Leib ihn zur Wärme bringt, und er würde es nicht wie du kalt und unvergossen sparen, für die Nutzlosigkeit spuckenden Redens. Denn obgleich er wohl weiß, daß der Tag kommt, da seine Quelle kein Wasser mehr führt, noch herausschleudert, was aufwachsen und ihn Vater nennen wird, strömt sie, derweilen sie kann, doch vorzüglich, denn kein Rohr, egal aus welchem Metall, hält ewig, sondern sollte spielen, solange seine Höhlung dem Zweck entspricht; und obgleich er weiß, daß sein Hirn doch so stumpf wie Glaserkitt werden wird und in keinem Lappen mehr für die Laune einer Ameise ausreichen, bepackt er es dennoch in beiden Fächern wie ein Maultier, aufdaß es unterwegs von den Nachbarn als der Esel eines nicht armen Mannes gesehen werde. Du aber, mein Junge, so du in diesem Maß voranschreitest, wirst ein verhungertes, von der Schabracke schlecht verdecktes Tier sein, an dem niemand vorbeikommt ohne ein: ›tick-tack! Das arme Vieh da hat nichts auf den Rippen noch irgendeinen Bedarf an den beiden Löchern, die der liebe Gott ihm gegeben hat.‹ Denn da nichts am einen Ende verschwindet, wie soll irgend etwas am anderen hervorkommen? Sein Bauch ist ein schreiendes Loch, das nach dem wimmert, was nicht durch den Mund eintritt, und erbärmlich nach dem jammert, was, aus eben diesem Grunde, nicht da ist, mit dem Wind dahinzugehen. So gehst du von vorn und von hinten verspottet einher, und seit langem schon gab es nur einen einzigen anmutigen Weg aus diesem Gebrechen heraus, nämlich als deine Daumen dicker waren als dein Hirn, da hättest du einen davon auf deinen Kopf legen und ihn eindrücken können, aufdaß du gegangen, bevor du eingetreten wärest, ansonsten bist du wie einer, der ißt und sich nicht entleert. Hättest du indessen mit dem Daumen gedrückt, hätten die Menschen vor einem Geheimnis gestanden und gesagt: ›Wer war dieser, der anklopfte und nicht eintrat?‹ Denn die Würde erfordert, daß du entweder ungesehen vorbeigehst, wenn aber gesehen, zum Abschied winkst – das ist bloß die übliche Höflichkeit.«

Zu diesem Zeitpunkt war dem Jungen das Gemüt so verwirrt und weh, daß er den Topf umgekehrt hatte, wodurch der Honig gänzlich auf die Erde hinabgekleckert war. »Was da!« rief der Arzt. »Du schreibst dir nicht nur deinen eigenen dummen Grabspruch, sondern illustrierst ihn auch noch, bist du doch durch einen Topf Honig gekommen, und wo ist der nun, fürwahr, es sei denn zurück in die Erde, aus der er kam, ohne einen Dienst erwiesen zu haben? Du, mein Junge, wirst in gleicher Weise aus der Erde heraus und in sie zurück gestoßen sein, so du nicht deinen Wandel änderst, ohne eine einzige Zunge zu süßen oder irgendeinen Geschmack zu hinterlassen, noch gedachte ich«, sagte er, »als ich vor kaum zehn Minuten das Grab erwähnte, daß ich dich damit an beiden Enden hätte, lebendig und tot, so säuberlich in einer Tasche wie ein Kind im Mutterleib, und das spricht wiederum für meine Argumentation. Eine einzige Hülle sollte nicht alles bedecken, was einen Mann ausmacht; das Wickeltuch sollte nicht das Leichentuch sein, denn ein Mann von Talent sollte zwei Hüllen haben, eine, die ihn herausschüttelt, und eine, die ihn einsammelt.

Ich selbst kenne einen Mann«, fuhr der Arzt fort, »der Erbarmen mit diesem, aber nicht jenem hatte, und sehr, wie die Leute sagen würden, aus Mann und Weib gemischt war. Er weinte um einen Freund, welcher sagte: ›Ich werde Königin der Brieftauben sein‹, und damit in die Nacht hinausflog, obwohl er, der arme Tölpel, als Unrat aufgesammelt wurde. Und ich halte es für nichts weniger als ein äußerst bezauberndes Wesen, das sich dergestalt von etwas anrühren läßt, was dickeren Nerven bloß lächerlich erscheinen würde.«

»Es ist aber wirklich höchst lächerlich«, sagte der Junge. »Ich könnte ebensogut behaupten, so ich ins Meer hinauswatete, ich würde König der Bücklinge.«

»Und warum schließlich nicht?« sagte der Arzt und fand nichts zu belächeln.

»Warum nicht?« sagte der Junge. »Folgt aus jeder gewählten Todesart Regentschaft? Wird man Fürst der Hasen, wenn man mit dem Kopf voran in ein Kaninchenloch geht? Oder die Dame vom See, so man in einem Zuber Wasser sitzt?«

»Vielleicht könnte es damit zu tun haben«, sagte der Arzt, um nicht entmutigt oder aus seinem anfänglichen Gleichgewicht geworfen zu werden, »denn was immer sich im Herzen eines

Menschen befindet, irgend etwas davon hängt nicht nur um seinen Geist umher und räuchert um seine Seele, sondern: ließe sich nicht sagen, daß ein Aroma mit ihnen ist, wo immer sie gehen? So daß die Hunde manch einem wegen seiner Hundsamkeit folgen, anderen fressen die Eidechsen aus der Hand, und noch einem dritten fällt es überhaupt nicht schwer, einen Löwen auf ein schnurrendes Detail zu verkleinern. Nun, ich kenne selbst ein Weib, dergestalt von Mystik gebissen, welche aus den irischen Hügeln hervortritt, wo sie geboren wurde, und aus dem Euter ihrer Mutter hervor, vermutlich, wenn sie stillte, und sie dermaßen in die Geisterwelt hinweg versetzte, daß eine Unterredung mit ihr tatsächlich einem guten langen Schluck an einer Vision glich.
Sie hatte Feen in den Schubladen, das möchte ich wetten«, fuhr der Arzt fort, »denn was die Leute am meisten lieben, das wirst du um sie her finden, und wenn es sich um Dinge des Geistes handelt, wirst du ein Hexennest finden, und wenn es sich um Dinge von dieser Welt handelt, wirst du Dinge von dieser Welt finden. Hättest du, um mein Argument zu illustrieren, die keltische Dame mit dem untersten zuoberst gekehrt, hättest du gewiß ein oder zwei Zweiglein von Übernatürlichem gefunden, hättest du aber meine Mutter umgekehrt, mit der gleichen Wißbegier, das unterste zuoberst, wärst du durch einige Teeblätter leicht verwirrt worden, denn sie trug das Kraut in ihrer Turnüre, stand es ihrem Herzen doch unter allen Dingen am nächsten. Deswegen tragen so viele Männer überhaupt nur das mit sich herum, was sie besitzen, als ihren geliebten Schatz, und Weiber, entsprechend, die tiefe Verehrung für das, was sie nicht besitzen. So würde ich gern etwas anderes an dir sehen als deine übel erworbenen Süßigkeiten, und wissen, was deinem Herzen am liebsten ist, bin ich doch keiner, der irgendeinen andern durchstöbert, nur um auf seinen wichtigsten Schatz zu stoßen, was ein Mann ißt, das wird er schließlich finden, wenn er zwischen den Zähnen stochert.«
»Irgendwie«, sagte der Junge, »klingt Ihre Weisheit, als sei sie

übel erworben, und wenn sie ausgereift ist, werde ich der erste sein, sie zu fliehen, denn sie wird kopflastig sein und ihre Schalen sprengen, bevor es zu einem kostbaren Jahrgang kommt. Ein Mann, der so jung erscheint wie Sie, sollte ein ruhigeres Ferment besitzen. Mein eignes, obgleich noch das eines Kindes, schafft eine gute Grundlage für einen, der in seinem sechzigsten Jahr gar nicht so schlecht sein wird, ihn einem Gast vorzusetzen.«

»Gut ausgedrückt«, sagte der Arzt herzlich und freundlich, wobei er eine Hand auf das Knie des Knaben legte. »Ich nehme den Verweis an, wie er gemeint war, und es ist etwas an dem dran, was du gesagt hast, aber nur, weil du meine Natur nicht kennst, was augenblicklich den ganzen Unterschied ausmachen wird, wenn ich es dir besser erkläre. Begreife also, was du sagst, hat zwar Wahrheit, aber nur für jene, die langsam zu ihrem Bukett kommen, welches zugegebenermaßen für einen Mann die richtige Art des Reifens ist; ich aber reife auf andere Art, gewiß ein langsamer Jahrgang, als er abgefüllt wurde, aber – meine Gärung kam über Nacht, und meine Flasche ist schon seit langem zerbrochen. Und was du siehst«, sagte er und wischte eine helle Träne fort, die sich ihren Weg in seinen Schnurrbart hinab zu winden drohte, »ist eins jener Geschöpfe, die den Hintern oben haben statt des Kopfes, und bei solch einer Umkehrung der bestehenden Ordnung läßt sich kein Verhältnis von Wein und Ferment auf richtige Weise ermessen. Es ist ein seltener Fall, aber nicht so selten wie einst. Wenn die Sache weiter zunimmt, wie zu fürchten steht, und dem Kellermeister eines Tages unter die Augen kommt, wird er daher das richtige Rezept haben, und dann wirst du nichts mehr zu klagen finden, denn, Junge, das ist ein weiteres Geheimnis des Menschen. So sage mir also, wo denkst du, stehe ich?«

»Auf dem Bein, einerseits«, sagte der Jüngling, »eines Ochsen, und andererseits auf dem eines Hasen.«

»Das ist bitter ausgedrückt«, sagte der Arzt, »und ich würde es übelnehmen, wäre ich hinreichend einer von beiden, um seine Vergeltung zu nehmen, aber wenn ich dich mit dem Huf eines Ochsen niederrennen würde, würde ich mit dem Schwanz eines Kaninchens wegrennen, was nutzt es also? Da ich nun weiß, daß einer Ochs ist und der andere Hase, kann ich wehklagen, wenn ich renne, langsam auf der einen Seite und schnell auf der anderen.«

»Ich habe Sie eine so lange Strecke rennen lassen«, sagte der Junge, »denn ich habe gesehen, daß ich mein Argument für Sie so passend wie möglich illustrieren müßte, und hatte keine Eile, Sie zu unterbrechen, denn ich bin ein Sohn dieses Ryder, und seine Spiele um nichts haben bereits Nichtswürdiges hervorgebracht, wo läge also der Sinn?«

Der Arzt schlug sich mit mächtigem Brüllen die Hände an die Seiten, Tränen der Freude tropften in seinen Schnurrbart hinab. »Ganz wunderhübsch hat jener Wendell«, sagte er, »auf seine Ziele hingearbeitet, und wo bist du gewesen, Junge, all die Jahre lang? Denn ich selbst muß dich auf die Welt herausgebracht haben, aber ich kann mich nicht erinnern, dich zu diesem heranwachsen gesehen zu haben.«

»Ich«, antwortete der Junge, »bin eins seiner Spiele mit einer Küchenschlampe in Shepherd's Bush, und sehr hat sie über mich geklagt, denn ich kam als kleines Kerlchen unter ihrem Herzen hervor; denn das Herz von unten gesehen ist ganz gut; und das ist so, weil ein Kind, solange es jenes nur von unten sieht, es lieb hat, aber wenn man groß ist, und von oben hineinschaut, und sieht, wie sehr dieser Kessel des Übels sich abmüht, dann eben geht der Junge von zu Hause weg, und die Liebe einer Mutter wird zu einer Handvoll Aloe, die sie in jenes Gebräu wirft, um es von jetzt an und für ewig köcheln zu lassen. Deswegen sind Eltern und Kind die schlechtesten Freunde, und deswegen habe ich, obwohl erst fünfzehn, beschlossen, daß kein Weib durch irgendeine Dienstleistung meiner selbst jene Enttäuschung erfahren soll, und deswegen habe ich mich entschlossen, meinen Weg zu gehen, achtlos und gedankenlos, so ungefüllt mit Wissen wie eine Stachelbeere. So soll es sein, wenn ich mich zu Ende bringe mit einem

Sattel, so leer, wie er durch nichts nur gemacht werden kann.«

»Dies«, sagte Doktor Matthew O'Connor, »ändert die ganze Richtung der Diskussion. Deine Mitmenschen zu lieben ist auch eine Notwendigkeit.« Und damit legte er sanft einen Arm um die Schulter des Jungen, während er mit der anderen Hand den Topf wieder aufstellte, um das Wenige zu retten, was an süßem Stoff noch übrig war.

KAPITEL FÜNFZIG

Wen sollte er jetzt enttäuschen?

In einem hochlehnigen Sessel, mit den Füßen kaum auf den Boden reichend, die Hände um die untergeschlagenen Arme geklammert, saß Wendell, das Gesicht naß von ungewohnten Tränen, und schaute unter den Augenbrauen hervor schreckerfüllt auf seine sterbliche Mutter.

Schlafend lag sie im dämmrigen Lichtkreis, den die Öllampe warf, einen Roman unter den gekreuzten Händen. Es hing ein zarter Duft nach Verwesung im Zimmer, denn was sie töten sollte, arbeitete in ihrem Innern – der Wurm im Holz –, und nach Veilchen-Toilettenwasser. Schwerfällig, das sanfte Gewicht erst gegen die eine, dann gegen die andere Wand werfend, erging sich ein Nachtfalter.

Die Scheite im offenen Kamin, unter der Asche knisternd, glühten schwach, und der Schreibtisch mit seinem Schatten von Tintenfaß und Feder stieg dunkler und höher die Wand empor.

Sie schlief fest und schwer, ihre kleine Gestalt brachte nur die Hälfte des Betts in Unordnung. Die linke Hand, mit dem schweren Blutjaspis-Ring am Zeigefinger, ausgestreckt, den Titel »Adam Bede« berührend.

Als er »Gott!« sagte, träumte sie gerade von einem weißen Roß, das furchtsam von einer Klippe auf sie herabschaute und »Mutter« sagte. Ihre Brust erschrak, sie stieß verstört das Buch fort und erwachte. Sanft regnete es gegen das Fenster, und sie drehte sich um, mit jenem Blick des Schläfers, der, ungewohnt, die Gewohnheit anschuldigt.

»Ich bin's«, sagte er, und sie drehte sich noch einmal um. Der Schlaf hatte sie entmuttert, aber sie erinnerte sich und sagte sofort: »Hab keine Angst«, in ängstlichem Flüstern. Sie hörte ihn weinen. Jetzt hatte sie nie geschlafen. »Die Weiber«, sagte sie plötzlich, »wo sind sie?«

Durch die Tränen sagte er: »Sie erkennen einzeln.«

Sie legte langsam die Hände zusammen, verschlungen, kraftvoll gealtert.
»Wir werden sprechen«, sagte sie und blickte geradeaus, die lange Oberlippe gefestigt von Begreifen. Lange herrschte Schweigen.
»Liebst du mich?« sagte sie plötzlich.
»Ja«, sagte er, »du bist wundervoll.«
»Und du«, sagte sie, »bist wundervoll. Ich habe dich oft geliebt.«
Der Regen floß ungestört weiter, dann: »Was ist mit dem Lamm?«
Er strich mit den Händen den Arm entlang, grübelnd, welches Lamm.
»Was war es wert?« fuhr sie fort.
Und er erkannte seinen gestrigen Handel mit einem polnischen Bauern, in dem er sich lächerlich benommen hatte.
»Fünfzehn Dollar«, sagte er.
»Was hat man dir angeboten?« fuhr sie fort.
»Fünf«, sagte er wieder.
»Was geschah?«
»Ich habe ihm das Lamm gegeben.«
»Siehst du«, sagte sie, »du weißt nicht zu erobern. Nur die Großen und die Bösen können erobern. Du standest bei fünfzehn, und bei fünf bist du umgeworfen worden, und um wieder auf die Füße zu kommen, hast du es hergegeben. Weißt du nicht«, fuhr sie fort, »daß es für deine Art von Stärke keinen Widerstand gibt, du daher also fallen mußt?« Sie lag flach auf dem Rücken, machte weiter, mit finsterem Mitleid. »Du bist ein Liebhaber von Weibern, du vermachst ihnen Kinder, du treibst es offen und süß wie«, fügte sie fest hinzu, »das Tier auf dem Felde, weil du ganz Natur bist, du ganz, und Natur ist schrecklich, wenn sie vom Gesetz gejagt wird. Deine Weiber waren ebenfalls Tiere auf dem Felde, denn du hast Glück mit deinen Weibern gehabt, wie alle Männer Glück mit ihren Weibern haben. Ein Weib kann zivilisiert über die Zivilisation hinaus sein und Tier über das Tier hinaus. Ein Weib ist,

was sie liebt. Unten hast du zwei, und im Grab hast du eine, und die eine im Grab verrottet so einfach, wie sie geliebt hat, und die beiden unten schlafen so einfach, wie sie lieben.«

»Ja«, sagte er, »aber was soll ich machen?«

»Was hast du gemacht?«

»Ich habe das Gesetz belogen, und das Gesetz glaubt mir nicht.«

»Weil du schön gelogen hast. Die Leute nehmen alles hin, außer Schönheit. Du mußt nahe am Herzen lügen, und das Herz des Menschen hat eine beleidigende Form. Diese Form«, fuhr sie fort, »ist eine Zumutung, sie hat etwas Monströses an sich, obszön. Es ist eine Form, die außerhalb der Natur empfangen wurde, und das ist immer schrecklich. Bist du«, fragte sie nach, »zum Fallen bereit?«

Er schluchzte stumm und schaute sie unter den Brauen hervor an.

»Wie sollte ich fallen?«

»Wenn du allein fällst«, antwortete sie, »wirst du wie das Tier sein; und deine Weiber werden nicht vom Schlag getroffen, sondern langsam und gänzlich geschlagen; aber wenn dir beim Fallen geholfen wird –«

»Ja«, sagte er, »*wenn* mir geholfen wird?«

»Wieviel Kinder hast du?«

»Acht«, sagte er.

»Wieviel wirst du behalten?«

»Ich weiß nicht.«

»Von Amelia hast du fünf, von Kate drei, da hast du die Antwort. Am Ende wirst du entweder drei oder fünf haben.«

»Am Ende«, sagte er, »werde ich keine Kinder haben. Ich habe mich selbst entvatert.«

»Das eben«, antwortete sie, »möchte ich dir deutlich machen. Hör zu«, fuhr sie ganz verändert fort, »hast du mit Kate gesprochen?«

»Ja«, antwortete er.

»Und was hat sie gesagt?«

»Zuerst war sie erschrocken, stand auf und ging im Zimmer

umher, legte ihre Sachen zusammen, zog die Vorhänge zu. Dann nahm sie ihre Stickereien auf, fing an, eine Rose weiterzusticheln, und sagte weinend: ›Du weißt gut genug, daß ich mich selbst ernähren kann, es gibt einen prächtigen Markt für Stickerei.‹ Und dann sagte sie: ›Ich habe vier Kinder geboren, und eins ist tot, und eins ist ein Mädchen, und zwei sind Jungen; und das älteste war zu Unbill bestimmt, und die anderen werden lernen‹, dann stand sie auf, ging hinüber, legte sich aufs Bett und fing an grauenvoll zu zitieren, sie ging eine ihrer alten Rollen durch. Es war mitleiderregend und zugleich empörend; ich ging zu ihr hin und sagte: ›Ich werde dich nicht verlassen.‹ Und sie sagte zitternd: ›Geh fort, du bist niemandes Vater.‹«

»Und Amelia?«

»Ich habe nicht mit Amelia gesprochen.«

»Bring sie her, sprich mit ihr. Wart' einmal! Wie spät ist es?«

»Es muß drei Uhr morgens sein«, sagte er und fing zu schluchzen an und die Hände zusammenzuschlagen, sanft und tonlos.

»Ein Weib um ein Opfer zu bitten, um ein großes Opfer, um drei Uhr morgens, ist brutal. Weißt du das?« sagte sie. »Nachts wird ein Weib alles für die erbarmungswürdige menschliche Kreatur tun, denn in der Nacht ist jeder überall ungeschützt, das fühlt sie, und deswegen würde sie alles tun. Das ist ein Vorteil. Willst du ihn wahrnehmen?« Und sie sah ihren Sohn an.

»Ja«, sagte er hastig und sprang vom Sessel auf, »ja, laß uns unbedingt Amelia rufen.«

»Es wird eine herbe Erinnerung sein«, sagte sie.

Er wandte sich an der Tür um, ohne innezuhalten. »Was soll ich machen?« sagte er, mit verzerrtem Gesicht.

»Mach nie den Fehler, die andere Sorte Weib in der Nacht um irgend etwas zu bitten«, sagte sie.

»Kate?« sagte er. »Ja«, und er ging hinaus.

Er kam sofort zurück, Amelia ging in einem schweren Nacht-

hemd voraus, das lange, schwarze, geflochtene Haar über den Schultern.
»Was ist los?« sagte sie, ohne zu hören. Sie ging zum Kamin, die herabhängenden Hände vor sich gefaltet, blickte hinab, dachte an irgend etwas, legte dann ein Scheit in die Glut, tat einen Schritt, setzte sich in den Sessel, den Wendell verlassen hatte, schaute sich im Zimmer um und sagte: »Was soll nun diese ganze Aufregung?« und, immer noch nicht auf eine Antwort wartend, fuhr sie fort: »Ich kann unter keinem anderen Namen an sie denken. Die Geschichte von Kate ist Kate, was soll ich daran ändern? Ungemach hat seinen Namen, und Kate ist Kates Tragödie, und es gibt nichts, was man dagegen tun könnte.«
»Mein Sohn«, sagte Sophia, »hält eine Übereinkunft ein.«
»Mit wem?«
»Die weiten und wechselnden Übereinkünfte des Mannes«, sagte Sophia.
»Weit?« wiederholte Amelia, und sah verblüfft und besorgt aus.
»Mein Sohn leidet«, bemerkte Sophia, als habe sie plötzlich und gerade in diesem Augenblick an etwas sehr Endgültiges gedacht.
»Ich bin aufgewacht«, fuhr sie fort, als müsse sie das irgend jemandem mitteilen, und zwar lieber einem Mitfühlenden, »und fand ihn da sitzen, wo du sitzt, weinend.«
»Weine ich?« fragte Amelia.
»Wahrlich«, sagte Sophia, »wir sind Weiber, warum sollten wir weinen?«
»Was soll das alles?« fragte Wendell abrupt, legte die Hand auf die Brust und schaute verständnislos von einer zur anderen.
»Was eigentlich«, sagte Amelia und wandte sich um, »willst du von mir?«
Er sah gänzlich erstaunt aus, wie ein Kind, das mit etwas Endgültigem, Unmittelbarem und Erschreckendem konfrontiert wird.

»Ja«, gelang es ihm zu sagen, »das ist es natürlich – wenn du willst, nun ja, da bist du, und wenn du nicht willst, nun ja, da bin ich.«
Sie lächelte, und unverzüglich wußte er, daß sie nicht verstanden hatte, was er selbst nicht verstand. Er war vollkommen ruhig. Er sagte: »Ich muß mich umbringen.« Und das zu sagen, brachte ihn herunter. »O Amelia, Amelia«, sagte er, »ich bin geboren worden, verstehst du nicht, ich bin geboren worden und ich muß sterben, das ist so, oder nicht? Das ist für jeden so, aber ich bin geboren worden, und ich muß allem ins Gesicht sehen, und ich muß sterben, und ich kann nicht. Du darfst mich dem nicht ins Gesicht sehen lassen, begreifst du denn nicht! Ich sah dich, und ich war in dich verliebt, vor langen Jahren, in diesen Leib hier in diesem Sessel, und jetzt dahin! dahin! Ist das nicht lächerlich, aber ist es denn nicht wahr? Mutter, erklär's! Ach, Amelia, geh fort von mir, geh fort von mir!« Er legte den Kopf in ihren Schoß und schüttelte sie: »Warum bist du hier?«
»Ryder«, sagte Amelia und blickte von ihm weg, die Hände auf die Armlehnen des Sessels gelegt, »ich habe weit häufiger über dich nachgedacht als über irgend etwas anderes. Wenn du bei mir lagst, nachdem du bei ihr gelegen hattest, was glaubst du, hat mich gehindert, unter dir hervorzukommen? Sechsundzwanzig Jahre sind es jetzt, die ich unter dir gelegen habe, alles wissend, und habe nicht verurteilt und habe nicht vergeben. Ich sagte: ›Er hat eine große Krankheit, die anderen Männern unbekannt ist.‹ Ich sagte: ›Er ist die Natur in ihrer anderen Gestalt.‹ Ich sagte: ›Er ist eine Tat, die begangen werden muß.‹ Warum also hast du nicht ein einziges Mal dein Gewicht verlagert, wenn du schließlich blutig sterblich bist, damit ich Bescheid gewußt hätte?«
Er legte die Hände in ihren Schoß und sagte: »Ja, blutig, blutig sterblich.« Sophia stand eilig aus dem Bett auf. »Es ist kein Geld da«, sagte sie, »aber mein Bruder wird sich um dich kümmern, er hat gesagt, daß er das macht, und du siehst, daß es notwendig ist. Du bist nie zärtlich gewesen, aber immer

gut«, sie blickte sich mit nervösem Nicken um, »immer gut und auf deine Weise verbindlich, und wenn Kate geht, was soll aus ihr und aus ihm werden?«

»Ja, natürlich«, sagte Amelia. Sie stand auf, unter Wendells Kopf und Händen hervor, und hinterließ ihn so, das Gesicht nach unten im Sessel. Sie schien irgend etwas als falsch zu empfinden. Sie schaute sich um, sah das Feuer, öffnete die Tür ein wenig.

Wendell war unfähig, sich zu beherrschen. »Nun?« sagte er.

Da ging sie hinaus.

* * * * * * * * *

Im weiten Feld, wo die Nacht ganz zwischen den Gräsern war und um die Tiere, ging Wendell, weit zurückgeneigt und dennoch stolpernd.

Das schwarze Kalb schnaufte ihm gegen die Seite, die dunklen Kühe schnauften untereinander, und die Pferde, keine Erde unter den Füßen, erbebten, wie sie da schliefen und lagen.

Und Wendell setzte sich zwischen sie und enthielt sich, das Gesicht zu verbergen. Wen sollte er jetzt enttäuschen?

»Ii-aa!« sagte neben ihm der Esel, er streckte die Hand aus und streichelte den Esel.

Wen sollte er jetzt enttäuschen?

Die Pferde wieherten, als er ihr Hufhaar berührte, und die Rinder wurden von den Blasebälgen ihres Atems erschüttert, und er berührte ihre frischen Hörner. Die kleinen Feldmäuse flohen um ihn her, und er bot ihnen seine unveränderte Haltung, und die Nachtvögel murmelten oben, und er rührte sich nicht, und die kriechenden Dinger, die er nicht gezählt oder gekannt hatte, schauten ihn aus Millionen Augen an, und seine Augen waren auch da, und die Dinger in den Bäumen liefen und rannten in den Zweigen umher, und er sprach nicht.

Wen sollte er jetzt enttäuschen?

Und alles und dessen Gestalt wurde im Dunkeln klar, jeweils zu zehnt reihten sie sich auf, hoben die Lider und schauten ihn an; in der Luft und in den Bäumen, auf der Erde und aus

der Erde heraus, und sahen ihn lange an, und er enthielt sich, das Gesicht zu verbergen. Sie schienen eine nahe Reihe zu bilden, und jetzt schienen sie eine ferne Reihe, und sie regten sich bald nah, bald fern, wie eine Welle kommt und geht, und sie hoben die Lider und schauten ihn an, und redeten nicht in ihren vielen Sprachen, und sie gingen einen weiten Weg, und da war eine kleine Rast, und sie kamen nahe, und da war keine. Näher sich um ihn schließend und weit ausschwingend und fern von ihm, und kamen näher herbei, und wie eine Welle, schlossen sich über ihm, und er ertrank, und auf er stand, derweil er doch gehen mochte.
Und wen sollte er enttäuschen?

INHALT